U0571170

〔唐〕杜甫 著
謝思煒 校注

杜甫集校注

丙申夏一清

杜工部集卷第十一①

近體詩一百一十五首 此下在成都作

蜀相②

丞相祠堂何處尋，錦官城外柏森森〔一〕。映堦碧草自春色，隔葉黄鸝空好音③〔二〕。三顧頻繁天下計④，兩朝開濟老臣心〔三〕。出師未捷身先死⑤〔四〕，長使英雄淚滿襟。（0614）

【校】

①宋本此卷底本爲吴若本。

②蜀相，《文苑英華》題作「蜀相廟」。

③黃鸝，《文苑英華》作「黃鶯」，校：「集作鸝多。」　空，宋本、錢箋、《九家》、《草堂》校：「一作多。」映堦碧草自春色隔葉黃鸝空好音，宋本注：「介甫云：『映堦』、『隔葉』一聯，非止詠孔明，而託意在其中。」錢箋無。

④繁，錢箋作「煩」，校：「吳作繁。」《文苑英華》作「煩」。

⑤捷，宋本、錢箋校：「一作用。」《草堂》校：「一作戰。」《文苑英華》校：「集作戰。」《九家》校：「一云未用。又云未戰。」

【注】

黃鶴注：當是上元元年（七六〇）作。

〔一〕丞相二句：諸葛武侯祠，見卷四《古柏行》（0180）注。錦官城，成都。見卷四《贈蜀僧閭丘師兄》（0175）注。《元和郡縣圖志》卷三一成都縣：「少城，在縣南一十里，故錦官城也。」

〔二〕映堦二句：陸璣《毛詩草木鳥獸蟲魚疏》：「黃鳥，黃鸝留也。或謂之黃栗留，幽州人謂之黃閎，或謂之黃鳥。一名倉庚，一名商庚，一名鵹黃，一名楚雀，齊人謂之搏黍，關西謂之黃鳥。當葚熟時，來在桑間。」陶淵明《己酉歲九月九日》：「蔓草不復榮，園木空自凋。」《西洲曲》：「捲簾天自高，海水搖空綠。」何遜《行經孫氏陵》：「山鶯空曙響，隴月自秋暉。」《九家》趙注：「言人已亡而物空自春耳。」

〔三〕三顧二句：諸葛亮傳《出師表》：「先帝不以臣卑鄙，猥自枉屈，三顧臣於草廬之中。」《三國志·

魏書・后妃傳》注引《晋諸公贊》：「景、文二王欲自結於郭后，是以頻繁爲婚。」《晋書・刑法志》：「主者以詔旨使問頻繁。」是字原作「頻繁」。仇注：「兩朝，指先主、後主。《杜臆》謂欲復高、光舊業，似遠。」《三國志・魏書・和洽傳》：「弟逌，才爽開濟。」《王昶傳》：「王昶開濟識度。」《晋書・楚王瑋傳》：「瑋性開濟好施，能得衆心。」《劉琨傳》：「劉琨忠亮開濟。」《九家》趙注：「開謂開豁其謀，濟謂濟遂其事。」仇注引《謚法》「開物濟務」。按，開濟原指氣度開闊、識見高邁。

〔四〕出師句：《三國志・蜀書・張嶷傳》注引《益部耆舊傳》：「若有未捷，殺身以報。」

《順宗實録》卷五：「上疾久不瘳，内外皆欲上早定太子位，叔文默不發議。已立太子，天下喜，而叔文獨有憂色。常吟杜甫題諸葛亮廟詩末句云：『出師未用身先死，長使英雄淚滿襟。』因歔欷流涕。聞者咸竊笑之。」

《宋史・宗澤傳》：「澤前後請上還京二十餘奏，每爲潛善輩等所抑，憂憤成疾，疽發於背。諸將入問疾，澤矍然曰：『吾以二帝蒙塵，積憤至此。汝等能殲敵，則我死無恨。』衆皆流涕曰：『敢不盡力！』諸將出，澤歎曰：『出師未捷身先死，長使英雄淚滿襟。』翌日，風雨晝晦。澤無一語及家事，但連呼『過河』者三而薨。」

胡應麟《詩藪》内編卷五：「大率唐人詩主神韻，不主氣格，故結句率弱者多。惟老杜不爾，如『醉把茱萸仔細看』之類，極爲深厚渾雄。然風格亦與盛唐稍異，間有濫觴宋人者，『出師未捷身先死』之類是也。」

卜居

浣花流水水西頭①，主人爲卜林塘幽〔一〕。已知出郭少塵事，更有澄江銷客愁。無數蜻蜓齊上下，一雙鸂鶒對沉浮〔二〕。東行萬里堪乘興，須向山陰上小舟〔三〕。（0615）

【校】

① 流，宋本、錢箋、《九家》、《草堂》校：「一作之。」

【注】

黄鶴注：當是上元元年（七六〇）作。

〔一〕浣花二句：浣花溪，見卷五《溪漲》（0236）注。《分門》鮑曰：「裴冕爲卜成都西郭浣花溪，作草堂居焉。」《九家》趙注：「地主或所館置之人，皆可呼也。」

〔二〕鸂鶒：見卷九《曲江陪鄭八丈南史飲》（0527）注。

〔三〕東行二句：《太平御覽》卷七三引常璩《華陽國志》：「萬里橋在成都縣南八十里。蜀使費禕使吴，諸葛亮送之於此，歎曰：『萬里之路，始於此橋。』因名萬里橋。」《世説新語·任誕》：「王子猷居山陰……忽憶戴安道，時戴在剡，即便乘小船就之。」《九家》趙注：「蓋以因萬里之名而起興故耳。」

一室

一室他鄉遠①，空林暮景懸。正愁聞塞笛，獨立見江船〔一〕。巴蜀來多病，荆蠻去幾年②〔二〕？應同王粲宅，留井峴山前〔三〕。（0616）

【校】

① 遠，宋本、錢箋校：「一作老。」

② 年，宋本、錢箋校：「一云千。」

【注】

《趙次公先後解》編入大曆二年（七六七）夔州詩。黄鶴注：上元元年（七六〇）作。仇注編入上元二年（七六一）。

〔一〕正愁二句：《趙次公先後解》：「塞笛，指言白帝城上笛也。江船，則眼前所見夔江之船也。」

〔二〕巴蜀二句：《分門》師曰：「意欲適荊楚，厭崔旰之亂，不知幾年得去也。」《趙次公先後解》：「自蜀來夔，故云巴蜀」，「今至夔矣，自問其自此將適荊楚在幾何年也。」仇注：「公在蜀而懷楚也。」「獨立見船，適荊將在何年乎。」按，去，原義離開，唐已有前往義。《敦煌變文集・舜子變》：「自從夫去遼陽，遣妾勾當家事。」然此用王粲「委身適荊蠻」語，實以荊蠻指巴蜀，謂幾年能離去，故有下句「留井」云云。諸家説誤。

〔三〕應同二句：《太平御覽》卷一八〇引《襄沔記》：「繁欽宅、王粲宅並在襄陽，井臺猶存。」《分門》師曰：「昔王粲依劉表，卜居峴山下，後人呼爲王粲宅。宅前有井，呼爲仲宣井。」

梅雨①〔一〕

南京西浦道②〔二〕，四月熟黄梅。湛湛長江去③，冥冥細雨來〔三〕。茅茨疏易濕，雲霧密難開。竟日蛟龍喜，盤渦與岸回〔四〕。（0617）

【校】

① 梅雨，《文苑英華》題作「黄梅雨」。

② 西，宋本校：「一作犀。明皇以成都爲南京，犀浦乃屬邑。」錢箋無「明皇」以下十四字。《草堂》作「犀」。《文苑英華》校：「集作犀。」　道，《文苑英華》作「市」，校：「集作道。」

③ 湛湛，錢箋校：「一作黤黤。」

【注】

黄鶴注：意是上元元年（七六〇）草堂初成時作。

〔一〕梅雨：《初學記》卷二引蕭繹《纂要》：「梅熟而雨曰梅雨。」《太平御覽》卷二三引周處《風土記》：「夏至之日雨，名曰黄梅雨。」卷九七〇引《風俗通》：「五月有落梅風，江淮以爲信風。又其霖霪，號爲梅雨，沾衣服皆敗黦。」陳岩肖《庚溪詩話》卷上：「江南五月梅熟時霖雨連旬，謂之黄梅雨。然少陵曰：『南京犀浦道，四月熟黄梅。……』蓋唐人以成都爲南京，則蜀中梅雨，乃在四月也。及讀柳子厚詩曰：『梅實迎時雨，蒼茫值晚春。……』此子厚在嶺外詩，則南越梅雨又在春末。是知梅雨時候，所至早晚不同。」《九家》趙注：「川中雖亦有此雨，而土人未識其名。今公因見有此梅雨而著之。」

〔二〕南京句：《新唐書・地理志》：「成都府蜀郡，赤。至德二載曰南京，爲府，上元元年罷京。」《九家》趙注：「西浦，蓋江水西邊之浦溆，如《野望》云『南浦清江萬里橋』是已。蓋謂之浦上，則公所居正在此矣，豈非所謂西浦乎？一本作犀浦，蓋惑於今日成都屬縣之郫有犀浦鎮。殊不思下有『長江』之句，則犀浦道無江。」《元和郡縣圖志》卷三一成都府：「犀浦縣，次畿。東至府二十七里。本成都縣之界，垂拱二年分置犀浦縣。昔蜀守李冰造五石犀，沈之於水以厭怪，因取其事爲名。」

〔三〕湛湛二句：《楚辭·招魂》：「湛湛江水兮上有楓。」王逸注：「湛湛，水貌。」《九歌·山鬼》：「雷填填兮雨冥冥。」

〔四〕盤渦：見卷一《白水縣崔少府十九翁高齋三十韻》(0042)注。

爲農

錦里烟塵外，江村八九家〔一〕。圓荷浮小葉，細麥落輕花①。卜宅從茲老，爲農去國賒〔二〕。遠慚勾漏令，不得問丹砂〔三〕。(0618)

【校】

①落，宋本、《草堂》校：「一作墜。」錢箋校：「一作墮。」

【注】

黃鶴注：當是上元元年（七六〇）營草堂後作。

〔一〕錦里二句：仇注：「錦里，錦城之地。」

〔二〕卜宅二句：《左傳》昭公三年：「非宅是卜，唯鄰是卜。」

〔三〕遠慚二句：葛洪求爲勾漏令，見卷八《送重表侄王砅評事使南海》（0386）注。

有客①

幽棲地僻經過少〔一〕，老病人扶再拜難。豈有文章驚海内，漫勞車馬駐江干〔二〕。竟日淹留佳客坐，百年粗糲腐儒餐〔三〕。不嫌野外無供給，乘興還來看藥欄〔四〕。（0619）

【校】

①有客，《草堂》題作「客至」。

【注】

黄鶴注：當是上元元年（七六〇）在草堂作。

〔一〕幽栖句：謝靈運《鄰里相送至方山》：「資此永幽栖，豈伊年歲别。」阮籍《詠懷》：「西游咸陽中，趙李相經過。」

〔二〕漫勞句：《詩·魏風·伐檀》：「坎坎伐檀兮，置之河之干兮。」傳：「干，厓也。」吴均《答蕭新浦》：「問子行何去，高帆艤江干。」

〔三〕百年句：《史記·刺客列傳》：「將用爲大人粗糲之費。」正義：「糲猶粗米也，脱粟也。」

〔四〕乘興句：吴曾《能改齋漫録》卷三：「唐李匡乂《資暇集》謂：園亭中藥欄，欄即藥，藥即欄，猶言圍援，非花藥之欄也。有不悟者，以藤架、蔬圃堪作切對，不知其由矣。按漢宣帝詔曰：『池藥未御幸者，假與貧民。』《漢書》『闌入宫禁』，字多作草下闌，則藥欄尤分明也。方悟杜子美《將赴成都草堂》詩『常苦沙崩損藥欄』及『乘興還來看藥欄』之意。孫少魏以藥爲籞，今本史信然。」王楙《野客叢書》卷一二：「僕謂此説固是，然考《漢宣帝紀》『池籞未御幸者，假與貧民』，非『藥』字。又觀古人詩，如梁庾肩吾曰：『向嶺分花徑，隨階轉藥欄。』……多作花藥之欄用也。」王維《春過賀遂員外藥園》：「前年槿籬故，新作藥欄成。」錢起《中書王舍人輞川舊居》：「藤長穿松蓋，花繁壓藥欄。」皆當指花藥之欄。

狂夫

萬里橋西一草堂①，百花潭水即滄浪〔一〕。風含翠篠娟娟静②，雨裛紅蕖冉冉香〔二〕。厚禄故人書斷絶，恒飢稚子色淒涼。欲填溝壑唯疏放，自笑狂夫老更狂〔三〕。（0620）

【校】

① 一，宋本、錢箋、《九家》、《草堂》校：「一云新。」

② 篠，宋本作「蓧」，據錢箋等諸本改。

【注】

黄鶴注：當是上元元年（七六〇）夏作。

〔一〕萬里二句：萬里橋，見前《卜居》（0615）注。《太平寰宇記》卷七二益州：「萬里橋在州南二里，亦名篤泉橋，橋之南有篤泉也。」「杜甫宅在郭西外，地屬犀浦縣。按，浣花溪地有百花潭。」《九家》趙注：「橋在今城南門外，西即浣花溪，公之草堂在焉。百花潭，浣花之上游。」陸游《老學庵筆記》卷一：「杜少陵在成都有兩草堂，一在萬里橋之西，一在浣花，皆見於詩中。萬里橋故跡湮没不可見，或云房季可園是也。」錢箋引《文選·北山移文》李善注引梁簡文帝《草堂傳》，及李德裕《益州五長史真記》注引《成都記》「益州草堂寺，在府西七里，去浣花亭三里」，而謂「草堂寺自梁有之……甫卜居浣花里，近草堂寺，因名草堂。志云寺枕浣花溪，接杜工部舊居草堂，俗呼爲草堂寺。此大誤也。……然則草堂背成都郭，在西郊碧雞坊外，萬里橋南，百花潭北，浣花水西，歷歷可考。……放翁在蜀久，無容有誤。然少陵在成都，實無二草堂也」。

〔二〕風含二句：《集韻》：「筱，《説文》：箭屬，小竹也。或作篠。」娟娟，見卷六《寄韓諫議》(0278)注。陶淵明《雜詩》：「秋菊有佳色，裛露掇其英。」《文選》李善注：「《文字集略》曰：裛，坌衣香也。然露坌花亦謂之裛也。」《廣韻》：「裛，裛香。」《爾雅·釋草》：「荷，芙渠。」注：「别名芙蓉，江東呼荷。」蕭綱《蒙華林園戒》：「紅蕖間青瑣，紫露濕丹楹。」

〔三〕欲填二句：填溝壑，見卷一《醉時歌》(0019)注。《詩·齊風·東方未明》：「折柳樊圃，狂夫瞿瞿。」

賓至①

患氣經時久〔一〕，臨江卜宅新。喧卑方避俗，疏快頗宜人。有客過茅宇，呼兒正葛巾〔二〕。自鋤稀菜甲〔三〕，小摘爲情親。（0621）

【校】

① 賓至，《草堂》題作「有客」。

【注】

黃鶴注：當是上元元年（七六〇）草堂作。

〔一〕患氣句：王羲之帖：「昨得熙廿六日書，云患氣，懸情。」《北齊書・崔瞻傳》：「瞻患氣，兼性遲重，雖居二省，竟不堪敷奏。」《和士開傳》：「帝先患氣疾，因飲酒，輒大發動。」《分門》師曰：「公有肺氣，故云云。」按，患氣所指蓋甚寬泛。《史記・扁鵲倉公列傳》：「臣意診其脈，曰：病氣疝，客於膀胱」；「望其色有病氣……告之曰：此傷脾氣也。當至春鬲塞不通，不能食飲，法至夏泄血死。」

〔二〕葛巾：見卷八《早發》（0396）注。

〔三〕菜甲：見卷一〇《蒹葭》（0583）注。

王十五司馬弟出郭相訪兼遺營茅屋貲①〔一〕

客裏何遷次〔二〕，江邊正寂寥。肯來尋一老〔三〕，愁破是今朝。憂我營茅棟，携

錢過野橋。他鄉唯表弟，還往莫辭遥。（0622）

【校】

①屋，《草堂》作「堂」。

【注】

黄鶴注：當是上元元年（七六〇）初營草堂時作。

〔一〕王十五司馬：名未詳。

〔二〕客裏句：《左傳》哀公十五年：「廢日共積，一日遷次。」謂遷移所次。樂昌公主詩：「今日何遷次，新官對舊官。」指遷擢。唐人用法同。杜詩指遷移居所。

〔三〕肯來句：《周書·韋夐傳》：「弘正乃造夐，談謔盈日，恨相遇之晚。後請夐至賓館，夐不時赴，弘正仍贈詩曰：『德星猶未動，真車詎肯來。』」

堂成

背郭堂成蔭白茅，緣江路熟俯青郊〔一〕。榿林礙日吟風葉，籠竹和烟滴露

梢〔二〕。暫止飛烏將數子①，頻來語燕定新巢〔三〕。旁人錯比揚雄宅，懶惰無心作解嘲②〔四〕。（0623）

【校】

① 止，宋本、錢箋、《九家》、《草堂》校：「一作下。」

② 惰，宋本、錢箋校：「一作慢。」《草堂》校：「舊作慢。」

【注】

黄鶴注：當是上元元年（七六〇）三月作。

〔一〕背郭二句：《史記·陳丞相世家》：「家乃負郭窮巷。」索隱：「高誘注《戰國策》云：負背郭居也。」《詩·召南·野有死麕》：「野有死麕，白茅包之。」陸璣《疏》：「茅之白者，古用包裹禮物，以充祭祀，縮酒用。」謝朓《和徐都曹出新亭渚》：「結軫青郊路，回瞰蒼江流。」《文選》李善注：「《周禮》曰：東方謂之青。」《九家》趙注：「青郊者，春麥蓋地青青然也，非謂東郊爲青郊。」説與《文選》注異。

〔二〕榿林二句：宋祁《益部方物贊》：「榿，亦蜀所宜，民家蒔之，不三年材可倍。常斧而薪之，疾種亟取，里人以爲利。」周密《齊東野語》卷一一榿木：「或讀作豈，而韻書亦無此字。集中又有『榿林礙日吟風葉』，鄭氏注曰『五來反』。若然，當作『敳』字。余嘗見陳體仁端明云：見前輩讀若欹韻。頗以爲疑。後見劍南詩有『著書增木品，搜句覓榿栽』，又荆公詩云『濯錦江邊木有榿，小園封植佇華滋』，益信欹音爲然。榿惟蜀有之，不才木也，或謂即榕云。」《益部方物贊》慈竹：「別有數種，節間容八九寸者曰籠竹，一尺者曰苦竹。」黄庭堅《杜詩箋》：「籠音蒙，籠竹，蜀人名大竹云。」

〔三〕暫止二句：《相和歌辭·烏生》：「烏生八九子，端坐秦氏桂樹間。」李白《宫中行樂辭》：「宫鶯嬌欲醉，簷燕語還飛。」

〔四〕旁人二句：《太平寰宇記》卷七二益州：「子雲宅，在少城西南角，一名草玄堂。」《蜀中廣記》卷三：「何涉《讀易堂記》云：揚雄有宅一區，在錦官西郭隘巷，著書墨池在焉。按，今在藩司西南隅，屬城之北，與郡縣俱移來者。」《漢書·揚雄傳》：「雄方草《太玄》，有以自守，泊如也。或嘲雄以玄尚白，而雄解之，號曰《解嘲》。」

田舍

田舍清江曲①，柴門古道旁〔一〕。草深迷市井，地僻懶衣裳。欅柳枝枝弱②，枇杷樹樹香③〔二〕。鸕鷀西日照，曬翅滿魚梁〔三〕。（0624）

【校】

①曲，宋本、錢箋校：「一作上。」

②櫸，錢箋、《草堂》校：「唐顧陶作楊。」蓋據《能改齋漫録》。

③樹樹，錢箋、《草堂》校：「顧陶作對對。」

【注】

黄鶴注：當是上元元年（七六〇）初夏作。

〔一〕田舍二句：《九家》趙注：「蓋公之草堂在水東岸之曲處，今成都土人謂胡蘆灘者乃其處也。西岸梵安寺之草堂，特本朝吕汲公爲帥日想像典刑爲之耳，本非在西岸也。『柴門古道傍』，則舊趨温江之路。」

〔二〕櫸柳二句：《爾雅·釋木》：「椵，柜桏。」注：「未詳。或曰桏當爲柳。柜桏似柳，皮可煮作飲。」方以智《通雅》卷四三：「櫸柳即杞柳。《爾雅注》作柜，與櫸同。杜詩『櫸柳枝枝弱』，即杞柳也。杞于櫸，猶丘于區也。訛爲鬼柳。今盱泗間謂之櫸榆，而呼湅杉爲柳版。《説文》：椲可屈而爲杅。即鬼柳也。潛谷杞櫸爲二，泥其名異耳。」《説文》段注：「趙注《孟子》曰：杞柳，柜柳也。……《廣韻》柜下云柜柳。柜，今俗作櫸，又音訛爲鬼柳樹，未知許所説是此不。」吴曾《能改齋漫録》卷四：「櫸字非也。枇杷止一物，櫸柳則二物矣。」孫奕《示兒編》卷九：「此以一草木對二草木也。」朱鶴齡注謂吴説：「不知櫸柳正是一物也。」《太平御覽》卷九七一引《風土記》：「枇杷葉似栗，子似杏，小而叢生，四月熟。」引《廣志》：「枇杷冬華，實黄，大如雞子，小者如杏，味甜酢，四月熟，出犍爲。」

〔三〕鸕鷀二句：鸕鷀，見卷一〇《秦州雜詩》（0565）注。《詩·邶風·谷風》：「毋逝我梁，毋發我笱。」傳：「梁，魚梁。」

進艇

南京久客耕南畝，北望傷神坐北窗①〔一〕。晝引老妻乘小艇，晴看稚子浴清江。俱飛蛺蝶元相逐，並蔕芙蓉本自雙〔二〕。茗飲蔗漿携所有，瓷罌無謝玉爲缸〔三〕。（0625）

【校】

① 坐，錢箋、《草堂》校：「一作卧。」《九家》作「卧」。

【注】

黄鶴注：謂之「久客」，則當是上元二年（七六一）作。

〔一〕南京二句：《詩·小雅·甫田》：「今適南畝，或耘或耔。」陶淵明《與子儼等疏》：「常言五六月中，北窗下卧，遇涼風暫至，自謂是羲皇上人。」

〔二〕並蒂句：《初學記》卷七引《三秦記》：「宋有天泉池、華林池，池有雙蓮同幹，芙蓉異花並蒂。」《爾雅·釋草》：「荷，芙渠。」注：「別名芙蓉，江東呼荷。」《楚辭·離騷》：「製芰荷以爲衣兮，集芙蓉以爲裳。」洪興祖補注：「《本草》云：其葉名荷，其華未發爲菡萏，已發爲芙蓉。」

〔三〕茗飲二句：《洛陽伽藍記》卷二：「菰稗爲飯，茗飲作漿。」《楚辭·招魂》：「胹鱉炮羔，有柘漿些。」王逸注：「柘，藷蔗也。取藷蔗之汁，爲漿飲也。」《廣韻》：「甖，瓦器。罌同。」《集韻》：「罌、甖，《博雅》：瓶也。或從瓦。」仇注：「瓷不讓玉，言貴賤齊視也。」「無謝，皆作不讓解。」《後漢書·宦者列傳》：「或稱伊霍之勳，無謝於往載。」

西郊

時出碧雞坊〔一〕，西郊向草堂。市橋官柳細〔二〕，江路野梅香①。傍架齊書帙，看題減藥囊②〔三〕。無人覺來往③，疏懶意何長。（0626）

【校】

① 路，宋本、錢箋校：「晋作岸。」

②減，宋本、錢箋校：「晋作檢。」《文苑英華》校：「集作檢。」《九家》、《草堂》作「檢」，《九家》校：「一作減。」《草堂》校：「或作減。非是。」

③覺，宋本、錢箋、《草堂》校：「一云競。一云與。」《文苑英華》校：「一作競。」《九家》作「競」，校：「一作與。一作覺。」

【注】

黄鶴注：當是上元元年（七六〇）冬作。

〔一〕時出句：《九家》趙注：「成都有碧雞坊，今在城北。」《清一統志》卷二九二成都府：「碧雞坊，在府城内西南。《梁益州記》：成都之坊，百有二十，第四曰碧雞坊。」

〔二〕市橋句：《華陽國志》卷三蜀郡：「西南兩江有七橋：直西門郫江中曰衝橋，西南石牛門曰市橋，下，石犀所潛淵也。」《太平寰宇記》卷七二益州：「市橋，在州西四里。」《晋書·陶侃傳》：「都尉夏施盜官柳植之於己門。」

〔三〕傍架二句：謝靈運《酬從弟惠連》：「凌澗尋我室，散帙問所知。」《文選》李善注：「《説文》曰：帙，書衣也。」《世説新語·文學》：「許便問主人：『有《莊子》不？』正得《漁父》一篇。謝看題，便各使四坐通。」《太平廣記》卷一四九《麴思明》（出《會昌解頤》）：「遂乃拆壁開封，看題云：來年某月日上幸温泉。」題謂簽題。

所思

苦憶荆州醉司馬〔一〕，崔吏部漪。謫官樽俎定常開①。九江日落醒何處，一柱觀頭眠幾回〔二〕？可憐懷抱向人盡，欲問平安無使來。故憑錦水將雙淚，好過瞿唐灩澦堆②〔三〕。（0627）

【校】

①官，宋七、錢箋、《九家》、《草堂》校：「一云居。」　俎，宋本、錢箋、《九家》、《草堂》校：「一云酒。」

②過，《草堂》作「向」。

【注】

黄鶴注：當是上元二年（七六一）在成都作。

〔一〕苦憶句：《新唐書·宰相世系表二下》清河崔氏小房：子美子，「漪」。柳宗元《唐故朝散大夫永州刺史崔公（敏）墓志》：「祔於皇考吏部侍郎贈户部尚書府君之墓。尚書諱漪。……尚書之先曰貴鄉丞、贈太常少卿府君諱子美。」《舊唐書·顏真卿傳》：「（至德二年）中書舍人兼吏部侍郎崔漪帶酒容入朝，諫議大夫李何忌在班不肅，真卿劾之，貶漪爲右庶子。」賈至有《巴陵早秋寄荆州崔司馬吏部閻功曹舍人》，則復貶荆州節度司馬。

〔二〕九江二句：《書·禹貢》：「荆及衡陽惟荆州。江漢朝宗於海，九江孔殷。」傳：「江於此州界分爲九道，甚得地勢之中。」《九家》趙注謂九江在潯陽郡，九江看日落處則在荆州也。仇注引蔡傳：「九江，即今之洞庭。」按，杜詩只用孔傳江於荆州界分爲九道意。蔡傳謂蔡沈《書集傳》，其説後出。一柱觀，見卷七《送高司直尋封閬州》(0359)注。

〔三〕故憑二句：錦水，見卷五《短歌行》(0249)注。灩澦堆，見卷六《柴門》(0274)注。

江村

清江一曲抱村流，長夏江村事事幽。自去自來堂上燕①，相親相近水中鷗。老妻畫紙爲棋局②，稚子敲針作釣鈎〔一〕。多病所須唯藥物③，微軀此外更何求④。(0628)

【校】

①來，錢箋、《九家》、《草堂》校：「一作歸。」

②爲，宋本、錢箋、《草堂》校：「一作成。」

③多病所須唯藥物，宋本、錢箋校：「一云但有故人供禄米。供樊作分。」《草堂》校：「一作但有故人供藥物。一作但有故人分禄米。」《文苑英華》作「但有故人供禄米」，校：「集作多病所須唯藥物。」

④何，宋本、錢箋、《九家》、《草堂》校：「一作無。」

【注】

黄鶴注：當是上元元年（七六〇）夏作。

〔一〕老妻二句：李秀《四維賦》序：「畫紙爲局，截木爲棋。」東方朔《七諫・哀命》：「以直針而爲釣兮，又何魚之能得。」惠洪《天厨禁臠》卷中比興法：「妻比臣，夫比君。棋局，直道也。針合直而敲曲之，言老臣以直道成帝業，而幼君壞其法。稚子比幼君也。」此説杜詩入魔之甚者。李治《敬齋古今黈》卷九：「老杜詩自高古，後人求之過當，往往反爲所累。如『紈袴不餓死，儒冠多誤身』，乃云本乎天者親上，本乎地者親下。『旌旗日暖龍蛇動，宫殿風微燕雀高』，謂爲藩鎮跋扈，朝多小人。『老妻畫紙爲棋局，稚子敲針作釣鈎』，謂爲縱横由婦人，曲直在小人。如此等類，又豈足與言詩耶。」

江漲

江漲柴門外，兒童報急流。下床高數尺，倚杖没中洲。細動迎風燕，輕摇逐

浪鷗。漁人縈小楫，容易拔船頭①〔一〕。（0629）

【校】

①拔，宋本、錢箋、《草堂》校：「一作捩。」

【注】

黄鶴注：當是上元元年（七六〇）在草堂作。

〔一〕容易句：《九家》趙注：「拔船頭，川中舟人語也。拔有兩音，其音蒲撥切，義則回也，乃回船頭耳。」《集韻》蒲撥切：「拔，回也。」《龍龕手鑑》：「拔，又蒲末反，回拔也。」《敦煌變文集·捉季布傳文》：「拔馬揮鞭而便走，陣似山崩遍野塵。」

野老

野老籬前江岸回①，柴門不正逐江開。漁人網集澄潭下，賈客船隨返照來。長路關心悲劍閣，片雲何意傍琴臺②〔一〕？王師未報收東郡，城闕秋生畫角哀。南京同兩都，得云城闕也〔二〕。（0630）

【校】

①前，錢箋、《草堂》校：「一作邊。」

②意，宋本、錢箋校：「一作事。又云行雲幾處。」《草堂》作「事」，校：「一作意。」　傍，宋本作「旁」，據錢箋等改。

【注】

黃鶴注：當是上元元年（七六〇）初秋作。

〔一〕長路二句：劍閣，見卷一《哀江頭》（0046）注。《九家》趙注：「回念其初來蜀時道路之難也。」盧照鄰有《相如琴臺》，岑參有《司馬相如琴臺》。見本卷《琴臺》（0680）注。仇注：「長路關心，既傷入蜀；片雲何事，又嫌留蜀。」

〔二〕王師二句：《九家》趙注：「去歲乾元二年之秋，史思明陷東京及齊、汝、鄭、滑四州，乃京之東郡。」黃鶴注謂指滑州。《元和郡縣圖志》卷八滑州：「大業三年又改爲東郡，武德元年罷郡置滑州。」朱鶴齡注謂指京東諸郡，非滑州也。曹植《贈白馬王彪》：「顧瞻戀城闕，引領情內傷。」陸機《擬青青陵上柏》：「名都一何綺，城闕鬱盤桓。」用《爾雅・釋宮》「觀謂之闕」義，指宮門觀闕。

雲山

京洛雲山外，音書静不來。神交作賦客，力盡望鄉臺。隋蜀王秀所築①〔一〕。衰疾江邊卧，親朋日暮回。白鷗元水宿，何事有餘哀〔二〕？（0631）

【校】

① 隋蜀王秀所築，錢箋無此注。

【注】

黄鶴注：當是上元元年（七六〇）在成都作。

〔一〕神交二句：《分門》洙曰：「神交作賦客，謂宋玉也。」《九家》趙注謂指班固與張衡，以班固作《兩都賦》，張衡作《二京賦》，因思京洛而及之。王嗣奭《杜臆》謂指司馬相如，乃蜀人，望鄉臺亦在成都。《分門》洙曰：「《成都記》：望鄉臺，隋蜀王秀所築。」《太平寰宇記》卷七二益州華陽縣：「《益州記》云：昇遷亭夾路有二臺，一名望鄉臺，在縣北九里。」

〔二〕何事句：《古詩十九首》：「一彈再三唱，慷慨有餘哀。」

遣興

干戈猶未定，弟妹各何之？ 拭淚霑襟血①，梳頭滿面絲〔一〕。 地卑荒野大，天遠暮江遲。 衰疾那能久，應無見汝時②。（0632）

【校】

① 襟，宋本、錢箋校：「一作巾。」

② 時，宋本、錢箋校：「一作期。」《九家》、《草堂》作「期」，校：「一作時。」

【注】

黄鶴注：當是乾元二年（七五九）秦州作，而舊次與梁權道皆編在成都詩内。仇注編入上元元年（七六〇）作。

〔一〕拭淚二句：何遜《爲人妾思》：「寸心君不見，拭淚坐調絃。」《吴聲歌曲·子夜歌》：「宿昔不梳頭，絲髮被兩肩。」王融《有所思》：「欲知憂能老，爲視鏡中絲。」

北鄰

明府豈辭滿，藏身方告勞〔一〕。青錢買野竹，白幘岸江皋〔二〕。愛酒晉山簡，能詩何水曹〔三〕。時來訪老疾，步屧到蓬蒿〔四〕。（0633）

【注】

黄鶴注：此與下篇皆指草堂之鄰，當是上元元年（七六〇）作。

〔一〕明府二句：洪邁《容齋隨筆》卷一：「唐人呼縣令爲明府，丞爲贊府，尉爲少府。」本卷有《敬簡王明府》（0645）、《重簡王明府》（0646）。謝靈運《還舊園作見顔范二中書》：「辭滿豈多秩，謝病不待年。」《九家》趙注：「辭去盈滿也，蓋知足之義。兩句則言北鄰之人豈是辭滿，故藏身而告勞乎。」《詩·小雅·十月之交》：「黽勉從事，不敢告勞。」

〔二〕青錢二句：青錢，見卷二《偪仄行》（0051）「青銅錢」注。孔融《與韋林甫書》：「不得復與足下岸幘廣坐，舉杯相於，以爲邑邑。」《世説新語·簡傲》：「岸幘嘯詠，無異常日。」《資治通鑑》卷九二：「（劉）隗岸幘大言。」胡三省注：「岸幘，幘微脱額也。」《楚辭·九歌·湘君》：「朝騁騖兮江皋，夕弭節兮北渚。」王逸注：「澤曲曰皋。」

〔三〕愛酒二句：《晉書・山簡傳》：「簡每出嬉游，多之池上，置酒輒醉，名之曰高陽池。」《梁書・何遜傳》：「遷中衛建安王水曹行參軍，兼記室。王愛文學之士，日與游宴，及還江州，遜猶掌書記。還爲安西安成王參軍事，兼尚書水部郎。……初，遜文章與劉孝綽並見重於世，世謂之何劉。世祖著論論之云：詩多而能者沈約，少而能者謝朓、何遜。」

〔四〕步屧：見卷五《遭田父泥飲美嚴中丞》(0232)注。

南鄰

錦里先生烏角巾〔一〕，園收芋粟不全貧①。慣看賓客兒童喜②，得食階除鳥雀馴。秋水纔深四五尺③，野航恰受兩三人④〔二〕。白沙翠竹江村暮⑤，相對柴門月色新⑥。（0634）

【校】

①粟，宋本、錢箋校：「一云栗。」《九家》、《草堂》作「栗」，《草堂》校：「一作粟。」

②賓客，宋本、錢箋校：「一云門户。」《文苑英華》校：「集作户門。亦作朋友。」

③纔深，宋本、錢箋校：「一云池雖。」 纔，《九家》、《草堂》校：「一作雖。」

④航，宋本校：「魯直作艇。航，方舟也。」錢箋校：「魯直作艇。」《九家》校：「一作艇。」《草堂》作「艇」，校：「别本作航。黄庭堅作艇。」

⑤村，錢箋校：「一作山。」《草堂》作「山」，校：「一作村。」暮，錢箋校：「一作路。」《文苑英華》校：「集作路。」

⑥對，錢箋校：「一作送。」《文苑英華》作「送」，校：「集作對。」柴門，宋本、錢箋、《草堂》校：「一作籬南。」

【注】

黄鶴注：上元元年（七六〇）作。

〔一〕錦里句：《華陽國志》卷三蜀郡：「其道西城，故錦官也。錦工織錦濯其江中則鮮明，濯他江則不好，故命曰錦里也。」烏角巾，見卷九《奉陪鄭駙馬韋曲二首》（0535）「烏巾」注。《晉書·王導傳》：「元規若來，吾便角巾還第。」《周書·武帝紀》：「初服常冠，以皂紗爲之，加簪而不施纓導，其制若今之折角巾也。」

〔二〕野航句：《苕溪漁隱叢話》前集卷一〇引山谷云：「别本作航，航是大舟，當以艇爲正。」王楙《野客叢書》卷二六：「僕謂漁隱蓋見左思賦『長鯨吞航』，子美詩『已具浮天航』，樂天詩『野艇容三人』，故有是説。不知航亦有小者。《詩》所謂『一葦杭之』，豈大舟也？」《九家》趙注：「一本作艇，艇乃去聲。……杭即航。一葦猶謂之杭，則野航者不必名其大也。」楊慎《升庵集》卷五七引古樂府「沿江引百丈，一濡多一艇」，謂艇音廷，杜詩正用此音。錢箋、朱鶴齡注駁其非是。

赴青城縣出成都寄陶王二少尹〔一〕

老恥妻孥笑①，貧嗟出入勞。客情投異縣，詩態憶吾曹②。東郭滄江合③，西山白雪高〔二〕。文章差底病〔三〕，回首興滔滔。（0635）

【校】

① 老恥妻孥笑，宋本、錢箋校：「一云老被樊籠役。」《九家》、《草堂》作「老被樊籠役」，校：「一作老恥妻孥笑。」

② 吾，宋本、錢箋、《九家》校：「一作君。」

③ 滄江，宋本、錢箋、《九家》校：「一云滄浪。」

【注】

黄鶴注：當是上元元年（七六〇）作。《草堂》編在上元二年（七六一），朱鶴齡注、仇注從之。

〔一〕青城：《元和郡縣圖志》卷三一蜀州：「青城縣，望。南至州四十一里。」「大江，經縣北，去縣二里。」陶王：名未詳。《唐六典》卷三〇京兆河南太原三府：「少尹二人，從四品下。」時成都改南京，置少尹。

〔二〕東郭二句：西山，見卷五《揚旗》（0238）注。朱鶴齡注引《括地志》郡有合江亭，乃成都事，與此不合。

〔三〕文章句：《九家》趙注：「差，病校也。蓋公尚投異縣以干求，自悼雖有文章，可差得何病乎。」朱鶴齡注：「如趙說，差應讀楚懈切。然此恐是差錯之差，病如聲病之病，言文章之不利，差在何病乎。」《玉篇》：「瘥，楚懈切，疾愈也。」《廣韻》卦韻：「差，楚懈切，病除也。瘥同。」《三國志・魏書・方技傳》華佗：「病者言已到，應便拔針，病亦行差。」用例極多。杜詩當用此。文章病犯之説，雖唐人屢言，然朱注解爲差錯之差，終嫌不妥。

因崔五侍御寄高彭州一絶①〔一〕

百年已過半〔二〕，秋至轉飢寒。爲問彭州牧，何時救急難。（0636）

【校】

①因崔五侍御寄高彭州一絶，《九家》題無「一絶」二字，另注：「適。」

【注】

黄鶴注：適上元二年已代崔光遠爲劍南節度，當是上元元年（七六〇）作。

〔一〕崔五侍御：名不詳。高彭州：高適。見卷一〇《寄彭州高三十五使君適虢州岑二十七長史參三十韻》（0610）注。

〔二〕百年句：朱鶴齡注：「時公年將五十，而詩云『百年已過半』，猶乾元二年《立秋後題》，公年止四十八，亦曰『惆悵年半百』。」

野望因過常少仙〔一〕

野橋齊度馬，秋望轉悠哉。竹覆青城合，江從灌口來〔二〕。入村樵徑引，嘗果栗皺開①〔三〕。落盡高天日，幽人未遣回。（0637）

【校】

① 皺，錢箋校：「一作園。」《草堂》作「園」，校：「一作皺。」

【注】

黄鶴注：少仙當是常徵君，此詩當是上元元年（七六〇）在青城作。仇注編入上元二年（七六一）。

〔一〕常少仙：洪邁《容齋隨筆》卷四：「《隨筆》載縣尉爲少公，予後得晏幾道叔原一帖與通叟少公者，正用此也。杜詩有《野望因過常少仙》一篇……蜀士注曰：少仙應是言縣尉也。縣尉謂之少府，而梅福爲尉，有神仙之稱。『少仙』二字尤爲清雅，與今俗呼爲『仙尉』不侔矣。」錢箋引此。朱鶴齡注：「詩末『幽人』，指常少仙也。黄鶴云即後常徵君，或是。」浦起龍云：「少仙或其名字，非尉也。」

〔二〕灌口：見卷四《石犀行》(0172)注。

〔三〕嘗果句：宋祁《益部方物贊》：「天師栗，生青城山中，他處無有也。似栗味美，惟獨房爲異。久食已風攣。」

出郭〔一〕

霜露晚淒淒，高天逐望低。遠烟鹽井上，斜景雪峰西〔二〕。故國猶兵馬，他鄉亦鼓鼙①〔三〕。江城今夜客，還與舊烏啼。(0638)

【校】

① 亦，宋本、錢箋、《九家》校：「一作正。」

【注】

按，黃鶴注實繫此詩於上元二年（七六一），傳本或誤作元年。仇注編入上元元年。

〔一〕出郭：《九家》趙注：「成都諸城門，唯二東門曰大東郭、小東郭。則此詩公自來城中，却自城中出東郭門，繞城歸浣花溪上矣。」仇注：「草堂在郭外，從城中復歸草堂，故有『還與舊烏啼』句。舊説謂自青城還成都，新説謂從成都往青城者皆非。」趙注所謂繞城，太泥。

〔二〕遠烟二句：《華陽國志》卷三蜀郡：「廣都縣，郡西三十里。元朔二年置。有鹽井、漁田之饒。大豪馮氏有魚池鹽井，縣凡有小井十數所。」雪峰，指西山。

〔三〕故國二句：《九家》趙注：「上句言史朝義，下句言段子璋。」黃鶴注：「謂上元二年羌、渾、党項寇涇隴，史思明陷東京，而段子璋反，陷綿州，劉展反，陷昇、潤州，西原蠻又寇邊。」參卷四《戲作花卿歌》（0174）等注。

過南鄰朱山人水亭〔一〕

相近竹參差〔二〕，相過人不知。幽花欹滿樹，小水細通池。歸客村非遠，殘樽席更移。看君多道氣〔三〕，從此數追隨。（0639）

【注】

黄鶴注：當是廣德二年（七六四）自閬州歸草堂時作。梁權道編在上元元年，恐與「歸客」不合。仇注編入上元元年（七六〇）。

〔一〕朱山人：《九家》趙注疑即《南鄰》（0634）詩之錦里先生。朱鶴齡注、仇注等從之。

〔二〕相近句：賀循《賦得夾池修竹》：「緑竹影參差，葳蕤帶曲池。」

〔三〕看君句：徐陵《天台山館徐則法師碑》：「法師蕭然道氣，卓矣仙才。」

恨别

洛城一别四千里①，胡騎長驅五六年②〔一〕。草木變衰行劍外，兵戈阻絶老江邊。思家步月清宵立，憶弟看雲白日眠。聞道河陽近乘勝，司徒急爲破幽燕〔二〕。

（0640）

【校】

①四，宋本、錢箋、《草堂》校：「一作三。」《九家》作「三」，校：「一作四。」

②五六，宋本、錢箋、《草堂》校：「一云六七。」

【注】

《九家》趙注謂作於上元元年（七六〇）。黄鶴注：當是乾元二年（七五九）冬成都作。仇注編入上元元年。

〔一〕胡騎句：《九家》趙注謂自天寶十四載（七五五）安祿山反至上元元年爲六年。

〔二〕聞道二句：《九家》趙注謂指上元元年三月李光弼與史思明戰於懷州，敗之。黄鶴注謂指乾元二年十月李光弼守河陽，破賊於城下。仇注謂上元元年三月破安太清於懷州城下，四月又破史思明於河陽西渚，此河陽乘勝之事也。

寄賀蘭銛〔一〕

朝野歡娱後，乾坤震蕩中〔二〕。相隨萬里日〔三〕，總作白頭翁。歲晚仍分袂，江邊更轉蓬〔四〕。勿云俱異域，飲啄幾回同〔五〕。（0641）

【注】

《九家》趙注：自新津歸成都府作。黄鶴注：當在廣德元年（七六三）作，是時公在閬州。仇注編入廣德二年（七六四）冬。

〔一〕賀蘭銛：見卷五《贈別賀蘭銛》(0258)。

〔二〕朝野二句：《九家》趙注：「朝野歡娛，指安禄山未反前。」黄鶴注：「謂廣德元年收京後，吐蕃之亂未息。」

〔三〕相隨句：《九家》趙注：「言與賀蘭同來萬里橋之日也，若作道里之萬里，則自長安來蜀不當著此字也。」

〔四〕歲晚二句：謝惠連《西陵遇風獻康樂》：「飲餞野亭館，分袂澄湖陰。」轉蓬，見卷七《贈蘇四徯》(0362)注。

〔五〕飲啄句：《莊子·養生主》：「澤雉十步一啄，百步一飲。」何承天《雉子游原澤》：「飲啄雖勤苦，不願栖園林。」

寄楊五桂州譚。因州參軍段子之任〔一〕。

五嶺皆炎熱，宜人獨桂林〔二〕。梅花萬里外，雪片一冬深〔三〕。聞此寬相憶，爲邦復好音。江邊送孫楚〔四〕，遠附白頭吟。(0642)

【注】

黄鶴注：當是上元元年(七六〇)在成都作。

〔一〕楊五：楊譚，見卷九《送張二十參軍赴蜀州因呈楊五侍御》(0470)注。本卷有《廣州段功曹到得楊五長史譚書功曹却歸聊寄此詩》(0705)。《全唐文》卷三七七楊譚《兵部奏桂州破西原賊露布》：「臣前年銜命到州……去年二月二日，睦州、武陽、珠蘭、金溪、黄橙等一百餘洞大賊帥……潛相結構，約二十萬衆。……凡經二百餘日，前後苦戰，各三十餘陣，破賊二十萬衆。」當爲上元元年奏。《新唐書・肅宗紀》上元元年、《資治通鑑》上元元年六月載桂州經略使邢濟破西原蠻。《新唐書・南蠻傳》作桂管經略使邢濟。桂管經略使治桂州，經略使當由刺史充任。楊譚後遷廣州都督府長史，疑其在桂州亦非任刺史，而爲都督府長史。段子：《分門》鮑曰謂即後之廣州段功曹。

〔二〕五嶺二句：五嶺，見卷一〇《寄李十二白二十韻》(0613)注。《元和郡縣圖志》卷三七：「桂州，始安。中都督府。……天寶元年改爲始安郡，至德元年改爲建陵郡。」同卷象州：「隋開皇十一年廢二縣，以潭中縣爲桂林縣，仍以桂林置象州。大業二年廢象州，以桂林縣屬桂州。武德四年平蕭銑，析桂林立武德縣，仍於縣理重置象州。」其地爲秦桂林郡。白居易《送嚴大夫赴桂州》：「桂林無瘴氣，柏署有清風。」

〔三〕梅花二句：《九家》趙注：「廣南多梅。」范成大《桂海虞衡志》：「南州多無雪霜，草木皆不改柯易葉。獨桂林歲歲得雪，或臘中三白，然終不及北州之多。靈川、興安之間，兩山蹲踞，中容一馬，謂之嚴關。朔雪至關輒止，大盛則度關至桂州城下，不復南矣。」

〔四〕江邊句：孫楚，見卷七《八哀詩・嚴公武》(0332)「子荆」注。《九家》趙注：「指言段子也，往爲桂林之參軍。」

逢唐興劉主簿弟〔一〕

分手開元末，連年絶尺書。江山且相見，戎馬未安居。劍外官人冷〔二〕，關中驛騎疏①。輕舟下吴會〔三〕，主簿意何如？（0643）

【校】

① 騎，《草堂》作「使」。

【注】

黄鶴注：當是上元二年（七六一），與《簡王明府》詩同時作。

〔一〕劉主簿：名未詳。《元和郡縣圖志》卷三一蜀州：「唐興縣，望。西北至州四十里。本漢江原縣地，後魏於此立犍爲郡。……武德元年於廢州置唐隆縣，屬益州，垂拱二年割入蜀州。先天元年以犯諱改爲唐安，至德二年改爲唐興縣。」舊注皆引東川遂州之唐興縣，天寶元年改爲蓬溪，而謂此詩及《唐興縣客館記》沿舊稱。蓋新舊《唐書・地理志》蜀州唐安縣，皆未載其至德改名。舊注誤。

〔二〕劍外句：《九家》趙注謂上句言主簿之爲冷官。朱鶴齡注：「官人者，乃州縣令佐之稱也。」引《杜詩博議》：「官人，乃隋唐間語。」按，官人即官員，通上下言之，詔敕中多有「文武官人」、「内外官人」、「州縣官人」之稱。此句蓋言官員待人冷落。

〔三〕輕舟句：曹丕《雜詩》：「吹我東南行，南行至吴會。吴會非我鄉，安能久留滯。」《九家》趙注：「音會計之會，指會稽也。」按，此用魏晋人語，即指吴地。

和裴迪登新津寺寄王侍郎王時牧蜀①〔一〕。

何限倚山木②〔二〕，吟詩秋葉黄。蟬聲集古寺，鳥影度寒塘。風物悲游子，登臨憶侍郎。老夫貪佛日③，隨意宿僧房〔三〕。（0644）

【校】

①和裴迪登新津寺寄王侍郎王時牧蜀，《文苑英華》題作「奉和裴十四迪新津山寺寄王侍郎」，注：「即王蜀州。」

②限，宋本、錢箋、《九家》、《草堂》校：「一作恨。」

③貪佛，《文苑英華》作「探賞」，校：「集作佛。」　佛，宋本、錢箋校：「一云賞。一云費。」《草堂》校：「一作費，非是。」

【注】

黃鶴注：當是上元元年（七六〇）作，或是公暫如新津時與裴同至寺，故有此作。

〔一〕裴迪：王維有《山中與裴迪秀才書》、《贈裴十迪》及與裴迪唱和之《輞川集》。王縉有《同王昌齡裴迪游青龍寺曇壁上人兄院集和兄維》。錢起有《送裴頔侍御使蜀》，《全唐詩》校：「一作迪。」《唐詩紀事》卷一六謂其天寶後爲蜀州刺史，無據。《元和郡縣圖志》卷三一蜀州：「新津縣，望。西北至州八十里。……又東有新津渡，謂之新津市。」王侍郎：《文苑英華》注：「即王蜀州。」《草堂》夢弼注：「乃王維之弟縉也。」王維《責躬薦弟表》：「臣弟蜀州刺史縉，太原五年，撫養百姓。」《新唐書・王維傳》：「縉爲蜀州刺史未還，維自表己有五短，縉五長……久乃召縉爲左散騎常侍。」吴縝《新唐書糾謬》以《王縉傳》不載任蜀州刺史、左散騎常侍事，謂新書《王維傳》所言誤。鄧紹基考王縉由工部侍郎出爲蜀州刺史，約在上元元年秋，接李峴任。次年四五月間遷左散騎常侍。吴説不可信。並引皇甫澈《賦四相詩》「門下侍郎平章事王縉」一首，序云「蜀州刺史廳壁記居相位者，前後四公」爲證。浦起龍云：「玩詩意，知題中『登新津』以下八字，乃裴原題。仇則誤以寄王屬公耳。」

〔二〕何限句：王獻之《桃葉歌》：「春花映何限，感郎獨采我。」此言山木無限而倚之。仇注取「何恨」字，謂此詩句句含恨意，必裴詩原有「恨」字，鑿甚。

〔三〕老夫二句：朱鶴齡注引《隋書・李士謙傳》「佛，日也；道，月也」及蕭統《旻法成實論義疏序》「佛日團空」語。按，此言貪佛，非佛日爲詞。《王縉傳》載縉弟兄奉佛，縉晚年尤甚，施財立寺等事。詩言貪佛，蓋亦順其所好。

敬簡王明府〔一〕

葉縣郎官宰，周南太史公〔二〕。神仙才有數①〔三〕，流落意無窮。驥病思偏秣〔四〕，鷹愁怕苦籠②。看君用高義，恥與萬人同。（0645）

【校】

① 才，《草堂》作「方」。

② 愁，宋本、錢箋校：「一作秋。」

【注】

黃鶴注：上元二年辛丑歲（七六一）嘗爲王作《唐興縣客館記》，此年秋作。

〔一〕王明府：本書卷一九《唐興縣客館記》（1465）：「中興之四年，王潛爲唐興宰……自辛丑歲秋分，大餘二，小餘二千一百八十八，杜氏之老記已。」黄鶴注謂即其人。

〔二〕葉縣二句：見卷一《橋陵詩三十韻因呈縣内諸官》（0037）「王喬」注。《後漢書·明帝紀》：「郎官上應列宿，出宰百里。」《史記·太史公自序》：「是歲天子始建漢家之封，而太史公留滯周南。」《九家》趙注：「下句取太史公留滯周南以自比也。」

〔三〕神仙句：《太平廣記》卷三《漢武帝》（出《漢武内傳》）：「劉徹好道，適來視之，見徹了了……雖當語之以至道，殆恐非仙才也。」

〔四〕驥病句：仇注：「思偏秣，猶言偏思秣。」《淮南子·説山訓》：「伯牙鼓琴，駟馬仰秣。」

重簡王明府

甲子西南異〔一〕，冬來只薄寒。江雲何夜盡①，蜀雨幾時乾？行李須相問，窮愁豈有寬②。君聽鴻雁響，恐致稻粱難〔二〕。（0646）

【校】

①盡，錢箋校：「一作静。」《九家》、《草堂》作「静」，《九家》校：「一作盡。」

②有，宋本、錢箋校：「一作自。」《九家》、《草堂》作「自」，校：「一作有。」

【注】

黃鶴注：當是上元二年（七六一）冬作。

〔一〕甲子句：朱鶴齡注：「甲子，謂歲序。」《太平御覽》卷一六引《易乾鑿度》：「堯以甲子天元爲推術。」注云：「甲子爲蔀首，起十月朔。」程曉《贈傅休奕》：「龍集甲子，四時成歲。」

〔二〕君聽二句：見卷一《同諸公登慈恩寺塔》（0023）注。

建都十二韻〔一〕

蒼生未蘇息，胡馬半乾坤。議在雲臺上，誰扶黃屋尊〔二〕？建都分魏闕，下詔闢荆門〔三〕。恐失東人望，其如西極存〔四〕。時危當雪恥，計大豈輕論。雖倚三階正，終愁萬國翻〔五〕。牽裾恨不死，漏網辱殊恩〔六〕。永負漢庭哭，遥憐湘水魂〔七〕。窮冬客江劍①，隨事有田園〔八〕。風斷青蒲節，霜埋翠竹根〔九〕。衣冠空穰穰②〔一〇〕，關輔久昏昏③。願枉長安日④，光輝照北原〔一一〕。（0647）

【校】

①江劍，錢箋校：「一云劍外。」《草堂》作「劍外」。

②冠，《草堂》作「裳」。

③久，宋本、錢箋、《九家》、《草堂》校：「一作遠。」

④願枉，宋本、錢箋、《九家》校：「一云唯駐。」錢箋校：「一云唯駐。一云願駐。」《草堂》作「願往」，校：「一作唯駐。」

【注】

《九家》趙注：此篇上元元年（七六〇）九月已後之作。黃鶴注：此詩寶應元年（七六二）作。朱鶴齡注：詩云「窮冬客江劍，隨事有田園」，其爲成都草堂作甚明。鮑欽止編寶應元年冬，是年雖復建南都，時公往來梓州，未嘗定居，安得有田園之句？

〔一〕建都：《舊唐書·肅宗紀》：「（上元元年）九月甲午，以荆州爲南都，州曰江陵府，官吏制置同京兆。其蜀郡先爲南京，宜復爲蜀郡。」《呂諲傳》：「諲至治所，上言請於江陵置南都。九月，敕改荆州爲江陵府，永平軍團練三千人，以遏吴蜀之衝。」

〔二〕議在二句：《後漢書·逸民傳》周黨：「臣願與坐雲臺之下，考試圖國之道。」江淹《獄中上建平王書》：「結綬金馬之庭，高議雲臺之上。」黃屋，見卷二《晦日尋崔戢李封》(0075)注。

〔三〕建都二句：《莊子·讓王》：「身在江海之上，心居乎魏闕之下。」《周禮·天官·大宰》：「乃縣治象之法于象魏，使萬民觀治象。」注：「鄭司農云：象魏，闕也。」疏：「周公謂之象魏，雉門之外，兩觀闕高魏魏然。孔子謂之觀。」《九家》趙注：「凡謂之都，則有王者之制焉，期爲分魏闕矣。」《水經注》江水：「江水又東歷荆門、虎牙之間，荆門在南，上合下開，闇徹山南，有門像虎牙，在北，石壁色紅，間有白文，類牙形，並以物像受名。此二山，楚之西塞也，水勢急峻。」

〔四〕恐失二句：《九家》趙注：「恐失東人望，指言河南府之人不服而有觖望之心也。其如西極存，却言以鳳翔爲西都，則所以爲西極之重，斯能保其存。」朱鶴齡注：「東人，指荆州以東。西極，指蜀郡。」仇注：「雖欲慰東人之望，其如西極儼然存，不當建彼而廢此也。」浦起龍云：「西極當即指長安，朱氏指蜀，恐非。」「考是時思明尚據東都，朝廷不能專意進取，長驅北向，乃反納荆州之議，張賊勢而惑衆心，失策甚矣。」楊倫云：「遷洛陽，郭子儀尚堅持不可，況江陵愈趨而南，是直以宗廟陵寢爲可弃矣。」其如，其如之何。見卷一〇《歸燕》(0579)注。

〔五〕雖倚二句：《史記·天官書》索隱：「應劭引《黄帝泰階六符經》曰：泰階，天子之三階。上階，上星爲男主，下星爲女主。中階，上星爲諸侯三公，下星爲卿大夫。下階，上星爲士，下星爲庶人。三階平，則陰陽和，風雨時。」

〔六〕牽裾二句：《三國志·魏書·辛毗傳》：「帝不答，起入内。毗隨而引其裾，帝遂奮衣不還，良久乃出，曰：『佐治，卿持我何太急邪？』」《漢書·刑法志》：「漢興之初，雖有約法三章，網漏吞舟之魚。」《九家》趙注：「此已下六句，公自謂也。」

〔七〕永負二句：賈誼《上疏陳政事》：「臣竊惟事勢，可爲痛哭者一，可爲流涕者二，可爲長太息者六。」《史記・屈原賈生列傳》：「及渡湘水，爲賦以弔屈原。」

〔八〕隨事：有隨處義。白居易《三年冬隨事鋪設小堂寢處稍似穩暖》：「逐身安枕席，隨事有屏帷。」

〔九〕風斷二句：庾信《詠畫屏風》：「蒲低猶抱節，竹短未空心。」

〔一〇〕衣冠句：《史記・貨殖列傳》：「天下熙熙，皆爲利來。天下壤壤，皆爲利往。」

〔一一〕顧枉二句：《晉書・明帝紀》：「年數歲，嘗坐置膝前，屬長安使來，因問帝曰：『汝謂日與長安孰遠？』對曰：『長安近。不聞人從日邊來，居然可知也。』元帝異之。明日，宴群僚，又問之，對曰：『日近。』元帝失色，曰：『何乃異間者之言乎？』對曰：『舉目則見日，不見長安。』」《九家》趙注：「蓋以太原府爲北原，而陷於史思明。」《草堂》夢弼注：「言太原、河北之地未定。」錢箋謂指長安畢原，在渭之北，漢朝諸陵並在其上。引岑參《與高適薛據登慈恩寺浮圖》：「五陵北原上，萬古青濛濛。」朱注謂其説未當。

錢箋：「此詩因建南都而追思分鎮之事也。初，房琯建分鎮討賊之議，詔下，遠近相慶。禄山撫膺曰：『吾不得天下矣。』肅宗以此惡琯，貶之。東南多事，從吕諲之請，置南都於荆州，以扼吴蜀之衝。公聞建都之詔，終以琯議爲是，而惜肅宗之不知大計，故作此詩。」

朱鶴齡注：「江陵號南都，本出吕諲建議。此詩……蓋以譏諲也。江陵雖吴蜀要衝，然天子未嘗駐蹕，則不當移蜀郡之稱於此，而河北、中原之地尚爲賊據，安可不急圖收復乎！

『牽裾』以下，歷歷自叙，正歎己之客居劍外，無由效漢庭之哭也。」

歲暮

歲暮遠爲客，邊隅還用兵。烟塵犯雪嶺，鼓角動江城〔一〕。天地日流血，朝廷誰請纓〔二〕？濟時敢愛死，寂寞壯心驚。（0648）

【注】

《九家》趙注繫於上元元年（七六〇）。黄鶴注：廣德元年（七六三）作。

〔一〕烟塵二句：《九家》趙注：「上元元年歲在庚子，吐蕃陷廓州，則其兵熾於西山一帶。西山近接松、維。」黄鶴注：「當是指廣德元年吐蕃陷松、維、保三州。雪嶺，指維州也。」《元和郡縣圖志》卷三二西川松州嘉誠縣：「雪山，在縣東八十里，春夏常有積雪，故名。」本卷《赴青城縣出成都寄陶王二少尹》（0635）：「西山白雪高。」則雪山即指西山。按，廓州去松、維州稍遠。然自至德後，吐蕃歲内侵。《舊唐書・吐蕃傳》：「劍南西山又與吐蕃、氐、羌鄰接，武德以來，開置州縣，立軍防，即漢之筰路，乾元以後亦陷於吐蕃。」《新唐書・吐蕃傳》載寶應元年，吐蕃破西山合水城。則此詩所指，非必是廣德元年陷松、維州。

〔二〕朝廷句：《漢書·終軍傳》：「軍自請：願受長纓，必羈南越王而致之闕下。」

和裴迪登蜀州東亭送客逢早梅見寄①〔一〕

東閣官梅動詩興，還如何遜在揚州。何遜集有《早梅》詩②〔二〕。此時對雪遥相憶，送客逢春可自由③〔三〕？幸不折來傷歲暮，若爲看去亂鄉愁④〔四〕？江邊一樹垂垂發，朝夕催人自白頭。（0649）

【校】

①見寄，錢箋、《九家》、《草堂》作「相憶見寄」。

②何遜集有早梅詩，錢箋無此注。

③春，宋本、錢箋校：「一作花。」《草堂》作「花」，校：「一作春。」可，宋本、錢箋校：「樊作更。」

④鄉，宋本、錢箋校：「一作春。」《草堂》作「春」。

【注】

黄鶴注：此詩題云「逢梅相憶見寄」，則是上元元年冬在成都作。

〔一〕蜀州：《元和郡縣圖志》卷三一成都府：「蜀州，唐安。緊。……東至成都府一百五十里。」

〔二〕東閣二句：何遜，見前《北鄰》(0633)注。《藝文類聚》卷八六：「梁何遜《詠早梅》詩曰：兔園標物序，驚時最是梅。銜霜當路發，映雪擬寒開。枝横却月觀，花繞淩風臺。知應早飄落，故逐上春來。」《苕溪漁隱叢話》後集卷二一引《復齋漫録》：「《漢皐詩話》謂：杜詩『東閣官梅動詩興，還如何遜在揚州』，今本傳不見揚州事。遜《早梅》詩……見《初學記》。杜詩所用，非爲此也。《三輔決録》云：遜在揚州，見官梅亂發，賦四言詩，人争傳寫。」張邦基《墨莊漫録》卷一：「余後見別本：遜，東海剡人，舉本州秀才，射策爲當時之冠。歷官奉朝請，時南平王殿下爲中權將軍、揚州刺史，望高右戚，實曰賢主。擁篲分庭，愛客接士，東閣一開，競收揚、馬。左席皆啓，争趨鄒、枚。君以詞藝早聞，故深親禮，引爲水部行參軍事，仍掌文記室云云。乃知遜嘗在揚州也。蓋本傳但言南平引爲記室，略去揚州爾。然東晋、宋、齊、梁、陳，皆以建業爲揚州，則遜之所在揚州，乃建業耳，非今之廣陵也。」胡震亨《唐音癸籤》卷二二：「《梁書》：建安王偉刺揚州，遜爲水曹行參軍兼記室。遜集有《揚州法曹梅花盛開》詩。時迪在蜀依王侍郎，東閣云者，擬王也。裴依王，何依建安，而何恰有梅詩，故用相比。今人詠梅輒曰何水部，豈知老杜初拈出時，切確不可移易如此。」其所謂「揚州法曹梅花盛開詩」，似據僞蘇注。朱鶴齡注：「胡震亨曰：《何遜墓志》：東閣一開，競收揚、馬。杜甫『東閣』本此。志載《墨莊漫録》。」似非胡震亨語。

〔三〕自由：見卷二《晦日尋崔戢李封》(0075)注。

〔四〕幸不二句：朱鶴齡注：「言幸而不折花寄來，若看之必動鄉愁矣。」按，若爲，何爲、如何之義。

王維《送秘書晁監還日本國》:「別離方異域,音信若爲通。」李白《寄遠》:「桃李今若爲,當窗發光彩。」詩云值此歲暮傷心之時,幸好不折花寄來,又何必去看梅,以增鄉愁?

寄贈王十將軍承俊〔一〕

將軍膽氣雄,臂懸兩角弓〔二〕。纏結青驄馬〔三〕,出入錦城中。時危未授鉞〔四〕,勢屈難爲功。賓客滿堂上,何人高義同?（0650）

【注】

《九家》趙注疑在浣花溪上馳往城内,便可謂之「寄」。黃鶴注:王將軍在成都,而公作詩寄之,當在大曆元年(七六六)春作。梁權道編入上元二年(七六一)。仇注:必上元二年在青城作。

〔一〕王十將軍承俊:王承俊,陶敏謂當作王崇俊。《舊唐書·崔寧傳》:「永泰元年五月,嚴武卒……旰時爲西山都知兵馬使,與軍衆共請大將王崇俊爲節度使。二奏俱至京師,會朝廷已除英乂,旰使因見英乂陳其事。英乂至成都數日,誣殺王崇俊,又召旰還成都。」

〔二〕臂懸句:《唐六典》卷一六武庫令:「弓之制有四:一曰長弓,二曰角弓,三曰稍弓,四曰格弓。……角弓以筋角,騎兵用之。」仇注謂左右二臂各懸一弓,故曰「兩角弓」。按,張弓必以雙臂。兩角弓者蓋有備用者。

〔三〕纏結句：仇注：「纏結，馬之裝飾。」按，纏結當爲動詞。韓翃《少年行》：「千點斕斒噴玉驄，青絲結尾繡纏騣。」施肩吾《觀舞女》：「纏紅結紫畏風吹，裊娜初回弱柳枝。」

〔四〕時危句：《晉書·禮志》：「漢魏故事，遣將出征，符節郎授節鉞於朝堂。」

游修覺寺　前游①〔一〕

野寺江天豁，山扉花竹幽。詩應有神助〔二〕，吾得及春游。徑石相縈帶②，川雲自去留③。禪枝宿衆鳥〔三〕，漂轉暮歸愁。（0651）

【校】

① 前游，二字錢箋無，《九家》、《草堂》小字。

② 相，宋本、錢箋、《九家》、《草堂》校：「一云深。」

③ 自，宋本、錢箋、《九家》、《草堂》校：「一云晚。」

【注】

黄鶴注：當在上元元年（七六〇）作。仇注編入上元二年（七六一）。

〔一〕修覺寺：《方輿勝覽》卷五二崇慶府：「修覺寺，在新津縣南五里。」鍾惺《游修覺山記》：「辛亥十月十有九日，早發新津，叔弟恬不知隔江者爲何許山也……問之，則修覺山。……及唐明皇幸蜀，大書『修覺山』三大字嵌石壁，今猶存者，即其處也。……夾砌數折，即修覺寺，寺前雙井，一井一塔，唐物也。明皇書嵌佛殿左側岩壁上，字方廣二三尺，一字各專一石。」《清一統志》卷二九三成都府：「修覺寺，在新津縣東南五里修覺山，僧神秀結廬於此，唐明皇駐蹕，爲題『修覺山』三字，有左右二井，春夏汲東，秋冬汲西，水斯甘冽，反之則否。」

〔二〕有神助：見卷一《奉贈韋左丞丈二十二韻》（0001）注。

〔三〕禪枝句：蕭統《講席將畢賦三十韻》：「藥樹永繁稠，禪枝詎凋樾。」

後游

寺憶新游處①，橋憐再渡時。江山如有待，花柳更無私〔一〕。野潤烟光薄，沙暄日色遲。客愁全爲減，捨此復何之。（0652）

【校】

① 新，錢箋校：「一作曾。」《草堂》作「曾」。

【注】

黄鶴注：同上年作。

〔一〕江山二句：《莊子·田子方》：「萬物亦然，有待也而死，有待也而生。」《禮記·孔子閑居》：「天無私覆，地無私載，日月無私照。」

題新津北橋樓得郊字。

望極春城上，開筵近鳥巢。白花簷外朵，青柳檻前梢。池水觀爲政，厨烟覺遠庖〔一〕。西川供客眼①，唯有此江郊②。（0653）

【校】

① 客，宋本、錢箋、《草堂》校：「一作遠。」　客眼，錢箋校：「一云醉客。」《文苑英華》作「醉客」，校：「集作客眼。」

② 唯有，宋本、錢箋校：「一云偏愛。」　有，《文苑英華》作「是」，校：「集作有。」

【注】

黄鶴注：上元元年（七六〇）公嘗暫如新津，此詩殆其年作也。仇注編入上元二年（七六一）。

〔一〕池水二句：《藝文類聚》卷九引《顧子》：「與子華游東池，子華曰：『水有四德，池爲一焉。沐浴群生，澤流萬世，仁也；揚清激濁，滌蕩塵穢，義也；弱而難勝，勇也；導江疏河，變盈流謙，智也。』顧子曰：『我得女於池上矣。』」《孟子·梁惠王上》：「君子之於禽獸也，見其生，不忍見其死；聞其聲，不忍食其肉。是以君子遠庖厨也。」朱鶴齡注：「時必與官於蜀州者同作。」浦起龍云：「五六就俯仰之景打合縣令，然欠老成。」

奉酬李都督表丈早春作〔一〕

力疾坐清曉〔二〕，來時悲早春①。轉添愁伴客，更覺老隨人②。紅入桃花嫩③，青歸柳葉新。望鄉應未已，四海尚風塵。（0654）

【校】

①時，宋本、錢箋校：「一云詩。」《九家》、《草堂》、《文苑英華》作「詩」。

②人，宋本、錢箋校：「荆作身。」

③桃，《文苑英華》作「梅」，校：「集作桃。」

【注】

黃鶴注：當是上元元年（七六〇）作。仇注編入上元二年（七六一）。

〔一〕李都督：陳冠明謂即李若幽（國貞）。《舊唐書·李國貞傳》：「李國貞，淮安王神通子淄川王孝同之曾孫。父廣業，劍州長史。國貞本名若幽……上元初，改成都尹、兼御史大夫，充劍南節度使。入爲殿中監。二年八月，遷户部尚書、兼御史大夫，持節充朔方、鎮西、北庭、興平、陳鄭等節度行營兵馬及河中節度都統處置使，鎮於絳，賜名國貞。」按，杜甫爲舒王元名外孫之外孫，見卷七《别李義》（0358）注。故稱孝同曾孫若幽爲表丈，年輩吻合。然成都舊爲蜀郡大都督府，至德二年改成都府，稱成都尹。杜詩稱曾爲成都尹之嚴武爲中丞、大夫，乃其兼銜，無有稱都督者。《肅宗紀》：「（上元元年）三月壬申，以京兆尹李若幽爲成都尹、劍南節度使。」其至成都亦不當在早春。疑都督當作都統，此詩當作於寶應元年春，時已賜名國貞充都統處置使。詩中「來時」當作「來詩」。

〔二〕力疾句：《三國志·魏書·華歆傳》：「君其力疾就會，以惠予一人。」

登樓

花近高樓傷客心，萬方多難此登臨。錦江春色來天地①，玉壘浮雲變古

今〔一〕。北極朝廷終不改，西山寇盜莫相侵〔二〕。可憐後主還祠廟，日暮聊爲梁甫吟〔三〕。（0655）

【校】

①色來，宋本、錢箋、《九家》校：「一云水流。」

【注】

黃鶴注：意是廣德二年（七六四）作，指廣德元年十二月吐蕃陷松、維州而言。

〔一〕錦江二句：錦江、玉壘，見卷七《覽柏中允兼子侄數人除官制詞因述父子兄弟四美載歌絲綸》（0308）注。

〔二〕北極二句：《爾雅·釋天》：「北極謂之北辰。」注：「北極，天之中，以正四時。」《九家》趙注謂指廣德元年十月吐蕃陷京師，郭子儀復長安，則朝廷終不改。十二月吐蕃陷松、維、保三州，成都大震，則來相侵。

〔三〕可憐二句：吴曾《能改齋漫録》卷一二：「蜀先主祠，在成都錦官門外，西挾即武侯祠，東挾即後主劉禪祠。蔣公堂帥蜀，以禪不能保有土宇，因去之。」朱鶴齡注引錢箋引此，謂：「所謂『後主還祠廟』者，書所見以志慨也。」又錢箋：「以代宗任用程元振、魚朝恩，致蒙塵之禍，而託諷於後主之用黃皓乎。」梁甫吟，見卷一《同李太守登歷下古城員外新亭》（0007）注。《九家》趙

注：「諸葛作《梁甫吟》，意在譏罪晏子之爲相，今公以諸葛自處而爲其吟，所以罪元載乎？」錢箋引《西溪叢語》：「泰山以喻人君，梁甫以喻小人，諸葛好爲《梁甫吟》，恐取此意。」朱鶴齡注：「傷時戀主，自負亦在其中。」仇注：「思得諸葛以濟世耳。」

潘德輿《養一齋李杜詩話》卷二：「按杜之七律較勝諸家處，不在渾雄富麗也。高、岑何嘗不渾雄，王、李何嘗不富麗哉？且《秋興》八首，興象聲色，誠爲名構，然持之較《九日藍田崔氏莊》、《聞官軍收河南河北》、《登高》、《登樓》、《諸將》、《詠懷古跡》等詩，則《秋興》猶非杜公七律之止境也。胡氏應麟曰：『近體莫難於七言律。高、岑明净整齊，所乏遠韻。王、李精華秀朗，時覺小疵。學者步高、岑之格調，合王、李之風神，加以杜陵之雄深變幻，七律能事畢矣。』又曰：『七言近體，盛唐至矣，充實輝光，種種備美，所少者曰大曰化耳，故能事者必老杜而後極。』二段於杜律勝諸家處，獨得其微，過高氏（棅）遠矣。然胡氏以『錦江春色來天地，玉壘浮雲變古今』等句爲字中化境，强爲分晰，殊屬多事。蓋既曰化境，則從心所欲，神動天隨，何篇章字句之能辨哉？」

春歸

苔逕臨江竹，茅簷覆地花。別來頻甲子〔一〕，歸到忽春華①。倚杖看孤石，傾

壺就淺沙。遠鷗浮水静，輕燕受風斜。世路雖多梗，吾生亦有涯〔二〕。此身醒復醉②，乘興即爲家。（0656）

【校】

① 歸到，錢箋作「倏忽」，校：「一作歸到。」忽，錢箋作「又」。

② 此身，宋本、錢箋、《草堂》校：「一作且應。」

【注】

黄鶴注：廣德二年（七六四）避亂歸成都時作。

〔一〕頻甲子：見卷九《贈韋左丞丈濟》（0411）注。

〔二〕世路二句：多梗，見卷二《送率府程録事還鄉》（0074）注。《莊子·養生主》：「吾生也有涯，而知也無涯。」

歸雁

東來萬里客①，亂定幾年歸②〔一〕。腸斷江城雁，高高正北飛③。（0657）

【校】

①東，《九家》作「春」，校：「一作東。」

②定，宋本、錢箋校：「一云走。」

③正，錢箋、《九家》校：「一作向。」

【注】

黄鶴注：同前篇廣德二年作。

〔一〕東來二句：《九家》趙注以萬里謂萬里橋，自西川來東川，所以爲東來之客。仇注：「東來客，赴成都。幾年歸，念長安。」如趙注，則作於東川。

三絶句

楸樹馨香倚釣磯，斬新花蘂未應飛〔一〕。不如醉裏風吹盡①，可忍醒時雨打稀②？（0658）

【校】

①風吹，錢箋校：「一云春風。」

② 可，宋本、錢箋、《草堂》校：「一作何。」

【注】

黄鶴注：當在寶應元年（七六二）作。

〔一〕楸樹二句：《爾雅·釋木》：「槐，小葉曰榎。大而皵，楸。小而皵，榎。」注：「槐當爲楸。楸細葉者爲榎。老乃皮粗，皵者爲楸，小而皮粗，皵者爲榎。」宇文毓《贈韋居士》：「坐石窺仙洞，乘槎下釣磯。」孟浩然《經七里灘》：「釣磯平可坐，苔磴滑難步。」張籍《寒食後》：「斬新衣著盡，還似去年時。」敦煌詞《酒泉子》：「三尺青蛇，斬新鑄就鋒刃快。」

門外鸕鷀去不來①，沙頭忽見眼相猜〔一〕。自今已後知人意，一日須來一百回。（0659）

【校】

① 去，宋本、錢箋校：「一作久。」《草堂》作「久」。

【注】

〔一〕門外二句：鸕鷀，見卷一〇《秦州雜詩》（0565）注。劉孝威《烏生八九子》：「虞機衡網不得施，猜鷹鷙隼無由逐。」

無數春笋滿林生，柴門密掩斷人行。會須上番去聲看成竹〔一〕，客至從嗔不出迎。（0660）

【注】

〔一〕會須句：《九家》趙注：「蜀人於竹言上番則成竹，又曰上筤笋。下番則不成竹，亦曰下筤笋。」朱翌《猗覺寮雜記》卷上：「杜子美『會須上番看成竹』、元微之『飛舞先春雪，因依上番梅』，俱用『上番』字。則『上番』不專爲竹也。退之《笋》詩云『庸知上幾番』，又作平聲押。」朱鶴齡注：「斬新、上番，皆唐人方言。」黄生《字詁》：「其義即更番之番，但唐時方言作去聲讀。」何焯云：「馮云：上番猶言頭潑，凡二三潑笋多蛀折，不能成竹。」

客至 喜崔明府相過①〔一〕。

舍南舍北皆春水，但見羣鷗日日來②。花徑不曾緣客掃，蓬門今始爲君開。

盤飧市遠無兼味，樽酒家貧只舊醅〔二〕。肯與鄰翁相對飲，隔籬呼取盡餘

杯。（0661）

【校】

①過，宋本作「遇」，據錢箋改。相過，《九家》、《草堂》作「見過」。

②見，宋本、錢箋、《九家》校：「一作有。」

【注】

黄鶴注：當在上元二年（七六一）作。

〔一〕崔明府：名不詳。仇注引邵注謂甫舅氏，無據。

〔二〕盤飧二句：盤飧，見卷一《示從孫濟》（0024）注。《韓詩外傳》卷八：「大侵之禮，君食不兼味，臺榭不飾，道路不除。」沈自南《藝林彙考》卷五：「《酒爾雅》：……醅，未泲之酒也。」

遣意二首

囀枝黄鳥近，泛渚白鷗輕。一逕野花落，孤村春水生。衰年催釀黍，細雨更移橙①〔一〕。漸喜交游絶〔二〕，幽居不用名。（0662）

【校】

①更，錢箋校：「一作夜。」

【注】

黄鶴注：當同是上元二年（七六一）作。

〔一〕衰年二句：《齊民要術》卷七：「黍米酎法，亦以正月作，七月熟，净治麴，擣末絹簁如上法。笨麴一斗，殺米六斗，用神麴彌佳，亦隨殺多少，以意消息。米細篩净淘，弱炊再餾，黍攤冷，以麴末於甕中和之，挼令調均，擘破塊，著甕中。」張衡《南都賦》：「樗棗若留，穰橙鄧橘。」《文選》薛綜注：「《説文》曰：橙，橘屬也。」

〔二〕漸喜句：陶淵明《歸去來兮辭》：「歸去來兮，請息交以絶游。」

簷影微微落，津流脈脈斜。野船明細火①，宿雁取圓沙②。雲掩初弦月，香傳小樹花。鄰人有美酒，稚子夜能賒③〔一〕。（0663）

【校】

①船，錢箋、《草堂》校：「一作松。」

②取圓，宋本校：「一作聚寒。」取，錢箋、《九家》、《草堂》作「聚」。圓，錢箋、《九家》、《草堂》校：「一作寒。」

③夜，宋本、錢箋、《九家》、《草堂》校：「一作也。」

【注】

〔一〕鄰人二句：《横吹曲辭·高陽樂人歌》：「可憐白鼻騧，相將入酒家。無錢但共飲，畫地作交賒。」《太平廣記》卷四〇《章仇兼瓊》（出《逸史》）：「有一鬻酒者，酒勝其黨，又不急於利，賒貸甚衆。」

漫成二首

野日荒荒白①，春流泯泯清②〔一〕。渚蒲隨地有，村逕逐門成。只作披衣慣，常從漉酒生③〔二〕。眼邊無俗物〔三〕，多病也身輕。（0664）

【校】

①野日荒荒，宋本、錢箋、《草堂》校：「一作野月茫茫。」日，《九家》校：「一作月。」

② 春，錢箋校：「一云江。」

③ 漉，《草堂》校：「黃作受。」

【注】

黃鶴注：從舊次上元二年（七六一）作。

〔一〕野日二句：黃希注：「張有《復古編》云：湉，古活字。泯泯當是湉湉，如《詩》『北流活活』之義。傳寫之誤耳。」《説文》：「潤，水流浼浼貌。從水，閔聲。」《古今韻會舉要》：「或作泯。」引杜詩「春流泯泯清」。朱鶴齡注引此，謂：「泯泯對荒荒，極狀江流之遠大。泯泯、活活，意象各不同。」

〔二〕只作二句：陶淵明《移居》：「相思則披衣，言笑無厭時。」《宋書·陶潛傳》：「取頭上葛巾漉酒。」浦起龍云：「生字作生涯之生解，與慣字對。」

〔三〕眼邊句：《世説新語·排調》：「嵇、阮、山、劉在竹林酣飲，王戎後往，步兵曰：『俗物已復來敗人意。』」

江皋已仲春，花下復清晨。仰面貪看鳥，回頭錯應人。讀書難字過，對酒滿壺頻。近識峨眉老〔一〕，知余懶是真①。東山隱者②。（0665）

【校】

① 余，錢箋作「予」。

② 東山隱者，宋本校：「又作陳山。」

【注】

〔一〕近識句：《水經注》青衣水：「《益州記》曰：平鄉江東逕峨眉山，在南安縣界，去成都南千里。然秋日清澄，望見兩山，相峙如峨眉焉。」《元和郡縣圖志》卷三一嘉州：「峨眉縣，上。東至州七十五里。……枕峨眉山東麓，故以爲名。……峨眉大山，在縣西七里。《蜀都賦》云『抗峨眉於重阻』。兩山相對，望之如峨眉，故名。此山亦有洞天石室，高七十六里。中峨眉山，在縣東南二十里。」

春水

三月桃花浪①〔一〕，江流復舊痕。朝來没沙尾②，碧色動柴門。接縷垂芳餌，連筒灌小園〔二〕。已添無數鳥③，争浴故相喧④。（0666）

【校】

① 浪，錢箋、《草堂》校：「一云水。」

② 尾，錢箋校：「一云岸。」
③ 已添，《文苑英華》作「不知」。
④ 争浴，《文苑英華》作「何意」。

【注】

黃鶴注：當是上元二年（七六一）在浣花作。

〔一〕三月句：《漢書·溝洫志》：「如使不及今冬成，來春桃華水盛，必羡溢，有填淤反壤之害。」注：「師古曰：蓋桃方華時，既有雨水，川谷冰泮，衆流猥集，波瀾盛長，故謂之桃華水耳。」

〔二〕接縷二句：朱鶴齡注引李實曰：「川中水車如紡車，以細竹爲之，車骨之末縛以竹筒，旋轉時低則舀水，高則瀉水。故曰『連筒灌小園』。若夔州府修水筒，則引山泉者。」按，此言連筒，筒與筒相接，似非水車。《太平御覽》卷八二四引《魏略》：馬鈞作翻車灌園。程大昌《演繁露》卷三謂是今之水車。《舊唐書·文宗紀》大和二年閏三月：「内出水車樣，令京兆府造水車。」又在此後五十年。

江亭

坦腹江亭暖，長吟野望時〔一〕。水流心不競，雲在意俱遲〔二〕。寂寂春將晚，欣

欣物自私〔三〕。故林歸未得，排悶强裁詩①〔四〕。（0667）

【校】

① 故林歸未得排悶强裁詩，錢箋校：「草堂本一云江東猶苦戰，回首一顰眉。」《草堂》校同。

【注】

黄鶴注：從舊次上元二年（七六一）作。

〔一〕坦腹二句：《世説新語·雅量》：「郗太傅在京口，遣門生與王丞相書，求女婿……門生歸，白郗曰：『王家諸郎亦皆可嘉，聞來覓婿，咸自矜持。唯有一郎在東床上坦腹卧，如不聞。』」

〔二〕水流二句：嵇康《答向子期難養生論》：「未能外榮華而安貧賤，且抑使由其道而不争；不可令其力争，故許其心競。」葉夢得《避暑録話》卷上：「子美聞難間關，盡室遠去，及一召用不得志，卒飢寒轉徙巴峽之間而不悔，終不肯一引頸而西笑，非有不競遲留之心安能然。耳目所接，宜其瞭然，自與心會。此固與淵明同一出處之趣也。」《唐詩品彙》卷六二：「張子韶云：其意與物初無間斷，比之陶淵明『雲無心已出岫，鳥倦飛而知還』，氣更混淪也。」

〔三〕欣欣句：陶淵明《歸去來兮辭》：「木欣欣以向榮，泉涓涓而始流。善萬物之得時，感吾生之行休。」

〔四〕排悶句：陸機《文賦》：「苟銓衡之所裁，固應繩其必當。」鍾嶸《詩品》嵇康：「託喻清遠，良有鑒裁。」戴逵：「裁長補短，袁彦伯之亞乎。」

村夜

蕭蕭風色暮①，江頭人不行。村舂雨外急，鄰火夜深明。胡羯何多難〔一〕，樵漁寄此生。中原有兄弟，萬里正含情。（0668）

【校】

① 蕭蕭，宋本作「肅肅」，據錢箋等改。　蕭蕭風色暮，宋本、錢箋校：「樊作風色蕭蕭暮。」《九家》、《草堂》、《文苑英華》作「風色蕭蕭暮」，《九家》、《草堂》校：「一作蕭蕭風色暮。」

【注】

黄鶴注：當是上元元年（七六〇）浣花作。若二年，段子璋反，不應詩不及之。

〔一〕胡羯句：《新唐書·史思明傳》：「思明乘勝鼓行，西陷洛陽，破汝、鄭、滑三州，圍李光弼河陽，不能拔。使安太清取懷州以守，光弼攻之，太清降。思明又遣田承嗣擊申、光等州，王同芝擊陳，許敬釭擊兖、鄆，薛崿擊曹。」史思明陷洛陽在乾元二年九月。李光弼收懷州在上元元年十一月。思明遣田承嗣等出擊，當在此之間。黄鶴注引《資治通鑑》，籠統繫於上元元年十一月。《九家》趙注謂指上元二年三月史朝義弑其父思明。

早起

春來常早起，幽事頗相關。帖石防隤岸〔一〕，開林出遠山。一丘藏曲折〔二〕，緩步有躋攀。童僕來城市，瓶中得酒還。（0669）

【注】

仇注編入上元二年（七六一）。

〔一〕帖石句：宋玉《高唐賦》：「磐石險峻，傾崎崖隤。」

〔二〕一丘句：《世説新語·品藻》謝鯤語：「端委廟堂，使百僚準則，臣不如亮。一丘一壑，自謂過之。」

《瀛奎律髓》卷一四：「此乃老杜集之晚唐詩也。起句平，入晚唐也。三四著上，帖、防、開、出字爲眼，則不特晚唐也。五六意足，不必拘對而有味，則不止晚唐矣。尾句别用一意，亦晚唐所必然也。」

畏人〔一〕

早花隨處發，春鳥異方啼。萬里清江上，三年落日低①〔二〕。畏人成小築，褊性合幽棲〔三〕。門逕從榛草②，無心走馬蹄③。（0670）

【校】

① 年，宋本、錢箋、《九家》校：「一作峰。」

② 門逕，宋本、錢箋、《九家》、《草堂》校：「一云逕没。」

③ 走，宋本、錢箋校：「一作待。」《九家》、《草堂》作「待」，校：「一作走。」

【注】

黄鶴注：當是寶應元年（七六二）作，蓋言公抵成都恰三年。

〔一〕畏人：曹丕《雜詩》：「弃置勿復陳，客子常畏人。」

〔二〕萬里二句：《九家》趙注：「公所居在萬里橋西。」

〔三〕褊性句：《詩·魏風·葛屨》：「維是褊心，是以爲刺。」疏：「褊急，言性躁。」

可惜

花飛有底急〔一〕，老去願春遲。可惜歡娱地，都非少壯時。寬心應是酒，遣興莫過詩。此意陶潛解，吾生後汝期〔二〕。（0671）

【注】

黄鶴注：意是寶應元年（七六二）春作。仇注編入上元二年（七六一）。

〔一〕花飛句：《九家》趙注：「有底，唐人語，有甚底事也。」朱鶴齡注：「俗謂何物爲底。有底急，言有底事而飛之急。」

〔二〕此意二句：王嗣奭《杜臆》：「古來唯陶淵明得此意，而今無其人，吾生也晚，當與作神交耳。」

落日

落日在簾鈎，溪邊春事幽。芳菲緣岸圃，樵爨倚灘舟〔一〕。啅雀争枝墜〔二〕，飛

蟲滿院游。濁醪誰造汝，一酌散千憂①〔三〕。（0672）

【校】

① 一酌，宋本、錢箋、《草堂》校：「一云酌罷。」 一酌散千憂，宋本、錢箋校：「一云一酌罷人憂。」

【注】

黄鶴注：同是寶應元年（七六二）春作。仇注：此及《可惜》大抵皆上、寶間作，姑依蔡氏附在上元二年（七六一）之春。

〔一〕芳菲二句：《九家》趙注：「此於義本是『緣岸芳菲圃，倚灘樵爨舟』。而句法藏巧，故云。」

〔二〕啅雀：見卷四《枯椶》（0190）注。

〔三〕濁醪二句：濁醪，見卷一《夏日李公見訪》（0034）注。沈炯《獨酌謡》：「所以成獨酌，一酌傾一瓢。生涯本漫漫，神理暫超超。再酌矜許史，三酌傲松喬。頻煩四五酌，不覺凌丹霄。」

獨酌

步屧深林晚①〔一〕，開樽獨酌遲。仰蜂粘落絮②，行音杭蟻上枯梨③〔二〕。薄劣慚

真隱，幽偏得自怡〔三〕。本無軒冕意，不是傲當時〔四〕。（0673）

【校】

①步屧，宋本、錢箋校：「一作履。一作倚杖。」

②絮，宋本、錢箋、《草堂》校：「一作蘂。」《九家》作「蘂」。

③音杭，錢箋作「户郎切」。

【注】

黄鶴注：繼前篇而作。

〔一〕步屧：見卷五《遭田父泥飲美嚴中丞》（0232）注。

〔二〕仰蜂二句：《九家》趙注：「蜂粘花蘂是也，一作落絮，非。行蟻，成行之蟻。」

〔三〕薄劣二句：謝靈運《九日從宋公戲馬臺集送孔令》：「彼美丘園道，喟焉傷薄劣。」陸機《董桃行》：「聊樂永日自怡，齎此遺情何之。」

〔四〕本無二句：謝朓《休沐重還丹陽道中》：「志狹輕軒冕，恩甚戀閨闈。」夏侯湛《東方朔畫贊》：「苟出不可以直道也，故頡頏以傲世。」

遠游

賤子何人記，迷芳著處家①〔一〕。竹風連野色②，江沫擁春沙。種藥扶衰病，吟詩解嘆嗟。似聞胡騎走，失喜問京華〔二〕。（0674）

【校】

① 芳，宋本、錢箋校：「荆作方。」《草堂》作「方」，校：「王作芳。」

② 色，《草堂》作「浪」。

【注】

黄鶴注：寶應元年冬十月，史朝義屢敗，將輕騎數百東走。此詩當是廣德元年（七六三）春作。按，寶應二年（廣德元年）春河北已定，不應云「似聞胡騎走」。當是上元二年（七六一）春作。

〔一〕著處：見卷八《清明》（0405）注。

〔二〕似聞二句：《舊唐書·肅宗紀》：「（上元二年二月）戊寅，李光弼率河陽之軍五萬，與史思明之衆戰於北邙，官軍敗績。光弼、僕固懷恩走保聞喜，魚朝恩、衛伯玉走保陝州。河陽、懷州共陷賊，京師戒嚴。……三月甲子，史朝義率衆夜襲我陝州，衛伯玉逆擊，敗之。戊戌，史思明爲其子朝義所殺。」此詩當作於三月衛伯玉敗敵後。

徐步

整履步青蕪①，荒庭日欲晡〔一〕。芹泥隨燕觜，花蘂上蜂鬚②〔二〕。把酒從衣濕，吟詩信杖扶。敢論才見忌，實有醉如愚〔三〕。（0675）

【校】

①履，宋本、錢箋校：「一作屐。晋作屧。」《九家》、《草堂》校：「一作屐。」

②花蘂，宋本、錢箋校：「一作蘂粉。」

【注】

黄鶴注：從舊次上元二年（七六一）作。

〔一〕荒庭句：晡，夕。《漢書·五行志》：「晡時食從西北，日下晡時復。」

〔二〕花蘂句：《埤雅》卷一〇：「《續古今注》曰：龜鼊之類無雄，蜂蝶之類無雌。一説蜂蝶醜，皆以鬚嗅，鬚蓋其鼻也。杜甫詩曰『花蘂上蜂鬚』以此。」

〔三〕敢論二句：《後漢書・楊李翟應霍爰徐傳》：「孫懿以高明見忌。」李康《運命論》：「以仲尼之謙也，而見忌於子西。」《論語・爲政》：「子曰：『吾與回言終日，不違如愚。』」《公冶長》：「子曰：『甯武子，邦有道則知，邦無道則愚。其知可及也，其愚不可及也。』」

寒食

寒食江村路①〔一〕，風花高下飛②。汀烟輕冉冉，竹日淨暉暉〔二〕。田父要皆去③，鄰家鬧不違④〔三〕。地偏相識盡⑤，雞犬亦忘歸⑥。（0676）

【校】

① 路，宋本、《九家》校：「一云落。」錢箋校：「一作樹。」

② 寒食江村路風花高下飛，《草堂》校：「王作寒食江村樹，風花江上飛。」

③ 父，宋本、錢箋、《九家》、《草堂》校：「一云舍。」

④ 鬧，宋本、錢箋校：「晋作問。」《九家》作「閑」，校：「一作問。」《草堂》作「問」，校：「或作鬧。非是。」

⑤ 識，宋本校：「晋作失。」錢箋校：「一作失。」　地偏相識盡，《草堂》校：「魯作地偏不相識。」

⑥ 歸，宋本、錢箋、《九家》校：「一作機。」

【注】

黄鶴注：從舊次上元二年（七六一）作。

〔一〕寒食：見卷九《一百五日夜對月》（0492）注。

〔二〕竹日句：何遜《登石頭城》：「擾擾見行人，暉暉視落日。」

〔三〕田父二句：《九家》趙注：「要音平聲，言有招要則皆去也。」「言鄰家之問贈亦不違而受之。舊本作閑，非。」

高枏

枏樹色冥冥，江邊一蓋青〔一〕。近根開藥圃，接葉製茅亭。落景陰猶合，微風韻可聽。尋常絶醉困，卧此片時醒。（0677）

【注】

黄鶴注：從舊次上元二年（七六一）作。

〔一〕柟樹二句：見卷五《柟樹爲風雨所拔歎》(0234)注。黄鶴注：「此詩云『江邊一蓋青』，而歌云『浦上童童一蓋青』，故知爲即此柟。」

惡樹〔一〕

獨繞虛齋徑，常持小斧柯〔二〕。幽陰成頗雜，惡木剪還多〔三〕。枸杞因吾有①，雞栖奈汝何②〔四〕。方知不材者③，生長漫婆娑〔五〕。(0678)

【校】

①因，錢箋校：「一作固。」

②汝，《九家》校：「一作爾。」

③者，宋本、錢箋校：「一云木。」

【注】

黄鶴注：當在上元二年(七六一)作。

〔一〕惡樹：黄鶴注：「惡樹，不材木也，如榿木之類是也。」《詩·豳風·七月》：「采荼薪樗，食我農夫。」傳：「樗，惡木也。」疏：「樗唯堪爲薪，故云惡木。」

〔二〕常持句：《説苑·敬慎》：「青青不伐，將尋斧柯。」

〔三〕幽陰二句：陸機《猛虎行》：「渴不飲盜泉水，熱不息惡木陰。」《文選》李善注：「江邃《文釋》云：管子曰：夫士懷耿介之心，不蔭惡木之枝。惡木尚能恥之，況與惡人同處。」

〔四〕枸杞二句：段成式《酉陽雜俎》續集卷二：「成式嘗見道者論枸杞、茯苓、人參、朮形有異，服之獲上壽。或不葷血，不色欲遇之，必能降真爲地仙矣。」《太平廣記》卷二四《朱孺子》（出《續神仙傳》）：「忽見岸側有二小花犬相趁，孺子異之，乃尋逐入枸杞叢下。歸語玄真，訝之，遂與孺子俱往伺之。復見二犬戲躍，逼之，又入枸杞下。玄真與孺子共尋掘，乃得二枸杞根，形狀如花犬，堅若石。」《急就篇》卷四：「皂莢樹，一名雞栖。」《太平御覽》卷九六〇引《廣志》：「雞栖子，皂莢也。」《九家》趙注：「以惡木蔽障而枸杞不生，因公翦去雜陰而有也。翦去木枝似妨雞栖，故云『奈汝何』。」仇注：「言枸杞延年，若因吾而有者，雞栖賤樹，奈何其復叢耶。」按，雞栖非賤樹。《太平廣記》頗載皂莢樹或食皂莢事。二句互文，謂枸杞、雞栖皆因吾而種，竟無奈汝惡木蔽障。

〔五〕方知二句：《莊子·人間世》：「是不材之木也，無所可用，故能若是之壽。」婆娑，枝葉分疏。庾信《枯樹賦》：「顧庭槐而歎曰：『此樹婆娑，生意盡矣。』」

石鏡

蜀王將此鏡，送死置空山①〔一〕。冥寞憐香骨，提攜近玉顔〔二〕。衆妃無復歎，千騎亦虚還〔三〕。獨有傷心石，埋輪月宇間〔四〕。（0679）

【校】

① 置，《草堂》校：「一作至。」

【注】

黄鶴注：上元二年（七六一）作。

〔一〕蜀王二句：《華陽國志》卷三：「武都有一丈夫化爲女子，美而艷，蓋山精也。蜀王納爲妃，不習水土，欲去。王必留之，乃爲《東平之歌》以樂之。無幾，物故，蜀王哀念之，乃遣五丁之武都擔土爲妃作塚，蓋地數畝，高數丈，上有石鏡，今成都北角武擔是也。」

〔二〕提攜句：《九家》趙注：「提攜此鏡以近女子之玉顔也。」

〔三〕衆妃二句：《九家》趙注：「上句言昔日專寵衆妃皆有嗟歎，今既死矣，則無復歎。下句言人已葬矣，送葬之千騎虛還而已。」

〔四〕埋輪句：宋之問《宴安樂公主宅得空字》：「賓至星槎落，仙來月宇空。」朱鶴齡注：「猶言天宇。」

琴臺〔一〕

茂陵多病後，尚愛卓文君①〔二〕。酒肆人間世，琴臺日暮雲〔三〕。野花留寶靨〔四〕，蔓草見羅裙。歸鳳求皇意〔五〕，寥寥不復聞。（0680）

【校】

① 尚，《草堂》校：「一作常。」

【注】

黄鶴注：當是上元二年（七六一）在成都作。

〔一〕琴臺：《分門》洙曰：「《成都記》：琴臺院，以司馬相如琴臺得名，而非相如舊臺。在浣花溪正路，金花寺北廂，號海安寺。梁蕭藻鎮蜀，增建樓臺，以備游觀。元魏伐蜀，下營於此，掘爲塹，得大甕二十餘口，蓋所以響琴也。隋蜀王秀更增五臺，並舊爲六。」

〔二〕茂陵二句：《史記·司馬相如列傳》：「相如之臨邛，從車騎，雍容閑雅甚都。及飲卓氏，弄琴，文君竊從户窺之，心悦而好之，恐不得當也。既罷，相如乃使人重賜文君侍者通殷勤，文君夜亡奔相如。相如乃與馳歸成都，家居徒四壁立。……相如與之俱之臨邛，盡賣其車騎，買一酒舍酤酒，而令文君當壚。」「相如既病免，家居茂陵。」

〔三〕酒肆二句：《九家》趙注：「言以酒肆爲營生之具爾。」朱鶴齡注：「酒肆猶存人世，琴臺但有暮雲，正是弔古語耳。」

〔四〕野花句：《楚辭·大招》：「靨輔奇牙，宜笑嗎只。」王逸注：「言美女頰有靨輔，口有奇牙。」《酉陽雜俎》前集卷八：「近代妝尚靨如射月，曰黄星靨。靨鈿之名，蓋自吴孫和鄭夫人也。」朱鶴齡注：「唐時婦女多貼花鈿於面，謂之靨飾。」

〔五〕歸鳳句：《玉臺新詠》司馬相如《琴歌》：「鳳兮鳳兮歸故鄉，遨游四海求其皇。」

聞斛斯六官未歸①〔一〕

故人南郡去，去索作碑錢〔二〕。本賣文爲活，翻令室倒懸〔三〕。荆扉深蔓草，土銼冷疏烟〔四〕。老罷休無賴，歸來省醉眠〔五〕。蜀人呼釜爲銼②。（0681）

【校】

①聞，宋本作「問」，據錢箋等改。

②蜀人呼釜爲銼，錢箋以此注爲吴若本注。

【注】

黄鶴注：此詩當在成都作，舊次上元二年（七六一）。

〔一〕斛斯六：黄鶴注謂即斛斯融。見卷一二《江畔獨步尋花七絶》（0730）注。浦起龍云：「今俗呼平人曰幾官，想唐時已然。」施鴻保謂明以前無此稱。

〔二〕故人二句：《漢書·地理志》：「南郡，秦置，高帝元年更爲臨江郡，五年復故。……莽曰南順。屬荆州。」洪邁《容齋續筆》卷六「文字潤筆」：「作文受謝，自晋宋以來有之，至唐始盛。《李邕傳》：邕尤長碑頌，中朝衣冠及天下寺觀，多齎持金帛往求其文。前後所製，月數百首，受納饋遺，亦至巨萬。時議以爲自古鬻文貨財，未有如邕者。故杜詩云：『碑版昭四裔，豐屋珊瑚鉤。』又有《送斛斯六官》詩云：『故人南郡去，去索作碑錢。』蓋笑之也。」

〔三〕翻令句：《左傳》僖公二十六年：「室如縣罄，野無青草。」《孟子·公孫丑上》：「民之悦之，猶解倒懸也。」

〔四〕土銼句：《説文》：「銼鑹，鍑也。」《太平御覽》卷七五七引《纂文》：「秦人以鈷鏻爲銼鑹。」朱鶴齡注：「鍑音副。釜大者曰鍑。土銼，是甗甑之屬，即今之行鍋也。」謂舊注非是。

〔五〕老罷二句：《宋書·蔡興宗傳》：「加老罷私門，兵力頓闕。」《九家》趙注引此謂：「言老而罷也，應是常語。」仇注：「言老則百事皆罷矣。」施鴻保云：「皆但用《南史》字面，意則猶云老去、老來也。《南史》則言老年罷官。」本書卷七《夜歸》（0347）：「白頭老罷舞復歌，杖藜不睡誰能那。」卷一二《懷舊》（0776）：「老罷知明鏡，悲來望白雲。」老罷、悲來爲對，可證施氏之説。

絶句漫興九首〔一〕

眼見客愁愁不醒①，無賴春色到江亭。即遣花開深造次②，便覺鶯語太丁寧③〔二〕。（0682）

【校】

①見，宋本、錢箋、《九家》、《草堂》校：「一云前。」

②開，宋本、錢箋校：「一作飛。」《九家》作「飛」，校：「一作開。」　深，宋本、錢箋校：「一作從。」

③覺，宋本、錢箋、《九家》、《草堂》校：「一作教。」

【注】

黄鶴注：當是上元元年（七六〇）在浣花溪作。仇注編入上元二年（七六一）。

〔一〕漫興：《九家》趙注：「題名漫興，蓋書眼前之景而漫成耳，别無譏誚。」王嗣奭《杜臆》：「興之所到，率然而成，故云漫興，亦《竹枝》、樂府之變體也。」

〔二〕即遣二句：造次，輕易、隨便，見卷一《驄馬行》（0039）注。《古詩爲焦仲卿妻作》：「府吏見丁寧，結誓不别離。」

手種桃李非無主，野老牆低還是家①。恰似春風相入聲欺得，夜來吹折數枝花〔一〕。（0683）

【校】

①是，錢箋作「似」，校：「一作是。」

【注】

〔一〕恰似二句：陸游《老學庵筆記》卷一〇：「世多言白樂天用『相』字多從俗語，作思必切。如『爲問長安月，誰教不相離』是也。然北人大抵以『相』字作入聲，至今猶然，不獨樂天。老杜云：『恰似春風相欺得，夜來吹折數枝花。』亦從入聲讀，乃不失律。俗謂南人入京師，效北語，過相藍，輒讀其牓曰大廝國寺，傳以爲笑。」

熟知茅齋絶低小①，江上燕子故來頻。銜泥點污琴書内，更接飛蟲打著人〔一〕。（0684）

【校】

①熟，錢箋、《九家》、《草堂》校：「一作耐。」　熟知，宋本、錢箋校：「晋作孰如。」

【注】

〔一〕更接句：著，助詞，表動作持續中。《敦煌變文集·韓擒虎話本》：「不得打著，切須記當。」岑參《玉門關蓋將軍歌》：「紫紱金章左右趨，問著只是蒼頭奴。」

二月已破三月來〔一〕，漸老逢春能幾回？莫思身外無窮事①，且盡生前有限杯〔二〕。（0685）

【校】

①思，《草堂》校：「一作辭。」錢箋校：「草堂作辭。」

【注】

〔一〕破：過，見卷一《奉贈韋左丞丈二十二韻》(0001)注。

〔二〕莫思二句：《世説新語·任誕》：「張季鷹縱任不拘……曰：『使我有身後名，不如即時一杯酒。』」

腸斷江春欲盡頭①，杖藜徐步立芳洲。顛狂柳絮隨風去，輕薄桃花逐水流〔一〕。(0686)

【校】

①江春，錢箋作「春江」，校：「一云江春。」　盡，宋本、錢箋校：「一作白。」

【注】

〔一〕顛狂二句：《許彦周詩話》：「梁江從簡爲《采荷調》云：『欲持荷作柱，荷弱不勝梁。欲持荷作鏡，荷暗本無光。』此語嘲何敬容，而波及蓮荷矣。春時穠麗，無過桃柳。『桃之夭夭』，『楊柳依依』，詩人言之也。老杜云：『顛狂柳絮隨風去，輕薄桃花逐水流。』不知緣誰而波及桃花與楊柳矣。」《九家》趙注：「作爲狂怪之語，別無所譏。」

懶慢無堪不出村〔一〕，呼兒日在掩柴門。蒼苔濁酒林中静，碧水春風野外昏。（0687）

【注】

〔一〕懶慢句：《九家》趙注：「懶慢而無所堪任，所以不出村，乃嵇康性疏懶而有七不堪是也。」仇注：「無堪，無可人意者。」按，韓愈《朝歸》：「坐食取其肥，無堪等聾聵。」無堪即不堪，謂懶慢至極，與嵇康所謂七不堪猶有不同。

糝徑楊花鋪白氈，點溪荷葉疊青錢①〔一〕。笋根稚子無人見②〔二〕，沙上鳧雛傍母眠。（0688）

【校】

① 疊，宋本、錢箋、《九家》校：「一作累。」　錢，錢箋、《草堂》校：「一云鈿。」

② 笋，宋本、錢箋校：「一作竹。」　稚子，宋本校：「一作雉子。」錢箋校：「一作雉。」

【注】

〔一〕糝徑句：《禮記·内則》：「和糝不蓼。」注：「凡羹齊宜五味之和，米屑之糝，蓼則不矣。」糝，細碎狀，謂楊花洒落。

〔二〕笋根句：宋本（吴若本）注：「漢鐃歌有《雉子班》。一云稚子，笋也。」孔平仲《談苑》卷四：「老杜詩曰：『笋根稚子無人見。』唐人《食笋》詩云：『稚子脱錦棚，駢頭玉香滑。』則稚子爲笋明矣。故一名曰稚子。」姚寬《西溪叢語》卷下：「杜牧之《朱坡》詩云：『小蓮娃欲語，幽笋稚相攜。』言笋如稚子。與杜甫『竹根稚子無人見』同意。」

舍西柔桑葉可拈，江畔細麥復纖纖。人生幾何春已夏，不放香醪如蜜甜〔一〕。

（0689）

【注】

〔一〕人生二句：王楙《野客叢書》卷三唐時酒味：「三山老人云：唐人好飲甜酒，殆不可曉。子美曰：『人生幾何春與夏，不放香醪如蜜甜。』退之曰：『一尊春酒甘若飴，丈人此樂無人知。』僕謂唐人以酒比飴蜜者，大率謂醇乎醇者耳，非謂好飲甜酒也。且以樂天詩驗之，曰：『甕頭竹葉經春熟，如餳氣味緑粘臺。』曰：『春携酒客過，緑餳粘盞杓。』曰：『宜城酒似餳。』曰：『粘臺酒似餳。』樂天詩非不言酒之甜也，至要其極論則曰：『甘露太甜非正味，醴泉雖潔不芳馨。』曰：『户大嫌甜酒，才高笑小詩。』曰：『甕揭聞時香酷烈，缾封貯後味甘辛。』酒味至於甘辛乃爲佳耳。樂天之詩又如此，豈好甜酒哉！且退之詩亦自有『酒爲泠洌』之語，又豈嘗專好甜酒邪！樂天『户大嫌甜酒』之句，正屬退之，非好甜酒矣。大抵酒味之適口，古今所同。豈唐之所好，與今異邪！三山蓋不深考耳。」葉矯然《龍性堂詩話》續集：「陸放翁云唐人愛飲甜酒、炭酒，引少陵『不放香醪如蜜甜』、陸魯望『酒滴灰香似去年』爲證。……至愛飲甜酒引杜句爲切，則又不然。杜云『人生幾何春已夏，不放香醪如蜜甜』，甜者甘也。即甘食甘飲之義。言景光易邁，忽春又夏，當飲酒爲樂，如蜜之甜。此即古樂府《相勸酒》遺意。若認酒甜，何啻説夢。」

隔户楊柳弱嫋嫋①，恰似十五女兒腰〔一〕。誰謂朝來不作意〔二〕，狂風挽斷最長條。（0690）

【校】

① 隔户，錢箋、《草堂》校：「一云户外。」

【注】

〔一〕隔户二句：鮑照《在江陵歎年傷老》：「翾翾燕弄風，嫋嫋柳垂道。」《橫吹曲辭・琅琊王歌辭》：「新買五尺刀，懸著中梁柱。一日三摩娑，劇於十五女。」

〔二〕誰謂句：《法苑珠林》卷二三：「若道若俗，常須作意，正念現前。」《李相國論事集》卷五：「吉甫謂義方曰：『此人勁硬，必不得位頭便已。大須作意。』」作意謂注意、著意於某事，此謂不注意、不顧惜。

戲爲六絶句

庾信文章老更成，凌雲健筆意縱橫〔一〕。今人嗤點流傳賦，不覺前賢畏後生〔二〕。（0691）

【注】

黄鶴注：梁權道編在上元二年（七六一），亦從舊次而編也。

〔一〕庾信二句：《周書·庾信傳》：「侯景作亂，梁簡文帝命信率宫中文武千餘人，營於朱雀航。及景至，信以衆先退。臺城陷後，信奔於江陵。……來聘於我，屬大軍南討，遂留長安。……時陳氏與朝廷通好，南北流寓之士，各許還其舊國。陳氏乃請王褒及信等十數人。高祖唯放王克、殷不害等，信及褒並留而不遣。……信雖位望通顯，常有鄉關之思。乃作《哀江南賦》以致其意云。」史臣曰：「然則子山之文，發源於宋末，盛行於梁季。其體以淫放爲本，其詞以輕險爲宗。故能誇目侈於紅紫，蕩心逾於鄭衛。昔揚子雲有言：『詩人之賦麗以則，詞人之賦麗以淫。』若以庾氏方之，斯又詞賦之罪人也。」《法苑珠林》卷一八：「唐遂州人趙文信，至貞觀元年暴死。三日後還得蘇，即自説云：……王後喚遂州人前：汝從生已來作何功德？其人報王言：臣一生已來，不修佛經，唯好庾信文章集録。王言：其庾信者是大罪人，現此受苦。汝見庾信，頗曾識不？……王即遣人引出庾信，令示其人。乃見一龜，身一頭多。龜去少時，現一人來，口云：我是庾信，爲生時好作文章，妄引佛經，雜糅俗書，誹謗佛法，謂言不及孔老之教。今受罪報龜身，苦也。」此可見庾信文章在北朝及唐初之流傳，且亦頗遭編排。江淹《别賦》：「賦有凌雲之稱，辯有雕龍之聲。」江總《謝宫爲製讓詹事表啓》：「久降嘘枯之旨，許賜凌雲之筆。」徐陵《讓五兵尚書表》：「雖復陳琳健筆，未盡愚懷。」

〔二〕今人二句：干寶《晋紀總論》：「蓋共嗤點以爲灰塵，而相詬病矣。」《九家》趙注：「嗤笑檢點之也。」《論語·子罕》：「子曰：『後生可畏，焉知來者之不如今也。』」《九家》趙注：「庾信生於前，故謂之『前賢』。公生於後，故謂之『後生』。」仇注：「豈知前賢自有品格，未見其當畏後生也。前賢指庾公，後生指嗤點者。」浦起龍云：「聽其嗤點無忌憚之言，不覺前賢且生畏矣。爲前賢稱屈，正使後生知警也。」汪師韓《詩學纂聞》：「豈前賢如庾者，反畏爾曹後生耶？」按，不覺，不知也，謂無意識之間。此明用《論語》語，謂文章代變，不覺之間後生可畏。庾文淫放，乃唐初通論。杜甫稱其老成之作，且與流傳之賦有别，著眼自與今之衆人不同，然非盡爲庾信稱屈。

楊王盧駱當時體①，輕薄爲文哂未休〔一〕。爾曹身與名俱滅，不廢江河萬古流〔二〕。（0692）

【校】

① 楊王，宋本、錢箋校：「一作王楊。」

【注】

〔一〕楊王二句：《朝野僉載》卷六：「盧照鄰字昇之，范陽人。弱冠拜鄧王府典簽，王府書記一以委之。王有書十二車，照鄰總披覽，略能記憶。後爲益州新都縣尉，秩滿，婆娑於蜀中，放曠詩酒，故世稱王楊盧駱。照鄰聞之曰：『喜居王後，恥爲駱前。』時楊之爲文，好以古人姓名連用……號爲點鬼簿。駱賓王文好以數對……時人號爲算博士。如盧生之文，時人莫能評其得失矣。」《太平廣記》卷二六五《盈川令》：「楊炯，華陰令。幼聰敏博學，以神童舉。與王勃、盧照鄰、駱賓王齊名。嘗謂人曰：『吾愧在盧前，恥居王後。』當時以爲然。」二説有異。《大唐新語》卷八：「張説謂人曰：楊盈川之文，如懸河注水，酌之不竭，既優於盧，亦不減王。恥居王後則信然，愧在盧前則爲誤矣。」《文心雕龍・章表》：「胡廣章奏，天下第一，並當時之傑筆也」；「琳瑀章表，有譽當時。」《鎔裁》：「剛柔以立本，變通以趨時。立本有體，意或偏長；趨時無方，辭或繁雜。」《梁書・何敬容傳》：「時蕭琛子巡者，頗有輕薄才，因製卦名、離合等詩以嘲之。敬容處之如初，亦不屑也。」《北齊書·魏收傳》：「收昔在洛京，輕薄尤甚，人號云『魏收驚蛺蝶』。」《隋書·李諤傳》：「諤又以屬文之家，體尚輕薄，遞相師效，流宕忘反。」《九家》趙注：「四子之文，大率浮麗，故公以之爲輕薄爲文，而哂之未休也。」仇注：「四公之文，當時傑出，今乃輕薄其爲文而哂笑之，豈知爾輩不久銷亡，前人則萬古長垂，如江河不廢乎。」汪師韓《詩學纂聞》：「『輕薄爲文』四字，乃後生哂四家之語，非指後生輩爲輕薄人也。」按，文人輕薄乃六朝及唐人常言，然此既非如趙注言公以四子爲輕薄，亦非如仇、汪謂後生哂四子輕薄。而當如洪邁所言，謂輕薄子爲文哂笑四子，事近於蕭巡製詩嘲敬容。

〔二〕爾曹二句：洪邁《容齋四筆》卷五：「王勃等四子之文，皆精切有本原。其用駢儷作記序碑碣，蓋一時體格如此，而後來頗議之。杜詩云……正謂此耳。身名俱滅，以責輕薄子。江河萬古流，指四子也。」錢箋：「嗤點流傳，輕薄爲文，皆指並時之人也。一則曰爾曹，再則曰爾曹，正退之所謂『群兒』也。」

縱使盧王操翰墨，劣於漢魏近風騷〔一〕。龍文虎脊皆君馭，歷塊過都見爾曹〔二〕。（0693）

【注】

〔一〕縱使二句：盧元昌曰：「舉盧、王而楊駱在中矣。」《宋書·謝靈運傳》史臣曰：「原其飈流所始，莫不同祖風騷。」錢箋：「盧、王之文，劣于漢魏，而能江河萬古者，以其近於風騷也。」汪師韓《詩學纂聞》：「漢魏近風騷，五字相連，言盧、王亦近風騷，但劣于漢魏之近風騷耳。又一解：盧王操翰墨劣於漢魏，九字相連，言盧、王比之漢魏則劣，然其於風騷之旨則近矣。」楊倫云：「謂盧、王不如漢魏之近風騷也。」按，楊説二句較穩。然「縱使」二字尤不能放過，全篇劉辰翁説近是。朱鶴齡、仇注皆襲其説。

〔二〕龍文二句：龍文虎脊，參卷二《送李校書二十六韻》(0089)注。《九家》趙注：「文章之妙如龍文虎脊之馬，皆可充君王之馭，然或過都而蹶，則猶不爲良馬。爾曹指盧、王也。」《千家注》劉辰翁曰：「第三首又只借盧、王反復言之，以爲縱使不及漢魏風騷，畢竟皆異材也。爾曹自負不淺，然過都歷塊，乃可見耳。所以極形容前輩之未易貶也。注謂盧、王爲爾曹，是全失先後語意。」仇注：「縱使盧、王操筆，不如漢魏近古，但似此龍文虎脊，皆足供王者之用。若爾曹薄劣之材，試之長途，當自蹶耳，奈何輕議古人。」杜詩用「蹶如歷塊」，蹶取跌仆義，見卷二《瘦馬行》(0073)注。此謂爾曹輩不免一蹶，則爾曹不指盧、王愈明。

才力應難跨數公，凡今誰是出羣雄〔一〕？或看翡翠蘭苕上，未掣鯨魚碧海中〔二〕。(0694)

【注】

〔一〕才力二句：《九家》趙注：「數公指庾信、楊王盧駱與夫漢魏諸人也。自衆人觀之，才力未易超跨之。……『羣』字亦指數公，而出羣雄，則蓋自負也。」錢箋：「凡今誰是出羣雄，公所以自負也。」仇注：「才如庾、楊數公，應難跨出其上，今人亦誰是出羣者。」按，「數公」當承上指楊王盧駱四子。唐人品文之風甚盛。《大唐新語》卷八：「張説、徐堅同爲集賢學士十餘年，好尚頗同，情契相得。時諸學士凋落者衆，唯説、堅二人存焉。説手疏諸人名，與堅同觀之。堅謂説曰：『諸公昔年皆擅一時之美，敢問孰爲先後？』説曰：『李嶠、崔融、薛稷、宋之問，皆如良金美玉，無施不可。……』堅又曰：『今之後進，文詞孰賢？』説曰：『韓休之文，有如太羹玄酒，雖雅有典則，而薄於滋味。……若能箴其所闕，濟其所長，亦一時之秀也。』」此開元間事。天寶年間有殷璠《河岳英靈集》，高仲武《中興間氣集》則起自至德，終於大曆，皆選詩而加品評。故甫此詩亦有比美前賢之問。

〔二〕或看二句：郭璞《游仙詩》：「翡翠戲蘭苕，容色更相鮮。」《文選》李善注：「蘭苕，蘭秀也。」謝靈運《南樓中望所遲客》：「瑶華未堪折，蘭苕已屢摘。」虞世基《江都夏》：「蘭苕翡翠但相逐，桂樹鴛鴦恒並宿。」蕭繹《玄覽賦》：「戮滔天之封豕，斬横海之長鯨。」《陳書·陳寶應傳》：「水扼長鯨，陸掣封豨。」《九家》趙注：「公所自負出羣雄者，如掣鯨魚於碧海。」錢箋：「翡翠蘭苕，指當時研揣聲病、尋章摘句之徒。」

不薄今人愛古人，清詞麗句必爲鄰〔一〕。竊攀屈宋宜方駕，恐與齊梁作後塵〔二〕。（0695）

【注】

〔一〕不薄二句：《舊唐書·孝敬皇帝弘傳》：「命中書令、太子賓客許敬宗……博采古今文集，摘其英詞麗句，以類相從，勒成五百卷，名曰《瑶山玉彩》。」錢箋：「『不薄今人』以下，惜時人之是古非今，不知别裁而正告之也。」仇注：「言今人愛慕古人，取其清詞麗句而必與爲鄰，我亦豈敢薄之。」浦起龍云：「統言今人，則齊梁而下、四傑而外皆是。統言古人，則漢魏以上、風騷以還皆是。」楊倫云：「言我非敢薄今人而專愛古人也。但庾信、四傑輩體格雖似略卑，其清詞麗句終必有近於風騷者。」仇注以「今人愛古人」連讀，終嫌不妥。

〔二〕竊攀二句：張衡《西京賦》：「酒車酌醴，方駕授饔。」《文選》薛綜注：「方，並也。」張協《七命》：「余雖不敏，請從後塵。」《九家》趙注：「言公竊自追攀屈原、宋玉，宜與之並駕矣。」「言恐共齊梁之人皆作屈宋後塵爾。一云公所以必追逐屈宋者，惟恐不超過齊梁而翻與之作後塵。」錢箋：「今人侈言屈宋，而轉作齊梁之後塵，不亦傷乎。」仇注：「但恐志大才庸，揣其意，竊思仰攀屈宋，論其文終作齊梁後塵耳。」按，四句皆作甫自言其志較妥。恐作齊梁後塵，既爲告誡，亦屬解嘲。蓋既喜清詞麗句，則不能與齊梁盡脱干係。錢、仇以爲譏今人，未免視甫過高而至迂。

未及前賢更勿疑，遞相祖述復先誰〔一〕？ 別裁僞體親風雅，轉益多師是汝師〔二〕。（0696）

【注】

〔一〕未及二句：《禮記·中庸》：「仲尼祖述堯舜，憲章文武。」《草堂》蔡夢弼注：「遞相祖述，言齊梁相習爲輕薄之文，無有慨然以風雅正體倡先者。」錢箋：「今人之未及前賢無怪其然也，以其遞相祖述，沿流失源，而不知誰爲之先也。」浦起龍云：「前賢各有師承，如宗支之代嬗也。『祖述』字本《曲臺記》，是好字眼，錢氏解爲沿流而失源，誤矣。」「復先誰者，詰其輕嗤輕哂，妄分先後也。」按，遞相祖述則失真源，錢箋不誤。朱弁《風月堂詩話》卷上：「魏曹植詩出於《國風》，晋阮籍詩出於《小雅》，其餘遞相祖襲，雖各有師承，而去風雅猶未遠也。自魏晋至宋，雅奥清麗，尤盛於江左。齊梁已下，不足道矣。」此據鍾嶸《詩品》爲説，雖非解杜此詩，然或近杜詩之意。

〔二〕別裁二句：《文心雕龍·定勢》：「是以括囊雜體，功在銓別。」《史傳》：「騰褒裁貶，萬古魂動。」《鎔裁》：「蹊要所司，職在鎔裁，檃括情理，矯揉文采也。」又《知音》：「學不逮文，而信僞迷真者，樓護是也。」轉益，轉亦益，此作增益解。參卷二《李鄠縣丈人胡馬行》（0084）注。《九家》趙注：「多求前人以取其所長，乃爲師耳。」

張戒《歲寒堂詩話》卷上：「此詩非爲庾信、王楊盧駱而作，乃子美自謂也。方子美在時，雖名滿天下，人猶有議論其詩者，故有『嗤點』、『哂未休』之句。夫子美詩超今冠古，一人而已，然而其生也人猶笑之，殁而後人敬之，況其下者乎。子美忿之，故云『爾曹身與名俱滅，不廢江河萬古流』，『龍文虎脊皆君馭，歷塊過都見爾曹』也。然子美豈其忿者？戲之而已。其云『或看翡翠蘭苕上，未掣鯨魚碧海中』，若子美真所謂掣鯨魚碧海中者也，而嫌於自許，故皆題爲戲句。」

田雯《古歡堂雜著》卷二：「古來論詩者，子美《戲爲六絶句》、義山《漫成五章》、東坡《次韻孔毅父五首》，又《讀孟郊詩二首》，遺山『漢謡魏什』云云三十首，又《濟南雜詩十首》，議論闡發，皆有妙理。」

江漲

江發蠻夷漲，山添雨雪流〔一〕。大聲吹地轉〔二〕，高浪蹴天浮。魚鼈爲人得〔三〕，蛟龍不自謀。輕帆好去便，吾道付滄洲〔四〕。（0697）

【注】

黃鶴注：梁權道編在上元二年（七六一）。

〔一〕江發二句：《分門》洙曰：「蜀水之源，皆出夷地。」按，《書·禹貢》：「岷山導江。」此言江水出岷山。黃鶴注：「蜀山多積雪，盛夏始解，濟之以雨，江流愈漲也。」

〔二〕大聲句：揚雄《法言·問道》：「或問大聲，曰：非雷非霆，隱隱耾耾，久而愈盈，尸諸聖。」

〔三〕魚鼈句：《莊子·庚桑楚》：「鳥獸不厭高，魚鼈不厭深。」

〔四〕吾道句：謝朓《之宣城郡出新林浦向板橋》：「既歡懷禄情，復協滄洲趣。」《文選》呂延濟注：「滄洲，洲名，隱者所居。」

晚晴

村晚驚風度〔一〕，庭幽過雨霑。夕陽薰細草〔二〕，江色映疏簾。書亂誰能帙，杯乾可自添。時聞有餘論，未怪老夫潛〔三〕。（0698）

【注】

黃鶴注：從舊次爲上元二年（七六一）作。

〔一〕村晚句：曹植《贈徐幹》：「驚風飄白日，忽然歸西山。」

〔二〕夕陽句：江淹《别賦》：「閨中風暖，陌上草薰。」

〔三〕時聞二句：《後漢書·王符傳》：「乃隱居著書三十餘篇，以譏當時失得，不欲章顯其名，故號曰《潛夫論》。」司馬相如《子虛賦》：「願聞大國之風烈，先生之餘論也。」

朝雨

涼氣晚蕭蕭①，江雲亂眼飄。風鴛藏近渚，雨燕集深條〔一〕。黄綺終辭漢②，巢由不見堯〔二〕。草堂樽酒在，幸得過清朝③。（0699）

【校】

①晚，宋本、錢箋校：「一作曉。」《九家》、《草堂》作「曉」。

②辭，宋本、錢箋校：「一作投。」

③朝，宋本、錢箋校：「一作宵。」

【注】

黄鶴注：當是上元二年（七六一）秋作。

〔一〕雨燕句：蕭繹《泛蕪湖》：「飄隨迎雨燕，鼓逐伺潮雞。」

〔二〕黄綺二句：黄綺，四皓之綺里季、夏黄公。見卷二《喜晴》(0077)注。巢父、許由，見卷一《自京赴奉先縣詠懷五百字》(0041)注。

送裴五赴東川〔一〕

故人亦流落，高義動乾坤。何日通燕塞，相看老蜀門。東行應暫別，北望苦銷魂〔二〕。凜凜悲秋意〔三〕，非君誰與論？（0700）

【注】

〔一〕裴五：名不詳。黄鶴注：上元二年（七六一）成都作。

〔二〕東行二句：江淹《别賦》：「黯然銷魂者，唯别而已矣。」

〔三〕凜凜句：宋玉《九辯》：「悲哉秋之爲氣也，蕭瑟兮草木摇落而變衰。」「皇天平分四時兮，竊獨悲此廩秋。」廩一作凜。

奉簡高三十五使君〔一〕

當代論才子，如公復幾人？驊騮開道路，鷹隼出風塵。行色秋將晚，交情老更親。天涯喜相見，披豁對吾君①〔二〕。（0701）

【校】

①對，宋本、錢箋校：「一作道。」君，《草堂》作「真」。錢箋校：「吴若本作君，恐誤。」

【注】

黄鶴注：當是上元元年（七六〇）秋作。按，高適轉蜀州刺史説有不同。或謂當在上元二年（七六一）。參卷八高適《人日寄杜二拾遺》注。上元元年，王縉在蜀州刺史任，見本卷《和裴迪登新津寺寄王侍郎》（0644）注。

〔一〕高三十五使君：高適。見卷一〇《寄彭州高三十五使君適虢州岑二十七長史參三十韻》（0610）注。

〔二〕披豁句：《晉書·陸玩傳》：「乞陛下披豁聖懷。」按，吾君通常稱君主，然日常對話中亦以稱對方。《太平廣記》卷一二四《劉璠》（出《稽神録》）：「其人撫膺歎曰：『吾君必死，此人即劉璠也。』其日中使至，遂縊於獄矣。」卷三四三《陸喬》（出《宣室志》）：「常夢一人告我曰：吾君後當至端揆，然終不及臺司。」

送韓十四江東覲省〔一〕

兵戈不見老萊衣①〔二〕，歎息人間萬事非。我已無家尋弟妹，君今何處訪庭闈〔三〕？黄牛峽静灘聲轉②，白馬江寒樹影稀〔四〕。此别還須各努力③，故鄉猶恐未同歸④。（0702）

【校】

① 兵，《文苑英華》校：「一作干。」

② 轉，錢箋、《文苑英華》校：「一作急。」

③ 還須，《文苑英華》作「須當」。錢箋作「應須」。

④ 同，宋本、錢箋、《九家》校：「一作堪。」

【注】

黃鶴注：從舊次上元二年（七六一）在成都作。

〔一〕韓十四：崔國輔有《送韓十四被魯王推遞往濟南府》。高適《酬別薛三蔡大留簡韓十四主簿》：「韓公有奇節，詞賦凌群彥。讀書嵩岑間，作吏滄海甸。」獨孤及有《喜辱韓十四郎中書兼封近詩示代書題贈》。後者岑仲勉《唐人行第録》謂爲韓滉。陶敏考爲韓洄，並疑此詩之韓十四亦爲洄。權德輿《贈户部尚書韓公行狀》：「乾元中……朝廷推其能名，除睦州别駕知州事，俄拜監察御史，又轉殿中侍御史，賜緋魚袋，充江西都團練判官。……李梁公峴之充江淮選補使也，引爲判官。」洄此期間蓋未曾入蜀。仇注引張綖注：「韓蓋公同鄉人，必其父母避亂江東而往省之。玩次聯及結可見。」此人當與高適詩之韓十四主簿爲同一人。

〔二〕老萊衣：見卷二《送李校書二十六韻》（0089）注。

〔三〕庭闈：見卷五《入奏行》（0236）注。

〔四〕黃牛二句：《水經注》江水：「江水又東逕黃牛山下，有灘名曰黃牛灘。南岸重嶺疊起，最外高崖間，有石色如人負刀牽牛，人黑牛黃，成就分明。既人跡所絶，莫能究焉。此崖既高，加江湍迂回，雖途經信宿，猶望見此物。故行者云：『朝發黃牛，暮宿黃牛，三朝三暮，黃牛如故。』言水路迂深，回望如一。」《九家》趙注：「白馬江，蜀州江名，今所稱亦然，乃韓與公爲别之處。……舊注引爲江陵，非是。」錢箋引《寰宇記》王僧達爲荆州刺史，刑白馬祭江神事。《方輿勝覽》卷五二崇慶府：「白馬江，自晉源縣界入新津縣界。」《明一統志》卷六七成都府：「白馬江，在崇慶州東一十里。源自晉源廢縣，東入新津縣界。」此蜀中之白馬江。

贈杜二拾遺

高適

傳道招提客〔一〕，詩書自討論。佛香時入院，僧飯屢過門。聽法還應難，尋經剩欲翻。草玄今已畢〔二〕，此後更何言①。

【校】

① 後，錢箋作「外」，校：「吴作後。」

【注】

〔一〕招提：見卷一《游龍門奉先寺》(0004)注。

〔二〕草玄：見卷九《奉寄河南韋尹丈人》(0426)「笑揚雄」注。

酬高使君相贈

古寺僧牢落，空房客寓居①〔一〕。故人供禄米，鄰舍與園蔬。雙樹容聽法，三車肯載書〔二〕。草玄吾豈敢，賦或似相如②〔三〕。（0703）

【校】

①客，宋本、錢箋、《草堂》校：「一作得。」《文苑英華》作「得」，校：「集作客。」

②似，錢箋校：「一云比。」《文苑英華》作「比」，校：「集作似。」

【注】

黄鶴注：公初到成都時居於浣花寺，疑蜀州是彭州。上元元年（七六〇）作。按，《草堂》前詩題「蜀州刺史高適」。

〔一〕古寺二句：《草堂》夢弼注引趙清獻《玉壘記》：「草堂鹿苑，府右七里，浣花三里，物色邃清，沙門履空居之。甫草堂杖屨，初齒梵游。」草堂寺，見本卷《狂夫》（0620）注。

〔二〕雙樹二句：娑羅雙樹，佛涅槃處。《佛遺教經》：「於娑羅雙樹間將入涅槃，是時中夜，寂然無聲。」後指佛寺。三車，《法華經·譬喻品》：「羊車、鹿車、牛車，今在門外，可以游戲。汝等於此火宅宜速出來，隨汝所欲，皆當與汝。爾時諸子聞父所説珍玩之物，適其願故，心各勇鋭，互相推排，競共馳走，争出火宅。」《九家》趙注：「以比三乘。」錢箋引《慈恩窺基傳》「以三車自隨，前乘經論箱袠，中乘自御，後乘妓女食饌，道中文殊菩薩化爲老人，呵之而止」，謂此詩用慈恩事，言亦應許我如慈恩三車自隨，但我只辦用以載書耳。浦起龍云：「詩謂假僧車以載書耳。錢箋引《窺基傳》……毋乃多事。」楊倫云：「此句當兼用《莊子》惠施多方其書五車事，言佛法在語言文字之外也。」

〔三〕賦或句：《漢書·揚雄傳》：「先是時，蜀有司馬相如，作賦甚弘麗温雅，雄心壯之，每作賦，常擬之以爲式。……孝成帝時，客有薦雄文似相如者。」

草堂即事

荒村建子月〔一〕，獨樹老夫家。霧裏江船渡①，風前逕竹斜。寒魚依密藻，宿鷺起圓沙。蜀酒禁愁得〔二〕，無錢何處賒？（0704）

【校】

①霧，宋本校：「舊作雪。」錢箋校：「一云雪。」《九家》、《草堂》作「雪」。

【注】

黃鶴注：當是上元二年（七六一）十一月在成都作。

〔一〕荒村句：《舊唐書·肅宗紀》：「（上元二年九月）壬寅制：……自今已後，朕號唯稱皇帝，其年號但稱元年，去上元之號。」《資治通鑑》上元二年：「去年號，但稱元年，以建子月爲歲首，月皆以所建爲數。」建子月，當農曆十一月。自此月稱元年，月以所建爲數。至次年建巳月（四月）改元寶應。王嗣奭《杜臆》：「《春秋》變古則書。蓋史法也。」

〔二〕禁愁得：禁得愁。白居易《座中戲呈諸少年》：「衰容禁得無多酒，秋鬢新添幾許霜。」禁得，宋詞常見。

廣州段功曹到得楊五長史譚書功曹却歸聊寄此詩[一]

衛青開幕府，楊僕將樓船[二]。漢節梅花外[三]，春城海水邊。銅梁書遠及，珠浦使將旋[四]。貧病他鄉老，煩君萬里傳。（0705）

【注】

黃鶴注：當是公寶應元年（七六二）在梓州得書而有此作。

〔一〕段功曹：疑即前詩之段子。《唐六典》卷三〇中都督府：「長史一人，正五品上」；「功曹參軍事一人，從七品上。」楊五長史譚：楊譚，見本卷《寄楊五桂州》(0642)注。

〔二〕衛青二句：《史記·衛將軍驃騎列傳》：「元光五年，青爲車騎將軍，擊匈奴。」「即軍中拜車騎將軍青爲大將軍。」《廉頗藺相如傳》索隱：「崔浩云：古者出征爲將帥，軍還則罷，理無常處，以幕帟爲府署，故曰莫府。則莫當作幕，字之訛耳。」唐代軍鎮、節度使等皆稱幕府。《漢書·楊僕傳》：「南越反，拜爲樓船將軍。」

〔三〕漢節句：李嶠《梅》：「大庾天寒少，南枝獨早芳。」張方注：「大庾嶺上梅，南枝落，北枝開。」本卷《寄楊五桂州》：「梅花萬里外，雪片一冬深。」

〔四〕銅梁二句：銅梁山，見卷四《贈蜀僧閭丘師兄》(0175)注。《後漢書·循吏傳》孟嘗：「遷合浦太守，郡不產穀實，而海出珠寶。……先時宰守並多貪穢，詭人采求，不知紀極，珠遂漸徙於交趾郡界。……嘗到官，革易前敝，求民病利。曾未逾歲，去珠復還。」《舊唐書·地理志》廣州中都督府：「春州，隋高涼郡之陽春縣。」「陽春，州所治，漢高涼縣地，屬合浦郡，至隋不改。」《九家》趙注謂合浦即廉州，楊長史豈在廉州乎。按，此泛以珠浦稱廣府。

得廣州張判官叔卿書使還以詩代意〔一〕

鄉關胡騎遠①，宇宙蜀城偏。忽得炎州信，遙從月峽傳〔二〕。雲深驃騎幕，夜

隔孝廉船〔三〕。却寄雙愁眼，相思淚點懸②。（0706）

【校】

① 遠，宋本、錢箋校：「一云滿。」

② 思，宋本、錢箋校：「一作望。」

【注】

黄鶴注：當是在梓州同楊長史書得之。寶應元年（七六二）作。仇注編入上元二年（七六一）成都作。

〔一〕張判官叔卿：張叔卿，本書卷一九《雜述》（1468）：「則魯之張叔卿、孔巢父二才士者，聰明深察，博辯閎大……泰山冥冥崒以高，泗水潾潾瀰以清，悠悠友生，復何時會於王鎬之京。」張叔卿，又疑爲張叔明。參卷九《題張氏隱居二首》（0422）注。按，此判官與魯人張叔卿是否一人，亦難確證。

〔二〕忽得二句：何承天《臨高臺篇》：「馳迅風，游炎州。」《太平御覽》卷五三引李膺《益州記》：「廣陽洲東七里……至明月峽，峽前南岸壁高四十丈，其壁有圓孔，形如滿月，因以爲名。」《方輿勝覽》卷六〇重慶府：「明月峽在巴縣，石壁高四十丈，有孔若明月。」

〔三〕雲深二句：霍去病爲驃騎將軍。《世説新語·文學》：「張憑舉孝廉，出都，負其才氣，謂必參時彥。欲詣劉尹……真長延之上坐，清言彌日，因留宿至曉。張退，劉曰：『卿且去，正當取卿共詣撫軍。』張還船，同侶問何處宿，張笑而不答。須臾，真長遣傳教張孝廉船，同侶惋愕。即同載詣撫軍。」《九家》趙注：「夜隔，則阻隔之隔，蓋不見張而窒望之意。」

送段功曹歸廣州

南海春天外，功曹幾月程①？峽雲籠樹小，湖日落船明②〔一〕。交趾丹砂重，韶州白葛輕〔二〕。幸君因旅客③，時寄錦官城。（0707）

【校】

① 程，宋本、錢箋校：「一作行。」

② 落，宋本、錢箋、《九家》、《草堂》校：「一作蕩。」

③ 旅，宋本、錢箋校：「一作估。」《九家》、《草堂》作「估」，校：「一作旅。」

【注】

黄鶴注：當是寶應元年（七六二）春作。若在梓州，則公是時有意於出峽，必不言時寄錦官城矣。

〔一〕峽雲二句：仇注：「出峽以後，必經洞庭而後至廣，舊指蜀中東湖、西湖，未然。」

〔二〕交趾二句：交趾丹砂，用葛洪事。見卷七《送重表侄王砯評事使南海》(0386)注。《新唐書·地理志》嶺南道：「韶州始興郡，下。本番州。……土貢：竹布、鐘乳、石斛。」李調元《南越筆記》卷五：「粵之葛，以增城女葛爲上，然不鬻於市。彼中女子終歲乃成一疋，以衣其夫而已。其重三四兩者，未字少女乃能織，已字則不能，故名女兒葛。……《漢書》云：粵地多果布之湊。韋昭曰：布，葛布也。顔師古曰：布謂諸雜細布皆是也。其黄潤者，生苧也。細者爲絟，粗者爲苧。苧一作紵。唐時，端、潮貢蕉布，韶貢竹布。竹布産仁化，其竹名曰丹竹。丹亦曰單。竹節長可緝絲，織之名丹竹布。一名竹練。庾翼《與燕王書》曰『竹練三端』是也。」此稱韶州白葛，蓋葛布、竹布類同。

魏十四侍御就敝廬相別〔一〕

有客騎驄馬〔二〕，江邊問草堂。遠尋留藥價，惜別到文場①〔三〕。入幕旌旗動，歸軒錦繡香。時應念衰疾②，書疏及滄浪③〔四〕。（0708）

【校】

① 到，錢箋校：「一云倒。」《草堂》作「倒」，校：「一作到。」

②衰，《九家》作「老」。

③疏，宋本、錢箋校：「一作迹。」《九家》、《草堂》作「迹」。

【注】

黄鶴注：當是在草堂作，從舊次爲寶應元年（七六二）詩。

〔一〕魏十四侍御：名不詳。當爲西川節度使從事，侍御是其兼銜。

〔二〕驄馬：見卷二《送長孫九侍御赴武威判官》（0085）注。

〔三〕遠尋二句：《後漢書·逸民傳》：「韓康字伯休……常采藥名山，賣於長安市，口不二價，三十餘年。時有女子從康買藥，康守價不移，女子怒曰：『公是韓伯休耶？乃不二價乎？』康歎曰：『我本欲避名，今小女子皆知有我，何用藥爲？』乃遁入霸陵山中。」《晉書·杜預傳》贊：「元凱文場，稱爲武庫。」《九家》趙注：「公自以其居爲文場。」

〔四〕滄浪：見卷六《壯游》（0295）注。

徐九少尹見過〔一〕

晚景孤村僻，行軍數騎來〔二〕。交新徒有喜，禮厚愧無才。賞静憐雲竹，忘歸

步月臺。何當看花蘂，欲發照江梅。（0709）

【注】

黃鶴注：當是上元二年（七六一）冬作。

〔一〕徐九少尹：徐知道。高適《賀斬逆賊徐知道表》：「逆賊前成都少尹兼侍御史、僞稱成都尹兼御史中丞、劍南節度使徐知道，中官携養，莫知姓族。」知徐知道原爲成都少尹。寶應元年，徐知道作亂。見卷五《草堂》（0251）等詩注。

〔二〕行軍句：《九家》趙注：「唐以少尹爲行軍長史，若有節度使，即謂之行軍司馬。」黃鶴注：「《志》云：天下兵馬元帥府有行軍長史、行軍司馬。今詩與徐少尹，而云行軍，當是其時成都尹兼節制兵馬，以討亂，故少尹兼行軍也。」按，時成都尹例由劍南節度使兼任，其屬下行軍司馬兼少尹亦爲常例。

范二員外邈吴十侍御郁特枉駕闕展待聊寄此〔一〕

暫往比鄰去①，空聞二妙歸〔二〕。幽栖誠簡略，衰白已光暉〔三〕。野外貧家遠，村中好客稀。論文或不愧，肯重款柴扉〔四〕？（0710）

【校】

① 去，宋本、錢箋校：「晋作至。」

【注】

黄鶴注：當是上元二年（七六一）在浣花作。

〔一〕范二員外邈：范邈，事迹不詳。吴十侍御郁：吴郁，見卷三《兩當縣吴十侍御江上宅》（0139）注。據《歷代法寶記》，永泰二年爲東川青苗使。黄鶴注：「過江上宅時郁尚謫楚中，是年蓋放還矣。」展待：展禮待命。明清人有用此詞者。

〔二〕空聞句：《晋書·衛瓘傳》：「與尚書郎敦煌索靖俱善草書，時人號爲一臺二妙。」

〔三〕衰白句：任豫《夏潦省宅》：「生長數十載，幸佑見衰白。」

〔四〕肯重句：范雲《贈張徐州謖》：「還聞稚子説，有客款柴扉。」

王十七侍御掄許携酒至草堂奉寄此詩便請邀高三十五使君同到〔一〕

老夫卧穩朝慵起，白屋寒多暖始開。江鸛巧當幽徑浴①，鄰雞還過短牆來。

繡衣屢許携家醞，皂蓋能忘折野梅〔二〕。戲假霜威促山簡，須成一醉習池回②〔三〕。

（0711）

【校】

① 鸛，宋本、錢箋、《九家》、《草堂》校：「一作鶴。」

② 一醉，宋本、錢箋校：「一作醉裏。」

【注】

黄鶴注：當是上元二年（七六一）冬作。時高適刺蜀州，意是高同崔光遠平段子璋後，崔不能戢，將士大掠，天子怒以適代其節度，時在成都，故邀之。今詩不云高尹，仍謂高使君。又是年建子月光遠卒，建丑月旋以嚴武爲成都尹，則適實未嘗代光遠爲尹，殆是攝節度事而在成都。嚴武寶應元年召歸爲京尹後，却不見成都别除尹。史云代宗即位，吐蕃陷隴右，漸逼京畿，適練兵於蜀，師出無功，而松、維等州尋陷，代宗以嚴武代還。必寶應元年五月至廣德元年十二月，乃適尹成都。不知公何以無一詩與之。朱鶴齡注：蓋適爲尹時，公全在東川。及武再鎮蜀，方歸草堂也。

〔一〕王十七侍御掄：王掄，本書卷一五有《哭王彭州掄》（1055）。《唐御史臺精舍題名考》有其人考證。高適助崔光遠平段子璋，見卷四《戲作花卿歌》（0174）注。

〔二〕繡衣二句：分言王侍御、高使君。皂蓋，見卷一《陪李北海宴歷下亭》（0006）注。

〔三〕戲假二句：霜威，見卷八《入衡州》(0403)「風霜」注。《世説新語·任誕》劉孝標注引《襄陽記》：「漢侍中習郁于峴山南，依范蠡養魚法作魚池。……山簡每臨此池，未嘗不大醉而還，曰：『此是我高陽池也。』」

王竟携酒高亦同過共用寒字

卧疾荒郊遠①，通行小徑難。故人能領客，携酒重相看。自愧無鮭菜②〔一〕，空煩卸馬鞍。移時勸山簡③，頭白恐風寒〔二〕。高每云：汝年幾？且不必小於我④〔三〕。故此句戲之。（0712）

【校】

①疾，錢箋作「病」。

②鮭，宋本、錢箋校：「一作蝦。」

③時，《草堂》校：「或作樽。或作林。」

④且不必，錢箋無「且」字。《草堂》作「小且不必」。

【注】

黄鶴注：同上年作。

〔一〕自愧句：《南齊書·庾杲之傳》：「清貧自業，食唯有韮葅、瀹韮、生韮雜菜，或戲之曰：『誰謂庾郎貧，食鮭常有二十七種。』言三九也。」《集韻》佳韻：「鮭，吴人謂魚菜總稱。」《古今韻會舉要》：「膎，户佳切。音與諧同。《説文》：脯也，從肉，奚聲。徐曰：古謂脯之屬爲膎，因通謂儲蓄食味爲膎。《南史》：孔靖飲宋高祖酒，無膎，取伏雞卵爲肴。王儉云：庾郎食膎有二十七種。一曰吴人謂醃魚爲膎腩。通作鮭。又杜詩：『自愧無鮭菜。』」

〔二〕移時二句：仇注：「勸高飲酒禦寒，戲之也。」

〔三〕不必，謂不一定。高云甫之年未必小於己，故詩反戲之。《世説新語·言語》：「夜光之珠，不必出於孟津之河；盈握之璧，不必采於崑崙之山。」《任誕》：「名士不必須奇才。」

少年行二首

莫笑田家老瓦盆，自從盛酒長兒孫①〔一〕。傾銀注瓦驚人眼②，共醉終同卧竹根〔二〕。（0713）

【校】

①長，宋本、錢箋校：「一作養。」

②瓦，宋本校：「一作玉。」原校誤在「注」字下。《草堂》作「玉」。《文苑英華》作「玉」，校：「集作瓦。」

【注】

黄鶴注：當是上元二年（七六一）作。

〔一〕莫笑二句：《晉書・阮咸傳》：「宗人間共集，不復用杯觴斟酌，以大盆盛酒，圓坐相向，大酌更飲。」張表臣《珊瑚鈎詩話》卷三：「夫盆者，槃也，載酒而置之座中也。」《説郛》卷九四鄭獬《觥記注》：「缶者，小瓦盆也。秦人擊之以節歌。杜子美詩：『莫笑田家老瓦盆，自從盛酒長兒孫。』」《史記・平準書》：「守閭閻者食糧肉，爲吏者長子孫。」集解：「如淳曰：時無事，吏不數轉，至於子孫長大而不轉職任。」

〔二〕傾銀二句：《九家》趙注：「舊本作注瓦，非特疊字，而與銀字豈相類乎？」羅大經《鶴林玉露》乙集卷八：「蓋言以瓦盆盛酒，與傾銀壺而注玉杯者同一醉也，尚何分别之有。……一本乃改『玉』字作『瓦』字，失之矣。」按，傾銀壺而注瓦，正羅氏所謂「同一醉也」之意，亦正是其驚人眼處。原不煩改字。《九家》杜田《補遺》：「《酒譜》云：老杜『共醉終同卧竹根』，蓋以竹根爲飲器。事見《江淹集》。然遍閲江集，並無竹根事。唯庾信《報趙王賜酒》詩曰：『如聞傳上命，定是賜中樽。野爐然樹葉，山杯捧竹根。』此以竹根爲飲器也。」趙注：「古詩云：『徘徊孤竹根。』

杜田之説，以竹根爲飲器。夫竹根固是酒杯矣，酒杯既空，豈可謂之卧乎？」朱鶴齡注引潘耕曰：此暗用阮咸事，咸與嵇康諸人共爲竹林之游，故末有「同卧竹根」之句。

巢燕養雛渾去盡①〔一〕，江花結子已無多②。黄衫年少來宜數〔二〕，不見堂前東逝波。（0714）

【校】

①雛，《文苑英華》作「兒」。

②已，宋本、錢箋、《草堂》校：「一作也。」《文苑英華》作「也」。

【注】

〔一〕渾：幾乎、全部。《敦煌變文集·李陵變文》：「不那弓刀渾用盡，遂搦空身左右遮。」

〔二〕黄衫句：《九家》趙注：「黄衫，應是唐人貴富家之服。」引《明皇雜録》婦人衣黄披衫。《太平廣記》卷三五〇《浮梁張令》（出《纂異記》）：「庖人炙羊方熟，有黄衫者據盤而坐，僕夫連叱，神色不撓。」店嫗曰：『今五坊弋羅之輩，横行關内，此其流也，不可與競。』」黄衫乃吏服，小説多見。《新唐書·禮樂志》：「樂工少年姿秀者十數人，衣黄衫、文玉帶，立左右。」樂工亦或服之。

野人送朱櫻

西蜀櫻桃也自紅，野人相贈滿筠籠。數回細寫愁仍破，萬顆勻圓訝許同〔一〕。憶昨賜霑門下省，退朝擎出大明宮〔二〕。金盤玉筯無消息〔三〕，此日嘗新任轉蓬。

（0715）

【注】

黄鶴注：從舊次爲寶應元年（七六二）作。

〔一〕數回二句：《禮記·曲禮上》：「御食於君，君賜餘，器之溉者不寫，其餘皆寫。」注：「寫者，傳己器中乃食之也。」方回及錢箋等引此。按，細寫謂輕取輕放。方回《瀛奎律髓》卷二七：「野人嘗云：惟櫻桃既摘，不可易器。青柄一脱，則紅苞破而無味。老杜既得此三昧，又下一句有『萬顆勻圓』之訝，古今絶唱。」愁仍破，耽心其破損。

〔二〕憶昨二句：《分門》洙曰：「唐制，賜近臣櫻桃，有宴。」修可曰：「唐李綽《歲時記》云：四月一日内園進櫻桃，寢廟薦訖，賜各有差。」王維有《敕賜百官櫻桃》詩。

〔三〕金盤句：仇注：「此詩作於肅宗晏駕之後，故云『金盤玉筯無消息』。」浦起龍云：「亦含休官遠客意。」施鴻保謂：「第追念在朝時恩寵而已。」

范温《潛溪詩眼》：「老杜《櫻桃》詩云……此詩如禪家所謂信手拈來、頭頭是道者，直書眼前所見，平易委曲，得人心所同然，但他人艱難不能發耳。至於『憶昨賜霑門下省，退朝擎出大明宫。金盤玉筯無消息，此日嘗新任轉蓬』，其感興皆出於自然，故終篇遒麗。韓退之有《賜櫻桃》詩云：『漢家舊種明光殿，炎帝還書本草經。豈似滿朝承雨露，共看轉賜出青冥。香隨翠籠擎偏重，色照銀盤寫未停。食罷自知無補報，空然慚汗仰皇扃。』蓋學老杜前詩，然搜求事迹，排比對偶，其言出於勉强，所以相去甚遠。若非老杜在前，人亦安敢輕議。」

即事①

百寶裝腰帶，真珠絡臂韝〔一〕。笑時花近眼，舞罷錦纏頭〔二〕。（0716）

【校】

① 即事，《草堂》題下注：「贈舞者也。」

【注】

黃鶴注：舊次爲寶應元年（七六二）成都作。

〔一〕百寶二句：《史記·滑稽列傳》：「帣韝鞠𦝼。」集解：「徐廣曰：韝，臂捍也。音溝。」《漢書·東方朔傳》：「董君綠幘傅韝。」注：「韋昭曰：韝，形如射韝，以縛左右手，於事便也。師古曰：韝即今之臂韝也。」韝同韝。《九家》趙注：「此篇贈女人之舞者，直道其事耳。」

〔二〕錦纏頭：見卷五《春日戲題惱郝使君兄》（0217）注。

贈花卿〔一〕

錦城絲管日紛紛，半入江風半入雲。此曲祇應天上有①，人間能得幾回聞？（0717）

【校】

① 有，《樂府詩集》作「去」。

【注】

仇注從單復編入上元二年（七六一）成都詩内。

〔一〕贈花卿：《樂府詩集》卷七九《近代曲辭·水調》：「按唐曲凡十一疊，前五疊爲歌，後六疊爲入破。」以此詩爲入破第二。陳善《捫蝨新話》下集卷三：「世人謂杜子美《贈花卿》詩有『此曲衹應天上有，人間那得幾回聞』之句，因誤認花卿爲歌妓者多矣。按花卿蓋西川牙將，嘗與西川節度崔光遠平段子璋，遂大掠東川，故子美復有《戲贈花卿歌》……當時花卿跋扈不法，有僭用禮樂之意，子美所贈，蓋微而顯者也，不然豈天上有曲而人間不得聞乎？」楊慎《升庵詩話》卷一襲其說。朱鶴齡注：「敬定恃功驕横則有之，不聞有僭禮樂事。詳詩意，似諷其歌舞太侈，非居功之道耳。」參卷四《戲作花卿歌》(0174)注。胡應麟《詩藪》外編卷四：「花卿蓋歌伎之姓，『此曲衹應天上有』，本自目前語。而用修以成都猛將當之，且謂僭用天子禮樂，真癡人説夢也。」賀裳《載酒園詩話》卷一：「用修以爲花卿在蜀頗僭，子美作此諷之，則於詩意似合，疑可從耳。要之，兩詩不作於一時，前自惜其功，後自譏其僭，何必牽拘。」黄白山評：「據史僅言其大掠東蜀，未嘗言及僭擬朝廷。用修只據『天上』二字，遂漫爲此説，要非事實也。予以當時梨園弟子流落人間者不少，如《寄鄭李百韻》詩：『南内開元曲，當時弟子傳。』自注：『柏中丞筵，聞梨園弟子李仙奴歌。』所云『天上有』者，亦即此類。蓋贊其曲之妙，必是當時供奉所進，非人間所嘗聞耳。」

少年行

馬上誰家薄媚郎①，臨堦下馬坐人床②〔一〕。不通姓字粗豪甚③，指點銀瓶索酒

嘗④〔二〕。（0718）

【校】

① 馬上，宋本、錢箋、《草堂》校：「一云騎馬。」 薄媚，宋本、錢箋校：「一云白面。」《九家》、《草堂》、《文苑英華》作「白面」，《九家》、《草堂》校：「一作薄媚。」

② 堦，《文苑英華》作「軒」，校：「一作街。」 坐，宋本、錢箋校：「一作踏。」

③ 粗豪甚，宋本校：「一云粗疏甚。」 豪，錢箋校：「一作疏。」

④ 索酒嘗，宋本、錢箋校：「一云酒未嘗。」

【注】

仇注從黄鶴注依舊次編入寶應元年（七六二）。

〔一〕馬上二句：薄媚，輕薄。《王梵志詩校注》三七七首：「埋著黄蒿中，猶成薄媚鬼。」《游仙窟》：「誰知可憎病鵲，夜半驚人；薄媚狂雞，三更唱曉。」《敦煌變文集·燕子賦》：「薄媚黄頭雀，便漫説緣由。」《九家》趙注：「或作薄媚郎，非是。夫薄媚，施之娘可也。」按，章孝標《貽美人》：「諸侯帳下慣新妝，皆怯劉家薄媚娘。」然以上諸例，皆非施於女姓。仇注：「床，胡床也。」《世説新語·簡傲》：「良久，乃沐頭散髮而出，亦不坐，仍據胡床，在中庭曬頭。」《太平廣記》卷三六《拓跋大郎》（出《原化記》）：「吾昨被録去，見拓跋據胡床坐。」

〔二〕不通二句：《三國志·吴書·孫皎傳》：「此人雖粗豪，有不如人意時，然其較略大丈夫也。」《宋書·顔延之傳》：「又好騎馬，遨游里巷，遇知舊輒據鞍索酒。」《九家》趙注謂暗用此。

蕭八明府隄處覓桃栽①〔一〕

奉乞桃栽一百根〔二〕，春前爲送浣花村。河陽縣裏雖無數②，濯錦江邊未滿園③〔三〕。（0719）

【校】

① 隄，宋本、錢箋校：「一作實。」《九家》作「實」，《草堂》作「宴」。

② 裏，《草堂》校：「一作底。」

③ 邊，宋本、錢箋校：「一作頭。」

【注】

黄鶴注：上元元年（七六〇）作。此必是經營草堂成就時求之，不然，亦是上元二年歲下作。仇注編入上元元年。

〔一〕蕭八明府：據以下數詩例，其人當名隄或實。《九家》趙注：「河陽蓋以比蕭八所治之縣也，非華陽則成都矣。」

〔二〕奉乞句：仇注：「桃、栽二字連用，猶俗云桃秧，乃小桃之可栽者。楷栽、松栽亦然。竹不言栽者，移竹兼用根竿也。」

〔三〕河陽二句：庾信《春賦》：「河陽一縣並是花，金谷從來滿園樹。」《白氏六帖事類集》卷二一：「潘岳爲河陽令，樹桃李花，人號曰『河陽一縣花』。」

從韋二明府續處覓綿竹①〔一〕

華軒藹藹他年到，綿竹亭亭出縣高〔二〕。江上舍前無此物，幸分蒼翠拂波濤。

（0720）

【校】

① 綿竹，《草堂》下有「數叢」二字。

【注】

黄鶴注：從舊次爲寶應元年（七六二）作。仇注編入上元元年（七六〇）。

〔一〕韋二明府續：韋續，《新唐書·宰相世系表四上》東眷韋氏彭城公房：太子少保、駙馬都尉鐵孫，陳王府長史友廉子，「續，天興令」。著有《墨藪》。《全唐文》卷三六三收其《五十六種書序》。《唐代墓志彙編》開元〇七一蘇晋《大唐故銀青光禄大夫衛尉卿扶陽縣開國公護軍事韋公墓志銘》：「公諱頊，字勵己，京兆杜陵人也。……有子駙馬都尉、銀青光禄大夫、彭城郡開國公、上柱國、右金吾將軍、衛尉卿、左出歙州别駕鐵。」即其祖父。據《唐會要》卷六，尚中宗女永壽公主。《全唐文》以續爲鐵子，蓋誤。

〔二〕華軒二句：《草堂》夢弼注：「《後漢·劉延傳》注：綿州故城在今益州綿竹縣東。《地十道志》：有紫岩山，綿竹之所出焉。綿竹蓋産於此山也。」李衎《竹譜》卷四：「綿竹生漢州之綿竹縣，今自延平後山及永州、全州山中皆有之。叢生，節稀圓正，有長三尺六寸者，道家漁鼓唯此有聲。葉小一如淡竹，作篾甚良，又爲櫛篾之最。客旅往往販至江上，作船䋫纜，收束絞縛極筋韌。」《九家》趙注：「他年，則一二年前也。今公所覓，非華陽縣廨，則成都縣廨，題云韋二明府，則指知縣明矣。」

憑何十一少府邕覓榿木栽①〔一〕

草堂塹西無樹林②，非子誰復見幽心。飽聞榿木三年大，與致溪邊十畝陰。

（0721）

【校】

①榿木，《草堂》下有「數百」二字。

②林，宋本、錢箋校：「一作木。」

【注】

黄鶴注：上元元年（七六〇）作。

〔一〕何十一少府邕：何邕，黄鶴注：「梁編爲公有《贈何邕》詩在後，當是綿谷尉，與公爲鄉人。」榿木：見本卷《堂成》（0623）注。

憑韋少府班覓松樹子〔一〕

落落出羣非櫸柳，青青不朽豈楊梅〔二〕。欲存老蓋千年意①〔三〕，爲覓霜根數寸栽②。（0722）

【校】

①蓋，《草堂》作「盡」，校：「一作蓋。」

②栽，宋本、錢箋、《草堂》校：「一云來。」

【注】

黄鶴注：當是與覓榿木時同作，乃上元元年（七六〇）。

〔一〕韋少府班：韋班，本書卷一二有《涪江泛舟送韋班歸京》（0781）。《新唐書·宰相世系表四上》東眷韋氏逍遥公房：希元子，「班，衡州刺史」。《元和姓纂》卷二作衢州刺史。韋應物《示從子河南尉班》詩序：「永泰中，余任洛陽丞，以撲抶軍騎，時從子河南尉班亦以剛正，俱見訟于居守。」

〔二〕落落二句：欅柳，見本卷《田舍》（0624）注。司馬相如《上林賦》：「楟棗楊梅。」《文選》注：「張揖曰：楊梅，其實似穀而有核，其味酸，出江南也。」《藝文類聚》卷八七引《臨海異物志》：「楊梅，其子大如彈丸，正赤，五月中熟，熟時似梅，其味甜酸。」《九家》趙注：「楊梅，其栽易蛀，故不若松之不朽。」

〔三〕欲存句：《抱朴子·對俗》：「千歲松樹，四邊披越，上杪不長，望而視之，有如偃蓋。」

又於韋處乞大邑瓷盌〔一〕

大邑燒瓷輕且堅，扣如哀玉錦城傳①。君家白盌勝霜雪，急送茅齋也可憐。

（0723）

【校】

①哀，宋本、錢箋、《九家》、《草堂》校：「一作寒。」

【注】

黃鶴注：當是上元二年（七六一）作。

〔一〕大邑瓷盌：《元和郡縣圖志》卷三一邛州：「大邑縣，上。東南至州四十九里。」《格致鏡原》卷三六引《缾花譜》：「古無磁缾，皆以銅爲之，至唐始尚窑器。厥後有柴、汝、官、哥、定、龍泉、均州、章生、烏泥、宣成等窑，而品類多矣。」《舊唐書·韋堅傳》謂「豫章郡船，即名瓷、酒器」，《新唐書·地理志》謂越州土貢「瓷器」，《唐國史補》卷下謂「内丘白瓷甌、端溪紫石硯，天下無貴賤通用之」，則當時名瓷産地。《荀子·法行》：「夫玉者，君子比德焉。……扣之，其聲清揚而遠聞，其止輟然，辭也。」

詣徐卿覓果栽〔一〕

草堂少花今欲栽，不問緑李與黄梅。石笋街中却歸去，果園坊裏爲求來〔二〕。

（0724）

【注】

黄鶴注：當是上元二年（七六一）作。

〔一〕徐卿：與卷四《徐卿二子歌》（0187）當爲同一人。

〔二〕石笋二句：石笋街，見卷四《石笋行》（0171）注。《九家》趙注：「在今府城之西，則往公草堂之路。」本書卷一三《寄邛州崔録事》（0875）：「邛州崔録事，聞在果園坊。」注：「坊名，在成都。」黄鶴注：「果園坊乃徐之所居處。」

贈別何邕

生死論交地，何由見一人〔一〕？悲君隨燕雀，薄宦走風塵。綿谷元通漢，沱江不向秦〔二〕。五陵花滿眼，傳語故鄉春〔三〕。（0725）

【注】

黄鶴注：寶應元年（七六二）送嚴武至綿時作此詩以送之。按，前《憑何十一少府邕覓榿木栽》作於成都，則何非成都尉即華陽尉。浦起龍云：「綿谷去成都將及千里，公覓榿木，豈千里能致百根耶？邕蓋官於成都近境，上元二年春在草堂送之入京耳。」詩止言何氏將北取綿谷路返秦。

〔一〕生死二句：《史記·汲鄭列傳》：「始翟公爲廷尉，賓客闐門。及廢，門外可設雀羅。翟公復爲廷尉，賓客欲往，翟公乃大署其門曰：一死一生，乃知交情。」

〔二〕綿谷二句：《元和郡縣圖志》卷二二利州：「綿谷縣，上。郭下。本漢葭萌縣地，東晉孝武帝分晉壽縣置興安縣，隋開皇十八年改綿谷縣，因縣東南綿谷爲名。……西漢水，一名嘉陵水，經縣西，去縣一里。潛水，出縣東北龍門山。《書》曰『沱潛既道』是也。」《水經注》江水：「江水又東別爲沱，開明之所鑿也。」《史記·夏本紀》索隱：「沱出蜀郡郫縣西，東入江。潛出漢中安陽縣西，北入漢。故《爾雅》云：水自江出爲沱，漢出爲潛。」正義引《括地志》：「潛水一名復水，今名龍門水，源出利州綿谷縣東龍門山大石穴下也。」朱鶴齡注：「綿谷元通漢，謂綿谷潛水本上合於沔陽之漢水也。漢中北直長安，故云。」又引金履祥曰：「江至永康軍導江縣，諸源既盛，遂分爲沱。東至眉州彭山縣，復合於江。」

〔三〕五陵二句：五陵，見卷一《哀王孫》(0047)注。黄鶴注：「邕與公同京兆人也。」

贈别鄭鍊赴襄陽〔一〕

戎馬交馳際〔二〕，柴門老病身。把君詩過日①，念此别驚神②〔三〕。地闊峨眉晚③，天高峴首春〔四〕。爲於耆舊内，試覓姓龐人〔五〕。(0726)

【校】

①日，錢箋校：「俗本作目。」

②念此别驚神，宋本、錢箋、《草堂》校：「一云念别意驚神。」

③晚，宋本、錢箋校：「一作曉。晉作遠。」《草堂》校：「一作曉。」

【注】

黃鶴注：寶應元年（七六二）作。

〔一〕鄭鍊：事迹不詳。

〔二〕戎馬句：黃鶴注：「蓋指寶應元年史朝義陷營州，羌、渾、奴剌陷梁州，河東、河中軍皆亂故也。」

〔三〕把君二句：《宋書·武帝紀》韓延之書：「寄性命以過日，心企太平久矣。」

〔四〕地闊二句：峨眉，見本卷《漫成二首》（0665）注。峴首，見卷八《別董頲》（0381）注。

〔五〕姓龐人：龐公，見卷三《遣興五首》（0109）注。

重贈鄭鍊絶句①

鄭子將行罷使臣〔一〕，囊無一物獻尊親。江山路遠羈離日，裘馬誰爲感激人〔二〕？（0727）

【校】

① 鍊，宋本缺，據錢箋等補。

【注】

〔一〕鄭子句：《九家》趙注：「言罷使臣，則鄭君必在幕中而罷去也。」

〔二〕裘馬句：《九家》趙注：「言乘肥衣輕之人，有誰感激而憐鄭之貧也。」《論語・雍也》：「乘肥馬，衣輕裘。」

杜工部集卷第十二①

近體詩一百三首 在成都及綿漢梓州作

奉和嚴中丞西城晚眺 十韻②〔一〕

汲黯匡君切，廉頗出將頻〔二〕。直詞才不世，雄略動如神③。政簡移風速，詩清立意新。層城臨暇景④，絶域望餘春。旗尾蛟龍會，樓頭燕雀馴〔三〕。地平江動蜀，天闊樹浮秦。帝念深分閫，軍須遠算緡〔四〕。花羅封蛺蝶，瑞錦送騏驎〔五〕。辭第輸高義，觀圖憶古人〔六〕。征南多興緒〔七〕，事業闇相親。（0728）

【校】

①宋本此卷底本爲吴若本。

②十韻，錢箋、《草堂》等爲大字連題。

③動，宋本、錢箋校：「一作用。」

④層，宋本校：「晉作曾。」　暇，宋本、錢箋校：「一作媚。」《草堂》作「媚」，校：「一作暇。」

【注】

黄鶴注：史謂上元二年建丑月，以嚴武爲成都尹。此詩作於寶應元年（七六二）之春。

〔一〕嚴中丞：嚴武。見卷五《遭田父泥飲美嚴中丞》(0232)、卷七《八哀詩・嚴公武》(0332)注。

〔二〕汲黯二句：汲黯，見卷七《八哀詩・嚴公武》(0332)「匡汲」注。廉頗，見卷九《投贈哥舒開府翰二十韻》(0412)注。仇注：「汲黯匡君，嚴昔爲諫官。廉頗出將，今再爲節度。」

〔三〕旗尾二句：《爾雅・釋天》：「有鈴曰旂。」注：「縣鈴於竿頭，畫蛟龍於旒。」《淮南子・説林訓》：「湯沐具而蟣虱相弔，大廈成而燕雀相賀。」

〔四〕帝念二句：《史記・張釋之馮唐列傳》：「臣聞上古王者之遣將也，跪而推轂，曰閫以内者寡人制之，閫以外者將軍制之。」《北史・韓麒麟傳》：「麒麟上義租六十萬斛，並攻戰器械，於是軍須無乏。」《漢書・武帝紀》：「初算緡錢。」注：「李斐曰：緡，絲也，以貫錢也。一貫千錢，出算二十也。師古曰：謂有儲積錢者，計其緡貫而税之。」仇注引遠注：「遠算緡，謂不事科斂也。」

〔五〕花羅二句：《唐會要》卷三二《輿服》：「天授三年正月二十二日，内出繡袍，賜新除都督、刺史。其袍皆繡作山形……自此每新除都督、刺史，必以此袍賜之。延載元年五月二十二日，出繡袍以賜文武官三品已上。其袍文仍各有訓誡，諸王則飾以盤龍及鹿，宰相飾以鳳池，尚書飾以對雁，左右衛將軍飾以對麒麟。」《分門》洙曰：「蛺蝶、麒麟，羅錦上絲繡也。」《九家》趙注：「言嚴公入貢，不忘朝廷也。蛺蝶羅、麒麟錦，亦蜀中當時實事。」仇注：「承上帝念而來，故知爲所賜之物。舊注謂嚴公以此入貢，非也。」麒麟指賜袍所繡，蛺蝶亦爲羅錦圖案。

〔六〕辭第二句：《史記・衛將軍驃騎列傳》：「天子爲治第，令驃騎視之，對曰：『匈奴未滅，無以家爲也。』」《後漢書・馬援傳》：「顯宗圖畫建武中名臣列將於雲臺，以椒房故，獨不及援。東平王蒼觀圖，言於帝曰：『何故不畫伏波將軍像？』帝笑而不言。」《分門》洙曰引此。朱鶴齡注引杜甫《同嚴公詠蜀道畫圖》及《八哀詩》「堂上指畫圖」，謂此言觀蜀之地圖，輒以古人爲期。《晋書・裴秀傳》秀作《禹貢地域圖》，序云：「文皇帝乃命有司撰訪吴蜀地圖。蜀土既定，六軍所經，地域遠近，山川險易，征路迂直，校驗圖記，罔或有差。」仇注引此。

〔七〕征南句：《晋書・杜預傳》：「追贈征南大將軍。」《九家》趙注：「又以杜預比嚴公也。」「興緒，興況意緒也。」王勃《上巳浮江宴韻得遥字》：「上巳年光促，中川興緒遥。」鄭少微《對文可以經邦策》：「創業興緒，克昌後昆。」前例興致義，後例垂緒義。

嚴中丞枉駕見過

嚴自東川除西川，敕令兩川都節制。

元戎小隊出郊坰〔一〕，問柳尋花到野亭。川合東西瞻使節，地分南北任流萍①〔二〕。扁舟不獨如張翰，白帽應兼似管寧②〔三〕。寂寞江天雲霧裏③，何人道有少微星〔四〕？（0729）

【校】

① 流，宋本、錢箋、《九家》、《草堂》校：「一作孤。」

② 白，錢箋校：「一作皁。」《草堂》作「皁」，校：「一作白。」 應兼，錢箋作「還應」，校：「一作應兼。」《九家》、《草堂》作「應兼」。

③ 寂寞，宋本、錢箋、《九家》校：「一作今日。」

【注】

黃鶴注：按史，廣德二年正月，令劍南東西川合爲一道，以黃門侍郎嚴武爲節度。此詩既曰「川合東西」，而題云「嚴中丞」，何也？ 趙曰公自注云「嚴自東川除西川，敕令都節制」，則是未合爲一道時，故得稱爲中丞。蓋廣德元年十月，武方拜黃門侍郎。當是寶應元年（七六二）權令兩川都節制時作。盧元昌曰：按史，嚴除兩川在寶應元年六月，是誤以被召時爲除職日，當以公注及詩爲據。先是，至德二載上皇還京，分劍南東西兩川，各置節度，是兩川始分也。此詩公自注云：「嚴自東川除西川，敕令兩川都節制。」是嚴先爲東川節度，更除西川，權攝東川。故是年公《説旱》云：請管内東西，各遣一使。正以其分而未合，故各遣耳。嚴武六月被召還朝，西川節度高適代之，東川使節虛懸，但以章彝爲留後。至廣德二年正月，東西兩川始合爲一道，以黃門侍郎嚴武爲節度。若謂劍南二川兩合於嚴，誤矣。此章「川合東西」，但謂其權知兩川事。趙注曾云，應爲不謬。

〔一〕元戎句：《詩·小雅·六月》：「元戎十乘，以先啓行。」傳：「元，大也。」

〔二〕川合二句：《分門》洙曰：「謂長安有南杜北杜也。」《九家》趙注：「自蜀望長安，則長安爲北，蜀地爲南也。舊注非。」《後漢書·鄭玄傳》玄以書戒子益恩：「而黃巾爲害，萍浮南北，復歸邦鄉。」

〔三〕扁舟二句：《晉書·張翰傳》：「翰因見秋風起，乃思吴中菰菜、蓴羹、鱸魚膾，曰：『人生貴得適志，何能羈宦數千里以要名爵乎！』遂命駕而歸。」《三國志·魏書·管寧傳》：「寧常著皂帽、布襦袴、布裙，隨時單複，出入閨庭，能自任杖。」參卷八《别董頲》(0381)注。

〔四〕寂寞二句：《晉書·天文志》：「少微四星在太微西，士大夫之位也。一名處士，亦天子副主，或曰博士官。」《謝敷傳》：「初，月犯少微，少微一名處士星，占者以隱士當之。譙國戴逵有美才，人或憂之。俄而斃死。」《九家》趙注：「公自謂也。」仇注：「江天星隱，喜使節之過。」

江畔獨步尋花七絶句

江上被花惱不徹〔一〕，無處告訴只顛狂。走覓南鄰愛酒伴，經旬出飲獨空床。

斛斯融，吾酒徒〔二〕。（0730）

【注】

黃鶴注：從舊次爲寶應元年（七六二）作。

〔一〕江上句：仇注：「徹，盡也。」曹睿《長歌行》：「吐吟音不徹，泣涕沾羅纓。」崔國輔《小長干曲》：「菱歌唱不徹，知在此塘中。」

〔二〕斛斯融：參卷一一《聞斛斯六官未歸》（0681）注。

稠花亂蘂畏江濱①，行步欹危實怕春②〔一〕。詩酒尚堪驅使在，未須料理白頭人〔二〕。（0731）

【校】

①畏，宋本、錢箋校：「一作裹。」《九家》、《草堂》作「裹」，《草堂》校：「一作裹。」

②實，錢箋、《草堂》校：「一云獨。」

【注】

〔一〕欹危：傾斜。沈炯《歸魂賦》：「渡狹石之欹危，跨清津之幽咽。」

〔二〕料理：關照。《世説新語·德行》：「韓康伯時爲丹陽尹，母殷在郡，每聞二吳之哭，輒爲淒惻，語康伯曰：『汝若爲選官，當好料理此人。』」

江深竹静兩三家，多事紅花映白花〔一〕。報答春光知有處，應須美酒送生涯。

（0732）

【注】

〔一〕多事句：《游仙窟》：「無情明月，故故臨窗；多事春風，時時動帳。」

東望少城花滿烟，百花高樓更可憐〔一〕。誰能載酒開金盞①，喚取佳人舞繡

筵。（0733）

【校】

①盞，宋本、錢箋、《草堂》校：「一作鎖。」

【注】

〔一〕東望二句：《元和郡縣圖志》卷三一成都府：「州城，秦惠王二十七年張儀所築。……少城，一曰小城，在縣西南一里二百步。《蜀都賦》云：『亞以少城，接乎其西。』」百花樓，黄希注謂在百花潭上。《方輿勝覽》卷五一成都府：「浣花溪，在城西五里，一名百花潭。」陸游《大醉歸南禪弄影月下有作》：「即今客錦城，醉過百花樓。」或襲杜詩。

黄師塔前江水東〔一〕，春光懶困倚微風。桃花一簇開無主，可愛深紅愛淺紅①〔二〕。（0734）

【校】

①愛淺，「愛」宋本、錢箋、《九家》校：「一云映。晉作與。」《草堂》作「映」，校：「一作愛。」

【注】

〔一〕黃師句：陸游《老學庵筆記》卷九：「予在成都，偶以事至犀浦，過松林甚茂，問馭卒此何處，答曰師塔也。蓋謂僧所葬之塔。於是乃悟杜詩『黃師塔前江水東』之句。」僧塔例稱某師塔，觀僧傳碑銘等可見。

〔二〕桃花二句：朱鶴齡注：「言桃花無主，可是愛深紅乎，抑愛淺紅乎？」

黃四娘家花滿蹊〔一〕，千朵萬朵壓枝低。留連戲蝶時時舞，自在嬌鶯恰恰啼〔二〕。（0735）

【注】

〔一〕黃四句：《東坡題跋》卷二《書子美黃四娘詩》：「東坡云：此詩雖不甚佳，可以見子美清狂野逸之態，故僕喜書之。昔齊魯有大臣，史失其名。黃四娘獨何人哉，而託此詩不朽？可以使覽者一笑。」吴若本注引此，錢箋削。

〔二〕留連二句：何遜《石頭答庾郎丹》：「黃鸝隱葉飛，蛺蝶縈空戲。」劉令嫻《答外詩》：「鳴鸝葉中舞，戲蝶花間騖。」恰恰，亦作洽恰，多而密集貌。《敦煌變文集・降魔變文》：「峻嶺高岑總安致，恰恰遍布不容針。」蔣禮鴻《敦煌變文字義通釋》：「狎洽、壓恰、洽恰，有多而密的意思。」

不是愛花即肯死①，只恐花盡老相催〔一〕。繁枝容易紛紛落，嫩葉商量細細開②〔二〕。（0736）

【校】

①愛，《草堂》校：「一作有。」肯，宋本、錢箋校：「一作欲。」《九家》、《草堂》作「欲」，校：「一作索。」七字宋本、錢箋校：「一作不是看花即索死。」

②葉，宋本、錢箋、《草堂》校：「一作蕊。」《九家》作「蘂」，校：「一作葉。」

【注】

〔一〕不是二句：張相《詩詞曲語辭彙釋》：「肯，猶拚也。言倘若無花逍遣，直欲拚死。所以如此汲汲者，恐花盡而老將至也。」按，張説忽略「不是」二字。肯，寧肯，情願。詩言非是執意愛花，乃是憂慮年老相催。

〔二〕繁枝二句：宋人多采此意入詞，如舒亶《菩薩蠻·次張秉道韻》：「密葉似商量，嚮人春意長。」晁補之《一叢花》：「應約萬紅，商量細細，留嚮未開尋。」

春水生二絶

二月六夜春水生，門前小灘渾欲平①。鸕鷀鸂鶒莫漫喜〔一〕，吾與汝曹俱眼明。（0737）

【校】

① 灘，宋本、錢箋、《九家》、《草堂》校：「一作籬。」

【注】

黄鶴注：當是上元二年（七六一）在浣花作。梁權道編在寶應元年，然是年春旱，自十月不雨。

〔一〕鸕鷀句：鸕鷀，見卷一〇《秦州雜詩二十首》（0565）注。鸂鶒，見卷一〇《曲江陪鄭八丈南史飲》（0527）注。

一夜水高二尺强，數日不可更禁當〔一〕。南市津頭有船賣，無錢即買繫籬傍〔二〕。（0738）

【注】

〔一〕數日句：《九家》趙注：「『禁當』字，亦蜀中語。」仇注：「禁，止也。」按，禁亦當也。見卷一〇《奉陪鄭駙馬韋曲二首》(0535)注。

〔二〕南市二句：仇注：「無錢買船，誠恐水没草堂耳。」

春夜喜雨

好雨知時節，當春乃發生①〔一〕。隨風潛入夜，潤物細無聲〔二〕。野徑雲俱黑，
江船火獨明。曉看紅濕處，花重錦官城〔三〕。(0739)

【校】

①乃，宋本、錢箋、《九家》、《草堂》校：「一云及。」《文苑英華》作「及」，校：「集作乃。」

【注】

黄鶴注：當是上元二年(七六一)作。

〔一〕當春句：《爾雅·釋天》：「春爲發生。」

〔二〕隨風二句：《淮南子・墜形訓》：「以潤萬物。」《論衡・雷虛》：「雨潤萬物，名曰澍。」《九家》趙注：「（二句）范元實所謂聖人復生不可改也。」今人輯《詩眼》無此。

〔三〕曉看二句：蕭綱《賦得入階雨》：「漬花枝覺重，濕鳥羽飛遲。」

江頭五詠

丁香〔一〕

丁香體柔弱，亂結枝猶墊〔二〕。細葉帶浮毛，疏花披素豔。深栽小齋後，庶近幽人占。晚墮蘭麝中，休懷粉身念〔三〕。（0740）

【注】

黃鶴注：依舊次爲寶應元年（七六二）作。

〔一〕丁香：《政和證類本草》卷一二引《圖經》：「丁香出交廣南番，今唯廣州有之。木桂類，高丈餘，葉似櫟，凌冬不凋。花圓細，黃色，其子出枝蕊上，如釘子，長三四分，紫色。其中有粗大如山茱萸者，謂之母丁香。」沈括《夢溪筆談》卷二六：「《齊民要術》云：雞舌香，世以其似丁子，故一名丁子香。即今丁香是也。《日華子》云：雞舌香，治口氣。所以三省故事，郎官口含雞舌香，欲其奏事對答，其氣芬芳。此正謂丁香治口氣，至今方書爲然。又古方五香連翹湯用雞舌香，《千金》五香連翹湯無雞舌香，却有丁香，此最爲明驗。《新補本草》又出丁香一條，蓋不曾深考也。」

〔二〕丁香二句：朱鶴齡注：「陳藏器云：丁香，擊之則順理而解爲兩向。義山詩：『本是丁香樹，春條始結生。』其合則爲結也。」《説文》：「墊，下也。」段注：「謂地之下也。《皋陶謨》曰：下民昏墊。因以爲凡下之稱。」朱鶴齡注：「凡物之下墮，皆可云墊。」施鴻保謂應作墊襯解。

〔三〕晚墮二句：《晋書·石崇傳》：「崇盡出其婢妾數十人以示之，皆蘊蘭麝，被羅縠。」《九家》趙注：「末句言結實而墮蘭麝中，俱以體香相類，雖不念粉身可也。」朱鶴齡注：「丁香與幽僻相宜，晚而墮於蘭麝，則非其類矣。雖粉身豈足惜哉？此等詩全是寓意。」

麗春〔一〕

百草競春華，麗春應最勝。少須好顏色①，多漫枝條剩。紛紛桃李枝，處處總能移。如何貴此重②，却怕有人知。（0741）

【校】

①須，宋本、錢箋校：「晋作頃。」好顏色，錢箋校：「草堂作顏色好。」

② 如何貴此重，宋本、錢箋校：「晉作稀如可貴重。」《草堂》校同，「稀」作「希」。

【注】

〔一〕麗春：朱鶴齡注引《圖經本草》「麗春草，一名仙女蒿」及《格物論》「麗春，罌粟別種也，一名長春花」。按，《古今合璧事類備要》別集卷三一引《格物總論》：「麗春花，罌粟花別種也。叢生，柔幹多葉，有刺。數種，紅紫白三色，而於三色之中又多變態。今江浙間多此，惟金陵産獨勝耳。」引《游默齋花譜》，謂淳熙甲辰客金陵，得異草曰麗春，罌粟別種也。罌粟其子可食，故無佳花。麗春太華，實遂無取。《佩文齋廣群芳譜》卷九五：「麗春草，與《花譜》麗春名同物異。」麗春草，見《政和證類本草》卷三〇引《圖經》，謂淮陽郡、潁川及譙郡、汝南郡等並呼爲龍羊草，河北近山鄴郡、汲郡名蘘蘭艾，上黨紫團山名定參草，亦名仙女蒿。唐天寶中，因潁川郡楊正進。洪适《麗春》：「纖莛小作罌，瘦殼元無粟。色麗品少雙，詩成看未足。」《格致鏡原》卷七一引《農圃書》：「麗春，一名虞美人，又名滿園春，又名百般嬌。」詩人所詠，當爲麗春花。

梔子〔一〕

梔子比衆木，人間誠未多。於身色有用，與道氣傷和①〔二〕。紅取風霜實，青看雨露柯。無情移得汝，貴在映江波〔三〕。（0742）

【校】

①傷，錢箋校：「一作相。」《草堂》作「相」。

【注】

〔一〕梔子：《政和證類本草》卷一三引《圖經》：「梔子生南陽川谷，今南方及西蜀州郡皆有之。木高七八尺，葉似李而厚硬，又似樗蒲子。二三月生白花，花皆六出，甚芬香，俗説即西域詹匐也。夏秋結實，如訶子狀，生青熟黄，中仁深紅。九月采實暴乾。南方人競種以售利。」

〔二〕於身二句：《九家》趙注：「蜀人取其色以染帛與紙，故云『色有用』。」朱鶴齡注：「其性大寒，食之傷氣，故云『傷和』。或曰：《本草》稱梔子治五内邪氣、胃中熱氣，其能理氣明矣。此頌梔子之功也，作氣相和亦是。」

〔三〕無情二句：謝朓《詠牆北梔子》：「有美當階樹，霜露未能移。……還思照緑水，君階無曲池。」蕭綱《詠梔子花》：「素華偏可憙，的的半臨池。」《九家》趙注：「（蕭綱）則因謝朓無曲池爲歎，而自言其的的然有池之可臨矣。公今云無情移汝於它處，貴在映江波，則又以有江波之可映，蓋又勝於臨池者乎？」

鸂鶒

故使籠寬織，須知動損毛〔一〕。看雲莫悵望，失水任呼號。六翮曾經剪，孤飛

卒未高①〔二〕。且無鷹隼慮，留滯莫辭勞。（0743）

【校】

①卒，錢箋校：「一作只。」《文苑英華》作「只」。

【注】

〔一〕故使二句：左思《詠史》：「習習籠中鳥，舉翮觸四隅。」《九家》趙注：「今鸂鶒以羽毛之好，則寬爲之籠，以防損其毛。」

〔二〕六翮二句：禰衡《鸚鵡賦》：「顧六翮之殘毀，雖奮迅其焉如。」

花鴨

花鴨無泥滓，堦前每緩行①〔一〕。羽毛知獨立，黑白太分明〔二〕。不覺羣心妬，休牽衆眼驚。稻粱霑汝在②，作意莫先鳴〔三〕。（0744）

【校】

①堦前，宋本、錢箋校：「一作中庭。」《草堂》校：「一作庭前。」

②霑，宋本、錢箋校：「一作知。」

【注】

〔一〕花鴨二句：潘岳《西征賦》：「或被髮左衽，奮迅泥滓。」《九家》趙注：「此篇於物則紀實，於義則自況。無泥滓，則比其潔也。每緩行，則比其雍容也。羽毛獨立，則自比其不羣也。黑白分明，則自比其文采之明著也。」

〔二〕黑白句：《後漢書·朱浮傳》：「豈不燦然黑白分明哉。」

〔三〕稻粱二句：稻粱，見卷一《同諸公登慈恩寺塔》(0023)注。《左傳》襄公二十一年：「州綽曰：『君以爲雄，誰敢不雄？然臣不敏，平陰之役，先二子鳴。』」杜預注：「自比於雞，鬬勝而先鳴。」《九家》趙注：「夫鴨之鳴，多欲呼食也。既有稻粱乃戒之，無用先鳴。亦飽食緘言以終之處亂之道，此公之自警也。」

野望

西山白雪三奇戍①，南浦清江萬里橋〔一〕。海内風塵諸弟隔，天涯涕淚一身遥。唯將遲暮供多病，未有涓埃答聖朝〔二〕。跨馬出郊時極目，不堪人事日蕭條②〔三〕。（0745）

【校】

①奇，錢箋校：「一作城。一作年。」《九家》作「城」。《草堂》作「年」。

②日，錢箋、《草堂》校：「一作自。」

【注】

黄鶴注：當是寶應元年（七六二）在成都未去綿時作。

〔一〕西山二句：王應麟《困學紀聞》卷一八：「按《唐地理志》：彭州導江縣有三奇戍。《韋皋傳》：遣大將陳洎等出三奇（路）。《西南備邊録》所謂三奇營也。」錢箋：「按西山三城界於吐蕃，爲蜀邊要害，屢見杜詩。正不必作三奇。此穿鑿之過耳。」按，《新唐書・地理志》彭州濛陽郡導江縣：「西有蠶崖關，有岷山、玉壘山。有鎮静軍，開元中置。有白沙守捉城，有木瓜戍、三奇戍。」本書卷一二《西山三首》（0827）：「蠶崖鐵馬瘦，灌口米船稀。」此爲成都通西山松州要道，杜詩固屢言之，王説有據。萬里橋，見卷一一《卜居》（0615）注。

〔二〕未有句：馮萬石《對求賢策》：「效其涓埃，以增海岳耳。」宋之問《爲皇甫懷州讓官表》：「駿駕梁園，涓埃莫效。」

〔三〕不堪句：朱鶴齡注：「按史，是時分劍南爲兩節度，而西山三城列戍，百姓疲於調役，高適嘗上疏論之。公詩當爲此而作，故有人事蕭條之歎。」

官池春雁二首〔一〕

自古稻粱多不足，至今鸂鶒亂爲羣。且休悵望看春水，更恐歸飛隔暮雲〔二〕。

（0746）

【注】

黄鶴注：寶應元年（七六二）五月，公送嚴武至綿，道出漢州，故至官池。朱鶴齡注繫甫至漢州在廣德元年（七六三）春。

〔一〕官池：本卷《舟前小鵝兒》（0765）注：「漢州城西北角官池作。」黄鶴注：「漢州城西池乃房琯所鑿，今曰官池，即城西池也。」以爲同時作。

〔二〕自古四句：《九家》趙注：「公前《鸂鶒》篇以自況，則取其身之文采。今《春雁》詩乃尊雁而鄙鸂鶒，則又取雁之孤高。詩人變化，豈有拘礙哉。」

青春欲盡急還鄉，紫塞寧論尚有霜〔一〕。翅在雲天終不遠，力微矰繳絶須

防①〔二〕。（0747）

【校】

① 繒，《九家》、《草堂》作「矰」。

【注】

〔一〕紫塞句：崔豹《古今注》卷上：「秦所築長城，土色皆紫，漢亦然，故云紫塞也。」鮑照《蕪城賦》：「南馳蒼梧漲海，北走紫塞雁門。」此言雁北飛。

〔二〕繒繳：見卷七《暇日小園散病將種秋菜督勤耕牛兼書觸目》（0325）注。

水檻遣心二首①

去郭軒楹敞，無村眺望賒。澄江平少岸，幽樹晚多花。細雨魚兒出，微風燕子斜〔一〕。城中十萬户〔二〕，此地兩三家。（0748）

【校】

① 心，《九家》作「興」，趙注：「師民瞻作『遣興』，是。蓋『遣心』不可謂之新語，謂之生可也。」

【注】

黄鶴注：當在寶應元年（七六二）建巳月得雨後。

〔一〕細雨二句：葉夢得《石林詩話》卷下：「詩語固忌用巧太過，然緣情體物，自有天然之妙，雖巧而不見刻削之痕。老杜『細雨魚兒出，微風燕子斜』，此十字殆無一字虚設。雨細著水面爲漚，魚常上浮而淰，若大雨則伏而不出矣。燕體輕弱，風猛則不能勝，唯微風乃受以爲勢，故又有『輕燕受風斜』之語。」王國維《人間詞話》：「境界有大小，不以是而分優劣。『細雨魚兒出，微風燕子斜』，何遽不若『落日照大旗，馬鳴風蕭蕭』？」

〔二〕城中句：《元和郡縣圖志》卷三一成都府：「開元户十三萬七千四十六，鄉二百五十。元和户四萬六千一十，鄉二百四十二。」

蜀天常夜雨，江檻已朝晴。葉潤林塘密，衣乾枕席清。不堪祇老病，何得尚浮名①〔一〕。淺把涓涓酒，深憑送此生。（0749）

【校】

① 尚，宋本、錢箋校：「晋作向。」

【注】

〔一〕不堪二句：《詩·小雅·我行其野》：「成不以富，亦衹以異。」傳：「衹，適也。」釋文：「衹音支。」《九家》趙注引《詩》，謂：「據韻書只作平聲，無作入聲者。」《古今韻會舉要》：「衹，適也。《增韻》：適所以之辭。一曰但也。……並音支。杜詩韓文或書作『秖』，而俗讀曰質者，非也。如『秖言地未滿』、『秖是照蛟龍』、『秖知閑信馬』，皆當平聲讀。至如『飄泊南庭老，祇應學水仙』，不作平聲讀可乎？俗又作『秪』，亦非。秖，禾始熟也。」又「只」字：「《説文》：只，語已詞也。從口，象氣下引之形。……孫氏曰：只字，韻書皆音之移、之尒二切，俗讀作質者訛。杜詩『只益丹心苦』、『只想竹林眠』、『寒花只暫香』、『閨中只獨看』、『憶渠愁只睡』之類，但當讀作止也。」是二字原有別，然舊時讀音已同，用亦互淆。

屏跡二首①

用拙存吾道②〔一〕，幽居近物情。桑麻深雨露，燕雀半生成〔二〕。村鼓時時急，漁舟箇箇輕〔三〕。杖藜從白首，心跡喜雙清〔四〕。（0750）

【校】

①屏跡二首，錢箋合此二詩與卷五《屏跡》(0257)爲「屏跡三首」。

②存，宋本、錢箋校：「一作誠。」

仇注依蔡氏、梁氏，編入寶應元年（七六二）。參卷五《屏跡》注。

【注】

〔一〕用拙句：《老子》四十五章：「大巧若拙。」《韓非子・説林上》：「巧詐不如拙誠。」張戒《歲寒堂詩話》卷上：「用拙存吾道，若用巧，則吾道不存矣。心跡雙清，縱白首而不厭也。子美用意如此，豈特詩人而已哉？」

〔二〕桑麻二句：范晞文《對床夜語》卷二：「老杜詩『兩邊山木合，終日子規啼』，以『終日』對『兩邊』。『不知雲雨散，虚費短長吟』，以『短長』對『雲雨』。『桑麻深雨露，燕雀半生成』，以『生成』對『雨露』。『風物悲游子，登臨憶侍郎』，以『登臨』對『風物』。句意適然，不覺其爲偏枯。然終非正法，柳下惠則可，吾則不可。」王應麟《困學紀聞》卷一八：「後山《挽司馬公》云『輟耕扶日月，起廢極吹噓』，與老杜『桑麻深雨露，燕雀半生成』相似。生成、吹噓，字若輕而實重。」

〔三〕漁舟句：李調元《方言藻》卷上：「箇箇，數也，枚也。杜詩『箇箇五花文』，又『樵聲箇箇同』，又『却繞井欄添箇箇』。《説文》：竹枚也。《方言》以一枚爲一箇。別作个，非。」

〔四〕心跡句：謝靈運《齋中讀書》：「矧乃歸山川，心跡雙寂寞。」《初去郡》：「顧己雖自許，心跡猶未並。」

晚起家何事，無營地轉幽。竹光團野色①，舍影漾江流②。失學從兒懶，長貧任婦愁。百年渾得醉，一月不梳頭〔一〕。（0751）

【校】

①團，宋本、錢箋校：「一作圍。」

②舍，宋本、錢箋、《草堂》校：「一作山。」

【注】

〔一〕一月句：嵇康《與山巨源絶交書》：「頭面常一月十五日不洗，不大悶癢，不能沐也。」

寄題杜二錦江野亭

嚴 武

漫向江頭把釣竿，懶眠沙草愛風湍。莫倚善題鸚鵡賦，何須不著鵕鸃冠〔一〕。腹中書籍幽時曬，肘後醫方静處看〔二〕。興發會能馳駿馬①，終須重到使君灘②〔三〕。

【校】

①駿，宋本、錢箋校：「一云五。」

②須，宋本、錢箋校：「晉作當。」《草堂》校：「一作當。」重，錢箋校：「一作直。」

【注】

〔一〕莫倚二句：鸚鵡賦，見卷九《奉贈太常張卿二十韻》(0414)注。《漢書·佞幸傳》：「孝、惠時郎、侍中皆冠鵕鸃、貝帶。」注：「師古曰：以鵕鸃毛羽飾冠，海貝飾帶。」王嗣奭《杜臆》：「鵕鸃冠大抵近侍之冠，必非《佞倖傳》者。後人誤讀此語，遂有不冠之説，而欲殺之誣從此起矣。」

〔二〕腹中二句：《世説新語·排調》：「郝隆七月七日出日中仰卧，人問其故，答曰：『我曬書。』」肘後方，見卷一〇《寄張十二山人彪三十韻》(0612)注。

〔三〕終須句：《水經注》江水：「又東逕羊腸虎臂灘，楊亮爲益州，至此舟覆，懲其波瀾，蜀人至今猶名之爲使君灘。」《九家》趙注謂應與浣花溪相近，恐是名偶同。王嗣奭《杜臆》：「使君灘必非魚復縣者，或因使君字而借用之。」

奉酬嚴公寄題野亭之作

拾遺曾奏數行書，懶性從來水竹居。奉引濫騎沙苑馬〔一〕，幽棲真釣錦江魚。

謝安不倦登臨費①，阮籍焉知禮法疏〔二〕。枉沐旌麾出城府②，草茅無逕欲教

鋤③〔三〕。（0752）

【校】

① 費，錢箋校：「一作賞。」

② 枉沐，宋本、錢箋、《草堂》校：「一作何日。」《九家》校：「一作今日。」

③ 無，宋本、錢箋、《九家》、《草堂》校：「一作荒。」

【注】

黄鶴注：當在寶應元年（七六二）作。

〔一〕奉引句：沙苑馬，見卷一《沙苑行》（0038）注。《九家》趙注：「拾遺既掌供奉，則騎馬以奉引。」

〔二〕謝安二句：謝安，見卷八《入衡州》（0403）注。阮籍，見卷三《有懷台州鄭十八司户》（0107）注。

〔三〕草茅句：《楚辭·卜居》：「寧誅草茅，以力耕乎。」陶淵明《歸去來兮辭》：「三徑就荒，松菊猶存。」《文選》李善注引《三輔決録》：「蔣詡，字元卿，舍中三徑，唯羊仲、求仲從之游，皆挫廉逃名不出。」

中丞嚴公雨中垂寄見憶一絶奉荅二絶

雨映行宫辱贈詩①〔一〕，元戎肯赴野人期②。江邊老病雖無力，强擬晴天理釣絲。（0753）

【校】

①宫，錢箋校：「一作官。一作雲。非是。」《九家》、《草堂》作「雲」，校：「一作宫。一作官。非是。」

②元戎肯赴野人期，宋本、錢箋、《九家》校：「一云元戎欲動野人知。」

【注】

黄鶴注：當是寶應元年（七六二）建巳月得雨時作。

〔一〕雨映句：《九家》趙注：「師民瞻云：明皇嘗幸蜀，故稱行宫。則嚴公雨中必在明皇往日所幸之地，尚有幸宫之名存，在此處寄詩也。」《舊唐書·郭英乂傳》：「玄宗幸蜀時舊宫，置爲道士觀，内有玄宗鑄金真容及乘輿侍衛圖畫。先是，節度使每至，皆先拜而後視事。英乂以觀地形勝，乃入居之，其真容圖畫悉遭毁壞。」朱鶴齡注引《杜詩博議》：「此即玄宗行宫，當在成都城內。有謂近萬里橋者，非也。」

何日雨晴雲出溪，白沙青石先無泥①。只須伐竹開荒徑，拄杖穿花聽馬嘶②。（0754）

【校】

① 先，宋本、錢箋校：「一云洗。」《九家》作「光」。《草堂》作「洗」，校：「舊作先。非是。」

② 拄，錢箋、《草堂》作「倚」，錢箋校：「一作拄。」 馬嘶，宋本、錢箋、《九家》、《草堂》校：「一云鳥啼。」

謝嚴中丞送青城山道士乳酒一瓶〔一〕

山瓶乳酒下青雲，氣味濃香幸見分。鳴鞭走送憐漁父，洗盞開嘗對馬軍。軍州謂驅使騎爲馬軍①〔二〕。（0755）

【校】

① 軍州謂驅使騎爲馬軍，此注宋本作「軍州謂爲馬軍」，據錢箋、《九家》改。

【注】

黄鶴注：寶應元年（七六二）作。

〔一〕青城山：見卷四《丈人山》（0184）注。

〔二〕山瓶四句：張率《對酒》：「如華良可貴，似乳更堪珍。」楊倫云：「句言急於欲飲，兼暗用謝奕引老兵共飲事。舊引羊祜飲陸抗酒事，甚謬。」《苕溪漁隱叢話》前集卷七苕溪漁隱曰，以此詩爲絶句律詩之變體。蓋以第三句失粘。

嚴公仲夏枉駕草堂兼携酒饌 得寒字①。

竹裏行厨洗玉盤，花邊立馬簇金鞍〔一〕。非關使者徵求急，自識將軍禮數寬〔二〕。百年地闢柴門迥②，五月江深草閣寒。看弄漁舟移白日，老農何有罄交歡。（0756）

【校】

① 嚴公仲夏枉駕草堂兼携酒饌，《九家》、《草堂》校：題「一作鄭枉駕携饌訪水亭。」

② 闢，錢箋校：「今本作僻。」《草堂》作「僻」。

【注】

黄鶴注：寶應元年（七六二）嚴未赴召時作。

〔一〕竹裹二句：《太平廣記》卷五《劉政》（出《神仙傳》）：「坐致行厨，飯膳俱數百人。」謂在外所携炊厨。令狐楚《游春辭》：「風前調玉管，花下簇金羈。」或釋爲駐馬義，當自簇聚義來。

〔二〕非關二句：《莊子·讓王》：「魯君聞顔闔得道之人也，使人以幣先焉。顔闔守陋巷，苴布之衣而自飯牛。……使者致幣，顔闔對曰：『恐聽者謬而遺使者罪，不若審之。』使者還，反審之，復來求之，則不得已。」《九家》趙注：「上句遣使者求賢事。」《史記·廉頗藺相如列傳》：「因賓客至藺相如門謝罪，曰：『鄙賤之人，不知將軍寬之至此也。』」黄生注：「正用大將軍有揖客事。」事見《汲鄭列傳》。

《苕溪漁隱叢話》前集卷七苕溪漁隱曰，以此詩爲七言律詩之變體。蓋以第五句失粘。

嚴公廳宴同詠蜀道畫圖 得空字。

日臨公館静，畫滿地圖雄①。劍閣星橋北，松州雪嶺東〔一〕。華夷山不斷，吴蜀水相通。興與烟霞會，清樽幸不空〔二〕。（0757）

【校】

①滿，宋本、錢箋校：「一作列。」《九家》、《草堂》作「列」，《草堂》校：「一作滿。」

【注】

黄鶴注：寶應元年（七六二）作。

〔一〕劍閣二句：《華陽國志》卷三蜀郡：「西南兩江有七橋……長老傳言：李冰造七橋，上應七星。故世祖謂吳漢曰：安軍宜在七星間。」《元和郡縣圖志》卷三一西川節度使：「交川郡，臨翼郡北百里。管兵二千八百人。交川，今松州。」卷三二：「松州，交川，下都督府。……古西羌地也。……北至茂州三百三十里。」雪嶺，見卷四《贈蜀僧閭丘師兄》（0175）注。

〔二〕興與二句：見卷二《晦日尋崔戢李封》（0075）「空尊」注。

奉送嚴公入朝十韻①

鼎湖瞻望遠，象闕憲章新〔一〕。四海猶多難，中原憶舊臣。與時安反側〔二〕，自昔有經綸。感激張天步〔三〕，從容靜塞塵。南圖回羽翮，北極捧星辰〔四〕。漏鼓還思晝②，宮鶯罷囀春。空留玉帳術〔五〕，愁殺錦城人。閣道通丹地，江潭隱白蘋〔六〕。

此生那老蜀，不死會歸秦。公若登台輔〔七〕，臨危莫愛身。（0758）

【校】

① 奉送嚴公入朝十韻，宋本題「入朝」二字小字，在「十韻」下，據錢箋等改。

② 晝，《草堂》作「旦」。

【注】

黄鶴注：寶應元年（七六二）夏作。

〔一〕鼎湖二句：《九家》趙注：「上句以言肅宗之上昇，下句以言代宗之初立。」《草堂》夢弼注：「寶應元年壬寅春，武開府成都。是年四月己巳，代宗踐祚，召武以太子賓客。」朱鶴齡注：「召武爲橋道使，故云『瞻望遠』。時代宗初立，故云『憲章新』。」《舊唐書・嚴武傳》：「入爲太子賓客，遷京兆尹，兼御史大夫。二聖山陵，以武爲橋道使。無何。罷兼御史大夫，改吏部侍郎，尋遷黄門侍郎。」按，二聖山陵事在廣德元年三月，錢箋、朱注謂武以橋道使召，大誤。鼎湖，見卷九《行次昭陵》（0410）注。《周禮・天官・大宰》：「乃縣治象之法於象魏。」注：「鄭司農云：象魏，闕也。」

〔二〕與時句：《後漢書・光武帝紀》：「令反側子自安。」

〔三〕感激句：《詩・小雅・白華》：「天步艱難，之子不猶。」

〔四〕南圖二句：《莊子·逍遥游》：「背負青天而莫之夭閼者，而後乃今將圖南。」《論語·爲政》：「子曰：『爲政以德，譬如北辰，居其所而衆星共之。』」仇注：「回羽翮，自蜀而還。」

〔五〕空留句：《舊唐書·經籍志》兵書：「《玉帳經》一卷。」顔之推《觀我生賦》：「守金城之湯池，轉絳宫之玉帳。」《太白陰經》卷一〇：「出軍行陣，深入敵國，止宿營壘，休舍憩息，大將軍居太乙玉帳下，吉，攻之不得。以功曹加月建前五辰是也。」朱鶴齡注引張淏《雲谷雜記》：「蓋玉帳乃兵家厭勝之方，主將於其方置軍帳，則堅不可犯。」

〔六〕閣道二句：《太平御覽》卷二二一引《漢官》：「尚書郎奏事於明光殿，省中皆胡粉塗壁，其邊以丹漆地，故曰丹墀。」《楚辭·九歌·湘夫人》：「登白蘋兮騁望，與佳期兮夕張。」《九家》趙注：「下句公自言其在草堂。」

〔七〕公若句：《後漢書·張奮傳》：「臣累世台輔。」

酬别杜二①

嚴　武

獨逢堯典日，再覩漢官儀〔一〕。未效風霜勁，空慚雨露私。夜鐘清萬户，曙漏拂千旗。並向殊庭謁，俱承别館追②〔二〕。斗城憐舊路，渦水惜歸期〔三〕。峰樹還相伴，江雲更對垂。試回滄海棹，莫妬敬亭詩③〔四〕。祇是書應寄，無忘酒共持。但令心事在，未肯鬢毛衰。最悵巴山裏，清猿惱夢思。

【校】

①此詩宋本不載，據錢箋補。

②殊，錢箋校：「一作斜。」　追，《草堂》作「移」。

③莫，錢箋校：「一作更。」

【注】

〔一〕獨逢二句：仇注：「堯典，指受終之日。」按，當指玄宗禪位於肅宗。漢官儀，見卷六《狄明府》(0277)注。

〔二〕並向二句：沈約《和劉中書仙》：「殊庭不可及，風熛多異色。」盧照鄰《樂府雜詩序》：「九成宮者，信天子之殊庭，群山之一都也。」班固《西都賦》：「離宮別館，三十六所。」此指謁肅宗於靈武行在。

〔三〕斗城二句：《三輔黃圖》卷一漢長安故城：「城南爲南斗形，北爲北斗形，至今人呼漢京城爲斗城是也。」《元和郡縣圖志》卷三一綿州：「按州理城，漢涪縣也，去成都三百五十里。依山作固，東據天池，西臨涪水，形如北斗，卧龍伏馬，爲蜀東北之要衝。」錢箋引此，謂渦水在譙縣，非一公送別之地，斗城當指綿州之城，非謂長安，渦水斷是涪水之誤。按，曹丕《臨渦賦》序：「上建安十八年至譙，余兄弟從上拜墳墓，遂乘馬游觀，經東園，遵渦水，相佯乎高樹之下，駐馬書鞭，爲臨渦之賦。」詩蓋用事。如劉孝綽《春日從駕新亭應制》：「臨渦起睿作，駟馬暫停輈。」庾肩吾《應令》：「臨渦同極望，竊吹愧才輕。」又，渦，水漩也。渦水、斗城，對偶極佳，無容改涪水。且綿州不當稱舊路，斗城仍指長安。

〔四〕試回二句：謝脁《游敬亭山》：「要欲追奇趣，即此陵丹梯。皇恩竟已矣，兹理庶無睽。」仇注：「試回二句，勸杜留蜀，答此生那老蜀意。」「今且隨意行樂，勿以不至敬亭爲姤也。」按，詩蓋勸甫返朝，莫欣羡敬亭隱淪。

送嚴侍郎到綿州同登杜使君江樓〔一〕得心字。

野興每難盡，江樓延賞心。歸朝送使節，落景惜登臨。稍稍烟集渚，微微風動襟。重船依淺瀨，輕鳥度曾陰。檻峻背幽谷，窗虚交茂林。燈光散遠近，月彩静高深①〔二〕。城擁朝來客，天横醉後參〔三〕。窮途衰謝意，苦調短長吟。此會共能幾，諸孫賢至今〔四〕。不勞朱户閉，自待白河沉〔五〕。（0759）

【校】

①彩，《草堂》作「影」。

【注】

黄鶴注：嚴公寶應元年赴召時未爲黄門侍郎，其再以黄門侍郎尹成都又薨於官，乃題之者誤。此詩寶應元年（七六二）五六月作。朱鶴齡注：「按《通鑑》：寶應元年六月壬戌，以兵部侍郎嚴武爲西川節度使。今據公詩，蓋以侍郎召也。又《新書》於封鄭國公時云遷黄門侍郎，《舊書》於罷兼御史大夫時云改兼吏部侍郎，尋遷黄門侍郎，皆不云爲兵部，與《通鑑》不合。」嚴耕望《唐僕尚丞郎表》：「寶應元年春，嚴武蓋由兵侍出爲劍南西川節度使，或六月由西川節度使入爲兵侍。」「二聖山陵皆在廣德元年三月，則嚴武始任吏侍當在夏秋。又《舊紀》遷黄門時原銜爲『京兆尹兼吏部侍郎』，則兼吏侍，而京尹如故也。」其爲兵侍在前，兼吏侍在後，《通鑑》非與《唐書》紀事不合。

〔一〕杜使君：杜濟。見卷一《示從孫濟》(0024)注。顔真卿《京兆尹御史中丞梓遂杭三州刺史劍南東川使杜公神道碑銘》：「僕射裴冕爲劍南節度，奏公爲成都令。遷綿州刺史，賜紫金魚袋。屬徐知道作亂，使裨將曹懷信招公，公執以歸朝。除户部郎中，加朝散大夫。廣德中檢校駕部郎中、上柱國。」

〔二〕月彩句：《漢書·律曆志》：「古文《月采》篇曰：三日曰朏。」蕭綸《詠新月》：「霜氛含月彩，靄靄下南樓。」虞世南《奉和月夜觀星應令》：「早秋炎景暮，初弦月彩新。」是新月稱月彩。此詩當作於七月初。

〔三〕天横句：《相和歌辭・善哉行》：「月没參横，北斗闌干。」仇注又引《史記・滑稽列傳》「飲可八斗而醉二參」，二叄謂十有二叄，與此不合。浦起龍云：「七月見參，夜向闌矣。舊注俱引參分在蜀爲證，不知經星之現，各有時序，設在五六月間亦用參横，爲識者嗤笑。」農曆六月尾，日出前獵户座在東方天際隱約可見，此後一兩月漸次於凌晨可見。據此，作此詩時至少已届七月。

〔四〕諸孫：謂杜濟。

〔五〕自待句：《九家》趙注：「白河沉，謂天河之沉隱，夜艾也。天河曰銀河，其白可知。」

奉濟驛重送嚴公四韻〔一〕

遠送從此别①，青山空復情。幾時杯重把，昨夜月同行。列郡謳歌惜②，三朝出入榮〔二〕。江村獨歸處，寂寞養殘生。（0760）

【校】

①遠送，《草堂》作「送遠」。

②謳歌，《文苑英華》校：「一作歌謠。」

【注】

黄鶴注：奉濟驛在綿州，同是寶應元年（七六二）作。

〔一〕奉濟驛：《九家》注：「驛去綿三十里。」嚴耕望《唐代交通圖考》：「前一詩已在綿州，蓋次日嚴武東行，杜公又送一驛，是在州東三十里。」

〔二〕三朝句：仇注：「三朝，指明、肅、代宗。」《北齊書·清河王岳傳》：「出將入相，翊成鴻業。」

巴西驛亭觀江漲呈竇使君①〔一〕

宿雨南江漲，波濤亂遠峰〔二〕。孤亭凌噴薄，萬井逼舂容〔三〕。霄漢愁高鳥，泥沙困老龍。天邊同客舍，携我豁心胸。（0761）

【校】

① 竇使君，《草堂》作「竇十五使君」。《九家》合卷一八補遺《巴西驛亭觀江漲呈竇使君二首》之「轉驚波作怒」（1420）爲二首。

【注】

黄鶴注：非寶應元年夏作，當是廣德元年（七六三）春自梓州送辛員外暫至綿州時作。

〔一〕巴西：《元和郡縣圖志》卷三三：「綿州，巴西。上。開元户五萬一千四百八十。」「巴西縣，望。郭下。本漢涪縣地。」「涪水，經縣南，去縣一里。」又閬州爲隋巴西郡。朱鶴齡注：「此詩巴西驛亭，當如舊注云在綿州。逸詩又有《巴西聞收京送班司馬》，則斷是閬州。黄鶴亦以爲綿州詩，誤矣。」竇使君：名不詳。末二句《九家》趙注：「竇使君亦是客，同在驛亭中者。」則非任綿州刺史者。

〔二〕宿雨句：黄希注謂南江蓋泯江。按，當爲涪水，經縣南一里。故有「萬井逼春容」句。

〔三〕孤亭二句：左思《吴都賦》：「混濤併瀨，濆薄沸騰。」《漢書·刑法志》：「一同百里，提封萬井。」春容，見卷八《入衡州》(0403)注。朱鶴齡注：「此借言水勢衝擊之狀。」

城上①

草滿巴西緑〔一〕，空城白日長②。風吹花片片，春動水茫茫③。八駿隨天子，羣臣從武皇〔二〕。遥聞出巡守，早晚徧遐荒〔三〕。（0762）

【校】

① 城上，錢箋、《草堂》校：題「荆作空城。」

② 空城，錢箋校：「山谷作城空。」《草堂》校：「或曰當作城空。」

③ 春動水，宋本、錢箋、《草堂》校：「一云春送雨。」 動，錢箋校：「一作蕩。」《草堂》作「蕩」。

【注】

黃鶴注：當是廣德元年（七六三）十二月閬州作。仇注編入廣德二年（七六四）春自梓州往閬州時作。

〔一〕草滿句：閬州，隋巴西郡。見卷四《送韋諷上閬州録事參軍》(0196)注。

〔二〕八駿二句：八駿，見卷一《驄馬行》(0039)注。武皇，漢武帝。仇注：「未借周漢巡游，以比代宗幸陝。」

〔三〕遥聞二句：廣德元年十月，吐蕃陷京師。《九家》趙注：「末句不敢言天子蒙塵，姑以巡守微言之耳。」早晚，何時。見卷七《秋風二首》(0317)注。韋賢《諷諫詩》：「彤弓斯征，撫寧遐荒。」

玩月呈漢中王〔一〕

夜深露氣清，江月滿江城。浮客轉危坐①，歸舟應獨行〔二〕。關山同一照②，烏鵲自多驚。欲得淮王術，風吹暈已生〔三〕。（0763）

【校】

① 浮，宋本、錢箋、《九家》、《草堂》校：「一作游。」

② 照，錢箋校：「《海録》作點。」《九家》校：「舊本作點。」

【注】

黄鶴注：寶應元年（七六二）在梓州作。《趙次公先後解》編入大曆二年（七六七）夔州詩。

〔一〕漢中王：名瑀。見卷一《苦雨奉寄隴西公兼呈王徵士》（0022）、卷七《八哀詩·汝陽郡王璡》（0333）注，並參見卷一四《奉漢中王手札》（0941）注。《新唐書·漢中王瑀傳》：「肅宗詔收群臣馬助戰，瑀與魏少游等持不可。帝怒，貶蓬州長史。薨，贈太子太師，謚曰宣。」

〔二〕浮客二句：謝惠連《西陵遇風獻康樂》：「淒淒留子言，眷眷浮客心。」歸舟句《趙次公先後解》謂漢中王蓋自梓州替罷歸朝，謀取峽州出路。朱鶴齡注謂蓋自梓州而歸蓬州。按，被貶事，《舊唐書·魏少游傳》繫於乾元二年十月，漢中王無由久處貶所。然自蓬州歸朝，不應取道峽州。自梓州歸蓬州則無水路。王當自蓬州至梓州，溯涪江至綿州，然後取劍道歸朝。「歸舟」者謂此。趙注繫於夔州，非是。

〔三〕欲得二句：《淮南子·覽冥訓》：「畫隨灰而月運闕。」注：「運者軍也。將有軍事相圍守，則月運出也。以蘆草灰隨牖下月光中令圜畫，缺其一面，則月運亦缺於上也。」「運」同「暈」。王褒《關山月》：「天寒光轉白，風多暈欲生。」《趙次公先後解》：「爲是呈漢中王，故用淮南王劉安事。」朱鶴齡注：「言風吹暈生，正可驗淮王畫灰之術也。」

陪王漢州留杜綿州泛房公西湖①〔一〕

舊相恩追後，春池賞不稀〔二〕。闕庭分未到〔三〕，舟楫有光輝。豉化蓴絲熟，刀鳴鱠縷飛〔四〕。使君雙皂蓋〔五〕，灘淺正相依。（0764）

【校】

①湖，《草堂》作「池」。

【注】

黄鶴注：當是廣德元年（七六三）公再至漢州，故有此作。寶應元年杜綿州未去巴西，今至漢州，意是受代而之成都。朱鶴齡注：此詩及下詩俱及房公赴召，則廣德元年春公嘗至漢州明矣。仇注：《唐書》謂寶應二年夏召琯，恐誤。據此詩，春末蓋已赴召矣。按，甫至漢州當在五月之後。

〔一〕王漢州：名不詳。楊倫云蓋繼房琯之任者。《元和郡縣圖志》卷三一劍南道：「漢州，德陽。上。……南至成都府一百里。」杜綿州：杜濟。見前《送嚴侍郎到綿州同登杜使君江樓》

(0759)注。據顔真卿《杜公神道碑銘》，徐知道作亂，使裨將曹懷信招濟，濟執以歸朝，除户部郎中、加朝散大夫，廣德中檢校駕部郎中、上柱國。然據此詩，濟實未離蜀。嚴武再鎮蜀，則出爲行軍司馬。《方輿勝覽》卷五四漢州：「房公湖，又名西湖。」「按《壁記》，房相上元初牧此邦，其時始鑿湖，有詩存焉。同時高達夫、杜子美皆嘗賦詠，李贊皇、劉賓客相繼有作。」

〔二〕舊相二句：《舊唐書·房琯傳》：「（乾元）二年六月，詔褒美之，徵拜太子賓客。上元元年四月，改禮部尚書，尋出爲晉州刺史。八月，改漢州刺史。琯長子乘，自少兩目盲，琯到漢州，乃厚結司馬李鋭以財貨，乘聘鋭外甥女盧氏，時議薄其無士行。寶應二年四月，拜特進、刑部尚書。在路遇疾，廣德元年八月四日，卒於閬州僧舍，時年六十七。贈太尉。」按，琯八月卒於閬州，旅途不應綿延過久，仇注疑其春末即赴召上路，無據。詩言「春池」，或爲合律。《九家》趙注：「言於恩追而未行之間，其必數數游湖，此追道其賞也。」亦可備一説。

〔三〕闕庭句：仇注：「此詩舊有兩説，一指房公應召時，則恩追乃恩命追赴。所謂『分未到』者，房在中途也。一指房公既殁後，則恩追乃恩賜追贈。所謂『分未到』者，房卒中途也。」「覯下章云『爲報籠隨王右軍』，以琯在途次故也。」杜審言《泛舟送鄭卿入京》：「帝坐蓬萊殿，恩追社稷臣。」此恩命追赴義。張相《詩詞曲語辭彙釋》謂分作意料之辭，讀去聲。然此句當讀平聲。

〔四〕豉化二句：《世説新語·言語》：「有千里蓴羹，但未下鹽豉耳。」《説文》：「敊，配鹽幽尗也。豉，俗敊，從豆。」《九家》趙注：「蓴、鱠，言湖中所有也。」

〔五〕使君句：《九家》趙注：「雙皂蓋，言王、杜二使君也。」見卷一《陪李北海宴歷下亭》(0006)注。

舟前小鵝兒 漢州城西北角官池作〔一〕。

鵝兒黃似酒，對酒愛新鵝〔二〕。引頸嗔船逼①，無行亂眼多。翅開遭宿雨，力小困滄波。客散曾城暮，狐狸奈若何〔三〕。（0765）

【校】

① 逼，錢箋、《草堂》校：「一作過。」

【注】

黃鶴注：當是寶應元年（七六二）作。仇注編入廣德元年（七六三）。

〔一〕官池：《九家》趙注：「官池即房公湖也。琯未爲漢州刺史，止謂之官池。後人以其池經房公修之，故名之曰房公湖。」

〔二〕鵝兒二句：《方輿勝覽》卷四漢州土産：「鵝兒酒，杜甫詩：『鵝兒黃似酒，對酒愛新鵝。』故陸務觀詩云：『兩川名釀避鵝黃。』乃漢中酒名，蜀中無能及者。」見陸游《游漢州西湖》。《九家》趙注：「鵝兒黃似酒，蓋自公始爲之譬也。東坡詩云：『小舟浮鴨緑，大杓瀉鵝黃。』乃用此意。」

〔三〕客散二句：《晉書·桑虞傳》：「嘗行，寄宿逆旅，同宿客失脯，疑虞爲盜。虞默然無言，便解衣償之。主人曰：『此舍數失魚肉雞鴨，多是狐狸偷去，君何以疑人？』乃將脯主至山塚間尋求，果得之。」

得房公池鵝

房相西亭鵝一羣①，眠沙泛浦白於雲②。鳳凰池上應回首，爲報籠隨王右軍〔一〕。（0766）

【校】

①亭，錢箋、《草堂》作「池」，《草堂》校：「或作亭。」

②於，宋本、錢箋校：「一作如。」

【注】

黄鶴注：寶應二年（七六三）四月，房琯拜特進、刑部尚書，是年改廣德，此詩當作於其年拜特進時。

〔一〕鳳凰二句：鳳凰池，見卷七《寄薛三郎中據》(0363)注。《晉書·王羲之傳》：「山陰有一道士，養好鵝，羲之往觀焉，意甚悅，固求市之。道士云：『爲寫《道德經》，當舉群相贈耳。』羲之欣然寫畢，籠鵝而歸，甚以爲樂。」《九家》趙注：「今公詩意，蓋以興己之不必望華趨近，已甘從高人所愛，而隨之以飲啄也。」蓋謂以鵝自比。王嗣奭《杜臆》：「池中養鵝，而題云得鵝，必有取而餉之者。房公常在中書，而與公相知，因戲言公在鳳池，休得回首而顧惜此鵝，爲報右軍已籠而去矣。右軍，公自謂也。」

戲作寄上漢中王二首 王新誕明珠。

雲裏不聞雙雁過，掌中貪見一珠新①〔一〕。秋風嫋嫋吹江漢，只在他鄉何處人。(0767)

【校】

①見，《草堂》作「看」，校：「一作見。」

【注】

黃鶴注：當是廣德元年（七六三）在梓州作。《趙次公先後解》定此詩爲大曆二年（七六七）作，在《奉漢中王手札》諸詩之後，非是。

〔一〕雲裏二句：《太平御覽》卷五一八引《三輔要録》：「韋康字元將，京兆人。孔融與康父端書曰：『前見元將來，淵才亮茂，雅度弘毅，偉世之器也。昨日又見仲將來，文敏志篤，誠保家之主也。不意雙珠，出於老蚌。』」傅玄《短歌行》：「昔君視我，如掌中珠。」江淹《傷愛子賦》：「曾憫憐之慘淒，痛掌珠之愛子。」

謝安舟楫風還起，梁苑池臺雪欲飛〔一〕。杳杳東山攜漢妓〔二〕，泠泠修竹待王歸。（0768）

【注】

〔一〕謝安二句：謝安，見卷八《入衡州》（0403）注。《漢書·文三王傳》：「孝王，太后少子，愛之，賞賜不可勝道。於是孝王築東苑，方三百餘里，廣睢陽城七十里，大治宮室。」謝莊《雪賦》：「歲將暮，時既昏，寒風積，愁雲繁。梁王不悦，游於兔園。乃置旨酒，命賓友，召鄒生，延枚叟，相如末至，居客之右。」

〔一一〕杳杳句：《世説新語・識鑒》：「謝公在東山畜妓，簡文曰：『安石必出，既與人同樂，亦不得不與人同憂。』」

投簡梓州幕府兼簡韋十郎官〔一〕

幕下郎官安穩無①〔二〕，從來不奉一行書。固知貧病人須弃，能使韋郎跡也疏。（0769）

【校】

① 穩，《九家》作「隱」。

【注】

〔一〕韋十郎官：名不詳。當爲東川節度使從事。

黄鶴注：當是在漢州作。以後篇知之。

〔二〕幕下句：《廣雅・釋詁》：「隱，安也。」《説文》：「𢀄，有所依也。从𠬪工。讀與隱同。」段注：「此與阜部隱音同義近，隱行而𢀄廢矣。凡諸書言安隱者當作此。今俗作安穩。」朱鶴齡注：

「唐帖多寫穩爲隱，作隱正得之。」佛經多言安隱。《法苑珠林》卷九引《普曜經》：「各各得安隱，德豐無限量。」

答楊梓州〔一〕

悶到房公池水頭，坐逢楊子鎮東州〔二〕。却向青溪不相見，回船應載阿戎游〔三〕。（0770）

【注】

黃鶴注：公在漢州遇楊，當是廣德元年（七六三）再至漢州時作。

〔一〕楊梓州：名不詳。

〔二〕東州：指梓州。東川節度使治所。

〔三〕阿戎：見卷九《杜位宅守歲》（0465）注。《九家》趙注：「必是紀其載兒以游也。」指楊梓州子。仇注謂指梓州之侄，不確。

贈韋贊善別〔一〕

扶病送君發，自憐猶不歸。祇應盡客淚，復作掩荊扉。江漢故人少，音書從此稀。往還二十載，歲晚寸心違①。（0771）

【校】

① 晚，錢箋作「時」。　違，《草堂》作「遲」。

【注】

黄鶴注：當是寶應元年（七六二）梓州作。

〔一〕韋贊善：本書卷一八有《贈韋七贊善》（1405）。參該詩注。《唐六典》卷二六太子左春坊：「太子左贊善大夫五人，正五品上。」太子右春坊右贊善大夫如其左。

送李卿曄〔一〕

王子思歸日〔二〕，長安已亂兵。霑衣問行在，走馬向承明〔三〕。暮景巴蜀僻，春風江漢清。晉山雖自弃，魏闕尚含情〔四〕。（0772）

【注】

黄鶴注：當是廣德元年（七六三）十二月作。仇注引鶴注，改爲廣德二年（七六四）初春作，謂時代宗已還京，而巴西尚未聞也。

〔一〕李曄：《新唐書·宗室世系表上》大鄭王房：淮安忠公、宗正卿琇子，「刑部侍郎曄」。《唐御史臺精舍題名考》有考。賈至有《授李曄宗正卿制》。《舊唐書·李峴傳》：鳳翔七馬坊押官爲盜，天興縣令謝夷甫擒獲決殺之，李輔國黨其人，爲之上訴，詔御史中丞崔伯陽、刑部侍郎李曄、大理卿權獻三司訊之。曄貶嶺下一尉。事在乾元二年。李白有《陪族叔刑部侍郎曄及中書賈舍人至游洞庭》。

〔二〕王子句：庾信《哀江南賦》：「咸陽布衣，非獨思歸王子。」用《史記·春申君列傳》黄歇説應侯語。

〔三〕霑衣二句：《舊唐書・代宗紀》：「（廣德元年十月）辛未，高暉引吐蕃犯京畿。」「丙子，駕幸陝州。」「戊寅，吐蕃入京師。」「庚寅，子儀收京城。」「（十二月）甲午，上至自陝州。」曹植《贈白馬王彪》：「謁帝承明廬，逝將返舊疆。」《漢書・嚴助傳》注：「師古曰：承明廬在石渠閣外。直宿所止曰廬。」

〔四〕晉山二句：《新唐書・地理志》閬州：「晉安，中。本晉城，武德中避隱太子名更。」《九家》趙注引此，謂：「此所謂晉山乎？」朱鶴齡注：「公嘗扈從肅宗，故自比介之推。曰『自弃』者，不敢以華州之貶懟其君也。《壯游》詩『之推避賞從』亦此意。」仇注：「晉山本就閬言，而兼用介之推入綿上山事。」《莊子・讓王》：「身在江海之上，心居乎魏闕之下。」

絶句

江邊踏青罷〔一〕，回首見旌旗。風起春城暮，高樓鼓角悲。（0773）

【注】

黃鶴注：當是廣德元年（七六三）春作。仇注引趙次公注謂江邊踏青乃成都事，依趙氏編在寶應元年（七六二）成都詩内，是年西山有吐蕃之警，故云「旌旗」、「鼓角」。按，《九家》趙注：「或云江邊踏青乃成都事……是不知處處皆然。」仍編入梓州詩。仇注誤會。

〔一〕江邊句：孟浩然《大堤行》：「歲歲春草生，踏青二三月。」《舊唐書·代宗紀》：「（大曆二年）二月壬午，幸昆明池踏青。」《册府元龜》卷一一四《帝王部·巡幸》作「從俗踏青也」。

九日登梓州城

伊昔黄花酒〔一〕，如今白髮翁。追歡筋力異〔二〕，望遠歲時同。弟妹悲歌裏，朝廷醉眼中①。兵戈與關塞〔三〕，此日意無窮。（0774）

【校】

①朝廷，錢箋校：「一作乾坤。」《草堂》作「乾坤」。

【注】

黄鶴注：公於寶應元年、廣德元年皆在梓州，今以後篇云「去年登高郪縣北」考之，則此詩在寶應元年（七六二）作。

〔一〕伊昔句：伊昔，往昔。陸機《答賈長淵》：「伊昔有皇，肇濟黎蒸。」《文選》李善注：「《爾雅》

曰：伊，惟也。郭璞曰：發語詞。」黄花，菊花。庾信《贈周處士》：「籬下黄花菊，丘中白雪琴。」

〔二〕追歡句：崔尚《奉和聖制同二相已下群臣樂游園宴》：「合錢承罷宴，賜帛復追歡。」《舊唐書·王鉷傳》：「又於宅側自有追歡之所。」

〔三〕兵戈句：《九家》趙注：「兵戈以言格戰，關塞以言屯戍。時吐蕃之亂，既與之戰，且有防守也。」錢箋：「謂徐知道以兵守劍閣。」按，此説有疑義，詳後詩注。

九日奉寄嚴大夫

九日應愁思，經時冒險艱。不眠持漢節，何路出巴山〔一〕？小驛香醪嫩，重岩細菊班①。遥知簇鞍馬〔二〕，回首白雲間。（0775）

【校】

①菊，錢箋校：「《草堂》作雨。」

【注】

黄鶴注：嚴武以寶應元年（七六二）夏赴召，公送至綿，遂入梓，然武夏離成都，而九日尚在巴嶺，何其遲遲如此？必是路梗。

〔一〕不眠二句：錢箋：「寶應元年四月，代宗即位，召武入朝，是年徐知道反，武阻兵，九月尚未出巴。《通鑑》載六月以武爲西川節度使，徐知道守要害阻武，武不得進。誤也。當以此詩正之。」吴廷燮《唐方鎮年表》據杜詩錢箋，謂《通鑑》所記有誤，當是六月以兵部侍郎召嚴武。嚴耕望《唐僕尚丞郎表》謂吴説蓋是，否則在當年春由兵侍出爲西川節度使，《通鑑》紀月有誤。按，嚴武自東川除西川，在本年春，見本卷《嚴中丞枉駕見過》（0729）注，嚴《表》之或説不成立。嚴武五月尚在成都，見本卷《嚴公仲夏枉駕草堂兼携酒饌》（0756）詩。可知吴《表》六月以兵部侍郎召嚴武之説近是。《新唐書·代宗紀》：「（寶應元年七月）癸巳，劍南西川兵馬使徐知道反。八月己未，知道伏誅。」《册府元龜》卷一二九《帝王部·封建》：「（寶應元年）八月，劍南狂賊徐知道爲麾下將李忠勇所殺，劍南州縣盡平。封忠勇爲臨晋郡王。」《資治通鑑》寶應元年七月：「癸巳，劍南兵馬使徐知道反，以兵守要害，拒嚴武，武不得進。」八月：「己未，徐知道爲其將李忠厚所殺，劍南悉平。」諸書所載皆同，知道以七月反，八月伏誅，其間僅二十餘日。本書卷五《草堂》（0251）謂其「西取邛南兵，北斷劍閣隅」，高適《賀斬逆賊徐知道表》亦稱其「杜塞劍道」，此錢箋、朱注謂知道以兵守劍閣阻嚴武北上所據。然據事理推求，此事不無可疑。蓋成都北有漢州刺史房琯，綿州刺史杜濟，知道必先據有二州，方可北斷劍閣。其使裨將曹懷信招濟，濟執以歸朝，則綿州未下可知。亂兵或已過漢州，然房琯亦未聞被裹挾或驅逐。時高適自蜀州出兵討知道，距成都不過一百五十里。房琯、杜濟雖未聞南下出兵，然亦不能失職弃守，否則亂後難免追究其責。《通鑑》謂知道以兵阻嚴武，武不得進，雖交待不明，易致誤解，然其説或有據。時嚴武已過綿州，亂起則受命南下討敵。知道以兵阻之，當是阻其至成都，然已腹背受敵，敗亦旋踵。亂平後，嚴武當再整旆北上，故九日尚在巴山。杜詩、高《表》所謂北斷劍閣，疑皆泛言其意圖。綿州有鹿頭山之險，北通劍道，知道當有意據此，故遣曹懷信招杜濟。

〔二〕簇鞍馬：見本卷《嚴公仲夏枉駕草堂兼携酒饌》(0756)注。

巴嶺答杜二見憶

嚴武

卧向巴山落月時，兩鄉千里夢相思。可但步兵偏愛酒，也知光禄最能詩〔一〕。

江頭赤葉楓愁客，籬外黄花菊對誰？跂馬望君非一度〔二〕，冷猿秋雁不勝悲。

【注】

〔一〕可但二句：《世説新語·任誕》：「步兵校尉缺，厨中有貯酒數百斛，阮籍乃求爲步兵校尉。」《宋書·顔延之傳》：「延之與陳郡謝靈運俱以詞彩齊名，自潘岳、陸機之後，文士莫及也，江左稱顔謝焉。」鍾嶸《詩品》宋光禄大夫顔延之：「其源出於陸機，尚巧似。體裁綺密，情喻淵深。」

〔二〕跋馬句：跋同拔，參卷一一《江漲》(0629)注。

懷舊

地下蘇司業〔一〕，情親獨有君。那因喪亂後①，便有死生分②。老罷知明鏡，悲來望白雲〔二〕。自從失詞伯，不復更論文〔三〕。公前名預，緣避御諱，改爲源明〔四〕。(0776)

【校】

①喪，宋本、錢箋、《九家》、《草堂》校：「一作衰。」

②便有，宋本、錢箋校：「一云更作。」有，《九家》、《草堂》校：「一作作。」

【注】

黄鶴注：源明以廣德二年死，此詩當作於永泰元年(七六五)。按，此卒年蓋黄鶴所推測。參《八哀詩》注。然代宗名豫，此詩必作於廣德以後。

〔一〕蘇司業：蘇源明，見卷一《戲簡鄭廣文虔兼呈蘇司業源明》(0033)、卷七《八哀詩・蘇公源明》(0335)注。

〔二〕老罷二句：老罷，見卷一一《聞斛斯六官未歸》（0681）注。《九家》趙注：「因明鏡知其老罷之狀也。」仇注引顧注：「望白雲，用淵明《停雲》思友意。」

〔三〕自從二句：仇注：「鍾子期死，伯牙不復鼓琴，末句之意亦然。」

〔四〕避御諱改爲源明：本書卷一八《哭台州鄭司户蘇少監》（1442）：「羈游萬里闊，凶問一年俱。」鄭虔卒於乾元二年，見盧季長所撰墓志。而代宗名豫，則源明必卒於廣德後，甫得虔之凶問或遲至源明卒時。杜詩此前稱源明者，蓋皆追改。此詩所注，必源明改名之後不久，蓋即得其死訊同時而聞之乎？

所思 得台州鄭司户虔消息。

鄭老身仍竄，台州信所傳①〔一〕。爲農山澗曲，卧病海雲邊。世已疏儒素，人猶乞酒錢〔二〕。徒勞望牛斗，無計斸龍泉〔三〕。（0777）

【校】

①所，宋本、錢箋、《九家》校：「一云始。」《草堂》作「始」，校：「荆公作所。」

【注】

黃鶴注：鄭虔之貶在至德二載十二月，其去在乾元元年，此詩云「台州信所傳」，當是乾元二年（七五九）未去諫省時作。

〔一〕鄭老二句：鄭虔，見卷一《醉時歌》(0019)、卷七《八哀詩・鄭公虔》(0336)注。《元和郡縣圖志》卷二六江南道：「台州，臨海。上。……東至大海一百八十里。西北至越州四百七十五里。」

〔二〕世已二句：《三國志・魏書・袁渙傳》：「霸弟徽，以儒素稱。」卷一《戲簡鄭廣文虔兼呈蘇司業源明》(0033)：「賴有蘇司業，時時與酒錢。」《九家》趙注：「故今言『人猶乞酒錢』，所以拈出舊語也。」

〔三〕徒勞二句：見卷七《可歎》(0328)注。

不見 近無李白消息。

不見李生久，佯狂真可哀〔一〕。世人皆欲殺①〔二〕，吾意獨憐才。敏捷詩千首，飄零酒一杯。匡山讀書處，頭白好歸來②〔三〕。(0778)

【校】

① 殺，《草堂》校：「或作戮。」

② 好，宋本、錢箋校：「一云始。」

【注】

黄鶴注：乾元元年白流夜郎，此詩當是二年（七五九）作。

〔一〕不見二句：《荀子・堯問》：「接輿避世，箕子佯狂。」

〔二〕世人句：《三國志・魏書・王肅傳附薛夏》：「時太祖已在冀州，聞夏爲本郡所質，撫掌曰：『夏無罪也，漢陽兒輩直欲殺之耳。』」

〔三〕匡山二句：《九家》杜《補遺》：「范傳正《李白新墓碑》云：白厥先避仇，客居蜀之彰明，太白生焉。彰明有大小匡山，白讀書於大匡山，有讀書臺。尚存其宅，在清廉鄉，後廢爲僧坊，號隴西院，蓋以太白得名。院有太白像，唐綿州刺史高忱及崔令欽記。所謂匡山，乃彰明之大匡山，非匡廬也。」趙注：「公既在蜀，而白舊有讀書處，欲招其歸來也。」吴曾《能改齋漫録》卷五、王楙《野客叢書》卷七亦以爲綿州大匡山，言匡廬者誤。《苕溪漁隱叢話》前集卷一一引《學林漫録》，謂匡山指廬山：「李太白游廬山舊矣，子美既不得志，而太白復以譖出……蓋欲招隱爲廬山之游也。」姚寬《西溪叢語》卷下説同，謂《綿州圖經》載戴天山又名大康山，即杜甫所謂康山讀書處，其説爲妄。錢箋謂《唐詩紀事》所載東蜀楊天惠《彰明逸事》云云乃委巷傳聞之語，近時楊慎輩力引蜀中故事，殊不足信。按，杜《補遺》所引大小匡山以下，當出於《彰明逸事》。

題玄武禪師屋壁〔一〕

何年顧虎頭〔二〕，滿壁畫瀛州①。赤日石林氣，青天江海流②。錫飛常近鶴，杯渡不驚鷗〔三〕。似得廬山路，真隨惠遠游〔四〕。（0779）

【校】

① 壁，宋本、錢箋校：「一云座。」 瀛，錢箋、《草堂》校：「魯作滄。」

② 海，宋本、錢箋、《草堂》校：「一云水。」《九家》作「水」，校：「一作海。」

【注】

黄鶴注：從舊次當是寶應元年（七六二）梓州作。

〔一〕玄武禪師：《元和郡縣圖志》卷三三梓州：「玄武縣，上。東至州一百一十五里。」「玄武山，在縣東二里。山出龍骨。」《太平寰宇記》卷八二梓州玄武縣：「玄武山，《九州要記》云：玄武山，一名赤雀山，一名宜君山。山有鹿尾入貢。又《華陽國志》云：玄武山，一名三嵎山。在縣東二里，其山六屈三起，山出龍骨。傳云龍升其山，值天門閉，龍升不達，死墜於此，後歿地中。民掘取其骨，入藥用。」《方輿紀勝》卷六二潼川府：「大雄山，在中江，有真武祠。杜甫有《題玄武禪師屋壁》詩，即此。」

〔二〕顧虎頭：顧愷之。見卷九《送許八江寧覲省甫昔時常客游此縣於許生處乞瓦棺寺維摩圖樣志諸篇末》(0538)注。

〔三〕錫飛二句：飛錫，見卷七《大覺高僧蘭若》(0364)注。《法苑珠林》卷六一：「宋京師有釋杯渡者，不知俗姓，名字是何。常乘木杯渡水，因而爲目。初見在冀州，不修細行。神力超越，世莫能測其由來。嘗於北方寄宿一家，家有一金像，渡竊而將去。家主覺而追之，見渡徐行，走馬逐而不及。至孟津河，浮木杯於水，憑之渡河，無假風棹，輕疾如飛。」

〔四〕似得二句：惠遠，即慧遠。見卷七《大覺高僧蘭若》(0364)注。《九家》趙注：「言所畫之趣似是廬山路，可以尋惠遠大師也。」

聞官軍收河南河北①

劍外忽傳收薊北〔一〕，初聞涕淚滿衣裳。却看妻子愁何在，漫卷詩書喜欲狂。白日放歌須縱酒②，青春作伴好還鄉。即從巴峽穿巫峽，便下襄陽向洛陽。余田園

在東京〔二〕。（0780）

【校】

① 收河南河北，宋本、錢箋、《草堂》校：「一云收兩河。」

② 日，錢箋校：「一云首。」

【注】

黄鶴注：廣德元年（七六三）春作。

〔一〕劍外句：《舊唐書·代宗紀》：「（寶應元年）冬十月辛酉，詔天下兵馬元帥雍王統河東、朔方及諸道行營、回紇等兵十餘萬討史朝義，會軍於陝州。……壬申，王師次洛陽北郊。甲戌，戰於橫水，賊大敗，俘斬六萬計。史朝義奔冀州。乙亥，雍王奏收東京、河陽、汴、鄭、滑、相、魏等州。……丁酉，僞恒州節度使張忠志以趙、定、深、恒、易五州歸順……於是河北州郡悉平。賊范陽尹李懷仙斬史朝義首來獻，請降。」

〔二〕即從二句：仇注引舊注：「巴縣有巴峽，巫山縣有巫峽。」《華陽國志》卷一《巴志》：「其郡東枳有明月峽、廣德峽，故巴亦有三峽。」辛志賢《杜甫詩句即從巴峽穿巫峽考辨》（《北京師範大學學報》一九七八年第三期）引此，謂即舊注所云巴縣巴峽。《太平御覽》卷六五引《三巴記》：「閬、白二水合流，自漢中至始寧城下入武勝，曲折三曲，有如『巴』字，亦曰巴江，經峻峽中謂之巴峽，即此水也。」蕭滌非引此，謂閬、白二水即嘉陵江上游，杜詩「巴峽」蓋指此。辛志賢謂杜甫寫此詩在梓州，蓋計劃順涪江南下，至巴縣轉入長江。巴江（嘉陵江）則在閬州，非此詩所指。按，嘉陵江下游亦與涪江匯合，南至巴縣入於江。《三巴記》所謂「巴峽」，不能證其指嘉陵江上游，當以巴縣巴峽説較妥。《元和郡縣圖志》卷二一襄州：「北至東都八百二十五里。……南至江陵府四百七十里。」《通典》卷一七五《州郡・通川郡》：「去東京，取盛山郡下水，經三峽，出江陵、襄陽、南陽、臨汝等郡至東京，水陸相承，二千八百七十五里。」卷一七七《襄陽郡》：「襄陽去江陵步道五百。」「便下襄陽」，蓋自江陵取道襄陽赴東京。

范温《潛溪詩眼》：「古人律詩，亦是一片文章，語或似無倫次，而意若貫珠。……《聞官軍收河北》詩云：『劍外忽傳收薊北，初聞涕淚滿衣裳。』夫人感極則悲，悲定而後喜，忽聞大盜之平，喜唐室復見太平，顧視妻子，知免流離，故曰『却看妻子愁何在』。其喜之至也，不知手之舞之，足之蹈之，故曰『漫展詩書喜欲狂』。從此有樂生之心，故曰『白日放歌須縱酒』。於是率中原流寓之人同歸，以青春和暖之時即路，故曰『青春作伴好還鄉』。言其道途，則曰『欲從巴峽穿巫峽』。言其所歸，則曰『便下襄陽到洛陽』。此蓋曲盡一時之意，愜當衆人之情，通暢而有條理，如辯士之語言也。」

方東樹《昭昧詹言》卷一七：「此亦通篇一氣，而沈著激壯，與他篇曲折細緻者不同，題各有稱也。起四句沈著頓挫，從肺腑流出，故與流利輕滑者不同。後四句又是一氣，而不嫌直致者，用意真，措語重，章法斷結曲折也。先君曰：公先爲襄陽人，祖徙河南，父徙杜陵。公生於杜陵，而田園在東京。東京，洛陽也。從劍外聞信，欲歸洛陽，情事分明，而又皆虚擬，所以爲妙。後人則以實叙行歷爲能，有何味也。」

涪江泛舟送韋班歸京〔一〕得山字。

追餞同舟日，傷春一水間①〔二〕。飄零爲客久，衰老羨君還。花遠重重樹②，雲輕處處山。天涯故人少，更益鬢毛斑③。（0781）

【校】

① 春，宋本、錢箋、《草堂》校：「一云心。」《九家》作「心」，校：「一作春。」

② 遠，宋本、錢箋校：「一云雜。」《九家》、《草堂》作「雜」，校：「一作遠。」

③ 益，錢箋校：「一作憶。」

【注】

黄鶴注：當是廣德元年（七六三）在梓州作。

〔一〕涪江：《元和郡縣圖志》卷三三劍南道：「梓州，梓潼。上。……郪縣，望，郭下。……涪江水，經縣東，去縣四里。」韋班：見卷一一《憑韋少府班覓松樹子》(0722)注。黃鶴注：「當是涪江尉。」按，前詩作於成都，班亦當爲成都或華陽尉。其自成都還京而至梓州，當投閬中道。參卷五《入奏行》(0236)注。

〔二〕追餞二句：張九齡《餞宋司馬序》：「既而出宿南浦，與鴻雁而同歸；追餞北梁，對江山而不樂。」追蓋同於追游、追歡之追，謂相聚餞行。

春日梓州登樓二首

行路難如此，登樓望欲迷。身無却少壯〔一〕，跡有但覊栖①。江水流城郭，春風入鼓鞞。雙雙新燕子，依舊已銜泥。（0782）

【校】

① 有但，宋本、錢箋校：「舊作但有。」

【注】

黃鶴注：當是廣德元年（七六三）春作。

〔一〕却：猶再也，還也。見張相《詩詞曲語辭彙釋》。

天畔登樓眼，隨春入故園①。戰場今始定，移柳更能存②〔一〕。厭蜀交游冷，思吴勝事繁。應須理舟楫，長嘯下荆門〔二〕。（0783）

【校】

①春，宋本、錢箋、《九家》、《草堂》校：「一云風。」

②移，宋本、錢箋校：「晋作栘。」《草堂》作「栘」。　更，宋本、《九家》、《草堂》校：「一云豈。」

【注】

〔一〕移柳句：庾信《哀江南賦序》：「釣臺移柳，非玉關之可望。」又《枯樹賦》：「桓大司馬聞而歎曰：昔年移柳，依依漢南。今看摇落，悽愴江潭。樹猶如此，人何以堪。」

〔二〕荆門：見卷三《桔柏渡》（0167）注。

遣憤

聞道花門將，論功未盡歸〔一〕。自從收帝里，誰復總戎機①〔二〕？蜂蠆終懷毒，

雷霆可震威〔三〕。莫令鞭血地，再濕漢臣衣〔四〕。（0784）

【校】

① 戎，宋本、錢箋、《草堂》校：「一云兵。」 戎機，宋本、錢箋校：「一云軍麾。」

【注】

黄鶴注：當是永泰元年（七六五）作。《九家》趙注以爲廣德元年（七六三）作。

〔一〕聞道二句：《舊唐書·回紇傳》：寶應元年，代宗初即位，以史朝義尚在河洛，遣中使劉清潭徵兵於回紇。回紇已爲史朝義所誘，云唐家天子頻有大喪，國亂無主，請發兵來收府庫。可汗乃領衆而南，已八月矣。京師大駭，代宗使殿中監藥子昂馳勞之。肅宗以僕固懷恩女嫁毗伽闕可汗子，及是爲可敦。代宗敕懷恩自汾州見之太原，諫國家恩信不可違背。以雍王适爲兵馬元帥，東會回紇登里可汗營於陝州黄河北。雍王領子昂等從而見之，可汗責雍王不於帳前舞蹈，禮倨。相拒久之，車鼻遂引子昂、李進、少華、魏琚各榜捶一百，少華、琚因榜捶一宿而死。懷恩與回紇右殺爲先鋒，及諸節度同攻賊，破之。及諸節度收河北州縣，僕固瑒與回紇之衆追躡二千餘里，梟朝義首而歸，河北悉平。初，回紇至東京，以賊平，恣行殘忍，士女懼之，皆登聖善寺及白馬寺二閣以避之。回紇縱火焚二閣，傷死者萬計。及是朝賀，又縱横大辱官吏。代宗册可汗、可敦，可汗、可敦及左右殺、諸都督、内外宰相已下，共加實封二千户。《百家注》趙

注：「大意以回紇助順討史朝義，恐其恃功驕暴難制，故欲早加以威而絶其如此。」錢箋亦謂漢臣鞭血，正紀此時事。黄鶴注謂指永泰元年郭子儀與回紇再盟，藥羅葛率衆追吐蕃，殺吐蕃於靈臺西原萬計，又破之於涇州，於是回紇胡禄都督等二百餘人入見，前後贈賚繒帛十萬疋，府藏空竭，税百官俸以給之，此所以爲可憤也。朱鶴齡注同。按，從舊次當以趙注、錢箋爲是。

〔二〕自從二句：《九家》趙注：「恐回紇恃功難制而作逆也。」朱鶴齡注：「吐蕃敗去，京師解嚴，時魚朝恩統神策軍，勢寖盛。『誰復總戎機』，蓋諷中人典兵，而任子儀之不專也。」此從黄鶴注爲説。從趙注，時回紇與諸節度同攻賊，故發此問。《木蘭詩》：「萬里赴戎機，關山度若飛。」

〔三〕蜂蠆二句：《左傳》僖公二十二年：「君其無謂邾小，蜂蠆有毒，而況國乎。」《漢書·賈山傳》：「今人主之威，非特雷霆也。」

〔四〕莫令二句：《左傳》莊公八年：「鞭之，見血。」

鄭城西原送李判官兄武判官弟赴成都府〔一〕

憑高送所親，久坐惜芳辰〔二〕。遠水非無浪，他山自有春。野花隨處發，官柳著行新①。天際傷愁别，離筵何太頻。（0785）

【校】

①官，宋本、錢箋、《九家》、《草堂》校：「一作妖。」

【注】

黃鶴注：當是廣德元年（七六三）春作。

〔一〕郪城：《元和郡縣圖志》卷三三梓州：「郪縣，望。郭下。本漢舊縣，屬廣漢郡，因郪江水爲名也。」李判官、武判官：名不詳。當爲東川節度使判官。《新唐書·百官志》：「節度使、副大使知節度事，行軍司馬、副使、判官、支使、掌書記、推官、巡官、衙推各一人。……（節度使）兼觀察使，又有判官、支使、推官、巡官、衙推各一人。」

〔二〕久坐句：《初學記》卷三引梁元帝《纂要》：「春曰青陽……辰曰良辰、嘉辰、芳辰。」

客夜

客睡何曾著，秋天不肯明〔一〕。卷簾殘月影①，高枕遠江聲〔二〕。計拙無衣食，途窮仗友生。老妻書數紙，應悉未歸情〔三〕。（0786）

【校】

①卷，《九家》、《草堂》作「入」，校：「一作捲。」

【注】

黄鶴注：公寶應元年（七六二）自綿至梓，時家在成都，秋晚方迎家再至梓。今云「老妻書數紙」，當是在梓州作。

〔一〕客睡二句：《敦煌變文集·漢將王陵變》：「將士夜深渾睡著，不知漢將入偷營。」《九家》趙注：「睡著、天明，通中國之常語。」此亦以俗語入詩。葛立方《韻語陽秋》卷一：「杜甫《客夜》詩云：『客睡何曾著，秋天不肯明。』《陪王使君泛江》詩云：『山豁何時斷，江平不肯流。』『不肯』二字，含蓄甚佳，故杜兩言之。與淵明所謂『日月不肯遲，四時相催迫』同意。」

〔二〕卷簾二句：張説《深渡驛》：「洞房懸月影，高枕聽江流。」吴曾《能改齋漫録》卷八謂杜詩用其意。

〔三〕老妻二句：仇注：「書乃寄妻之書。」

陪王侍御宴通泉東山野亭〔一〕

江水東流去，清樽日復斜。異方同宴賞，何處是京華？亭影臨山水①，村烟

對浦沙。狂歌過於勝②〔二〕，得醉即爲家。（0787）

【校】

① 影，錢箋、《草堂》作「景」。

② 於，宋本、錢箋校：「一云形。」

【注】

黄鶴注：當是寶應元年（七六二）冬公至通泉時作。

〔一〕通泉：《元和郡縣圖志》卷三三梓州：「通泉縣，緊。西北至州一百四十里。……涪江水，經縣東三里。」王侍御：本書卷五有《陪王侍御同登東山最高頂宴姚通泉晚携酒泛江》（0216）。參該詩注。

〔二〕狂歌句：過於勝，太勝、甚勝。此過於非如「莫過於此」之超過義，亦當時俗語。敦煌詞《五更轉》：「第一温言不可得，處分小語過于珍。」白居易《詩酒琴人例多薄命予酷好三事雅當此科》：「中散步兵終不貴，孟郊張籍過於貧。」

客亭

秋窗猶曙色，落木更天風①〔一〕。日出寒山外，江流宿霧中。聖朝無弃物，老病已成翁②〔二〕。多少殘生事，飄零似轉蓬。（0788）

【校】

①落木，錢箋校：「一作木落。」《草堂》作「木落」。　天，宋本、錢箋、《九家》、《草堂》校：「一作高。」《文苑英華》作「高」。

②成，宋本、錢箋、《九家》、《草堂》校：「一云衰。」《文苑英華》校：「集作衰。」

【注】

黄鶴注：與《客夜》詩同是寶應元年（七六二）秋在梓州作。

〔一〕秋窗二句：王嗣奭《杜臆》：「諺云『日高風』，故曙色着『猶』字，謂風之早也。」

〔二〕聖朝二句：《老子》二十七章：「常善救物，而無弃物。」《淮南子·道應訓》引作「人無弃人，物無弃物」。《九家》趙注：「此蓋公不怨天、不尤人之意，與孟浩然『不才明主弃，多病故人疏』之語有問矣。」施補華《峴傭說詩》：「『聖朝無弃物，衰病已成翁』，怨而不怒。『一病緣明主，三年獨此心』，諷而不刺，皆見詩人忠厚。」羅隱《曲江有感》：「聖代也知無弃物，侯門未必用非才。」用此語。

方回《瀛奎律髓》卷一四：「王右丞詩云：『江流天地外，山色有無中。』此詩三四以寫秋曉，亦足以敵右丞之壯。然其佳處，乃在五六有感慨。兩句言景，兩句言情。詩必如此，則浄潔而頓挫也。」

行次鹽亭縣聊題四韻奉簡嚴遂州蓬州兩使君咨議諸昆季〔一〕

馬首見鹽亭，高山擁縣青。雲溪花淡淡①，春郭水泠泠。全蜀多名士，嚴家聚德星〔二〕。長歌意無極，好爲老夫聽。（0789）

【校】

① 淡淡，錢箋、《草堂》校：「一云漠漠。」

【注】

黄鶴注：當是廣德元年（七六三）公自梓州至鹽亭時作。

〔一〕鹽亭：《元和郡縣圖志》卷三三梓州：「鹽亭縣，上。西南至州九十三里。……梓潼水，經縣南，去縣三里。」嚴遂州、蓬州：蓬州即嚴堅，遂州疑爲嚴侁，二人爲嚴震從兄弟。咨議：嚴震。《舊唐書·嚴震傳》：「嚴震，字遐聞，梓州鹽亭人。世爲田家，以財雄於鄉里。至德、乾元已後，震屢出家財以助邊軍，授州長史、王府咨議參軍。東川節度判官韋收薦震才，用於節度使嚴武，遂授合州長史。及嚴武移西川，署爲押衙，改恒王府司馬。嚴武以宗姓之故，軍府之事多以委之，又歷試衛尉、太常少卿。嚴武卒，乃罷歸。」德宗時爲山南西道節度使、興元尹。權德輿《唐故山南西道節度營田觀察處置等使……嚴公墓志銘》：「初，公從父兄侁，以含章好義，歷中執法，剖符盧山。同氣曰堅，曰霽，曰霆，皆卿才也。堅爲盛山、咸安二郡守，霽以殿中侍御史介於岷峨，霆四爲尚書郎。」《舊唐書·地理志》山南西道：「蓬州……天寶元年，改爲咸安郡。至德二年，改爲蓬山郡。乾元元年，復爲蓬州。」盧山即雅州，疑嚴侁後改官雅州。

〔二〕嚴家句：《藝文類聚》卷一引《異苑》：「陳仲弓從諸子侄造荀季和父子，於時德星聚，太史奏五百里内有賢人聚。」

倚杖 鹽亭縣作。

看花雖郭内①，倚杖即溪邊。山縣早休市，江橋春聚船。狎鷗輕白浪②〔一〕，歸雁喜青天③。物色兼生意，淒涼憶去年。（0790）

【校】

① 内，宋本、錢箋校：「一作外。」

② 狎，宋本、錢箋、《九家》校：「一云野。」　浪，宋本、錢箋、《草堂》校：「一云日。」《九家》作「日」，校：「一作浪。」

③ 雁，宋本、《草堂》校：「一作鳥。」　青，宋本、錢箋校：「一作清。」

【注】

黄鶴注：當是廣德元年（七六三）春作。

〔一〕狎鷗句：任昉《别蕭咨議》：「儻有關外驛，聊訪狎鷗渚。」《列子·黄帝》：「海上之人有好漚鳥者，每旦之海上，從漚鳥游，漚鳥之至者百住而不止。其父曰：『吾聞漚鳥皆從汝游，汝取來，吾玩之。』明日之海上，漚鳥舞而不下也。」

泛江送魏十八倉曹還京因寄岑中允參范郎中季明〔一〕

遲日深春水①，輕舟送別筵。帝鄉愁緒外，春色淚痕邊。見酒須相憶②，將詩莫浪傳〔二〕。若逢岑與范，爲報各衰年。（0791）

【校】

①春，宋本、錢箋校：「一作江。」《九家》、《草堂》、《文苑英華》作「江」，《九家》、《草堂》校：「一作春。」

②須，《文苑英華》校：「一作應。」

【注】

黄鶴注：當是廣德元年（七六三）梓州作。是年岑參自虢州長史歸爲太子中允。

〔一〕魏十八：名不詳。唐諸衛、諸軍有倉曹參軍事。岑中允參：岑參，見卷一〇《寄彭州高三十五使君適虢州岑二十七長史參三十韻》（0610）注。杜確《岑嘉州詩集序》：「尋出虢州長史。又改太子中允兼殿中侍御史，充關西節度判官。聖上潛龍藩邸，總戎陝服，參佐僚吏，皆一時之選，由是委公以書奏之任。入爲祠部、考功二員外郎，轉虞部、庫部二正郎，又出爲嘉州刺史。」聞一多《岑嘉州繫年考證》考岑參改太子中允，至遲在寶應元年春。范郎中季明：范季明，《元和姓纂》卷七范氏燉煌：「狀云范汪之後。職方郎中范季明，代居懷州，云自燉煌徙焉。」岑參《范公叢竹歌》序：「職方郎中兼侍御史范公，乃於陝西使院内種竹。」

〔二〕將詩句：《朝野僉載》卷一：「莫浪語，阿婆嗔，三叔聞時笑殺人。」本書卷一〇《得弟消息二首》（0548）：「浪傳烏鵲喜，深負鶺鴒詩。」乃傳言不確之意。此謂不要將詩隨意示人。《九家》趙注：「公蓋自負其詩如此。」仇注：「公詩多傷時語，故囑其草浪傳以取忌。」説皆鑿。此作自愧語。

送路六侍御入朝〔一〕

童稚情親四十年①，中間消息兩茫然。更爲後會知何地，忽漫相逢是別筵。

不分桃花紅勝錦②，生憎柳絮白於綿③〔二〕。劍南春色還無賴，觸忤愁人到酒邊〔三〕。

（0792）

【校】

① 四，宋本、錢箋校：「一云三。」

②分，《草堂》作「憤」。

③於，宋本、錢箋校：「一作如。」

【注】

黄鶴注：當是廣德元年（七六三）春梓州作。

〔一〕路六侍御：名不詳。

〔二〕不分二句：不分，亦作不憤、不忿，氣不過。徐摛《賦得簾塵》：「恒教羅袖拂，不分秋風吹。」崔湜《婕妤怨》：「不分君恩斷，新妝視鏡中。」《敦煌變文集·李陵變文》：「單于見陣輸失，心懷不分。」生憎，最恨。盧照鄰《長安古意》：「生憎帳額繡孤鸞，好取門簾帖雙燕。」元稹《古決絶詞》：「生憎野鶴性遲回，死恨天雞識時節。」《九家》趙注：「杜公造爲新語，其云『不分』、『生憎』，乃所以深言其紅白也。」

〔三〕觸忤：冒犯。《後漢書·劉瑜傳》：「言不足采，懼以觸忤。」

泛江送客

二月頻送客，東津江欲平〔一〕。烟花山際重，舟楫浪前輕。淚逐勸杯下①，愁

連吹笛生〔二〕。離筵不隔日，那得易爲情。（0793）

【校】

①下，錢箋校：「一作落。」《九家》、《草堂》、《文苑英華》作「落」。

【注】

黄鶴注：當是廣德元年（七六三）公暫游左綿時作。

〔一〕東津句：本書卷五《觀打漁歌》（0242）：「綿州江水之東津，魴魚鱍鱍色勝銀。」參該詩注。

〔二〕愁連句：向秀《思舊賦》序：「鄰人有吹笛者，發聲寥亮，追想曩昔游宴之好，感音而歎。」

上牛頭寺〔一〕

青山意不盡，衮衮上牛頭〔二〕。無復能拘礙，真成浪出游。花濃春寺静，竹細野池幽。何處鶯啼切①，移時獨未休。（0794）

【校】

①鶯啼，《草堂》作「啼鶯」。

【注】

黄鶴注：當是廣德元年(七六三)作。

〔一〕牛頭寺：《太平寰宇記》卷八二梓州郪縣：「牛頭山，在縣西南二里，高一里，形似牛頭，四面孤絶，俯臨州郭。下有長樂寺，樓閣烟花，爲一方之勝概。」《方輿勝覽》卷六二潼川府：「牛頭山……《圖經》有云：羅漢洞在岩之半，永福寺據其頂，廣化寺據其岡，羅漢院據其麓。」《蜀中廣記》卷二九潼川州引《九州要記》：「本志云：永福寺，梁武賜名長樂，唐名靈瑞，宋名永福也。」王勃有《梓州郪縣靈瑞寺浮圖碑》。

〔二〕衮衮：見卷四《徐卿二子歌》(0187)注。

望牛頭寺

牛頭見鶴林，梯逕繞幽深①〔一〕。春色浮山外②，天河宿殿陰③。傳燈無白日，布地有黄金〔二〕。休作狂歌老，回看不住心〔三〕。(0795)

【校】

① 梯逕繞幽深，宋本、錢箋、《九家》、《草堂》校：「一云秀麗一何深。」

②浮，宋本、錢箋、《九家》、《草堂》校：「一作流。」
③宿，宋本、《九家》、《草堂》校：「一作没。」錢箋校：「蔡作没。」

【注】

黄鶴注：當與上篇同時作。

〔一〕牛頭二句：《大般涅槃經》卷一：佛入滅時，「爾時拘尸那城娑羅樹林，其林變白，猶如白鶴。」《法苑珠林》卷一〇〇興福部唐高祖：「詵詵法侶，若鷲嶺之初開；濟濟名賓，似鶴林之始集。」《長阿含經》卷三：拘舍婆提城「水精梯陛，琉璃爲蹬，周匝欄楯，遼繞相承。」

〔二〕傳燈二句：《華嚴經》卷五九：「譬如一燈，然百千燈無所損減，菩提心火亦復如是，悉然三世諸佛慧燈，無所損減。」《法苑珠林》卷八五感興緣唐西京大莊嚴寺釋慧因：「受業弟子五百餘人，踵武傳燈，將三十載。」布地，見卷四《贈蜀僧閭丘師兄》（0175）注。

〔三〕回看句：《金剛經》：「應無所住，而生其心。」《維摩經·觀衆生品》：「答曰：無住則無本。文殊師利，從無住本立一切法。」神會《壇語》：「無住心不離知，知不離無住。知心無住，更無餘知。」

上兜率寺〔一〕

兜率知名寺，真如會法堂〔二〕。江山有巴蜀，棟宇自齊梁〔三〕。庾信哀雖久，何

顒好不忘〔四〕。白牛車遠近，且欲上慈航〔五〕。（0796）

【注】

黃鶴注：當是廣德元年（七六三）作。

〔一〕兜率寺：《方輿勝覽》卷六二潼川府：「兜率寺，在南山，名長壽，有劉蜕文塚碑及蜕三詩，刻之石。」王勃有《梓州郪縣兜率寺浮圖碑》。侯圭《東山觀音院記》：「廣明初，梓州浮圖祠大小共十二。慧義居其北，兜率當其南，牛頭據其西，貞觀距其東。」

〔二〕真如：指法性真實。《大乘起信論》：「心真如者，即是一法界大總相法門體，所謂心性不生不滅。」

〔三〕江山二句：《九家》趙注：「江山自巴蜀時便有之，此乃使羊叔子所謂自有宇宙來便有此山之義。」朱鶴齡注：「按，王勃《郪縣兜率寺碑》：兜率寺者，隋開皇中之所建也。此云『自齊梁』，疑未詳考。」

〔四〕庾信二句：庾信，見卷一一《戲爲六絶句》（0691）注。《百家注》趙注：「後漢末黨事起，顒私入洛陽從袁紹計議，其窮困閉厄者爲求救援，以濟其患。蓋公言身已流離，有庾信之哀矣，而哀愁之中不忘交好也，何顒者有救之之心也。」《草堂》夢弼注：「或謂何顒疑作周顒，何乃黨錮之徒，周常奉佛食菜。」錢箋、朱注是其說。參卷八《岳麓山道林二寺行》（0406）注。仇注：「庾信哀時，周顒好佛，皆屬自喻。」

〔五〕白牛二句：《法華經·譬喻品》：「爾時長者各賜諸子等一大車……駕以白牛，膚色充潔，形體姝好，有大筋力，行步平正，其疾如風。」參卷一一《酬高使君相贈》（0703）「三車」注。蕭統《開善寺法會》：「法輪明暗室，慧海渡慈航。」

望兜率寺

樹密當山徑，江深隔寺門。霏霏雲氣重①，閃閃浪花翻。不復知天大，空餘見佛尊〔一〕。時應清盥罷②，隨喜給孤園〔二〕。（0797）

【校】

① 重，宋本校：「晋作動。」錢箋校：「一作動。」

② 盥，宋本、錢箋校：「一作興。」

【注】

黃鶴注：與前篇同時作。

〔一〕不復二句：朱鶴齡注：「二語言佛之尊於天也。闞澤云：孔老二教，法天制用，不敢違天。佛之設教，諸天奉行，不敢違佛。故佛號人天師。可證此二語之義。」施鴻保云：「詩人之言，不必斤斤辨儒釋之是非，此等説皆欲推重少陵，而反隘之矣。」

〔二〕隨喜句：隨喜，謂見他人行善隨生歡喜。《維摩經·菩薩行品》：「勸請説法，隨喜贊善。」給孤園，見卷四《贈蜀僧閭丘師兄》(0174)「祇樹園」注。

甘園〔一〕

春日清江岸，千甘二頃園。青雲羞葉密①，白雪避花繁。結子隨邊使，開筒近至尊〔二〕。後於桃李熟，終得獻金門〔三〕。（0798）

【校】

① 羞，錢箋、《草堂》校：「一作著。」

【注】

黄鶴注：當是廣德元年（七六三）作。《趙次公先後解》編入大曆二年（七六七）夔州詩。《草堂》編入大曆元年（七六六）。

〔一〕甘園：朱鶴齡注引李實曰：「柑園，在梓州城南十里，今猶名柑子鋪，柑廢。」宋祁《益部方物贊》：「柑生果，渠、嘉等州，結實埒於江南，味亦差爲薄云。」

〔二〕開筒句：王嗣奭《杜臆》：「柑豈筒盛，恐當作『筐』。」

〔三〕後於二句：王嗣奭《杜臆》：「公方蹭蹬，而用世之心猶切，故於落句發之，此作詩本指。」金門，即金馬門。揚雄《解嘲》：「與群賢同行，歷金門，上玉堂，有日矣。」

數陪李梓州泛江有女樂在諸舫戲爲艷曲二首贈李①〔一〕

上客回空騎，佳人滿近船。江清歌扇底，野曠舞衣前。玉袖凌風並，金壺隱浪偏〔二〕。競將明媚色，偷眼艷陽天②〔三〕。（0799）

【校】

① 李梓州，《九家》、《草堂》作「章梓州」。　贈李，《草堂》作「贈章」，《九家》無二字。

② 天，宋本、錢箋校：「一作年。」《九家》作「年」，校：「一作天。」

【注】

黃鶴注：當是廣德元年（七六三）春作。

〔一〕李梓州：本書卷一三有《送梓州李使君之任》(0829)。《唐刺史考》疑爲吴王祇子岵，陶敏謂當是祇之另二子崌或巘之一人。于邵《爲吴王祇請罪表》：「臣祇言：臣長男岵，受國恩榮，出典藩翰，不能昭宣聖理，協和上下，爰抵憲章，自貽剿絶。……臣詣朝堂並領男前梓州刺史某等束身請罪。」時岵已賜死，梓州刺史爲另一男。祇三子，見《新唐書・宗室世系表下》吴王房。《太宗諸子傳》嗣吴王祇：「子巘，以廕補五品官。祇薨，兄岵得罪，乃以巘嗣王。累至宗正卿，檢校刑部尚書。」《九家》趙注等謂當是章梓州，不確。

〔二〕隱：映也。見卷三《桔柏渡》(0167)注。

〔三〕偷眼句：鮑照《學劉公幹體》：「兹辰自爲美，當避艷陽年。」《文選》李善注：「《神農本草》曰：春夏爲陽。」

白日移歌袖，清霄近笛床〔一〕。翠眉縈度曲，雲鬢儼分行。立馬千山暮，回舟一水香。使君自有婦〔二〕，莫學野鴛鴦。(0800)

【注】

〔一〕清霄句：朱鶴齡注：「按《釋名》：床，裝也。凡所以裝載者皆謂之床，如糟床、食床、鼓床、筆床皆此義。《樹萱録》云：南朝呼筆管爲床。笛床，當即其類。」

〔二〕使君句：《陌上桑》：「使君自有婦，羅敷自有夫。」

登牛頭山亭子

路出雙林外，亭窺萬井中〔一〕。江城孤照日，山谷遠含風①。兵革身將老，關河信不通〔二〕。猶殘數行淚，忍對百花叢。（0801）

【校】

①山，宋本、錢箋、《九家》校：「一作春。」《草堂》作「春」，校：「一作山。」

【注】

黄鶴注：當是廣德元年（七六三）作。

〔一〕雙林：見卷一一《酬高使君相贈》（0703）「雙樹」注。《法苑珠林》卷一七觀音部感應緣頌：「三乘既弘，雙林遺身。」

〔二〕兵革二句：《九家》趙注：「時吐蕃猶盛。」

陪李梓州王閬州蘇遂州李果州四使君登惠義寺①〔一〕

春日無人境，虚空不住天〔二〕。鶯花隨世界〔三〕，樓閣寄山巔②。遲暮身何得，登臨意惘然③。誰能解金印，蕭洒共安禪④〔四〕？（0802）

【校】

① 李，《草堂》作「章」。

② 寄，宋本、錢箋、《九家》校：「一作倚。」《草堂》作「倚」，校：「一作寄。」

③ 惘，宋本、錢箋校：「一云寂。」

④ 誰能解金印瀟洒共安禪，宋本、錢箋、《九家》、《草堂》校：「一云三車將五馬，若個合安禪。」蕭，錢箋作「瀟」。

【注】

黄鶴注：當是廣德元年（七六三）春在梓州作。

〔一〕王閬州：名不詳。兄名承訓。見卷二〇《爲閬州王使君進論巴蜀安危表》（1486）注。蘇遂州：名不詳。當與卷五《短歌行》（0250）之「蘇使君」爲同一人。李果州：名不詳。惠義寺：見卷三《陪章留後惠義寺餞嘉州崔都督赴州》（0197）注。

〔二〕虛空句：梵天之一名虛空天。《法苑珠林》卷九引《佛本行經》：「或復梵天或説之書：……安多梨叉提婆書。」注：「虛空天。」不住，謂法性不住。《維摩經·弟子品》：「法無去來，常不住故。」

〔三〕鶖花句：《楞嚴經》卷四：「何名爲衆生世界？世爲遷流，界爲方位。汝今當知，東、西、南、北、東南、西南、東北、西北、上、下爲界，過去、未來、現在爲世。」亦與世間同義。《翻譯名義集》卷三：「間之與界，名異義同。間是隔別間差，界是界畔分齊。」

〔四〕誰能二句：《史記·魏其武安侯列傳》：「君當免冠解印綬歸。」《雜阿含經》卷二〇：「佛住娑祇城，安禪林中。」張纘《南征賦》：「尋太傅之故宅，今築室以安禪。」

送何侍御歸朝〔一〕李梓州泛舟筵上作。

舟楫諸侯餞，車輿使者歸。山花相映發，水鳥自孤飛〔二〕。春日垂霜鬢，天隅把繡衣〔三〕。故人從此去①，寥落寸心違。（0803）

【校】

① 去，宋本、錢箋、《九家》、《草堂》校：「一云遠。」

【注】

黄鶴注：當是廣德元年（七六三）作。

〔一〕何侍御：名不詳。

〔二〕山花二句：張説《巴丘春作》：「江涔相映發，卉木共紛華。」孟浩然《宴張記室宅》：「妓堂花映發，書閣柳逶迤。」何遜《詠白鷗兼嘲别者》：「孤飛出潊浦，獨宿下滄洲。」

〔三〕繡衣：見卷二《送長孫九侍御赴武威判官》（0085）注。

江亭送眉州辛别駕昇之〔一〕得蕪字。

柳影含雲幕①，江波近酒壺。異方驚會面，終宴惜征途。沙晚低風蝶，天晴喜浴鳧。别離傷老大，意緒日荒蕪。（0804）

【校】

① 幕，宋本、錢箋、《九家》校：「一云重。」

【注】

黄鶴注：當是廣德二年（七六四）春公在閬州作。梁權道編在梓州作，恐非。

〔一〕辛別駕昇之：辛昇之，《元和姓纂》卷三辛氏：「大曆都官郎中辛昇之，訪未獲。」都督府、州有別駕，位在都督、刺史下。《唐六典》卷三〇督護州縣：「晋代諸州各置別駕、治中從事史一人，宋、齊、梁、陳、後魏、周、隋，因而不改。皇朝因之。永徽中，改別駕爲長史。垂拱初，又置別駕員，多以皇家宗枝爲之。神龍初罷。開元初復置，始通用庶姓焉。」

涪城縣香積寺官閣〔一〕

寺下春江深不流，山腰官閣迥添愁。含風翠壁孤雲細，背日丹楓萬木稠。小院回廊春寂寂①，浴鳧飛鷺晚悠悠。諸天合在藤蘿外，昏黑應須到上頭〔二〕。

（0805）

【校】

① 春，宋本、錢箋校：「一作清。」

【注】

黄鶴注：當是廣德元年（七六三）春作。

〔一〕涪城：《元和郡縣圖志》卷三三梓州：「涪城縣，緊。東南至州六十里。本漢涪縣地，隋開皇十六年改置涪城縣，屬綿州，大曆十三年割屬梓州。」《太平寰宇記》卷八二梓州涪城縣：「香積山，在縣東南三里，北枕涪江。」

〔二〕諸天：見卷五《山寺》(0223)注。

戲題寄上漢中王三首〔一〕時王在梓州。初至斷酒不飲，篇有戲述。

西漢親王子，成都老客星〔二〕。百年雙白鬢，一別五秋螢①。忍斷杯中物，祇看座右銘②〔三〕。不能隨皁蓋，自醉逐浮萍〔四〕。(0806)

【校】

① 秋，宋本、錢箋、《九家》、《草堂》校：「一作飛。」

② 祇，錢箋校：「王作眠。」《草堂》作「眠」，校：「一作祇。王作眠，當從之。」　座，宋本作「坐」，據錢箋等改。

【注】

黃鶴注：公自乾元二年出華州時與王別，至寶應元年（七六二）爲五年。詩云「不能隨皁蓋」，則王尚在蓬州，雖當更代，而道梗不得歸。按，「不能隨皂蓋」乃甫自言，時王在梓州無疑，當自蓬州西至梓州，取綿州道北上歸朝。

〔一〕漢中王：見本卷《玩月呈漢中王》（0763）注。

〔二〕客星：見卷九《贈翰林張四學士》（0469）注。

〔三〕忍斷二句：陶淵明《責子》：「天運苟如此，且進杯中物。」座右銘，見卷一《橋陵詩三十韻因呈縣内諸官》（0037）「崔瑗銘」注。

〔四〕不能二句：黄鶴注：「今考此云『不能隨皂蓋』，及《奉漢中王手札》詩云『剖符來蜀道』，皆是太守事，疑史誤。且魏少游是時以衛尉卿貶渠州長史，而瑀以親王，無容亦貶長史。當是刺史，而史誤爲長史無疑。」仇注：「今王復斷酒看銘，將不得與之同飲矣，唯有旅中獨醉而已。」

策杖時能出，王門異昔游。已知嗟不起，未許醉相留〔一〕。蜀酒濃無敵〔二〕，江魚美可求。終思一酩酊，净掃雁池頭〔三〕。（0807）

【注】

〔一〕已知二句：仇注：「王病不起，舊注引《謝安傳》語，安寢疾，曰：『吾昔夢雞，今歲在酉，吾殆不起乎。』但謝公所云『不起』，乃病亡之兆，豈可引比漢中乎？」引盧元昌曰：「『不起』者，謂王病酒不能起，本枚乘《七發》篇中連用『起』字。」按，卧病言不起，其例甚多，自非用《謝安傳》，然詩本有戲意。

〔二〕蜀酒句：《唐國史補》卷下：「酒則有……劍南之燒春。」

〔三〕淨掃句：《西京雜記》卷二：「梁孝王好營宮室苑囿之樂，作曜華之宮，築兔園。園中有百靈山，山有膚寸石、落猿岩、栖龍岫。又有雁池，池間有鶴洲、鳧渚。其諸宮觀相連，延亘數十里。」

羣盜無歸路，衰顔會遠方。尚憐詩警策〔一〕，猶記酒顛狂①。魯衛彌尊重，徐陳略喪亡〔二〕。空餘枚叟在②，應念早升堂〔三〕。（0808）

【校】

① 記，宋本、錢箋校：「一作憶。」《九家》、《草堂》作「憶」，校：「一作記。」

② 枚，宋本、錢箋校：「一作故。」

【注】

〔一〕尚憐句：陸機《文賦》：「立片言而居要，乃一篇之警策。」

〔二〕魯衛二句：《論語·子路》：「魯衛之政，兄弟也。」《玉海》卷二九：「開元十四年十一月己丑，幸寧王憲宅，與諸王宴，探韻賦詩，詩曰：『魯衛情先重』，而終勉以爲善之樂，即日還宮。」錢箋：「瑀爲寧王之子，故曰『魯衛彌尊重』，用明皇詩語也。」曹丕《與吴質書》：「昔年疾疫，親故多離其災。徐、陳、應、劉，一時俱逝。」徐陳謂徐幹、陳琳。

〔三〕空餘二句：謝莊《雪賦》：「召鄒生，延枚叟。」謂枚乘。仇注：「枚叟，公自謂，舊已登堂，今不當謝絶也。」

陪章留後侍御宴南樓〔一〕得風字。

絶域長夏晚，兹樓清宴同。朝廷燒棧北，鼓角滿天東①〔二〕。屢食將軍第②，仍騎御史驄③〔三〕。本無丹竈術④〔四〕，那免白頭翁。寇盜狂歌外，形骸痛飲中。野雲低渡水，簷雨細隨風。出號江城黑⑤〔五〕，題詩蠟炬紅⑥。此身醒復醉，不擬哭途窮〔六〕。（0809）

【校】

① 滿，宋本、錢箋、《九家》、《草堂》校：「一作漏。」《文苑英華》作「漏」。

② 第，宋本、錢箋校：「一作邸。」

③ 騎，宋本、錢箋校：「一云驕。」

④術，宋本、錢箋校：「一作訣。」

⑤江，《文苑英華》作「軍」，校：「集作江。」

⑥蠟，宋本作「臘」，據錢箋改。　炬，宋本、錢箋校：「一作燭。」《文苑英華》作「燭」，校：「集作炬。」

【注】

黄鶴注：當是廣德元年（七六三）夏末作。

〔一〕章留後：章彝。見卷四《冬狩行》（0194）注。

〔二〕朝廷二句：《九家》趙注：「張良燒絶棧道，今獨摘其字用，言地理耳。」朱鶴齡注：「按《通鑑》，上元二年二月，奴剌、党項寇寶雞，燒大震關。廣德元年秋七月，吐蕃入大震關，陷蘭、廓、河、鄯、洮、岷、秦、成、渭等州，故有『燒棧』二句。」滿天，《九家》趙注等作「漏天」，引《梁益記》雅州西北有大小漏天。施鴻保謂天東鼓角，或指浙右袁晁亂言，引卷四《喜雨》（0182）「時聞浙右多盜賊」爲證。

〔三〕御史驄：見卷二《送長孫九侍御赴武威判官》（0085）注。章彝兼侍御史。

〔四〕本無句：江淹《别賦》：「守丹竈而不顧，煉金鼎而方堅。」

〔五〕出號句：《資治通鑑》景雲元年：「逮夜，葛福順、李仙鳧皆至隆基所，請號而行。」胡三省注：「凡用兵下營及攻襲，就主帥取號，以備緩急相照應。」朱鶴齡注引此。按，號即軍號。《周書·達奚武傳》：「去營百步，下馬潛聽，得其軍號。」如今之口令。

〔六〕途窮：見卷四《丹青引》(0201)注。

臺上得涼字。

改席臺能迴，留門月復光〔一〕。雲霄遺暑濕①，山谷進風涼。老去一杯足，誰憐屢舞長？何須把官燭，似惱鬢毛蒼。(0810)

【校】

① 霄，錢箋作「行」，校：「一作霄。」　遺，宋本校：「一云遺。」

【注】

黄鶴注：當是自南樓復宴臺上而作也。

〔一〕留門句：《九家》趙注：「留門，且未閉城門也。」仇注：「舊云留住城門者，非是。主將燕客不待留門。」施鴻保謂：「惟主將宴客，故留門以待……言夜雖已深，城門既留，而月色又佳，正可留連歡宴也。」

送王十五判官扶侍還黔中〔一〕得開字。

大家東征逐子回〔二〕，風生洲渚錦帆開。青青竹笋迎船出，日日江魚入饌來①〔三〕。離別不堪無限意，艱危深仗濟時才。黔陽信使應稀少〔四〕，莫怪頻頻勸酒杯②。（0811）

【校】

①日日，錢箋校：「一云白白。」《九家》、《草堂》作「白白」，《九家》校：「一云日日。一云旦旦。」《草堂》校：「一作旦旦。」

②頻頻，宋本、錢箋、《九家》校：「一作頻煩。」

【注】

黃鶴注：舊次廣德元年（七六三）作。

〔一〕王十五：名不詳。本書卷一一有《王十五司馬弟出郭相訪兼遺營茅屋貲》（0622），卷一五有《王十五前閣會》（1033），疑後者與此詩爲同一人。朱鶴齡注引張綖曰：「王蓋黔中人，以侍養而歸，故深爲濟時之才惜。或以爲之官，非也。」

〔二〕大家句：班昭《東征賦》：「惟永初之有七兮，余隨子乎東征。」《文選》李善注：「《大家集》曰：子穀，爲陳留長，大家隨至官，作《東征賦》。」班彪女名昭，嫮曹世叔，號曰大家。朱鶴齡注：「逐子，即隨子義。用修欲以『將』字易之，恐非。」

〔三〕青青二句：《藝文類聚》卷八九引《楚國先賢傳》：「孟宗母嗜笋，及母亡，冬節將至，笋尚未生，宗入竹哀歎，而笋爲之出，得以供祭，至孝之感也。」《後漢書·列女傳》姜詩妻：「姑嗜魚鱠，又不能獨食，夫婦常力作供鱠，呼鄰母共之。舍側忽有涌泉，味如江水，每旦輒出雙鯉魚，常以供二母之膳。」

〔四〕黔陽：見卷六《贈李十五丈别》（0302）注。

倦夜

竹涼侵臥内，野月滿庭隅①。重露成涓滴，稀星乍有無。暗飛螢自照，水宿鳥相呼。萬事干戈裏，空悲清夜徂〔一〕。（0812）

【校】

①滿，宋本、錢箋校：「一作徧。」

【注】

黄鶴注：當是在浣花作，廣德二年（七六四）自閬州歸未爲參謀時詩。

〔一〕空悲句：《長門賦》：「懸明月以自照兮，徂清夜於洞房。」

《東坡志林》卷一〇：「司空表聖自論其詩，以爲得味外味。『緑樹連村暗，黄花入麥稀』，此句最善。又云：『棋聲花院閉，幡影石壇高。』吾嘗獨游五老峰，入白鶴觀，松陰滿地，不見一人，唯聞棋聲，然後知此句之工也。但恨其寒儉有僧態。若杜子美云：『暗飛螢自照，水宿鳥相呼』、『四更山吐月，殘夜水明樓』，則材力雄健，去表聖之流遠矣。」

黄徹《䂬溪詩話》卷四：「永叔『堪笑區區郊與島，螢飛露濕吟秋草』，以爲二子之窮。然子美亦有『暗飛螢自照，水宿鳥相呼』、『幸因腐草出，敢近太陽飛』，雖吟詠微物，曾無一點窮氣。」

謝榛《四溟詩話》卷二：「傅咸《螢火賦》：『雖無補於日月兮，期自照於陋形。當朝陽而戢景兮，必宵昧而是征。進不競於天光兮，退在晦而能明。』駱賓王賦：『光不周物，明足自資。處幽不昧，居照斯晦。』二子皆有託寓，繁簡不同。子美『暗飛螢自照』之句，意愈簡而辭愈工也。」按，傅咸《螢火賦》作「期自竭於陋形」。

悲秋

涼風動萬里，羣盜尚縱横。家遠傳書日①，秋來爲客情。愁窺高鳥過，老逐衆人行。始欲投三峽，何由見兩京〔一〕？（0813）

【校】

① 傳，宋本、《九家》校：「一作待。」

【注】

黄鶴注：當是寶應元年（七六二）秋在梓州未歸迎家時作。

〔一〕始欲二句：黄生云：「時蜀有徐知道之亂，公久客梓，蓋謀爲下峽之計。三、四與『老妻書數紙，應悉未歸情』一意。此首尚似初寄書語。」

對雨

莽莽天涯雨，江邊獨立時。不愁巴道路，恐濕漢旌旗〔一〕。雪嶺防秋急，繩橋戰勝遲〔二〕。西戎甥舅禮①〔三〕，未敢背恩私。（0814）

【校】

①甥，宋本作「生」，據錢箋等改。

【注】

黄鶴注：當作於廣德元年（七六三），是年吐蕃入寇，公將入閬州。

〔一〕不愁二句：《九家》趙注：「巴道路，自綿而東也。時治兵禦吐蕃。」朱鶴齡注：「言不憂巴道難行，特戍兵此時沐雨，深足念耳。」

〔二〕雪嶺二句：雪嶺，見卷四《贈蜀僧閭丘師兄》（0175）注。繩橋，見卷五《入奏行》（0236）注。

〔三〕甥舅禮：見卷一〇《秦州雜詩二十首》（0566）注。

警急 時高公適領西川節度〔一〕。

才名舊楚將〔二〕，妙略擁兵機。玉壘雖傳檄，松州會解圍〔三〕。和親知拙計①，公主漫無歸〔四〕。青海今誰得，西戎實飽飛〔五〕。（0815）

【校】

① 拙計，《九家》、《草堂》作「計拙」。

【注】

黄鶴注：詩云「松州會解圍」，則是在廣德元年（七六三）松州未陷時作，公時在閬州。

〔一〕高公適：高適，高適領西川節度，參卷一一《王十七侍御掄許攜酒至草堂奉寄此詩便請邀高三十五使君同到》（0711）注。《舊唐書·高適傳》：「代宗即位，吐蕃陷隴右，漸逼京畿。適練兵於蜀，臨吐蕃南境以牽制之，師出無功，而松、維等州尋爲蕃兵所陷。代宗以黄門侍郎嚴武代還。」

〔二〕才名句：《九家》趙注：「考《適傳》，自諫議大夫除揚州大都督長史、淮南節度使，此所謂楚將也。」

〔三〕玉壘二句：玉壘，見卷一一《登樓》(0655)注。《舊唐書·代宗紀》：「(廣德元年七月)是月，吐蕃大寇河隴，陷我秦、成、渭三州，入大震關，陷蘭、廓、河、鄯、洮、岷等州，盜有隴右之地。」「(十二月)吐蕃陷松州、維州、雲山城、籠城。」

〔四〕和親二句：《九家》趙注：「《唐史》：永泰元年乙巳，吐蕃方請和，繼而又叛。時議必再有請嫁公主爲和親計者。」按，「公主漫無歸」則必已嫁，此蓋追溯前事。

〔五〕青海二句：《舊唐書·吐蕃傳》：「時楊矩爲鄯州都督，吐蕃遣使厚遺之，因請河西九曲之地以爲金城公主湯沐之所，矩遂奏與之。吐蕃既得九曲，其地肥良，堪頓兵畜牧，又與唐境接近，自是復叛，始率兵入寇。」後哥舒翰收九曲。今復失隴右，則青海更不可得。詩言和親計拙，蓋追溯此事。

王命

漢北豺狼滿①，巴西道路難〔一〕。血埋諸將甲，骨斷使臣鞍②〔二〕。牢落新燒棧，蒼茫舊築壇〔三〕。深懷喻蜀意，慟哭望王官③〔四〕。(0816)

【校】

① 漢，錢箋校：「一云漢。」宋本此校在「北」字下，蓋誤。

② 臣，宋本、錢箋校：「一作君。」

③ 王官，宋本、錢箋校：「一云京鑾。」

【注】

黄鶴注：時公在閬州，當是廣德元年（七六三）十月作。

〔一〕漢北二句：《九家》趙注：「漢與巴相連，蓋吐蕃入寇之地。」豺狼滿，蓋指是年吐蕃入京師。見卷四《憶昔二首》（0192）、卷六《青絲》（0261）注。閬州爲隋巴西郡，綿州唐爲巴西郡，《九家》趙注謂指綿、漢、成都。

〔二〕血埋二句：《資治通鑑》廣德元年十月：「癸酉，渭北行營兵馬使吕月將將精卒二千，破吐蕃於盩厔之西。乙亥，吐蕃寇盩至，月將復與力戰，兵盡，爲虜所擒。」黄鶴注謂上句言此。《舊唐書・吐蕃傳》：「寶應二年三月，遣左散騎常侍兼御史大夫李之芳、左庶子兼御史中丞崔倫使於吐蕃，至其境而留之。」《九家》趙注謂使臣指李之芳、崔倫。

〔三〕牢落二句：牢落，見卷二《送樊二十三侍御赴漢中判官》（0086）注。《新唐書・肅宗紀》：「（上元二年）二月己未，奴刺、党項羌寇寶雞，焚大散關。」朱鶴齡注謂上句言此。《舊唐書・吐蕃傳》：廣德元年十月，吐蕃寇邠州，又陷奉天縣，遣中書令郭子儀西禦。京師失守，郭子儀退軍，行軍判官王延昌等勸其南保商州，延昌等與子儀别行，逾絶澗趨商州，説六軍將張知節等。諸將皆遵子儀約束，吐蕃奔走，乃收上都。《九家》趙注：「舊築壇，指郭令公也。」按，朱鶴齡注等皆引《資治通鑑》，《通鑑》謂子儀與延昌謀，使延昌徑入商州撫諭潰兵，叙事與《舊唐書》有出入。浦起龍云：「朱注以吕月將戰死當血埋，以命子儀出鎮當築壇，此係陷京幸陝時事。如此，則宜痛及蒙塵，不得但以喻蜀爲汲汲矣。今詩中不爾，可知作於九、十月之交。無容漫引十月間三千里外長安之事也。」施鴻保謂「舊築壇」當謂高適，言適之無能禦寇，故有望於嚴武重來。按，築壇命帥，高適恐不足以當之。

〔四〕深懷二句：《史記·司馬相如列傳》：「會唐蒙使略通夜郎西僰中，發巴蜀吏卒千人，郡又多爲發轉漕萬餘人，用興法誅其渠帥，巴蜀民大驚恐。上聞之，乃使相如責唐蒙，因喻告巴蜀民以非上意。……乃拜相如爲中郎將，建節往使。……至蜀，蜀太守下郊迎，縣令負弩矢先驅，蜀人以爲寵。」朱鶴齡注：「此詩蓋序其事，而急望王官之至，以安蜀人也。王官，當指嚴武。吐蕃圍松州，高適不能制，故蜀人思得武代之。」鄭文謂王官非專指嚴武，注家以嚴武後來重創吐蕃，因以意逆之耳。

征夫

十室幾人在〔一〕，千山空自多。路衢唯見哭，城市不聞歌。漂梗無安地，銜枚

有荷戈〔二〕。官軍未通蜀，吾道竟如何〔三〕？（0817）

【注】

黄鶴注：自《警急》至此三首，皆爲高適作，所以譏其不能禦虜也。廣德元年（七六三）作。

〔一〕十室句：《論語·公冶長》：「子曰：『十室之邑，必有忠信如丘者焉。』」《穀梁傳》莊公九年：「十室之邑，可以逃難，百室之邑，可以隱死。」

〔二〕漂梗二句：漂梗，見卷九《臨邑舍弟書至苦雨黄河泛溢隄防之患簿領所憂因寄此詩用寬其意》（0437）注。《九家》趙注：「此公自言爾。」《周禮·夏官·銜枚氏》注：「銜枚，止言語囂讙也。枚如箸，横銜之，爲繣結於項。」《史記·高祖本紀》：「秦益章邯兵，夜銜枚擊項梁。」

〔三〕官軍二句：仇注：「下四歎援師不至。」按，未通蜀，仍指西山用兵事。

惠義寺園送辛員外①〔一〕

朱櫻此日垂朱實，郭外誰家負郭田〔二〕？萬里相逢貪握手，高才仰望足離筵〔三〕。（0818）

【校】

①錢箋此篇及次篇在卷一八補遺末，謂「右二篇見卞圜本」，注：「並見吴若本。」《草堂》本此二篇兩見。卷四〇題作「二首」，合次篇言，謂：「右二篇見卞圜本。」補遺卷五題同此，注「新添」。

【注】

黄鶴注：當是廣德元年（七六三）作。

〔一〕惠義寺：見前《陪李梓州王閬州蘇遂州李果州四使君登惠義寺》（0802）注。辛員外：即辛昇之。見前《江亭送眉州辛別駕昇之》（0804）。

〔二〕郭外句：《史記·蘇秦列傳》：「且使我有雒陽負郭田二頃，吾豈能佩六國相印乎。」索隱：「負者背也，枕也。近城之地，沃潤流澤，最爲膏腴，故曰負郭也。」

〔三〕高才句：仇注：「足，盡也。言仰望無窮之意，盡於離筵頃刻之間。」按，謂仰望之情滿於離筵。

又送

雙峰寂寂對春臺，萬竹青青照客杯①。細草留連侵坐軟，殘花悵望近人開。同舟昨日何由得，並馬今朝未擬回。直到綿州始分首，江邊樹裏共誰來〔一〕？

(0819)

【校】

① 照，宋本、錢箋、《草堂》校：「一作送。」

【注】

黄鶴注：魯訔《年譜》云：公送辛員外暫至綿。廣德元年（七六三）作。

〔一〕同舟四句：按，自梓州泝涪江往綿州，故曰「同舟」。與《玩月呈漢中王》（0763）「歸舟應獨行」同。此詩當作於到綿州後。

送元二適江左〔一〕

亂後今相見，秋深復遠行。風塵爲客日，江海送君情。晉室丹陽尹，公孫白帝城〔二〕。經過自愛惜，取次莫論兵〔三〕。元嘗應孫吴科舉〔四〕。（0820）

【注】

黄鶴注：詩云「風塵爲客日」，謂廣德元年（七六三）九月吐蕃入寇，此詩是時作。

〔一〕元二：錢箋：「劉會孟本題下公自注：元結也。考顔魯公墓碑及《次山集》，代宗時，以著作郎退居樊上，起家爲道州刺史，未嘗至蜀，亦未嘗至江左。次山《春陵行》及廣德二年《道州上謝表》時月皆可據，所謂元二者，必非結也。」朱鶴齡注謂《王右丞集》有《送元二適安西》詩，疑即此人。

〔二〕晉室二句：《宋書·州郡志》：「丹陽尹，秦鄣郡……晉武帝太康二年，分丹陽爲宣城郡，治宛陵，而丹陽移治建業。元帝太興元年，改爲尹。」白帝城，見卷六《引水》(0260)注。《後漢書·公孫述傳》：「會有龍出其府殿中，夜有光耀，述以爲符瑞，因刻其掌，文曰『公孫帝』。建武元年四月，遂自立爲天子，號成家，色尚白。」《九家》趙注：「丹陽，潤州也。今元二必是往潤州爲守，則舟行必經白帝城而下也。」朱鶴齡注：「此二句不過引下莫論兵意耳，次公注太鑿。」仇注引胡孝轅曰：「丹陽尹，不必定指晉何人。南渡初，如温嶠、劉隗尹京，多在王敦俶擾際，而子陽負劍稱白帝，大似肅、代朝節鎮分據景象，用此二語先之，正爲論兵語脈也。」施鴻保謂：「丹陽即江左，是元二所適者。白帝則其所過，或便有所謁，故並舉之，而戒其設有遇合，莫即論兵，並無涉時事意。」按，時季廣琛爲浙西節度使，丹陽尹疑指其人。元二當往其幕下。詩爲告誡語，非確有分據事。廣琛曾因永王璘事懼罪出奔，韋陟表其爲丹陽太守，以安反側。見《舊唐書·韋陟傳》。上元元年，劉展又爲亂，陷揚、潤、昇等州。詩人蓋懲前而言。

〔三〕取次：隨意、隨便。《太平廣記》卷一五五《段文昌》(出《定命録》)：「問其移動，遂命紙作兩句詩云：『梨花初發杏花初，甸邑南來慶有餘。』宗儒遂考之，清公但云：『害風阿師取次語。』」

〔四〕孫吴科舉：《册府元龜》卷六四五《貢舉部·科目》：「(至德)二載十二月，詔其有文經邦國、學究天人，博於經史、工於詞賦、善於著述、精於法理、軍謀制勝、武藝絶倫，並任於所在自舉，委郡守銓擇奏聞，不限人數。上元元年閏四月，詔宜令中外五品以上文武正員官，各舉賢良方正、直言極諫一人，武藝文才俱堪濟理者，亦任狀舉。其或文乏詞策，武非騎射，但權謀可以集事，材力可以臨戎，方圓可收，亦任通策。」又卷三九一《將帥部·習兵法》：「馬燧父季龍，嘗舉明孫吴、倜儻善兵書，官至嵐州刺史。」所謂孫吴科舉，當在以上諸舉中。

章梓州水亭 時漢中王兼道士席謙在會。同用荷字韻〔一〕。

城晚通雲霧，亭深到芰荷。吏人橋外少，秋水席邊多。近屬淮王至，高門薊子過〔二〕。荊州愛山簡〔三〕，吾醉亦長歌。（0821）

【注】

黄鶴注：廣德元年（七六三）秋作。

〔一〕席謙：本書卷一五《存殁口號二首》（1045）注：「道士席謙善彈棋。」

〔二〕近屬二句：淮王，見卷八《追酬故高蜀州人日見寄》（0384）「劉安」注。薊子，見卷九《奉寄河南韋尹丈人》（0426）注。

〔三〕山簡：見卷一一《北鄰》(0633)注。

章梓州橘亭餞成都竇少尹①〔一〕得涼字。

秋日野亭千橘香，玉杯錦席高雲涼。主人送客何所作音左②，行酒賦詩殊未央〔二〕。衰老應爲難離別③，賢聲此去有輝光。預傳籍籍新京尹④，青史無勞數趙張⑤〔三〕。（0822）

【校】

①梓州，宋本、錢箋校：「一云使君。」

②音左，錢箋、《草堂》作「音佐」。

③應爲難離別，宋本、錢箋校：「一云難爲應離別。」

④尹，錢箋校：「一作兆。」

⑤數，宋本、錢箋校：「一作缺。」

【注】

黃鶴注：當在廣德元年（七六三）秋作，是年九月公至閬州。

〔一〕竇少尹：見卷五《入奏行》(0236)注。

〔二〕作音左：見卷八《憶昔行》(0365)注。

〔三〕預傳二句：《漢書・王吉傳附子駿》：「先是，京兆有趙廣漢、張敞、王尊、王章，至駿皆有能名。故京師稱曰：前有趙張，後有三王。」《景十三王傳》：「國中口語籍籍。」

送陵州路使君赴任〔一〕

王室比多難①，高官皆武臣〔二〕。幽燕通使者〔三〕，岳牧用詞人。國待賢良急，君當拔擢新。佩刀成氣象〔四〕，行蓋出風塵。戰伐乾坤破，創痍府庫貧。衆寮宜潔白，萬役但平均②〔五〕。霄漢瞻佳士③，泥塗任此身〔六〕。秋天正搖落，回首大江濱。

(0823)

【校】

① 比，錢箋、《草堂》校：「荆作北。」

② 萬役但平均，宋本、錢箋校：「一云萬物役平均。」 但，《文苑英華》校：「一作盡。」

③ 佳士，宋本、錢箋校：「樊作家事。」

【注】

黄鶴注：當是廣德元年（七六三）秋在梓州作。

〔一〕陵州：《元和郡縣圖志》卷三三東川節度使：「陵州，仁壽。中。……東北至成都府二百里。西至眉州七十里。」路使君：名不詳。

〔二〕王室二句：朱鶴齡注：「按史，時諸州久屯軍旅，多以武將兼領刺史，法度廢弛，人甚弊之，故有『高官皆武臣』之歎也。」

〔三〕幽燕句：《九家》趙注：「安史既平，幽燕路通矣。」

〔四〕佩刀：見卷九《喜聞官軍已臨賊寇二十韻》（0495）「吕虔刀」注。

〔五〕戰伐四句：朱鶴齡注：「按，高適在蜀《請合東西川疏》：『嘉、陵比爲夷獠所陷，今雖小定，瘡痍未平。』可證陵州先經寇亂，惜二史不載其事。此詩潔己、平役，蓋告以文臣救亂之道當如是耳。」

〔六〕霄漢二句：荀濟《贈陰梁州》：「雲泥已殊路，暄涼詎同節。」

薄暮

江水長流地①，山雲薄暮時。寒花隱亂草，宿鳥擇深枝②。舊國見何日，高秋

心苦悲。人生不再好，鬢髮白成絲③。（0824）

【校】

① 長流，宋本、錢箋校：「一云最深。」《九家》、《草堂》作「最深」，《草堂》校：「舊作長流。」

② 擇，宋本、錢箋、《九家》、《草堂》校：「一云探。」

③ 白，宋本、錢箋、《九家》校：「一作自。」《草堂》作「自」，校：「一作白。」

【注】

黄鶴注：當是廣德元年（七六三）秋在閬州作。

西山三首

夷界荒山頂，蕃州積雪邊〔一〕。築城依白帝①，轉粟上青天〔二〕。蜀將分旗鼓，羌兵助井泉②〔三〕。西南背和好，殺氣日相纏。（0825）

【校】

① 依，宋本、錢箋、《九家》、《草堂》校：「一作連。」

② 助，錢箋校：「一作動。」 井泉，宋本、錢箋校：「一作鎧鋋。」《九家》、《草堂》作「鎧鋋」，校：「一作井泉。」

【注】

黃鶴注：當是廣德元年（七六三）十二月松州被圍時作。

〔一〕夷界二句：參卷五《揚旗》（0238）「西嶺」注。

〔二〕築城二句：黃希注：「白帝，西方之帝也。舊注引夔州白帝城，非是。」轉粟，參卷五《入奏行》（0236）「運糧」注。

〔三〕羌兵句：羌兵，指西山諸國内附部落。《北齊書·平鑒傳》：「鑒乃具衣冠俯井而祝，至旦有井泉涌溢，合城取之。」《舊唐書·封常清傳》：「常清於幕中潛作捷書，具言次舍井泉，遇賊形勢。」此蓋指羌兵助唐軍尋找水源。

辛苦三城戍〔一〕，長防萬里秋。烟塵侵火井，雨雪閉松州〔二〕。風動將軍幕①，天寒使者裘。漫平聲山賊營壘②，回首得無憂。（0826）

【校】

① 幕，宋本、錢箋、《九家》、《草堂》校：「一云蓋。」

② 賊營壘，錢箋校：「一云成壁壘。」

【注】

〔一〕三城：見卷五《入奏行》(0236)注。

〔二〕烟塵二句：火井，見《入奏行》注。松州，見本卷《嚴公廳宴同詠蜀道畫圖》(0757)注。

子弟猶深入〔一〕，關城未解圍。蠶崖鐵馬瘦，灌口米船稀〔二〕。辯士安邊策，元戎決勝威。今朝烏鵲喜，欲報凱歌歸〔三〕。(0827)

【注】

〔一〕子弟句：唐諸衛用功臣、扈從官子弟。本書卷一九《東西兩川説》(1487)：「兼羌堪戰子弟向二萬人，實足以備邊守險。」則指内附部落。

〔二〕蠶崖二句：《元和郡縣圖志》卷三一彭州導江縣：「蠶崖關，在縣西北四十七里。其處江山險絶，鑿崖通道，有如蠶食，因以爲名。」「灌口山，在縣西北二十六里。漢蜀文翁穿湔江溉灌，故以灌口名山。又灌口山西嶺有天彭闕，亦曰天彭門，兩石相立如闕，故名之。」「灌口鎮，在縣西二十六里，後魏置。自觀坂迄千頃山，五百里間，兩岸壁立如峰，瀑布飛流，十里而九，昔人以爲井陘之厄。」此爲通西山松州之要道。

〔三〕今朝二句：《西京雜記》卷三：「乾鵲噪而行人至，蜘蛛集而百事喜。」成公綏《烏賦》：「時應德而來儀兮，介帝王之繁祉。入中州而武興兮，集林木而軍起。能休祥于有周兮，矧貞明於起士。嘉茲鳥之淑良兮，永和樂而靡紀。」又唐人有拜烏之俗。元稹《大觜烏》：「翺翔富人屋，棲息屋前枝。巫言此烏至，財産日豐宜。主人一心惑，誘引不知疲。轉見烏來集，自言家轉孳。白鶴門外養，花鷹架上維。專聽烏喜怒，信受若神龜。」又《聽庾及之彈烏夜啼引》：「歸來相見淚如珠，唯説閑宵長拜烏。君來到舍是烏力，妝點烏盤邀女巫。」彭乘《墨客揮犀》卷二：「北人喜鴉聲而惡鵲聲，南人喜鵲聲而惡鴉聲。鴉聲吉凶不常，鵲聲吉多而凶少。故俗呼喜鵲，古所謂乾鵲是也。」此宋人説。杜甫爲北人，其言烏鵲，蓋合烏與鵲而言之。

薄游

淅淅風生砌①，團團日隱牆②〔一〕。遥空秋雁滅③，半嶺暮雲長④。病葉多先墮⑤，寒花只暫香。巴城添淚眼⑥，今夕復秋光⑦〔二〕。（0828）

【校】

① 淅淅，宋本、錢箋校：「一云漸漸。」

②日，《草堂》作「月」。《九家》校：「一作月。」

③遥，宋本、錢箋校：「一云滿。」《草堂》校：「舊作滿。」　滅，錢箋校：「一云過。」《草堂》作「過」。

④長，宋本、錢箋校：「一云張。」

⑤墮，錢箋作「墜」。

⑥淚，宋本、錢箋校：「一作月。」《九家》、《草堂》此校在「眼」字下。

⑦秋，錢箋作「清」。

【注】

黄鶴注：廣德元年（七六三）公至綿乃是春晚，至閬乃是秋晚，此詩當是在閬州作。

〔一〕淅淅二句：謝朓詩：「夜條風淅淅，晚葉露淒淒。」何遜《日夕望江山贈魚司馬》：「的的帆向浦，團團日映洲。」《九家》趙注：「惟其日晚，晚則低而隱牆。舊注輒改日作月，殊不知下句有『秋雁滅』、『暮雲長』，則日晚之景也。」

〔二〕巴城二句：巴城，黄鶴注等謂指閬州。《九家》趙注：「此句方是言月，然不必有『月』字而義自明。」

杜工部集卷第十三①

近體詩一百首 居閬州及再至成都作

送梓州李使君之任② 故陳拾遺，射洪人也。篇末有云〔一〕。

籍甚黄丞相，能名自潁川〔二〕。近看除刺史，還喜得吾賢。五馬何時到，雙魚會早傳〔三〕。老思筇竹杖③，冬要錦衾眠〔四〕。不作臨岐恨，唯聽舉最先〔五〕。火雲揮汗日，山驛醒心泉。遇害陳公殞，于今蜀道憐。君行射洪縣，爲我一潸然。

（0829）

【校】

①宋本此卷底本爲吳若本。

②之，《文苑英華》作「赴」，校：「集作之。」

③筇竹杖，宋本、錢箋校：「一云筇杖拄。」

【注】

黄鶴注：史云梓州刺史章彝爲嚴武召至成都殺之，乃廣德二年。則李使君之任乃在寶應元年（七六二）夏。

〔一〕李使君：見卷一二《數陪李梓州泛江有女樂在諸舫戲爲艷曲二首贈李》（0799）注。陳拾遺：陳子昂。見卷五《陳拾遺故宅》（0208）注。

〔二〕籍甚二句：《史記·酈生陸賈列傳》：「陸生以此游漢廷公卿間，名聲籍甚。」集解：「《漢書音義》曰：言狼籍甚盛。」《漢書·黄霸傳》：「霸以外寬内明得吏民心，户口歲增，治爲天下第一。徵守京兆尹，秩二千石。坐發民治馳道不先聞，又發騎士詣北軍馬不適士，劾乏軍興，連貶秩。有詔歸潁川太守官，以八百石居，治如其前。前後八年，郡中愈治。」

〔三〕五馬二句：五馬，見卷四《冬狩行》（0194）注。雙魚，《相和歌辭·飲馬長城窟行》：「客從遠方來，遺我雙鯉魚。呼兒烹鯉魚，中有尺素書。」

〔四〕老思二句：《史記·西南夷列傳》：「博望侯張騫使大夏來，言居大夏時見蜀布、邛竹杖。」集解：「韋昭曰：邛縣之竹，屬蜀。瓚曰：邛，山名。此竹節高實中，可作杖。」王維《謁璿上人》：「床下阮家屐，窗前笻竹杖。」《九家》趙注：「笻竹與錦，皆蜀中所出，公從李使君求此二物也。」

〔五〕唯聽句：《漢書·京房傳》：「化行縣中，舉最當遷。」注：「師古曰：以課最被舉，故欲遷爲他官也。」

王閬州筵奉酬十一舅惜別之作〔一〕

萬壑樹聲滿，千崖秋氣高。浮舟出郡郭①，別酒寄江濤。良會不復久，此生何太勞。窮愁但有骨②，羣盜尚如毛〔二〕。吾舅惜分手，使君寒贈袍。沙頭暮黃鶴，失侶自哀號③。（0830）

【校】

① 舟，宋本、錢箋校：「一作雲。」

② 但，宋本、錢箋校：「一云唯。」

③ 鶴，錢箋作「鵠」。　自，宋本、錢箋校：「一作亦。」《草堂》作「亦」，校：「一作自。」

【注】

黃鶴注：當是廣德元年（七六三）九月至閬州作。

〔一〕王閬州：見卷一二《陪李梓州王閬州蘇遂州李果州四使君登惠義寺》（0802）注。十一舅：見卷四《閬州東樓筵奉送十一舅往青城縣得昏字》（0198）注。

〔二〕羣盜句：賈誼《新書》卷一：「反者如蝟毛而起。」

放船

送客蒼溪縣〔一〕，山寒雨不開。直愁騎馬滑，故作泛舟回。青惜峰巒過，黃知橘柚來〔二〕。江流大自在①〔三〕，坐穩興悠哉。（0831）

【校】

①大，錢箋校：「一作天。」《草堂》作「天」。

【注】

黃鶴注：當是廣德元年（七六三）秋閬州作。

〔一〕送客句：《舊唐書·地理志》閬州：「蒼溪，後漢分宕渠置漢昌縣，屬巴郡。隋改漢昌爲蒼溪也。」《太平寰宇記》卷八六閬州：「蒼溪縣，東南五十七里。……因縣界蒼溪谷爲名。……嘉陵江，在縣東一里，東南流入。」

〔二〕黄知句：樓鑰《答杜仲高旃書》：「又嘗與蜀士黄文叔裳食花椑，因問蜀中有此乎？黄曰此物甚多，正出閬州。杜詩所謂『黄知橘柚來』，極爲佳句，然誤矣。曾親到蒼溪縣，順流而下，兩岸黄色照耀，真似橘柚，其實乃此椑也。問之土人云：工部既誤以爲橘柚，有好事之欲爲之解嘲，爲於其處大種橘柚，終以非其土宜，無一活者。」

〔三〕江流句：《法苑珠林》卷四四引《瑜伽論》：「王之功德略有十種。……何等爲十？一種姓尊高，二得大自在。」

奉待嚴大夫

殊方又喜故人來，重鎮還須濟世才。常怪偏裨終日待，不知旌節隔年回〔一〕。

欲辭巴徼啼鶯合，遠下荆門去鷁催〔二〕。身老時危思會面，一生襟抱向誰開①？

（0832）

【校】

① 襟，宋本、錢箋、《草堂》校：「一作懷。」

【注】

黄鶴注以爲寶應元年（七六二）正月，嚴武再尹成都時作。朱鶴齡注：此詩舊譜及諸家注並云廣德二年（七六四）作。按《通鑑》，是年嚴武得劍南之命在正月，詩不當曰「隔年回」。又公與武詩，皆隨所受官而稱之，其時嚴已封鄭國公，不得但稱「大夫」，且遷黄門侍郎時已罷兼御史大夫矣。黄鶴致疑於此，故編寶應元年。然是年春，公不聞嘗去草堂，何以有「欲辭巴徼」、「遠下荆門」之語？即使公欲赴荆楚，何不經嘉、戎，下渝、忠，顧乃北走山南，由梓、閬而出峽耶？當仍以舊編爲是。其云「旌節隔年回」，意武受命劍南，乃在廣德元年之冬。而唐人凡稱節度使皆曰大夫，正不必以封鄭公爲疑也。按，武以前年（寶應元年）受命還朝，廣德二年再鎮蜀，所謂「隔年回」者中隔一年，非謂次年也。又節度使例兼御史大夫，國公則爲封爵，分稱各有所宜。黄鶴疑所不當，朱注辨亦未明。

〔一〕不知句：肅宗《去上元年號大赦文》：「自今已後，有隱欺勾剥者，宜勾當年。若事連去年，亦任通勾。其隔年者，不在勾限。」此去年以前稱隔年，亦有年前稱隔年者，隨文成義。

〔二〕欲辭二句：巴徼，見卷六《客堂》(0269)「巴鶯」句注。張衡《西京賦》：「浮鷁首，翳雲芝。」《文選》薛綜注：「船頭象鷁鳥，厭水神，故天子乘之。」《方言》郭璞注：「鷁，鳥名也。今江東貴人船前作青雀，是其像也。」

奉寄高常侍①〔一〕

汶上相逢年頗多，飛騰無那故人何〔二〕。總戎楚蜀應全未，方駕曹劉不啻過②〔三〕。今日朝廷須汲黯，中原將帥憶廉頗〔四〕。天涯春色催遲暮，別淚遥添錦水波〔五〕。（0833）

【校】

① 奉寄高常侍，宋本、錢箋、《草堂》校：題「一云寄高三十五大夫。」

② 駕，宋本、錢箋、《草堂》校：「一云價。」

【注】

黄鶴注：適代還，用爲刑部侍郎，轉散騎常侍，今題云寄高常侍，當是永泰元年（七六五）正月在成都作。仇注編入廣德二年（七六四）。

〔一〕高常侍：《舊唐書·高適傳》：「適練兵於蜀，臨吐蕃南境以牽制之，師出無功，而松、維等州尋爲蕃兵所陷。代宗以黄門侍郎嚴武代還，用爲刑部侍郎，轉散騎常侍……永泰元年正月卒。」

〔二〕汶上二句：《元和郡縣圖志》卷一〇兖州乾封縣：「汶水，源出縣東北原山，西南流經縣理南，去縣三里。又有北汶、嬴汶、柴汶、牟汶、浯汶。《述征記》曰：泰山郡水皆名汶。按，今縣界凡有五汶，皆源别而流同也。」仇注：「汶上相逢，蓋開元間相遇於齊魯也。」無那，無奈。王維《游李山人所居因題屋壁》：「翻嫌枕席上，無那白雲何。」

〔三〕總戎二句：《九家》趙注：「高適先除淮南節度，後爲西川節度，故言『總戎楚蜀』。」朱鶴齡注：「應全未，未盡其才也。」劉峻《廣絶交論》：「遒文麗藻，方駕曹王。」鍾嶸《詩品》卷三：「昔曹、劉殆文章之聖，陸、謝爲體貳之才。」曹、劉，曹植、劉楨。

〔四〕今日二句：汲黯、廉頗，見卷一二《奉和嚴中丞西城晚眺十韻》(0728)注。

〔五〕别淚句：朱鶴齡注：「時高赴召而公在成都，故有末句。」

奉寄章十侍御 時初罷梓州刺史、東川留後，將赴朝廷〔一〕。

淮海惟揚一俊人①，金章紫綬照青春〔二〕。指麾能事回天地，訓練强兵動鬼神。湘西不得歸關羽，河内猶宜借寇恂〔三〕。朝覲從容問幽仄，勿云江漢有垂綸②〔四〕。(0834)

【校】

①惟，錢箋、《草堂》作「維」。

②有，錢箋、《草堂》校：「一作老。」

【注】

黄鶴注：當是廣德二年（七六四）作。

〔一〕章十侍御：章彝，見卷四《冬狩行》（0194）注。黄鶴注：「二史皆云嚴武殺梓州刺史章彝，則章罷梓州刺史，不當更赴朝廷。豈非將行時爲武所殺？」浦起龍疑其事非實：「彝奉朝命在春初，武至，宜必不值。彝即遲行，武安得違命而留之？即留矣，彝以刺史爲留後，職在副貳，安得輒降爲判官？且無故殺一方面，朝廷竟不問耶？不足信矣。」按，武若殺章彝，必在成都；而彝自梓赴朝，不當往成都。

〔二〕淮海二句：《分門》趙注：「章侍御必揚州人，故用淮海也。」《古今姓氏書辨證》謂彝湖州人。《晉書·職官志》：「文武官公，皆假金章紫綬，著五時服。」

〔三〕湘西二句：陸機《辯亡論》：「志報關羽之敗，圖收湘西之地。」《文選》李善注：「蜀將關羽守荆州，孫權襲破之，取荆州，虜關羽。劉備怨之，遂伐吴。……湘西，則荆州也。」寇恂，見卷七《鄭典設自施州歸》（0314）注。《分門》黄曰：「甫意美章善守東川，恐如關羽、寇恂不得去也。」朱鶴齡注：「按，嚴武再鎮成都，復合東西川爲一節度，東川留後在所宜廢，湘西不得歸關羽，言其不復歸鎮也。」仇注引陳敬廷注：「借寇恂者潁川也，詩何以言河內？蓋河內、潁川，皆寇舊治。詩意謂潁川盜起，固宜借之；河內無盜，猶宜借之。時段子璋已平，故云然，非誤用河內也。」此用典連及，含混言之，未必有深意。

〔四〕朝覲二句：《宋書・順帝紀》：「今可宣下州郡，搜揚幽仄。」嵇康《贈秀才入軍》：「流磻平皋，垂綸長川。」

將赴荊南寄別李劍州①〔一〕

使君高義驅今古，寥落三年坐劍州。但見文翁能化俗②，焉知李廣未封侯〔二〕。路經灩澦雙蓬鬢〔三〕，天入滄浪一釣舟。戎馬相逢更何日，春風回首仲宣樓〔四〕。（0835）

【校】

① 李劍州，《九家》、《草堂》下有「弟」字。

② 俗，宋本、錢箋校：「一作蜀。」

【注】

黃鶴注：當在廣德二年（七六四）春作。

〔一〕李劍州：《舊唐書·杜鴻漸傳》：「永泰元年十月，劍南西川兵馬使崔旰殺節度使郭英乂，據成都，自稱留後。邛州衙將柏茂林、瀘州衙將楊子琳、劍州衙將李昌巙等，興兵討旰。」《資治通鑑》大曆元年八月：「以柏茂琳、楊子琳、李昌巙各爲本州刺史。」陶敏謂即此李劍州，並繫此詩大曆三年作。按，時甫欲下峽，故云「將赴荆南」。詩非大曆三年作，此李劍州亦是另一人。《元和郡縣圖志》卷三三東川節度使：「劍州，普安。上。……東南至閬州二百二十里。」

〔二〕但見二句：文翁，見卷七《八哀詩·嚴公武》（0332）注。李廣，見卷三《後出塞五首》（0132）注。

〔三〕路經句：《太平寰宇記》卷一四八夔州：「灩澦堆，周圍二十丈，在州西南二百步蜀江中心，瞿唐峽口。冬水淺，屹然露百餘尺。夏水漲，没數十丈。其狀如馬，舟人不敢進。又曰猶與，言舟子取途不決水脈，故曰猶與。」

〔四〕仲宣樓：見卷五《短歌行》（0249）注。

奉寄别馬巴州〔一〕時甫除京兆功曹，在東川。

勳業終歸馬伏波①，功曹非復漢蕭何②〔二〕。甫曾任華州司功。扁舟繫纜沙邊久，

南國浮雲水上多。獨把魚竿終遠去，難隨鳥翼一相過③。知君未愛春湖色，興在驪駒白玉珂〔三〕。（0836）

【校】

① 終，宋本、錢箋、《草堂》校：「一作真。」

② 非，錢箋校：「一云無。」《草堂》作「無」。

③ 鳥，宋本、錢箋校：「樊作烏。」

【注】

黄鶴注：嚴武表公爲節度參謀，又在廣德二年秋武再鎮成都時。惟其召補京兆功曹在上元間，草堂方成，道路多梗，而嚴武又來蜀，是以不赴。當是上元二年（七六一）作。朱鶴齡注：蔡興宗《年譜》：廣德元年補功曹。與此詩注語正合。可證除功曹時正在東川，將爲荆南之游也。《本傳》以召補京兆府功曹不至在上元二年，王原叔《集序》因之，皆誤。仇注：此詩與《奉待嚴大夫》互證，知同爲廣德二年（七六四）作。時欲適楚，以嚴武將至，故不果行。

〔一〕馬巴州：名不詳。黄鶴注：「意是上元二年死於遂州者。」恐非是。參卷五《苦戰行》（0220）注。《舊唐書·地理志》山南西道：「巴州，隋清化郡。」

〔二〕勳業二句：馬伏波，見《苦戰行》注。漢蕭何，《史記·蕭相國世家》：「爲沛主吏掾。」索隱：

「《漢書》云：何爲主吏。主吏，功曹也。」《三國志・吴書・虞翻傳》：「卿復以功曹爲吾蕭何，守會稽耳。」

〔三〕興在句：《漢書・儒林傳》：「歌驪駒。」注：「服虔曰：逸《詩》篇名也。見《大戴禮》。客欲去，歌之。文穎曰：其辭云：驪駒在門，僕夫具存。驪駒在路，僕夫整駕。」《陌上桑》：「何用識夫壻，白馬從驪駒。」玉珂，見卷一〇《春宿左省》(0524)注。

泛江

方舟不用楫，極目總無波。長日容杯酒，深江浄綺羅〔一〕。亂離還奏樂，飄泊且聽歌。故國流清渭，如今花正多。(0837)

【注】

黄鶴注：當是廣德二年(七六四)春在閬州作。

〔一〕深江句：朱鶴齡注：「浄綺羅，猶云澄江浄如練。」仇注引方氏云：「以奏樂聽歌照之，知其爲妓女之衣也。或云映花如綺羅，或云水紋似綺羅，皆非。」

陪王使君晦日泛江就黄家亭子二首〔一〕

山豁何時斷，江平不肯流〔二〕。稍知花改岸，始驗鳥隨舟。結束多紅粉〔三〕，歡娱恨白頭。非君愛人客〔四〕，晦日更添愁①。（0838）

【校】

①添，宋本、錢箋、《草堂》校：「一作禁。」

【注】

黄鶴注：當是廣德二年（七六四）正月晦日作。

〔一〕王使君：黄鶴注：「王使君即王閬州也。」晦日，見卷一《樂游園歌》（0030）注。

〔二〕山豁二句：王嗣奭《杜臆》謂山豁指閬中蟠龍山，今人次閬中，見山氣鬱葱，鑿破山脈，水流如血。不肯，參卷一二《客夜》（0786）注。

〔三〕結束句：《百家注》趙注：「言有妓也。」《三國志·魏書·東夷傳》：「其衣横幅，但結束相連，略無縫。」《古詩十九首》：「娥娥紅粉妝，纖纖出素手。」

〔四〕非君句：《三國志·吴書·周瑜傳》：「其有人客，皆不得問。」《南齊書·劉繪傳》：「父勔，宋末權貴，門多人客。」舊指家客。此即指客人。

有逕金沙軟〔一〕，無人碧草芳。野畦連蛺蝶，江檻俯鴛鴦。日晚烟花亂，風生錦繡香。不須吹急管，衰老易悲傷。（0839）

【注】

〔一〕有逕句：左思《蜀都賦》：「金沙銀礫，符采彪炳。」《文選》劉逵注：「永昌有水，出金如糠在沙中。」

南征

春岸桃花水〔一〕，雲帆楓樹林。偷生長避地，適遠更霑襟。老病南征日，君恩北望心。百年歌自苦，未見有知音〔二〕。（0840）

【注】

黄鶴注：當是廣德二年（七六四）春在閬州作。《趙次公先後解》、《草堂》編入大曆三年（七六八）。

仇注編入大曆四年（七六九）衡潭間作。

〔一〕春岸句：《漢書・溝洫志》：「如使不及今冬成，來春桃華水盛，必羡溢，有填淤反壤之害。」注：「師古曰：蓋桃方華時，既有雨水，川谷冰泮，衆流猥集，波瀾盛長，故謂之桃華水耳。」

〔二〕百年二句：《古詩十九首》：「不惜歌者苦，但傷知音稀。」

久客

羈旅知交態〔一〕，淹留見俗情。衰顏聊自哂，小吏最相輕。去國哀王粲，傷時哭賈生〔二〕。狐狸何足道，豺虎正縱橫①〔三〕。（0841）

【校】

① 正，宋本、錢箋、《草堂》校：「一作亂。」

【注】

黄鶴注：當是廣德二年（七六四）在閬州作。《趙次公先後解》、《草堂》編入大曆三年（七六八）江陵詩。

〔一〕交態：見卷二《送率府程録事還鄉》(0074)注。

〔二〕去國二句：王粲，見卷五《通泉驛南去通泉縣十五里山水作》(0212)注。賈生，見卷七《同元使君春陵行》(0276)注。

〔三〕狐狸二句：《漢書·孫寶傳》：「豺狼橫道，不宜復問狐狸。」

春遠

肅肅花絮晚，菲菲紅素輕〔一〕。日長唯鳥雀，春遠獨柴荆。數有關中亂，何曾劍外清〔二〕。故鄉歸不得①，地入亞夫營〔三〕。（0842）

【校】

①鄉，宋本、錢箋校：「一作園。」

【注】

黄鶴注：當是永泰元年（七六五）春在浣花作。

〔一〕肅肅二句：左思《吴都賦》：「鬱兮薆茂，曄兮菲菲。」《文選》劉逵注：「菲菲，花美貌也。」《百家注》趙注：「紅所以言花，素所以言絮。」

〔二〕數有二句：黄鶴注：「是年二月戊寅，党項羌寇富平，富平屬京兆府，故諸將營於近畿。」

〔三〕故鄉二句：《漢書·周亞夫傳》：「上自勞軍，至霸上及棘門軍，直馳入，將以下騎出入送迎，已而之細柳軍。」《元和郡縣圖志》卷一京兆府萬年縣：「細柳營，在縣東北三十里。相傳云周亞夫屯軍處。今按亞夫所屯，在咸陽縣西南二十里，言在此，非也。」咸陽縣：「細柳倉，在縣西南二十里，漢舊倉也。周亞夫軍次細柳，即此是也。張揖云在昆明池南，恐爲疏遠。」《百家注》趙注：「此指言長安屯兵，乃公之故鄉而爲軍營矣。」

暮寒①

霧隱平郊樹，風含廣岸波。沉沉春色静，慘慘暮寒多②。戍鼓猶長擊〔一〕，林鶯遂不歌。忽思高宴會，朱袖拂雲和〔二〕。（0843）

【校】

① 暮寒，《草堂》題作「春寒」。

② 寒，《草堂》作「雲」。

【注】

黄鶴注：當是廣德二年（七六四）春在閬州作。

〔一〕戍鼓句：《百家注》趙注：「言吐蕃之亂，至今春尚防戍也。」

〔二〕朱袖句：《周禮·春官·大司樂》：「雲和之琴瑟。」注：「鄭司農云：……雲和，地名也。」「玄謂……雲和、空桑、龍門，皆山名。」張協《七命》：「吹孤竹，撫雲和。」

雙燕

旅食驚雙燕①，銜泥入此堂②。應同避燥濕，且復過炎涼③〔一〕。養子風塵際，來時道路長。今秋天地在，吾亦離殊方〔二〕。（0844）

【校】

① 驚雙燕，宋本、錢箋、《草堂》校：「一作雙飛燕。」

② 此，《草堂》作「北」。

③ 過，錢箋校：「一作遇。」

【注】

黄鶴注：當是廣德二年（七六四）春在閬州作。仇注編入廣德元年（七六三）。

〔一〕應同二句：《左傳》襄公十七年：「吾儕小人，皆有闔廬以辟燥濕寒暑。」

〔二〕今秋二句：朱鶴齡注：「天地在，去在天地之間也，亦倒句法。」黄鶴注：「公有意於出峽，未知嚴武再鎮蜀也。」

百舌

百舌來何處，重重祇報春〔一〕。知音兼衆語，整翮豈多身。花密藏難見①，枝高聽轉新。過時如發口，君側有讒人。《周公·時訓》曰：反舌有聲，讒人在側②〔二〕。（0845）

【校】

① 藏難見，宋本、錢箋校：「一云難相見。」

② 周公時訓曰反舌有聲讒人在側，錢箋無此注，另引《汲冢周書·時訓》。蓋以此注爲吴若本注。

【注】

黄鶴注：未詳何年作，要不出廣德元年、二年（七六四）也。仇注編入廣德元年作。

〔一〕百舌二句：《逸周書·時訓解》：「芒種之日，螳螂生。又五日，鵙始鳴。又五日，反舌無聲。螳螂不生，是謂陰息。鵙不始鳴，令奸壅偪。反舌有聲，佞人在側。」羅願《爾雅翼》卷一四：「反舌，春始鳴，至五月止，能變其舌，反易其聲，以效百鳥之鳴，故名反舌，亦名百舌。《淮南子》曰：人有多言者，猶百舌之聲。人有少言者，猶不脂之户。謂多言而不得其要，徒爲譊譊耳。」以下引《周書·時訓》及《春秋保乾》。

〔二〕過時二句：黄庭堅《雜書》：「余讀《周書·月令》云：反舌有聲，佞人在側。乃解老杜《百舌》『過時如發口，君側有讒人』之句。」仇注：「時程元振已貶斥，公初春猶未知，故借百舌以寄慨。」

地隅

江漢山重阻，風雲地一隅〔一〕。年年非故物，處處是窮途。喪亂秦公子，悲涼①楚大夫〔二〕。平生心已折〔三〕，行路日荒蕪。（0846）

【校】

① 涼，宋本、錢箋校：「一云秋。」

【注】黄鶴注：當是廣德二年（七六四）閬州作。《趙次公先後解》、《草堂》編入大曆三年（七六八）出峽至荆南作。

〔一〕江漢二句：仇注：「杜詩用江漢有二處，未出峽以前所謂江漢者，乃西漢之水，注於涪江，如『江漢思歸客』、『江漢山重阻』是也。既出峽以後所謂江漢者，乃東漢之水，入於長江，如『江漢忽同流』、『無由出江漢』是也。」杜詩江漢亦稱蜀地，參卷四《枯椶》（0190）注。

〔二〕喪亂二句：謝靈運《擬魏太子鄴中集·王粲》序：「家本秦川貴公子孫，遭亂流寓，自傷情多。」楚大夫，指屈原。屈原爲楚三閭大夫。

〔三〕平生句：江淹《别賦》：「使人意奪神駭，心折骨驚。」《文選》李善注：「亦互文也。《左氏傳》：衛太子禱曰：無折骨。」

游子

巴蜀愁誰語，吴門興杳然〔一〕。九江春草外〔二〕，三峽暮帆前。厭就成都卜，休爲吏部眠〔三〕。蓬萊如可到，衰白問羣仙〔四〕。（0847）

【注】

黄鶴注：當是廣德二年（七六四）閬中作。

〔一〕巴蜀二句：黄鶴注：「是時以嚴武再鎮蜀，欲往之而尚在閬，下峽之意不遂，故曰『吴門興杳然』。」

〔二〕九江句：《書·禹貢》：「江漢朝宗於海，九江孔殷。」傳：「江於此州界分爲九道，甚得地勢之中。」釋文：「《太康地記》曰：九江，劉歆以爲湖漢九水入於彭蠡澤也。」

〔三〕厭就二句：嚴君平賣卜成都，見卷一《渼陂西南臺》（0032）注。《晉書·畢卓傳》：「常飲酒廢職，比舍郎釀熟，卓因醉夜至其甕間盜飲之，爲掌酒者所縛，明旦視之，乃畢吏部也，遽釋其縛。卓遂引主人宴于甕側，致醉而去。」

〔四〕蓬萊二句：《九家》趙注：「非止南下游吴而已，蓬萊仙山可到，即亦往矣。」

歸夢

道路時通塞，江山日寂寥。偷生唯一老，伐叛已三朝〔一〕。雨急青楓暮①，雲深黑水遥〔二〕。夢歸歸未得②，不用楚辭招〔三〕。（0848）

【校】

①青，宋本作「清」，據錢箋等改。

②夢歸歸未得，宋本、錢箋校：「一作夢魂歸亦得。」夢歸，《草堂》作「夢魂」，校：「一作夢歸歸亦得。一作夢魂歸亦得。」

【注】

黄鶴注：當是廣德二年（七六四）閬州作。《趙次公先後解》編入大曆三年（七六八）荆南作。仇注：蔡氏編在湖南詩中，應是大曆三四年間作。

〔一〕三朝：玄宗、肅宗、代宗三朝。

〔二〕雨急二句：黄鶴注：「公詩屢言楓林，如曰『獨歎楓香林』，蓋指閬州南池。今在閬又曰『雨急青楓暮』，意是地名，所以對黑水。」《趙次公先後解》：「《楚辭》云：江水湛湛兮上有楓。以楓言南下，則楚地多楓也。」「黑水在長安鄠、杜之間，南山之下。」錢箋引《禹貢》「華陽黑水惟梁州」，《水經注》「黑水出張掖雞山」，及《寰宇記》「巂州越巂縣有黑水，杜詩『雲深黑水遥』是也。」朱鶴齡注：「黑水源流非一。唐巂州地，瀘水所出，瀘水即黑水也。」按，張衡《西京賦》：「乃有昆明靈沼，黑水玄阯。」《文選》李善注：「黑水玄阯，謂昆明靈沼之水沚也。水色黑，故曰玄阯也。」趙注謂黑水在長安有據。越巂黑水，豈可言歸夢？

〔三〕夢歸二句：《楚辭・招魂》：「魂兮歸來，反故居些。」

江亭王閬州筵餞蕭遂州①〔一〕

離亭非舊國，春色是他鄉。老畏歌聲斷②，愁從舞曲長③。二天開寵餞④，五馬爛生光⑤〔二〕。川路風烟接，俱宜下鳳皇⑥〔三〕。（0849）

【校】

① 江亭王閬州筵餞蕭遂州，《草堂》校：題「一作閬州王使君江亭餞蕭遂州。」

② 斷，宋本、錢箋、《草堂》校：「一云短。」《九家》作「短」。

③ 從，錢箋作「隨」，校：「吴作從。」

④ 開，宋本、錢箋、《草堂》校：「一云悲。」

⑤ 生光，《草堂》作「光輝」，蓋「輝光」之訛。「生」錢箋校：「一作輝。」

⑥ 宜，宋本校：「樊作看。」錢箋校：「一云看。」

【注】

黄鶴注：廣德二年（七六四）春作。

〔一〕蕭遂州：名不詳。《元和郡縣圖志》卷三三東川節度使：「遂州，遂寧。中府。……西北至梓州二百五十里，東南至合州二百六十里。」

〔二〕二天二句：《後漢書·蘇章傳》：「遷冀州刺史，故人爲清河太守，章行部案其奸臧，乃請太守，爲設酒肴，陳平生之好甚歡。太守喜曰：『人皆有一天，我獨有二天。』」五馬，見卷四《冬狩行》（0194）注。

〔三〕川路二句：《漢書·黄霸傳》：「有詔歸潁川太守官，以八百石居治如其前。前後八年，郡中愈治。是時，鳳皇神爵數集郡國，潁川尤多。」

絶句二首

遲日江山麗，春風花草香。泥融飛燕子，沙暖睡鴛鴦。（0850）

【注】

黄鶴注：廣德二年（七六四）成都作。

江碧鳥逾白，山青花欲燃。今春看又過，何日是歸年？（0851）

【注】

洪邁《容齋五筆》卷一〇：「永嘉士人薛韶喜論詩，嘗立一説云：老杜近體律詩精深妥帖，雖多至百韻，亦首尾相應，如常山之蛇，無間斷齟齬處。而絶句乃或不然，五言如『遲日江山麗，春風花草香。泥融飛燕子，沙暖睡鴛鴦』、『急雨梢溪足，斜暉轉樹腰。隔巢黄鳥並，翻藻白魚跳』、『江動月移石，溪虚雲傍花。鳥栖知故道，帆過宿誰家』、『鑿井交椶葉，開渠斷竹根。扁舟輕褭纜，小徑曲通村』、『日出籬東水，雲生舍北泥。竹高鳴翡翠，沙僻舞鵾雞』、『釣艇收緡盡，昏鴉接翅稀。月生初學扇，雲細不成衣』、『舍下笋穿壁，庭中藤刺簷。地晴絲冉冉，江白草纖纖』，七言如『糝徑楊花鋪白氈，點溪荷葉疊青錢。笋根雉子無人見，沙上鳧雛傍母眠』、『兩個黄鸝鳴翠柳，一行白鷺上青天。窗含西嶺千秋雪，門泊東吴萬里船』之類是也。予因其説，以唐人萬絶句考之，但有司空圖《雜題》云：『驛步堤縈閣，軍城鼓振橋。鷗和湖雁下，雪隔嶺梅飄』、『舴艋猿偷上，蜻蜓燕競飛。樵香燒桂子，苔濕挂莎衣』。」

羅大經《鶴林玉露》乙編卷二：「杜少陵絶句云：『遲日江山麗，春風花草香。泥融飛燕子，沙暖睡鴛鴦。』或謂此與兒童之屬對何以異。余曰不然。上二句見兩間莫非生意，下二句見萬物莫不適性。於此而涵泳之、體認之，豈不足以感發吾心之真樂乎？」

滕王亭子在玉臺觀内。王調露年中任閬州刺史〔一〕。

君王臺榭枕巴山，萬丈丹梯尚可攀〔二〕。春日鶯啼修竹裏，仙家犬吠白雲間②〔三〕。清江錦石傷心麗①，嫩蘂濃花滿目班。人到于今歌出牧，來游此地不知還〔四〕。（0852）

【校】

①錦，宋本、錢箋校：「一作碧。」《九家》、《草堂》作「碧」，《草堂》校：「一作錦。」

②間，錢箋作「邊」。

【注】

黄鶴注：當是廣德二年（七六四）春作。

〔一〕滕王亭子：《方輿勝覽》卷六七閬州：「滕王亭，即滕王元嬰所建，在玉臺觀。」《舊唐書·高祖二十二子傳》滕王元嬰：「後起授壽州刺史，轉隆州刺史。弘道元年，加開府儀同三司，兼梁州都督。」隆州，先天元年避玄宗諱，改閬州。

〔二〕君王二句：《方輿勝覽》卷六七閬州：「閬苑，唐時魯王靈夔、滕王元嬰以衙中卑陋，遂修飾宏大之，擬于宫苑，是之謂隆苑。其後以明皇諱隆基，改曰閬苑。」王嗣奭《杜臆》：「《志》云：閬中多仙聖游集之所，城東有天目山，乃葛洪修煉之所。有文山，張道陵授徒符籙處。萬丈丹梯謂此。」仇注引邵注：「今四川保寧府巴縣南龕，上有丹梯書院。」按，《雲笈七籤》卷二八《二十四治》：「第一雲臺山治，在巴西郡閬州蒼溪縣東二十里，上山十八里方得，山足去成都一千三百七十里。張天師將弟子三百七十人住治上教化，二年白日升天。其後一年，天師夫人復升天。後三十年，趙升、王長復得白日升天。……又云雲臺治山中有玉女乘白鶴，仙人乘白鹿，又有仙師來迎天師白日升天，萬民盡見之。一云此天柱山也，在雲臺治前有立碑處。」

〔三〕春日二句：枚乘《梁王菟園賦》：「修竹檀欒夾池水，旋菟園。」《神仙傳》卷六淮南王：「（八公）乃取鼎煮藥，使王服之，骨肉近三百餘人，同日升天。雞犬舐藥器者，亦同飛去。」楊慎《升庵詩話》卷一四：「修竹用梁孝王事，犬吠雲中用淮南王事，人皆知之矣。予嘗怪修竹本無『鶯啼』字也。後見孫綽《蘭亭詩》『啼鶯吟修竹，游鱗戲瀾濤』，乃知杜老用此也。」

〔四〕人到二句：《論語·憲問》：「管仲相桓公，霸諸侯，一匡天下，民到于今受其賜。」楊慎《升庵詩話》卷一二：「後人因子美之詩，注者遂謂滕王賢而有遺愛於民。今郡志亦以滕王爲名宦。予考新舊《唐書》並云元嬰爲荆州刺史，驕佚失度。太宗崩，集宦屬燕飲歌舞，狎昵廝養，巡省部内，從民借狗求罝，所過爲害，以丸彈人，觀其走避則樂。及遷洪州都督，以貪聞。高宗給麻二車，助爲錢緡。小説又載其召屬宦妻於宫中而淫之。其惡如此，而少陵老子乃稱之，所謂詩史者蓋亦不足信乎？未有暴於荆、洪兩州而仁於閬州者也。」

玉臺觀 滕王作①〔一〕。

中天積翠玉臺遥②，上帝高居絳節朝〔二〕。遂有馮夷來擊鼓，始知嬴女善吹簫〔三〕。江光隱見黿鼉窟，石勢參差烏鵲橋③〔四〕。更肯紅顔生羽翰④，便應黄髮老漁樵〔五〕。（0853）

【校】

① 玉臺觀，《九家》合下五言《玉臺觀》作「二首」。　作，錢箋、《九家》作「造」。

② 臺，宋本、錢箋校：「一作處。」

③ 參差，宋本、錢箋校：「一云差池。」

④ 肯，宋本、錢箋校：「一作有。」　翰，錢箋作「翼」，校：「吴作翰。」

【注】

黄鶴注：當與《滕王亭子》詩同年作。

〔一〕玉臺觀：《方輿勝覽》卷六七閬州：「玉臺觀，在州北七里。唐滕王嘗游，有亭及墓。」《九家》趙注：「觀在高處，其中有臺，號曰玉臺也。」

〔二〕中天二句：《列子·周穆王》：「其高千仞，臨終南之上，號曰中天之臺。」《漢書·禮樂志》漢郊祀歌：「游閶闔，觀玉臺。」注：「應劭曰：玉臺，上帝之所居。」蕭綸《祀魯山神文》：「絳節陳竽，滿堂繁會。」

〔三〕遂有二句：馮夷，見卷一《渼陂行》（0031）注。嬴女，見卷七《奉酬薛十二丈判官見贈》（0324）「帝里女」注。

〔四〕江光二句：黿鼉窟，見卷三《桔柏渡》（0167）注。《歲華紀麗》卷三引《風俗通義》：「織女七夕當渡河，使鵲爲橋。」朱鶴齡注：「四語形容仙境恍惚。……上只言江光之遠，下只言石勢之高耳。或云觀中有公主遺跡，故用嬴女吹簫事。」

〔五〕更肯二句：《詩·魯頌·駉》：「黃髮台背，壽胥與試。」箋：「黃髮台背，皆壽徵也。」《南山有臺》疏：「舍人曰：黃髮，老人髮白復黃也。」朱鶴齡注：「言世果有駐顔飛升之術，吾便當留此以終老爾。」

滕王亭子

寂寞春山路，君王不復行。古牆猶竹色，虚閣自松聲。鳥雀荒村暮，雲霞過

客情。尚思歌吹入，千騎把霓旌①。（0854）

【校】

① 把，錢箋作「擁」。

玉臺觀 滕王造。

浩劫因王造①〔一〕，平臺訪古游。綵雲蕭史駐，文字魯恭留〔二〕。宫闕通羣帝，乾坤到十洲〔三〕。人傳有笙鶴，時過此山頭②〔四〕。（0855）

【校】

① 造，宋本、錢箋校：「一云起。」

② 此，錢箋校：「一云北。」《草堂》作「北」。

【注】

〔一〕浩劫：見卷七《八哀詩·李公邕》（0334）注。朱鶴齡注：「又《廣韻》：浩劫，宫殿大階級也。

杜田云：俗謂塔級爲刦。故《岳麓行》曰『塔刦宮牆壯麗敵』。此説待考。」《正字通》引《楞嚴經》注：「浩刦，宮殿大階級也。」

〔二〕文字句：孔安國《尚書序》：「至魯共王好治宮室，壞孔子舊宅，以廣其居，於壁中得先人所藏古文虞夏商周之書，及傳《論語》、《孝經》，皆科斗文字。」

〔三〕乾坤句：東方朔《十洲記》：「漢武帝既聞王母説八方巨海之中，有祖洲、瀛洲、玄洲、炎洲、長洲、元洲、流洲、生洲、鳳麟洲、聚窟洲。」

〔四〕人傳二句：《列仙傳》卷上：「王子喬者，周靈王太子晋也。好吹笙作鳳鳴。游伊洛之間，浮丘公接以上嵩高山，三十餘年後，於山中謂桓良曰：『告我家，七月七日待我緱氏山頭。』是日，果乘白鶴駐山嶺。望之不得到，舉手謝時人，數日而去。」

渡江

春江不可渡①，二月已風濤〔一〕。舟楫欹斜疾②，魚龍偃卧高。渚花兼素錦③，汀草亂青袍〔二〕。戲問垂綸客，悠悠見汝曹④。（0856）

【校】

①可，錢箋校：「一作用。」

②疾，宋本、錢箋、《草堂》校：「一作甚。」

③兼，宋本、錢箋校：「陳作張。」《草堂》作「張」。

④見，宋本、錢箋、《草堂》校：「一作是。」

【注】

黄鶴注：意是廣德二年（七六四）公自閬歸成都時作。

〔一〕春江二句：顏延之《車駕幸京口侍游蒜山作》：「春江壯風濤，蘭野茂荑英。」楊慎《升庵詩話》卷五謂杜詩本之。

〔二〕汀草句：《玉臺新詠》古詩：「青袍似春草，長條隨風舒。」

喜雨

南國旱無雨①，今朝江出雲〔一〕。入空纔漠漠，洒迴已紛紛。巢燕高飛盡，林花潤色分。晚來聲不絶，應得夜深聞②。（0857）

【校】

①旱，宋本、錢箋校：「一云早。」

②得，《文苑英華》作「是」，校：「集作得。」

【注】

黃鶴注：按史，永泰元年（七六五）自春不雨，四月己巳乃雨，當是其年作。按，《舊唐書・代宗紀》載是春大旱，京師米貴，非蜀中事。

〔一〕南國二句：《禮記・孔子閑居》：「開降時雨，山川出雲。」

送韋郎司直歸成都〔一〕

竄身來蜀地，同病得韋郎〔二〕。天下兵戈滿①，江邊歲月長。別筵花欲暮，春日鬢俱蒼②。爲問南溪竹③〔三〕，抽梢合過牆。余草堂在成都西郭。（0858）

【校】

①兵，錢箋、《草堂》作「干」，錢箋校：「一作兵。」

②春日鬢俱蒼，宋本、錢箋、《九家》、《草堂》校：「一云春鬢色俱蒼。」

③竹，宋本、錢箋、《九家》、《草堂》校：「一云笋。」

【注】

黃鶴注：疑是廣德元年（七六三）梓州作。

〔一〕韋郎：陶敏疑爲韋津。引《華陽縣志·金石志》載《唐故朝議郎試太子左贊善大夫兼彭州別駕賜緋魚袋上柱國韋府君之墓志銘》：「公諱津，字津，京兆杜陵人也。……屬太上皇南巡，復資授大理□□，俄攝監察御史，充山南采訪判官。又充劍南節度判官，轉大理司直，賜緋魚袋。又充劍南東川節度判官，轉遷太子左贊善大夫，兼彭州別駕。俄攝監察御史，充山南采訪知轉運東川軍糧。」大曆四年八月卒於成都，妻京兆杜氏。

〔二〕竄身二句：劉楨《贈五官中郎將》：「余嬰沈痼疾，竄身清漳濱。」

〔三〕爲問句：《百家注》趙注：「南溪者，又草堂傍近之名。」

將赴成都草堂途中有作先寄嚴鄭公五首〔一〕

得歸茅屋赴成都，直爲文翁再剖符①〔二〕。但使閭閻還揖讓，敢論松竹久荒蕪。魚知丙穴由來美，酒憶郫筒不用酤②〔三〕。五馬舊曾諳小徑，幾回書札待潛夫〔四〕。（0859）

【校】

① 直，宋本、錢箋、《九家》校：「一云真。」《草堂》作「真」，校：「一作直。」

② 郫，宋本校：「一云箄。」《九家》校：「一作笙。」

【注】

黄鶴注：當是廣德二年（七六四）自閬州歸成都作。

〔一〕嚴鄭公：嚴武。《舊唐書·嚴武傳》：「廣德二年，破吐蕃七萬餘衆，拔當狗城。十月，取鹽川城，加檢校吏部尚書，封鄭國公。」《新唐書·嚴武傳》：「還，拜京兆尹，爲二聖山陵橋道使，封鄭國公。」據杜詩，武再鎮蜀前已封鄭國公。

〔二〕文翁：見卷七《八哀詩·嚴公武》（0332）注。

〔三〕魚知二句：左思《蜀都賦》：「嘉魚出於丙穴，良木攢於褒谷。」《文選》劉逵注：「丙穴在漢中沔陽縣北，有魚穴二所，常以三月取之。」《太平御覽》卷一六七興州引《周地圖記》：「郡有丙山，山有穴，即丙穴。其口向丙，因以爲名。每春三月上旬，有魚長八九寸，或二三日聯綿從穴出躍，相傳名爲嘉魚。左太沖《蜀都賦》曰：『嘉魚出於丙穴。』」趙德麟《侯鯖録》卷一：「或云魚以丙日出穴，故陳藏器云：嘉魚，乳穴中小魚，能久食，力强於乳。丙者向陽，穴多生魚。魚復何能擇丙日出入耶？酈善長云：穴口向丙。又引柏枝山中有丙穴，穴大數丈，有嘉魚，嘗以春末游渚，冬入穴。故知丙穴之魚，不獨漢有也。」何宇度《益部談資》卷下：「丙穴在達州，出嘉魚，杜工部詩云『魚知丙穴由來美』是也。《志》又載雅州亦有丙穴。」黃鶴注：「又邛州大邑縣有嘉魚穴，其魚秋冬則乘流而出入，春夏嚇鰓於岩間，時人往往乘之，世傳謂之魚穴。……然則蜀多丙穴，而此詩公自閬赴成都有云，當是指大邑縣魚穴。蓋成都西南至邛州纔百里。」浦起龍謂：「詩但用蜀中故實耳，若必泥何處爲近，則公嘗有釣錦江之句，何不言魚知錦水美也。」《天中記》卷四四引《成都記》：「郫筒酒，成都府西五十里，因水標名曰郫縣。蜀王杜宇所都。以竹筒盛美酒，號曰郫筒。」又引《風俗録》：「郫人刳竹之大者，傾春釀於筒，包以藕絲，蔽以蕉葉，信宿馨達於林外，然後斷之以獻，俗號郫筒。」

〔四〕潛夫：見卷一一《晚晴》(0698)注。

處處清江帶白蘋，故園猶得見殘春。雪山斥候無兵馬，錦里逢迎有主人。休怪兒童延俗客，不教鵝鴨惱比鄰。習池未覺風流盡〔一〕，況復荊州賞更新。(0860)

【注】

〔一〕習池句：習池，見卷一一《王十七侍御掄許携酒至草堂奉寄此詩便請邀高三十五使君同到》(0711)注。朱鶴齡注：「武當訪草堂，故以山簡習池擬之。」

竹寒沙碧浣花溪，菱刺藤梢咫尺迷①。過客徑須愁出入，居人不自解東西。書籤藥裹封蛛網，野店山橋送馬蹄。豈藉荒庭春草色②，先判一飲醉如泥〔一〕。（0861）

【校】

① 菱，錢箋、《九家》、《草堂》校：「一作橘。」

② 豈，宋本、錢箋校：「一作肯。」《草堂》作「肯」。　春草，錢箋校：「一作新月。」

【注】

〔一〕先判句：判，參卷九《重過何氏五首》（0463）注。《後漢書·儒林傳》孫堪：「時人爲之語曰：生世不諧作太常妻，一歲三百六十日，三百五十九日齋。」注：「《漢官儀》此下云：一日不齋醉如泥。」

常苦沙崩損藥欄〔一〕，也從江檻落風湍。新松恨不高千尺①，惡竹應須斬萬竿。生理祇憑黃閣老，衰顏欲付紫金丹②〔二〕。三年奔走空皮骨，信有人間行路難。（0862）

【校】

① 高，錢箋校：「一作長。」

② 顏，宋本、錢箋校：「一作容。」　付，錢箋校：「一作赴。」《九家》作「赴」。

【注】

〔一〕藥欄：見卷一一《有客》(0619)注。

〔二〕生理二句：黄閣，見卷一〇《奉贈嚴八閣老》(0500)注。《雲笈七籤》卷六九金丹部《七返靈砂論》：「將赤金變化爲砂，伏火鼓成紫金，至紫金即是第七返。靈砂之金，而含積陽精，真元之氣足矣。而將紫金變化爲砂，運火燒之一周，迥然通徹洞耀，即成紫金還丹。」

錦官城西生事微①，烏皮几在還思歸〔一〕。昔去爲憂亂兵入，今來已恐鄰人非。側身天地更懷古，回首風塵甘息機。共説總戎雲鳥陣，不妨游子芰荷衣〔二〕。

(0863)

【校】

① 錦官城西生事微，錢箋校：「一作錦官生事城西微。」《九家》、《草堂》謂「王荊公作」。　官，宋本、錢

箋校：「一作館。」《草堂》校：「或作里。」

【注】

〔一〕烏皮几：見卷六《阻雨不得歸瀼西甘林》(0296)注。浦起龍云：「烏皮几，即今髹漆器，非言皮裹也。」説與《南史》不同。

〔二〕共説二句：《太平御覽》卷三〇一引《太白陰經》：「黄帝設八陣之形：……鳥雲鳥翔，火也。」又：「飛龍、虎翼、鳥翔、蛇盤，爲四奇陣。地、天、風、雲，爲四正陣。」《楚辭・離騷》：「製芰荷以爲衣兮，集芙蓉以爲裳。」

别房太尉墓〔一〕閬州①。

他鄉復行役，駐馬别孤墳。近淚無乾土，低空有斷雲②。對棋陪謝傅，把劍覓徐君〔二〕。唯見林花落，鶯啼送客聞。(0864)

【校】

① 别房太尉墓，《草堂》題作「閬州别房太尉墓」。

② 低空，錢箋校：「一云空山。」

【注】

黃鶴注：廣德元年公自梓游閬，明年春自閬歸成都，詩殆作於二年（七六四）春，別其墓而歸成都也。

〔一〕房太尉：房琯。《舊唐書·房琯傳》：「寶應二年四月，拜特進、刑部尚書。在路遇疾，廣德元年八月四日，卒於閬州僧舍，時年六十七。贈太尉。」

〔二〕對棋二句：《晋書·謝安傳》：「玄等既破堅，有驛書至，安方對客圍棋，看書既竟，便攝放床上，了無喜色，棋如故。客問之，徐答云：『小兒輩遂已破賊。』既罷，還内，過户限，心喜甚，不覺屐齒之折，其矯情鎮物如此。」《新序·節士》：「延陵季子將西聘晋，帶寶劍以過徐君。徐君觀劍，不言而色欲之。延陵季子爲有上國之使，未獻也，然其心許之矣。致使於晋，故反，則徐君死於楚，於是脱劍致之嗣君。……嗣君曰：『先君無命，孤不敢受劍。』於是季子以劍帶徐君墓樹而去。」錢箋：「琯爲宰相，聽董庭蘭彈琴。李德裕《游房太尉西池》詩注：『房公以好琴聞於海内。』公此詩以謝傅圍棋爲比，蓋爲房公解嘲也。」

自閬州領妻子却赴蜀山行三首

汩汩避羣盜①，悠悠經十年〔一〕。不成向南國，復作游西川。物役水虛照，魂傷山寂然〔二〕。我生無倚著，盡室畏途邊〔三〕。（0865）

【校】

①汨汨，宋本、錢箋校：「一作揖揖。又作浥浥。音蟄。」

【注】

黄鶴注：廣德二年（七六四）春再歸成都依嚴武時作。

〔一〕汨汨二句：《文選》左思《吴都賦》劉逵注：「汨，急疾無所不至。」此「汨汨」亦當作急疾解。《古詩十九首》：「回車駕言邁，悠悠涉長道。」

〔二〕物役二句：物役，見卷一《陪李北海宴歷下亭》（0006）注。《九家》趙注：「言身爲物所役，水亦徒相照，不得優游觀賞之也。」

〔三〕我生二句：《分門》洙曰：「師古曰：地著，謂安土也。」引《漢書注》。《左傳》成公二年：「巫臣盡室以行。」

長林偃風色，回復意猶迷①。衫裛翠微潤〔一〕，馬銜青草嘶。棧懸斜避石②，橋斷却尋溪〔二〕。何日兵戈盡③，飄飄愧老妻。（0866）

【校】

①回，《草堂》校：「一作往。」復，宋本、錢箋校：「一云首。」

② 棧，宋本校：「一云遥。」錢箋校：「一云逕。」 避，《草堂》校：「一作逕。」

③ 兵，錢箋作「干」，校：「一作兵。」

【注】

〔一〕衫裛句：裛，見卷六《牽牛織女》(0293)注。翠微，見卷九《重題鄭氏東亭》(0421)注。

〔二〕棧懸二句：朱鶴齡注：「《説文》：棧，棚也。又閣也。閬至成都無棧道，只言架木爲路耳。」嚴耕望《唐代交通圖考》：「閬梓道中雖非絶險，但亦溪谷山徑，頗荒蕪，有毒害。」引杜詩謂：「觀二詩足見道中情景，亦非大道坦途。」

行色遞隱見，人烟時有無。僕夫穿竹語，稚子入雲呼。轉石驚魑魅，抨弓落狖鼯〔一〕。真供一笑樂，似欲慰窮途。(0867)

【注】

〔一〕抨弓句：《九家》趙注：「抨，披耕切，訓擊彈也。」張説《奉和聖制義成校獵喜雪應制》：「綽仗飛走繁，抨弦筋角勁。」仇注：「抨弓，即虚發也。」恐爲臆説。狖，見卷三《兩當縣吴十侍御江上宅》(0139)注。《爾雅・釋鳥》：「鼯鼠，夷由。」注：「狀如小狐，似蝙蝠，肉翅。翅尾項脅毛紫赤色，背上蒼艾色，腹下黄，喙頷雜白。脚短，爪長，尾三尺許。飛且乳，亦謂之飛生。聲如人呼，食火烟。能從高赴下，不能從下上高。」左思《吴都賦》：「狖鼯猓然，騰趠飛超。」

山館①

南國晝多霧，北風天正寒。路危行木杪，身遠宿雲端②。山鬼吹燈滅〔一〕，厨人語夜闌。雞鳴問前館，世亂敢求安。（0868）

【校】

①山館，《草堂》題作「移居公安山館」。

②遠，錢箋、《草堂》校：「樊作迥。」

【注】

黄鶴注：當是廣德元年（七六三）自閬州暫往梓州時作。《趙次公先後解》、《草堂》編入大曆三年（七六八）荆南詩。

〔一〕山鬼句：鮑照《蕪城賦》：「木魅山鬼，野鼠城狐。」

贈王二十四侍御契四十韻〔一〕

往往雖相見，飄飄愧此身。不關輕紱冕，俱是避風塵。一別星橋夜，三移斗柄春〔二〕。敗亡非赤壁，奔走爲黄巾〔三〕。子去何蕭洒①，余藏異隱淪〔四〕。書成無過鴈，衣故有懸鶉〔五〕。恐懼行裝數，伶俜卧疾頻②〔六〕。曉鶯工迸淚，秋月解傷神。會面嗟黧黑〔七〕，含悽話苦辛。接輿還入楚，王粲不歸秦〔八〕。錦里殘丹竈，花溪得釣綸。消中衹自惜③〔九〕，晚起索誰親？伏柱聞周史，乘槎有漢臣〔一〇〕。鴛鴻不易狎〔一一〕，龍虎未宜馴。客則挂冠至④，交非傾蓋新〔一二〕。由來意氣合，直取性情真。浪跡同生死，無心恥賤貧。偶然存蔗芋〔一三〕，幸各對松筠。粗飯依他日，窮愁怪此辰。女長裁褐穩，男大卷書勾〔一四〕。湔口江如練，蠶崖雪似銀〔一五〕。名園當翠巘，野棹没青蘋。屢喜王侯宅，時邀江海人⑤。追隨不覺晚，款曲動彌旬。但使芝蘭秀，何煩棟宇鄰⑥〔一六〕。山陽無俗物，鄭驛正留賓〔一七〕。出入並鞍馬，光輝參席珍⑦〔一八〕。重游先主廟，更歷少城闉〔一九〕。石鏡通幽魄，琴臺隱絳唇〔二〇〕。送終唯糞土，結愛獨荆榛〔二一〕。置酒高林下，觀棋積水濱。區區甘累趼，稍稍息勞筋〔二二〕。綢聚粘圓鯽，絲繁煮細蓴〔二三〕。長歌敲柳癭⑧，小睡憑藤輪〔二四〕。農月須知課，田家敢忘勤。浮生難去食，良會惜清晨〔二五〕。列國兵戈暗，今王德教淳。要聞除猰貐，休作畫麒麟〔二六〕。洗眼看輕薄，虛懷任屈伸。莫令膠漆地，萬古重雷陳〔二七〕。（0869）

【校】

①子，宋本、錢箋校：「一作爾。」　蕭，錢箋作「瀟」。

②疾，宋本、錢箋校：「一云病。」

③消，宋本、錢箋校：「一作宵。」

④則，宋本、錢箋校：「一云即。」《九家》、《草堂》作「即」。

⑤邀，宋本、錢箋校：「一作逢。」

⑥煩，錢箋校：「一作須。」

⑦參，宋本、錢箋校：「一云忝。」

⑧長，宋本、錢箋校：「一云慨。」

【注】

黃鶴注：當是廣德二年（七六四）春自閬州歸成都時作。

〔一〕王二十四侍御契：王契，元結《別王佐卿序》：「癸卯歲，京兆王契佐卿年四十六……佐卿頃日去西蜀，對酒欲別……與佐卿去者有清河崔潩，與次山住者有彭城劉灣。相醉相留，幾日江畔。主人鄂州刺史韋延安令四座作詩，命余爲序，以送遠云。」癸卯爲廣德元年。朱鶴齡注謂即此人。仇注：「今玩詩詞，公去蜀時與王相別，及歸蜀時又與王相遇。黄鶴以王契爲蜀人者，得之。元結所云者當另是一人。」按，詩云「子去何瀟洒」，則王契中亦去蜀，或至鄂州，今返蜀再與甫相遇。

〔二〕一別二句：星橋，見卷一二《嚴公廳宴同詠蜀道畫圖》(0757)注。《公羊傳》隱公元年何休注：「昏，斗指東方曰春，指南方曰夏，指西方曰秋，指北方曰冬。」

〔三〕敗亡二句：《三國志·吴書·孫權傳》：「瑜、普爲左右督，各領萬人，與備俱進，遇於赤壁，大破曹公軍。」《後漢書·靈帝紀》：「巨鹿人張角自稱黄天，其部帥有三十六方，皆著黄巾，同日反叛。」朱鶴齡注：「此謂徐知道反成都。言我之不敗亡而奔走者，特以避知道之亂，非好爲隱淪也。」

〔四〕隱淪：見卷一《奉贈韋左丞丈二十二韻》(0001)注。

〔五〕書成二句：過雁，見卷九《遣興》(0488)注。《荀子·大略》：「子夏貧，衣若縣鶉。」

〔六〕伶俜：見卷二《新安吏》(0060)注。

〔七〕黧黑：見卷七《贈蘇四徯》(0362)注。

〔八〕接輿二句：《論語·微子》：「楚狂接輿歌而過孔子，曰：『鳳兮鳳兮，何德之衰。往者不可諫，來者猶可追。已而已而，今之從政者殆而。』孔子下，欲與之言，趨而辟之，不得與之言。」王粲，見卷五《通泉驛南去通泉縣十五里山水作》(0212)注。按，上句似言王契去在鄂州，下句甫自言。

〔九〕消中：見卷六《客堂》(0269)注。

〔一〇〕伏柱二句：《史記·周本紀》集解：「唐固曰：伯陽父，周柱下史老子也。」王康琚《反招隱詩》：「伯夷竄首陽，老聃伏柱史。」乘槎，見卷一〇《送翰林張司馬南海勒碑》(0525)注。《百家注》趙注：「兩句指言王侍御。上句以御史之官，故用老子比之。下句豈王侍御嘗使吐蕃乎？」仇注：「伏柱、乘槎，王曾出使。」

〔一一〕鴛鴻句：仇注謂「鴛鴻」當作「鵷鴻」，用《莊子》「鵷雛發於南海而飛于北海」，若鴛鴦，人得取而狎之矣。《隋書·儒林傳》劉炫：「比翼鵷鴻。」

〔一二〕客則二句：《後漢書·逢萌傳》：「時王莽殺其子宇，萌謂友人曰：『三綱絶矣！不去，禍將及人。』即解冠挂東都城門，歸將家屬浮海，客於遼東。」《史記·魯仲連鄒陽列傳》：「諺曰：有白頭如新，傾蓋如故。」朱鶴齡注：「我雖挂冠不仕，然與侍御則久交而深契也。」

〔一三〕偶然句：左思《蜀都賦》：「其園則有蒟蒻茱萸，瓜疇芋區，甘蔗辛薑。」

〔一四〕女長二句：《南齊書·張融傳》融與從叔征北將軍永書：「世業清貧，民生多待。榛栗棗脩，女贄既長，束帛禽鳥；男禮已大，勉身就官。十年七仕，不欲代耕，何至此事？」顧炎武《日知録》卷二七引此。

〔一五〕湔口二句：《華陽國志》卷三：「秦孝文王以李冰爲蜀守。冰能知天文地理……冰乃壅江作堋，穿郫江、檢江，別支流雙過郡下，以行舟船。」《太平寰宇記》卷七三彭州：「都安堰，一名湔堰。李冰擁江作堋，蜀人謂堰爲堋。」參卷四《石犀行》(0172)注。《百家注》趙注引《寰宇記》作「湔堰」。浦起龍謂「湔口」當作「灌口」。蠶崖，蠶崖關，見卷一二《西山三首》(0827)注。

〔一六〕但使二句：《孔子家語·六本》：「與善人居，如入芝蘭之室。」陶淵明《答龐參軍》：「歡心孔洽，棟宇惟鄰。」

〔一七〕山陽二句：山陽，見卷九《贈翰林張四學士》(0469)注。《漢書·鄭當時傳》：「常置驛馬長安諸郊，請謝賓客，夜以繼日，至明旦，常恐不遍。」

〔一八〕席珍：見卷七《寄薛三郎中據》(0363)注。

〔一九〕重游二句：先主廟，見卷四《古柏行》(0180)注。《元和郡縣圖志》卷三一成都府：「州城，秦惠王二十七年張儀所築。……少城，一曰小城，在縣西南一里二百步。《蜀都賦》云：『亞以少城，接乎其西。』」

〔二〇〕石鏡二句：見卷一一《石鏡》(0679)、《琴臺》(0680)注。鮑照《蕪城賦》：「蕙心紈質，玉貌絳脣。」

〔二一〕送終二句：《百家注》趙注：「初以石鏡送終，今墓中之人已糞土矣。以琴結夫婦之情，今則徒生荆棘矣。」

〔二二〕區區二句：《莊子·天道》：「吾固不辭遠道而來願見，百舍重趼而不敢息。」朱鶴齡注：「謂奔走避難。」

〔二三〕絲縶句：見卷一二《陪王漢州留杜綿州泛房公西湖》(0764)注。

〔二四〕長歌二句：庾信《枯樹賦》：「戴癭銜瘤，藏穿抱穴。」王績《春莊酒後》：「竹瘤還作杓，樹癭即成杯。」《分門》洙曰：「柳癭，木之節目如疣。」朱鶴齡注：「柳癭可爲樽。」藤輪，《分門》洙曰：「蒲團也，以藤爲之。」《草堂》夢弼注：「藤輪，謂車也。謝鮑詩『花蔓引藤輪』是也。」所引「謝鮑詩」未詳。仇注以洙注爲正：「若車輪，豈可倚以爲睡乎。」施鴻保云：「藤輪疑即藤枕。」按，蓋指藤盤繞如輪。參卷八《宿花石戍》(0397)注。

〔二五〕浮生二句：《論語·顔淵》：「子貢曰：『必不得已而去之，于斯二者何先？』曰：『去食。自古皆有死，民無信不立。』」朱鶴齡注：「言農事須勤，故良會不能久。」

〔二六〕要聞二句：《爾雅·釋獸》：「猰貐，類貙，虎爪，食人，迅走。」朱鶴齡注：「《朝野僉載》：楊炯每目朝官爲麒麟楦，言如弄假麒麟，刻畫頭角，修飾皮毛，覆之驢上，巡場而走，及脱皮，還是驢耳。舊注引圖形麟閣事，與此無涉。」參卷七《荊南兵馬使太常卿趙公大食刀歌》(0310)注。

〔二七〕莫令二句：見卷四《憶昔二首》(0193)注。

寄董卿嘉榮十韻〔一〕

聞道君牙帳，防秋近赤霄①〔二〕。下臨千雪嶺②，却背五繩橋〔三〕。海內久戎服，京師今晏朝〔四〕。犬羊曾爛漫，宫闕尚蕭條。猛將宜嘗膽，龍泉必在腰〔五〕。黄圖遭污辱，月窟可焚燒〔六〕。會取干戈利，無令斥候驕〔七〕。居然雙捕虜，自是一嫖姚〔八〕。落日思輕騎，高天憶射雕③。雲臺畫形像，皆爲掃氛妖〔九〕。（0870）

【校】

① 赤，《草堂》作「青」。

② 千雪嶺，錢箋校：「一作千仞雪。」《草堂》作「千仞雪」。

③ 高，宋本、錢箋校：「一作秋。」《九家》作「秋」。

【注】

黄鶴注：當是廣德二年（七六四）作，公時在成都。《趙次公先後解》編入大曆元年（七六六）夔州詩。

〔一〕董卿嘉榮：董嘉榮，楊譚《兵部奏劍南節度破西山賊露布》：「八國招討副使左羽林大將軍董當、左羽林軍將軍董旁郎、董畢郎、右羽林董利、董歌弄、左驍衛將軍董利峰、左武衛將軍董奉仇……統八國子弟八千餘衆……十八日，都知西山子弟兵馬副使左金吾衛大將軍攝臨翼郡太守董却翹、左羽林大將軍兼静[川]郡太守董元智、右羽林大將軍兼蓬山郡太守董懷恩、右驍衛將軍兼歸城（誠）郡太守董思賢、江源郡太守董懿、右驍衛大將軍董仁羆、折衝董弄封等，領八郡驍勇，並蕃漢武士等七千人，自蓬婆路取牙山。」蓋董姓爲西山羌族部落首領，亦即卷二〇《東西兩川説》（1487）之「諸董」。《歷代法寶記》載大曆元年杜鴻漸入蜀，有「節度副使牛望仙、李靈應，歸誠王董嘉會、張温」等與之對答，談及嚴武在蜀當日「被差充十將領兵馬上西山，打當狗城」。頗疑此董嘉榮與董嘉會或爲同一人，或爲同族，當爲歸誠郡（悉州）部落首領，充嚴武部下將軍。

〔二〕聞道二句：錢箋引吴若本注「此邢君牙也」（不見今宋本），並駁其非是。《封氏聞見記》卷五：「近代通謂府建廷爲公衙，公衙即古之公朝也。字本作『牙』。《詩》曰：『祈父予王之爪牙。』祈父司馬掌武修，象猛獸以爪牙爲衛，故軍前大旗謂之牙旗。出師則有建牙、禡牙之事，軍中聽號令，必至牙旗之下，稱與府朝無異。近俗尚武，是以通呼公府爲公牙，府門爲牙門。字謬訛變，轉而爲衙也，非公府之名。或云公門外刻木爲牙，立於門側，象獸牙。軍將之行置牙竿首，懸於上，其義一也。」牙帳指中軍所在。此謂董卿牙帳在西山要塞。

〔三〕下臨二句：雪嶺，見卷四《贈蜀僧閭丘師兄》（0175）注。繩橋，見卷五《入奏行》（0236）注。《太平寰宇記》卷七八茂州汶川縣：「故桃關，關在縣南入蠻界，公私之路俱從此，有繩橋方渡。」又卷七三彭州導江縣：「犍尾堰索橋，李冰祠，在縣西三十三里。」《輿地紀勝》卷一五一永康軍：「又有白沙繩橋，過崇德廟十里，地名白沙戍，以江闊水湍，故造繩橋以濟居民及威、茂兩州往來者。」五繩橋，蓋泛言繩橋、索橋之多。

〔四〕海内二句：《趙次公先後解》謂指永泰元年十月，郭子儀大破吐蕃。按，合下文當指廣德元年冬吐蕃陷京師，後敗潰。

〔五〕猛將二句：《史記·越王句踐世家》：「越王句踐反國，乃苦身焦思，置膽於坐，坐卧即仰膽，飲食亦嘗膽也。曰：『女忘會稽之恥邪？』」龍泉，見卷一二《所思》（0777）注。

〔六〕黄圖二句：庾信《哀江南賦》：「擁狼望於黄圖，填盧山於赤縣。」倪璠注：「謂畿輔。」《隋書·經籍志》：「《黄圖》一卷，記三輔宫觀、陵廟、明堂、辟雍、郊畤等事。」仇注引張溍注：「黄圖，猶今之黄册。」蓋言其本義。月窟，見卷二《送韋十六評事充同谷郡防禦判官》（0088）注。

〔七〕無令句：《史記·李將軍列傳》：「然亦遠斥候。」索隱：「許慎注《淮南子》云：斥，度也。候，視也，望也。」

〔八〕居然二句：《後漢書·馬武傳》：「拜捕虜將軍。」嫖姚，見卷三《後出塞五首》（0133）注。

〔九〕雲臺二句：雲臺，見卷三《述古三首》（0206）注。孫萬壽《遠戍江南寄京邑親友》：「牛斗盛妖氛，梟獍已成群。」

寄司馬山人十二韻

關内昔分袂，天邊今轉蓬。驅馳不可説，談笑偶然同。道術曾留意，先生早擊蒙〔一〕。家家迎薊子，處處識壺公〔二〕。長嘯峨嵋北，潛行玉壘東〔三〕。有時騎猛虎〔四〕，虛室使仙童。髮少何勞白，顏衰肯更紅。望雲悲轗軻，畢景羨沖融〔五〕。喪亂形仍役〔六〕，淒涼信不通。懸旌要路口，倚劍短亭中〔七〕。永作殊方客，殘生一老翁。相哀骨可換，亦遣馭清風〔八〕。（0871）

【注】

黄鶴注：當是廣德二年（七六四）未歸成都作。

〔一〕先生句：《易・蒙》：「上九，擊蒙，不利爲寇，利禦寇。」注：「處蒙之終，以剛居上，能擊去童蒙，以發其昧者也。」仇注：「欲受教也。」

〔二〕家家二句：薊子，見卷九《奉寄河南韋尹丈人》（0426）注。《後漢書・方術傳》費長房：「市中有老翁賣藥，懸一壺於肆頭，及市罷，輒跳入壺中。市人莫之見，唯長房於樓上睹之，異焉，因往再拜，奉酒脯……長房旦日復詣翁，翁乃與俱入壺中。」

〔三〕長嘯二句：峨嵋，見卷三《劍門》（0168）注。玉壘，見卷一一《登樓》（0655）注。

〔四〕有時句：《雲笈七籤》卷一一〇《鄭思遠》：「所住山虎生二子，山下人格得虎母，虎父驚逸，虎子未能得食。思遠見之，將還山舍養飼。虎父尋還，又依思遠。後思遠每出行，乘騎虎父，二虎子負經書衣藥以從。」

〔五〕畢景句：鮑照《上潯陽還都道中作》：「侵星赴早路，畢景逐前儔。」沖融，見卷一《渼陂行》(0031)注。

〔六〕喪亂句：陶淵明《歸去來兮辭》：「既自以心爲形役，奚惆悵而獨悲。」

〔七〕懸旌二句：《史記·蘇秦列傳》：「心摇摇然，如縣旌而無所終薄。」《漢書·陳湯傳》：「縣旌萬里之外。」庾信《哀江南賦》：「十里五里，長亭短亭。」

〔八〕相哀二句：通玄先生《玄珠歌》：「捉得玄珠令换骨，形超碧落駕金鸞。」《庚道集》卷四有「丹陽换骨法」。《雲笈七籤》卷六〇《中山玉櫃服氣經·胎息羽化功》：「易换骨肉，煉髓如霜。」

寄李十四員外布十二韻

新除司議郎兼萬州别駕。雖尚伏枕，已聞理裝〔一〕。

名參漢望苑，職述景題輿〔二〕。巫峽將之郡，荆門好附書〔三〕。遠行無自苦，内熱比何如〔四〕？正是炎天闊，那堪野館疏。黄牛平駕浪，畫鷁上凌虚〔五〕。試待盤渦歇〔六〕，方期解纜初。悶能過小徑，自爲摘嘉蔬①。渚柳元幽僻，村花不掃除。宿陰繁素㮓②，過雨亂紅蕖〔七〕。寂寂夏先晚，泠泠風有餘。江清心可瑩，竹冷髮

堪梳③。直作移巾几，秋帆發弊廬〔八〕。（0872）

【校】

①自，宋本、錢箋、《草堂》校：「一作日。」

②陰，《草堂》校：「一作雲。」　㮈，宋本校：「晋作柰。」錢箋、《九家》作「柰」。

③堪，宋本、錢箋、《草堂》校：「一云宜。」

【注】

黄鶴注：當是廣德二年（七六四）夏在草堂作。《趙次公先後解》編入大曆四年（七六九）潭州詩。朱鶴齡注同。浦起龍謂應是大曆三年（七六八）在荆州作。

〔一〕李十四員外布：李布，事迹不詳。《唐六典》卷二六太子左春坊：「太子司議郎四人，正六品上。」此爲其所兼朝銜。《舊唐書·地理志》荆州江陵府：「萬州，隋巴東郡之南浦縣。……天寶元年，改爲南浦郡。乾元元年，復爲萬州。」

〔二〕名參二句：《漢書·戾太子傳》：「及冠就宮，上爲立博望苑，使通賓客，從其所好，故多以異端進者。」劉孝威《奉和簡文帝太子詩》：「延賢博望苑，視膳長安城。」《北堂書鈔》卷七三引謝承《後漢書》：「周景爲豫州，辟陳蕃爲別駕，不就。景題別駕輿曰：『陳仲舉座也。』不復更辟。蕃惶懼，起視職。」《趙次公先後解》：「上句言其除司議郎。司議，太子府官也。下句言其兼萬州别駕也。」

〔三〕巫峽二句：《趙次公先後解》：「蓋萬州在巫峽之上游，故句云『巫峽將之郡』，又云『黄牛平駕浪』，則言其經峽中上水而之任也。」朱鶴齡注：「明是泝流而上，以至萬州。舊編廣德二年成都作，乃是順流下峽，不當曰『上凌虚』。且荆門在萬州之下，無由至此附書也。」仇注：「巫峽漸近荆門，故公欲附書到荆，其云駕浪凌虚，不過形容水漲船高，非謂逆流而上也。還依舊編爲是。」按，依舊編則此二句難通，當以趙、朱注爲是。荆門附書，謂自荆門附書於夔、萬州。趙、朱注解亦未確。

〔四〕内熱句：《莊子·人間世》：「今我朝受命而夕飲冰，我其内熱與？」比，近也。

〔五〕黄牛二句：黄牛，黄牛峽，見卷一一《送韓十四江東覲省》(0702)注。晝鷁，見本卷《奉待嚴大夫》(0832)注。

〔六〕盤渦：見卷一《白水縣崔少府十九翁高齋三十韻》(0042)注。

〔七〕宿陰二句：左思《蜀都賦》：「朱櫻春熟，素柰夏成。」《文選》李善注：「素柰，白柰也。王逸《荔枝賦》曰：酒泉白柰。」《齊民要術》卷四：「《廣志》曰：楂、掩、蘲，柰也。又曰：柰有白、青、赤三種，張掖有白柰，酒泉有赤柰。西方例多柰，家以爲脯，數十百斛以爲蓄積，如收藏棗栗。……《晋宫閣簿》曰：秋有白柰。《西京雜記》曰：紫柰、緑柰。别有素柰、朱柰。」紅蕖，紅芙蓉。朱超《詠同心芙蓉》：「未及清池上，紅蕖並出房。」

〔八〕秋帆句：《趙次公先後解》：「公自離荆南，三處有宅，曰公安，曰潭州，曰衡州。今句云『秋帆發弊廬』，則夏中之詩，所以約之也。公安之宅，則大曆三年始移焉，而四年春在岳州矣。衡州之宅大曆五年二月方有，至夏乃往耒陽而卒矣。惟潭州以大曆四年春自岳而往，至大曆五年二月方離而之衡，則潭州之宅有夏有秋也。」按，據「荆門好附書」句，當以作於江陵爲是。大曆三年夏，甫正在江陵。「秋帆」乃預約之詞，此秋移居公安與詩意不違。萬州屬荆南節度，時節度使爲衛伯玉，李布蓋爲其奏署爲萬州别駕，自江陵赴任。趙注繫於潭州，轉於事實乖隔。

歸來

客裏有所過①，歸來知路難。開門野鼠走，散帙壁魚乾〔一〕。洗杓開新醞，低頭拭小盤②。憑誰給麴糵③〔二〕，細酌老江干。（0873）

【校】

①過，宋本、錢箋、《草堂》校：「一作適。」

②開，宋本校：「一云斟。」　拭小盤，宋本、錢箋、《九家》、《草堂》校：「一云著小冠。」

③糵，宋本作「蘗」，據錢箋等改。

【注】

黄鶴注：當是廣德二年（七六四）初歸草堂時作。

〔一〕散帙句：謝靈運《酬從弟惠連》：「凌澗尋我室，散帙問所知。」《文選》李善注：「《説文》曰：帙，書衣也。」《爾雅·釋蟲》：「蟫，白魚。」注：「衣書中蟲也。一名蛃魚。」《酉陽雜俎》卷一七：「壁魚，補闕張周封言：嘗見壁上白瓜子化爲白魚，因知《列子》言朽瓜爲魚之義。」方以智《通雅》卷四七：「蠹魚、蛃魚、衣魚、壁魚，即《爾雅》之蟫，白魚也，化爲脈望。注疏：蟫音淫，衣書中白魚，一名蛃魚。《本草》曰：衣魚，亦曰壁魚。《馬懷素傳》臭朽蟫斷是也。」

〔二〕憑誰句：《書·説命下》：「若作酒醴，爾惟麴蘖。」

王録事許修草堂貲不到聊小詰〔一〕

爲嗔王録事，不寄草堂貲。昨屬愁春雨，能忘欲漏時？（0874）

【注】

黄鶴注：當是寶應元年（七六二）未歸綿州時作。仇注從梁權道編入廣德二年（七六四）作。

〔一〕王録事：名不詳。本書卷一八有《漢川王大録事宅作》(1414)，朱鶴齡注疑即其人。仇注謂别是一人。《唐六典》卷三〇：「上州……録事參軍事一人，從七品上。録事二人，從九品上。」

寄邛州崔録事〔一〕

邛州崔録事，聞在果園坊〔二〕。坊名。在成都。久待無消息，終朝有底忙？應愁江樹遠，怯見野亭荒。浩蕩風烟外①，誰知酒熟香？（0875）

【校】

①烟，錢箋、《九家》、《草堂》作「塵」，錢箋校：「一作烟。」

【注】

黄鶴注：當是廣德二年（七六四）歸在草堂作。

〔一〕崔録事：名不詳。《元和郡縣圖志》卷三一成都府：「西南至邛州二百六十里。」「邛州，臨邛。上。……東北至蜀州八十里。」

〔二〕果園坊：參卷一一《詣徐卿覓果栽》(0724)注。

過故斛斯校書莊二首

老儒艱難，時病於庸蜀。歎其没後方授一官①〔一〕。

此老已云殁，鄰人嗟亦休②。竟無宣室召，徒有茂陵求〔二〕。妻子寄他食，園林非昔游。空堂繐帷在③〔三〕，淅淅野風秋。（0876）

【校】

① 老儒艱難時病於庸蜀歎其没後方授一官，《文苑英華》題注作「没後方受一官。公名融。」

② 嗟亦休，錢箋校：「一云歎未休。」　嗟，《草堂》作「歎」。　亦，《九家》作「未」。

③ 堂繐，《九家》、《草堂》作「餘遺」。　帷，《文苑英華》作「紼」。

【注】

黄鶴注：廣德二年（七六四）作。

〔一〕斛斯校書：黄鶴注謂即斛斯融。見卷一二《江畔獨步尋花七絶》（0730）注。《書·牧誓》：「及庸、蜀、羌、髳、微、盧、彭、濮人。」傳：「八國皆蠻夷戎狄屬文王者國名。……庸、濮在江漢之南。」此即指蜀。

〔二〕竟無二句：《史記・屈原賈生列傳》：「後歲餘，賈生徵見。孝文帝方受釐，坐宣室。上因感鬼神事，而問鬼神之本。賈生具道所以然之狀，至夜半，文帝前席。」《漢書・司馬相如傳》：「相如既病免，家居茂陵。天子曰：『司馬相如病甚，可往從悉取其書，若後之矣。』使所忠往，而相如已死，家無遺書。……其遺札書言封禪事，所忠奏焉，天子異之。」

〔三〕繐帷：見卷六《往在》(0291)注。

燕入非傍舍，鷗歸祇故池。斷橋無復板，卧柳自生枝。遂有山陽作，多慚鮑叔知〔一〕。素交零落盡〔二〕，白首淚雙垂。（0877）

【注】

〔一〕遂有二句：向秀《思舊賦》：「濟黃河以泛舟兮，經山陽之舊居。……踐二子之遺跡兮，歷窮巷之空廬。」二子謂嵇康、吕安。顔延之《五君詠・向常侍》：「流連河裏游，惻愴山陽賦。」鮑叔，見卷一《貧交行》(0010)注。

〔二〕素交句：劉峻《廣絶交論》：「斯則賢達之素交，歷萬古而一遇。」「於是素交盡，利交興。」

立秋雨院中有作①

山雲行絶塞，大火復西流〔一〕。飛雨動華屋②，蕭蕭梁棟秋〔二〕。窮途愧知己，暮齒借前籌〔三〕。已費清晨謁，那成長者謀〔四〕。解衣開北户，高枕對南樓。樹濕風涼進，江喧水氣浮。禮寬心有適，節爽病微瘳。主將歸調鼎，吾還訪舊丘〔五〕。

（0878）

【校】

① 立秋，《九家》下有「日」字。

② 華，《草堂》作「花」。

【注】

黄鶴注：當是嚴公奏爲參謀，在幕中作。

〔一〕大火句：《詩・豳風・七月》：「七月流火。」傳：「火，大火也。流，下也。」箋：「大火者，寒暑之候也。火星中而寒暑退，故將言寒，先著火所在。」

〔二〕飛雨二句：張協《雜詩》：「飛雨洒朝蘭，輕露栖叢菊。」謝脁《觀朝雨》：「朔風吹飛雨，蕭條江上來。」郭璞《游仙詩》：「雲生梁棟間，風出窗户裏。」

〔三〕暮齒句：《三國志・吴書・孫和傳》：「年齒一暮，榮華不再。」《史記・留侯世家》：「臣請藉前筯爲大王籌之。」仇注：「借籌，時爲參軍。」

〔四〕那成句：《論語・述而》：「好謀而成者也。」《孟子・公孫丑下》：「子爲長者慮。」仇注：「長者，指嚴公，言不能成就其謀也。」

〔五〕主將二句：調鼎，見卷九《上韋左相二十韻》(0413)注。還舊丘，黄生謂隨武回京。仇注謂指草堂，引卷五《破船》(0254)「緬邈懷舊丘」。

軍城早秋

嚴　武

昨夜秋風入漢關，朔雲邊雪滿西山①。更催飛將追驕虜，莫遣沙場匹馬還②。

【校】

①雪，錢箋校：「一作月。」

②遣，宋本、錢箋校：「一作放。」

奉和軍城早秋①

秋風嫋嫋動高旌，玉帳分弓射虜營〔一〕。已收滴博雲間戍，更奪蓬婆雪外城〔二〕。（0879）

【校】

① 奉和軍城早秋，錢箋題作「奉和」，《九家》作「奉和嚴鄭公軍城早秋」。

【注】

黃鶴注：當是廣德二年（七六四）七月作。

〔一〕玉帳：見卷一二《奉送嚴公入朝十韻》（0758）注。

〔二〕已收二句：楊譚《兵部奏劍南節度破西山賊露布》：「臨翼郡太守董却翹……領八郡驍勇並蕃漢武士等七千人，自蓬娑（婆）路取牙山。……通化郡太守譚元受……率健彍三千人，自滴博嶺入。」《新唐書·韋臯傳》：「乃命大將董勔、張芬分出西山靈關，破峨和、通鶴、定廉城，逾的博嶺，遂圍維州。」《方輿紀要》卷六七威州：「的博嶺在州西北。」《舊唐書·吐蕃傳》：「王昱又率劍南兵募攻其安戎城，先於安戎城左右築兩城，以爲攻拒之所，頓兵於蓬婆嶺下，運劍南道資糧以守之。」《元和郡縣圖志》卷三二柘州：「有安戎江、蓬婆水，在州南三十里。」柘縣：「大雪山，一名蓬婆山，在縣西北一百里。」嚴耕望《唐代交通圖考》附篇此詩箋證，考滴博嶺、蓬婆嶺皆在邛崍山脈北段，爲唐代岷江以西地區通吐蕃之兩道口，滴博嶺與維州相近，蓬婆嶺與平戎城（安戎城）相近。嚴武已收滴博嶺，即計畫更奪取蓬婆嶺、平戎城。雲間戍，嚴耕望謂指維州西境之定廉縣，天寶間爲雲山郡，其後郡治西移，雲山故地仍置雲山守捉。雪外城，嚴耕望謂指蓬婆嶺外之平戎城。

院中晚晴懷西郭茅舍①

幕府秋風日夜清②，澹雲疏雨過高城。葉心朱實看時落③〔一〕，階面青苔先自生④。復有樓臺銜暮景，不勞鐘鼓報新晴〔二〕。浣花溪裏花饒笑，肯信吾兼吏隱名⑤〔三〕。（0880）

【校】

① 院中，《草堂》校：「一作使院。」　懷，《文苑英華》作「省」，校：「集作懷。」

②幕府，《文苑英華》作「天際」，校：「集作幕府。」

③朱，《文苑英華》作「珠」，校：「集作朱。」看，錢箋校：「一作堪。」《九家》作「堪」。

④先自，《文苑英華》作「老更」，校：「集作先自。」

⑤兼，宋本、錢箋校：「一作今。」

【注】

黄鶴注：當是廣德二年（七六四）秋作。

〔一〕葉心句：劉琨《重贈盧諶》：「朱實隕勁風，繁英落素秋。」《左傳》僖公十五年：「歲云秋矣，我落其實而取其材。」

〔二〕復有二句：朱鶴齡注引舊注：「俗以鐘鼓聲亮爲晴之占，故曰『報新晴』。」

〔三〕浣花二句：吏隱，見卷一《白水縣崔少府十九翁高齋三十韻》（0042）注。《分門》趙注：「言院花之開似能獻笑，必笑我離草堂而宿院，此中有公家事，亦不信我兼爲吏隱也。」

到村

碧澗雖多雨，秋沙先少泥①。蛟龍引子過，荷芰逐花低。老去參戎幕，歸來散

馬蹄〔一〕。稻粱須就列，榛草即相迷〔二〕。蓄積思江漢，頑疏惑町畦②〔三〕。暫酬知己分③，還入故林棲〔四〕。（0881）

【校】

①先，宋本、錢箋、《草堂》校：「陳作亦。」

②頑疏，錢箋作「疏頑」，校：「吴作頑疏。」　惑，錢箋校：「一作感。」

③暫，錢箋作「稍」，校：「吴作暫。」《草堂》作「暫」。

【注】

黄鶴注：當是廣德二年（七六四）秋作。

〔一〕老去二句：李嶠《送駱奉禮從軍》：「羽書資鋭筆，戎幕引英賓。」曹植《白馬篇》：「仰手接飛猱，俯身散馬蹄。」

〔二〕稻粱二句：仇注：「欲謀稻粱，須身就農列，惜田園榛草日已荒迷耳。」按，稻粱謂謀食，此言入幕。既就列幕中，故榛草遂漸荒迷。《論語・季氏》：「周任有言曰：陳力就列，不能者止。」

〔三〕蓄積二句：班昭《女誡》：「吾性疏頑。」謝靈運《山居賦》：「畦町所藝，含蕊藉芳。」仇注：「思出江漢，則蜀難久留；但舊畦仍在，未免惑志耳。」

〔四〕暫酬二句：仇注：「分謂分誼。」《三國志・魏書・臧洪傳》：「杖策携背，虧交友之分。」又：

「年爲吾兄，分爲篤友。」按，此分即分義、本分之分。《百家注》趙注：「知己謂嚴公，言既稍酬報知己之分，乃因遂歸故林爾。」

宿府

清秋幕府井梧寒①〔一〕，獨宿江城蠟炬殘②。永夜角聲悲自語，中天月色好誰看〔二〕？風塵荏苒音書絶〔三〕，關塞蕭條行路難。已忍伶俜十年事〔四〕，强移棲息一枝安。（0882）

【校】

①梧，宋本、錢箋校：「一作桐。」

②炬，宋本、錢箋校：「一作燭。」

【注】

黄鶴注：當是廣德二年（七六四）秋在府中作。

〔一〕清秋句：庾肩吾《賦得有所思》：「井梧生未合，宫槐卷復稀。」

〔二〕永夜二句：謝靈運《擬魏太子鄴中集·徐幹》：「行觴奏悲歌，永夜繫白日。」

〔三〕風塵句：潘岳《悼亡詩》：「荏苒冬春謝，寒暑忽流易。」《文選》李善注：「荏苒，猶漸也。冉冉歲月流貌也。」

〔四〕已忍句：仇注引邵寶云：「自禄山初反，至此爲十年。」又顧注謂自乾元初弃官至廣德二年爲七年，其云「十年」者，舉成數耳。

遣悶奉呈嚴鄭公二十韻①

白水魚竿客，清秋鶴髪翁〔一〕。胡爲來幕下②，祇合在舟中。黄卷真如律，青袍也自公〔二〕。老妻憂坐痺，幼女問頭風〔三〕。平地專欹倒，分曹失異同〔四〕。禮甘衰力就，義忝上官通〔五〕。疇昔論詩早，光輝仗鉞雄。寬容存性拙，剪拂念途窮〔六〕。露裛思藤架，烟霏想桂叢〔七〕。信然龜觸網，直作鳥窺籠〔八〕。西嶺紆村北，南江繞舍東〔九〕。竹皮寒舊翠，椒實雨新紅〔一〇〕。浪簸船應拆③，杯乾甕即空。藩籬生野徑，斤斧任樵童。束縛酬知己，蹉跎效小忠〔一一〕。周防期稍稍，太簡遂怱怱〔一二〕。曉入朱扉啓，昏歸畫角終〔一三〕。不成尋別業〔一四〕，未敢息微躬。烏鵲愁

銀漢，鴛鮐怕錦幪〔一五〕。會希全物色，時放倚梧桐〔一六〕。（0883）

【校】

① 嚴鄭公，錢箋、《九家》作「嚴公」，錢箋校：「吳本有鄭字。」

② 來，宋本、錢箋校：「一作居。」

③ 拆，宋本、《草堂》校：「一作折。」錢箋、《九家》作「坼」。

【注】

黃鶴注：作於廣德二年（七六四）秋。

〔一〕清秋句：庾信《竹杖賦》：「噫，子老矣。鶴髮雞皮，蓬頭歷齒。」

〔二〕黃卷二句：《唐六典》卷一三御史臺：「臺中有黃卷，不糾舉所職則罰之。」「主簿掌印及受事發辰，句檢稽失。兼知官厨及黃卷。」《唐會要》卷六二《御史臺雜録》：「（天寶）四載十一月十六日敕：御史宜依舊制，黃卷書缺失，每歲委知雜御史長官比類能否，送中書門下，改轉日褒貶。」趙璘《因話録》卷五：「食畢，則主簿持黃卷揖曰：『請舉事。』於是臺院白雜端曰：『舉事。』則舉曰：『某姓侍御有某過，請准條。』主簿書之。……凡見黃卷罰直，遇赦悉免。」李翺《勸河南尹復故事書》：「河南府版榜縣於食堂北梁，每年寫黃紙，號曰黃卷。其一條曰：『司録入院，諸官於堂上序立，司録揖，然後坐。』……前尹因取黃卷簡條省之，使人以黃卷示司録，曰：『黄卷是故事，豈得責人執守？』當司録所過狀注判云：『黄卷有條，即爲故事，依榜。』」是官司律條、記過皆書於黄卷。朱鶴齡注：「真如律、也自公，言幕下之禮亦同於朝廷也。」青袍，見卷二《徒步歸行》(0054)注。仇注：「今青袍從事，亦自公而退矣。」

〔三〕老妻二句：嵇康《與山巨源絶交書》：「危坐一時，痹不得摇。」《黄帝内經素問・痺論》：「風、寒、濕三氣雜至，合而爲痺也。其風氣勝者爲行痺，寒氣勝者爲痛痺，濕氣勝者爲著痺也。」《三國志・魏書・華佗傳》：「太祖苦頭風，每發，心亂目眩，佗針鬲，隨手而差。」

〔四〕平地二句：欹倒，欹斜。此謂在平地亦欹傾欲倒。《百家注》趙注：「言其散秩，在府中所坐之曹，不專其事而分之，不知爲異爲同也。」王嗣奭《杜臆》：「觀公此詩，誰云傲誕哉？即幕僚不合，止云『分曹失異同』。而『平地專欹倒』，且自分其過。」仇注：「異同，意見不侔。」楊倫云：「失異同，失於有異同也。二句言公在幕中既患老病，復與同僚多意見不侔。」按，幕府分曹，各有職守，此謂既昏瞶而不明其異同。

〔五〕禮甘二句：《論語・季氏》：「陳力就列。」《百家注》趙注：「上官指嚴武也。」

〔六〕剪拂：見卷六《七月三日亭午已後較熱退晚加小凉穩睡有詩因論壯年樂事戲呈元二十一曹長》(0292)注。

〔七〕桂叢：《楚辭・招隱士》：「桂樹叢生兮山之幽，偃蹇連蜷兮枝相繚。」

〔八〕信然二句：《史記・龜策列傳》：「江使神龜使於河，至於泉陽，漁者豫且舉網得而囚之。」仇注：「觸網、窺籠，言不得遂己優游之性。」

〔九〕南江：錢箋：「南江，即二江也。」《元和郡縣圖志》卷三一成都府成都縣：「大江，一名汶江，一名流江，經縣南七里。蜀守李冰穿二江成都中，皆可行舟，溉田萬頃。」

〔一〇〕椒實句：《詩·唐風·椒聊》：「椒聊之實，蕃衍盈升。」

〔一一〕束縛二句：《史記·魯仲連鄒陽列傳》：「束縛桎梏，辱也。」《南越列傳》：「吕嘉小忠，令佗無後。」

〔一二〕周防二句：杜預《春秋左氏傳序》：「聖人包周身之防。」《説苑·修文》：「雍之所以得稱南面者，問子桑伯子於孔子，孔子曰：『可也，簡。』仲弓曰：『居敬而行簡，以道民，不亦可乎？居簡而行簡，無乃太簡乎？』子曰：『雍之言然。』」仇注：「雖涉世亦念周防，而生性終傷太簡。」

〔一三〕曉入二句：周必大《二老堂詩話》：「杜子美爲劍南參謀，《遣悶呈嚴鄭公》詩云……韓退之爲武寧節度使推官，《上張僕射書》云：『使院故事，晨入夜歸，非有疾病事故，輒不許出。抑而行之，必發狂疾。』乃知唐制，藩鎮之屬皆晨入昏歸，亦自少暇。如牛僧孺待杜牧之，固不以常禮也。」

〔一四〕不成句：朱鶴齡注：「別業，即草堂。」

〔一五〕烏鵲二句：《百家注》趙注：「言如烏鵲之微，力不任於填河；駑駘之蹇，不足以被錦幪之飾。」參卷九《臨邑舍弟書至苦雨黄河泛溢隄防之患簿領所憂因寄此詩用寬其意》(0437)「烏鵲毛」注。徐陵《紫騮馬》：「玉鐙繡纏鬃，金鞍錦覆幪。」

〔一六〕會希二句：《後漢書·逸民傳》嚴光：「乃變名姓，隱身不見。帝思其賢，乃令以物色訪之。」物色即形貌。朱鶴齡注：「物色，謂形容之老。」《莊子・德充符》：「倚樹而吟，據槁梧而瞑。」

送舍弟頻赴齊州三首①〔一〕

岷嶺南蠻北，徐關東海西〔二〕。此行何日到，送汝萬行啼。絶域唯高枕，清風獨杖藜。危時暫相見，衰白意都迷。（0884）

【校】

① 頻，《九家》、《草堂》作「潁」，《草堂》校：「一作頻。」

【注】

黄鶴注：廣德二年（七六四）作。

〔一〕弟頻：「頻」或當作「潁」。參卷三《乾元中寓居同谷縣作歌七首》（0154）注。

〔二〕岷嶺二句：朱鶴齡注：「南蠻，南詔蠻也。」劍南以南諸國皆入《南蠻傳》。徐關，見卷九《臨邑舍弟書至苦雨黄河泛溢隄防之患簿領所憂因寄此詩用寬其意》（0437）注。

風塵暗不開，汝去幾時來？兄弟分離苦，形容老病催。江通一柱觀，日落望鄉臺〔一〕。客意長東北，齊州安在哉？（0885）

【注】

〔一〕江通二句：一柱觀，見卷七《送高司直尋封閬州》（0359）注。望鄉臺，見卷一一《雲山》（0631）注。

諸姑今海畔，兩弟亦山東〔一〕。去傍干戈覓，來看道路通。短衣防戰地〔二〕，匹馬逐西風①。莫作俱流落，長瞻碣石鴻〔三〕。（0886）

【校】

①西，錢箋、《九家》、《草堂》作「秋」。

【注】

〔一〕諸姑二句：黃鶴注：「按公作《范陽太君盧氏墓志》，審言之女，薛氏所出者適魏上瑜、裴榮期、盧正均，皆前卒。盧氏所出者適京兆王佑，會稽賀撝。會稽瀕於海也。」朱鶴齡注：「兩弟，謂觀與豐。」

〔二〕短衣句：《百家注》趙注：「時吐蕃未息，故戎服以在防戰之地。」按，《説文》：「襦，短衣也。」《急就篇》顔師古注：「短衣曰襦，自膝已上。」詩止言此，非謂戎服。仇注以趙武靈王胡服騎射事釋之，恐非。

〔三〕長瞻句：《淮南子·覽冥訓》：「過歸雁於碣石。」劉峻《廣絶交論》：「附騕褭之旄端，軼歸鴻於碣石。」碣石，見卷二《北征》（0052）、卷六《昔游》（0288）注。

嚴鄭公堦下新松 得霑字。

弱質豈自負，移根方爾瞻。細聲聞玉帳①，疏翠近珠簾。未見紫烟集〔一〕，虚蒙清露霑。何當一百丈，欹蓋擁高簷〔二〕。（0887）

【校】

①聞，宋本、錢箋、《九家》校：「一作侵。」《草堂》校：「一作隱。」

【注】

黄鶴注：當是廣德二年（七六四）作。

〔一〕未見句：郭璞《游仙詩》：「赤松臨上游，駕鴻乘紫烟。」仇注謂紫烟蓋指紫禁，非是。

〔二〕何當二句：《抱朴子・對俗》：「千歲松樹，四邊披越，上杪不長，望而視之，有如偃蓋。」

嚴鄭公宅同詠竹得香字。

緑竹半含籜〔一〕，新梢纔出牆。色侵書院晚，陰過酒樽涼。雨洗娟娟浄，風吹細細香。但令無剪伐，會見拂雲長。（0888）

【注】

黄鶴注：當是廣德二年（七六四）夏作。

〔一〕緑竹句：謝靈運《於南山往北山經湖中瞻眺》：「初篁苞緑籜，新蒲含紫茸。」《文選》李善注：「籜，竹皮也。」

奉觀嚴鄭公廳事岷山沱江畫圖十韻得忘字。①

沱水流中座②〔一〕，岷山到此堂③。白波吹粉壁④，青嶂插雕梁。直訝杉松冷，兼疑菱荇香。雪雲虚點綴，沙草得微茫。嶺雁隨毫末，川蜺飲練光〔二〕。霏紅洲蘂亂，拂黛石蘿長〔三〕。暗谷非關雨⑤，丹楓不爲霜⑥。秋成玄圃外⑦，景物洞庭傍〔四〕。繪事功殊絶，幽襟興激昂。從來謝太傅，丘壑道難忘〔五〕。（0889）

【校】

①得忘字，宋本無此三小字，據錢箋補。

②流，錢箋校：「一作臨。」《九家》、《草堂》作「臨」。

③到，宋本、錢箋、《草堂》校：「一作對。」《九家》作「赴」。　此，錢箋校：「一作北。」《草堂》作「北」。

④吹，錢箋校：「一作侵。」

⑤暗谷，錢箋校：「一作谷暗。」《草堂》作「谷暗」。

⑥丹楓，錢箋校：「一作楓丹。」《草堂》作「楓丹」。

⑦成，宋本、錢箋、《草堂》校：「一作城。」

【注】

黄鶴注：廣德二年（七六四）作。

〔一〕沱水：見卷一一《贈别何邕》（0725）注。

〔二〕嶺雁二句：朱鶴齡注：「毫末，筆毫之末。練光，素練之光也。」《爾雅·釋天》：「螮蝀，虹也。蜺爲挈貳。」注：「蜺，雌虹也。」王褒《玄圃浚池臨泛奉和》：「石壁如明鏡，飛橋類飲虹。」沈約《登臺望秋月》：「望秋月，秋月光如練。」

〔三〕霏紅二句：謝朓《詠薔薇》：「發萼初攢紫，餘采尚霏紅。」周南《晚妝》：「拂黛雙蛾飛，調脂艷桃發。」江淹《惜晚春應劉秘書》：「水苔方下蔓，石蘿日上尋。」

〔四〕秋成二句：玄圃，見卷二《奉先劉少府新畫山水障歌》(0080)注。洞庭，見卷六《寄韓諫議》(0278)注。

〔五〕從來二句：《晉書·謝安傳》：「安雖放情丘壑，然每游賞，必以妓女從。」

晚秋陪嚴鄭公摩訶池泛舟〔一〕得溪字。

湍駛風醒酒〔二〕，船回霧起隄①。高城秋自落〔三〕，雜樹晚相迷。坐觸鴛鴦起，巢傾翡翠低。莫須驚白鷺，爲伴宿青溪〔四〕。(0890)

【校】

①回，錢箋校：「一作行。」

【注】

黃鶴注：當是廣德二年（七六四）作。

〔一〕摩訶池：《分門》魯曰：「池在使府内，蕭摩訶所開，因是得名。」《元和郡縣圖志》卷三一成都府州城：「摩訶池，在州中城内。」《太平寰宇記》卷七二益州：「汙池，一名摩訶池，昔蕭摩訶所置，在錦城西。」《方輿勝覽》卷五一成都府：「躍龍池，在成都縣東南十二里。隋開皇中欲伐陳，鑿大池以教水戰」，「隋蜀王秀取土築廣子城，因爲池，有胡僧見之，曰摩訶宫毗羅。蓋胡僧謂摩訶爲大，宫毗羅爲龍，謂此池廣大有龍耳。又云摩訶池，或云蕭摩訶所開。」張唐英《蜀檮杌》卷上：「（前蜀）改元武成……十月，下僞詔改堂宇廳館爲宫殿……摩訶池爲龍躍池。」

〔二〕湍駛句：鮑照《望水》：「流駛巨石轉，湍回急沫上。」

〔三〕高城句：潘岳《秋興賦》：「感冬索而春敷兮，嗟夏茂而秋落。」

〔四〕爲伴句：《九家》趙注：「青溪，公指浣花溪爾。」

初冬

垂老戎衣窄，歸休寒色深①。漁舟上急水，獵火著高林〔一〕。日有習池醉②，愁來梁甫吟〔二〕。干戈未偃息，出處遂何心？（0891）

【校】

① 休，《草堂》校：「一作來。」　色，宋本、錢箋校：「一作氣。」

② 有，《草堂》作「暮」。

【注】

黄鶴注：廣德二年（七六四）十月，嚴武攻吐蕃鹽川城，克之。公時在幕府，故亦衣戎衣也。

〔一〕獵火句：庾信《上益州上柱國趙王》：「寒沙兩岸白，獵火一山紅。」

〔二〕日有二句：習池，見本卷《將赴成都草堂途中有作先寄嚴鄭公五首》（0860）注。《九家》趙注：「謂陪嚴武出也。」梁甫吟，見卷一一《登樓》（0655）注。

正月三日歸溪上有作簡院内諸公

野外堂依竹，籬邊水向城。蟻浮仍臘味〔一〕，鷗泛已春聲。藥許鄰人劚，書從稚子擎〔二〕。白頭趨幕府，深覺負平生〔三〕。（0892）

【注】

黄鶴注：當是永泰元年（七六五）作。

〔一〕蟻浮句：蟻浮，見卷九《贈特進汝陽王二十韻》（0417）注。仇注引顧注：「臘味，酒造於臘月也。」參卷一〇《臘日》（0515）注。

〔二〕藥許二句：《百家注》趙注：「（上句）公之不吝如此。（下句）言文書多任稚子也。」黄鶴注：「種藥本以濟世，故許人斸；藏書本以教兒，故任子擎。」按，詩簡院内諸公，書當指書簡。

〔三〕白頭二句：《百家注》趙注：「公歎老而猶仕耳。公與嚴故人，故顯言之，别無指旨。」仇注：「不得遂其立朝素志，故云深負。」

敝廬遣興奉寄嚴公

野水平橋路，春沙映竹村。風輕粉蝶喜，花暖蜜蜂喧。把酒宜深酌①，題詩好細論。府中瞻暇日，江上憶詞源〔一〕。跡忝朝廷舊②，情依節制尊〔二〕。還思長者轍，恐避席爲門〔三〕。（0893）

【校】

① 宜，錢箋、《九家》作「且」，錢箋校：「一作宜。」

② 忝，錢箋校：「一作寄。」《草堂》作「寄」。

【注】

黄鶴注：是寶應元年（七六二）武節制兩府時作也。廣德二年、永泰元年春武雖俱在成都，而是時正合東西川爲節度使矣，不應云「節制」。仇注：當是永泰元年（七六五）春自幕府回草堂時作，故云「幕府瞻暇日」。

〔一〕詞源：見卷一《醉歌行》（0020）注。

〔二〕情依句：節制，指節度使。《唐會要》卷七八：「（元和十三年二月）詔：事關軍旅，並屬節制；務繫州縣，悉歸察廉。」岑參《送狄員外巡按西山軍》：「莫辭冒險艱，可以裨節制。」

〔三〕還思二句：《史記·陳丞相世家》：「家乃負郭窮巷，以弊席爲門，然門外多有長者車轍。」

春日江村五首

農務村村急〔一〕，春流岸岸深。乾坤萬里眼，時序百年心。茅屋還堪賦，桃源自可尋〔二〕。艱難賤生理①，飄泊到如今。（0894）

【校】

①賤，宋本、錢箋校：「一作淺。陳作昧。」《草堂》作「昧」，校：「一作淺。一作賤。」

【注】

黃鶴注：當是永泰元年（七六五）歸溪上後作。

〔一〕農務句：陶淵明《移居》：「農務各自歸，閑暇輒相思。」

〔二〕茅屋二句：賦，指賦税。桃源，見卷二《北征》（0052）注。

迢遞來三蜀，蹉跎有六年①〔一〕。客身逢故舊，發興自林泉。過懶從衣結，頻游任履穿〔二〕。藩籬無限景②，恣意買江天③〔三〕。（0895）

【校】

① 有，宋本、錢箋校：「一作又。」《草堂》作「又」。

② 無限景，宋本、錢箋校：「陳、川本並作頗無限。」《草堂》校：「陳作頗無限。」

③ 買，宋本、錢箋、《草堂》校：「一作向。」

【注】

〔一〕迢遞二句：左思《蜀都賦》：「三蜀之豪，時來時往。」《文選》劉逵注：「三蜀，蜀郡、廣漢、犍爲也。本一蜀國，漢高祖分置廣漢，漢武帝分置犍爲。」黃鶴注：「公自乾元二年冬入蜀，到此已經六年矣。」

〔二〕過懶二句：《藝文類聚》卷六七引王隱《晉書》：「董威輦每得殘碎繒，輒結以爲衣，號曰百結。」施鴻保謂此「結」字指衣不熨貼，多皺痕，所謂打結。《莊子・山木》：「士有道德不能行，憊也。衣弊履穿，貧也，非憊也。」

〔三〕恣意句：《分門》師曰：「言江天恣意賞眺，不費錢買也。」按，《世説新語・排調》：「支道林因人就深公買印山，深公答曰：『未聞巢由買山而隱。』」此用其意。

種竹交加翠，栽桃爛漫紅。經心石鏡月〔一〕，到面雪山風。赤管隨王命，銀章付老翁〔二〕。豈知牙齒落，名玷薦賢中。（0896）

【注】

〔一〕石鏡：見卷一一《石鏡》(0679)注。

〔二〕赤管二句：《藝文類聚》卷五八引《漢官儀》：「尚書令僕丞郎，月給赤管大筆一雙。」銀章，《初學記》卷二六引衛宏《漢舊儀》：「中二千石，銀印龜鈕，文曰章。」此當指佩魚袋。《舊唐書・輿服志》：「咸亨三年五月，五品已上賜新魚袋，並飾以銀。……自武德已來，皆正員帶闕官始佩魚袋……自後恩制賜賞緋紫，例兼魚袋，謂之章服，因之佩魚袋、服朱紫者衆矣。」《舊唐書・杜甫傳》：「奏爲節度參謀、檢校尚書工部員外郎，賜緋魚袋。」李白《贈劉都使》：「一鳴即朱紱，五十佩銀章。」

扶病垂朱紱，歸休步紫苔〔一〕。郊扉存晚計①，幕府愧羣材。燕外晴絲卷，鷗邊水葉開。鄰家送魚鼈，問我數能來。（0897）

【校】

①存，宋本、錢箋校：「一作在。」

【注】

〔一〕扶病二句：朱紱，指賜緋。見卷九《寄高三十五書記》（0443）注。沈約《冬節後至丞相第詣世子車中》：「賓階緑錢滿，客位紫苔生。」

羣盜哀王粲，中年召賈生。登樓初有作，前席竟爲榮〔一〕。宅入先賢傳，才高處士名〔二〕。異時懷二子，春日復含情〔三〕。（0898）

【注】

〔一〕登樓二句：登樓，見卷五《短歌行》（0249）注。前席，見本卷《過故斛斯校書莊二首》（0876）注。

〔二〕宅入二句：《元和郡縣圖志》卷二九潭州長沙縣：「賈誼宅，在縣南四十步。」王粲宅，見卷一一《一室》(0616)注。朱鶴齡注：「處士名，言王、賈之才不遇於時，猶之處士而已。」

〔三〕異時二句：《史記·平準書》：「異時算軺車賈人緡錢。」索隱：「異時，猶昔時也。」此即不同時之義。亦可指後日。游方《任城縣橋亭記》：「會方有公車之召，請俟於異時。」朱鶴齡注：「公依嚴武，似王粲荆州。官幕僚，似賈生王傅。故此詩以二子自況，因以自悲也。宅空載於先賢，名實同於處士，二語正爲卜居草堂、吏隱使府發歎，寄感甚深。」按，以才高之語觀之，未始不有自矜之意。

絶句六首

日出籬東水，雲生舍北泥。竹高鳴翡翠，沙僻舞鵾雞①〔一〕。(0899)

【校】

① 鵾，錢箋校：「一作鶤。」

【注】

黄鶴注：當是廣德二年(七六四)春晚自閬州歸草堂時作。

〔一〕鶡雞：見卷三《兩當縣吴十侍御江上宅》（0139）注。

藹藹花蘂亂，飛飛蜂蝶多。幽栖身懶動，客至欲如何？（0900）

鑿井交椶葉〔一〕，開渠斷竹根。扁舟輕裊纜，小逕曲通村。（0901）

【注】

〔一〕鑿井句：錢箋引吴若本注：「交椶，作井綆也。」朱鶴齡注引趙曰：「蜀有鹽井，雨露之水落其中則壞，新鑿井時即交椶葉以覆之。」仇注：「二説皆非，汲綆用椶毛，不用椶葉。此井在村中，於鹽井無涉。」「井在椶下，故葉交加。」

急雨捎溪足〔一〕，斜暉轉樹腰。隔巢黄鳥並，翻藻白魚跳。（0902）

【注】

〔一〕急雨句：仇注：「捎溪足，雨勢掠過也。」

舍下筍穿壁，庭中藤刺簷①。地晴絲冉冉，江白草纖纖。（0903）

【校】

①刺，宋本、錢箋、《草堂》校：「一作到。」

江動月移石，溪虛雲傍花。鳥棲知故道，帆過宿誰家？（0904）

絶句四首

堂西長筍別開門，塹北行椒却背村〔一〕。梅熟許同朱老喫，松高擬對阮生論。朱、阮，劍外相知。（0905）

【注】

黄鶴注：當是寶應元年（七六二）四月作。永泰元年四月嚴武卒，公行出蜀，恐非此年作。仇注從朱鶴齡注，編入廣德二年（七六四）。

〔一〕塹北句：仇注：「行椒，椒之成行者。」

欲作魚梁雲復湍①〔一〕，因驚四月雨聲寒。青溪先有蛟龍窟，竹石如山不敢安〔二〕。（0906）

【校】

① 復，宋本、錢箋、《草堂》校：「一作覆。」

【注】

〔一〕魚梁：見卷一一《田舍》（0624）注。

〔二〕青溪二句：《百家注》趙注：「魚梁，劈竹積石，横截中流以爲聚魚之區也。以溪下有蛟龍，時興雲雨，雖以魚梁人之所利也，而公不敢犯害以就利，異乎世人徑行直前，惟利是謀矣。」浦起龍云：「竹石皆爲梁之具，不敢安，非真不安也，雨止雲收即安矣。」

兩個黄鸝鳴翠柳〔一〕，一行白鷺上青天。窗含西嶺千秋雪，門泊東吴萬里船〔二〕。西山白雪，四時不消。（0907）

【注】

〔一〕個：參卷七《夜歸》(0347)注。

〔二〕窗含二句：《元和郡縣圖志》卷三二西川松州嘉誠縣：「雪山，在縣東八十里，春夏常有積雪，故名。」范成大《吴船録》卷上：「是日泊舟合江亭下……蜀人入吴者皆自此登舟。其西則萬里橋，諸葛孔明送費禕使吴曰：『萬里之行始於此。』後因以名橋。杜子美詩曰『門泊東吴萬里船』。此橋正爲吴人設。」參卷一一《卜居》(0615)注。

藥條藥甲潤青青①，色過椶亭入草亭〔一〕。苗滿空山慚取譽，根居隙地怯成形〔二〕。(0908)

【校】

① 藥甲，「藥」錢箋校：「一作菜。」

【注】

〔一〕藥甲：參卷一〇《蒹葭》(0583)注。

〔二〕根居句：仇注引吴論：「成形，如人參成人形，茯苓成禽獸形之類。」

陪李七司馬皁江上觀造竹橋即日成往來之人免冬寒入水聊題短作簡李公二首①〔一〕

伐竹爲橋結構同，褰裳不涉往來通〔二〕。天寒白鶴歸華表，日落青龍見水中〔三〕。顧我老非題柱客〔四〕，知君才是濟川功。合歡却笑千年事②，驅石何時到海東〔五〕？（0909）

【校】

①二首，《九家》、《草堂》無二字。次首《九家》、《草堂》題作「觀作橋成月夜舟中有述還呈李司馬」。

②歡，錢箋校：「考異作觀。」

【注】

黄鶴注：當是上元二年（七六一）冬在蜀州作。

〔一〕李七司馬：名不詳。《元和郡縣圖志》卷三一蜀州唐興縣：「郫江，一名皂江，經縣東二里。出麩金。」《蜀中廣記》卷五温江縣引任愷《渠堰志》：「九昇口堰，其源出於皂江，至郫之柵頭別流爲温江口，而九昇口者，實兩江之匯也。」引此詩。

〔二〕褰裳句：《詩・鄭風・褰裳》：「子惠思我，褰裳涉溱。」

〔三〕天寒二句：《異苑》卷三：「晋太康二年冬，大寒。南洲人見二白鶴語於橋下曰：『今兹寒，不減堯崩年也。』於是飛去。」《藝文類聚》卷七八引《搜神記》：「遼東城門有華表柱，忽有一白鶴集柱頭。時有少年，舉弓欲射之，鶴乃飛，徘徊空中而言曰：『有鳥有鳥丁令威，去家千歲今來歸。城郭如故人民非，何不學仙冢壘壘。』」《百家注》趙注：「橋前二柱曰華表柱。」朱鶴齡注：「此華表是言橋柱，李義山詩：『灞水橋邊倚華表。』」華表，見卷八《入衡州》(0403)注。按，當是橋當交衢而有華表，非橋柱謂之華表。《朝野僉載》卷五：「趙州石橋甚工，磨礲密緻如削焉。望之如初日出雲，長虹飲澗。……至天后大足年，默啜破趙、定州，賊欲南過，至石橋，馬跪地不進，但見一青龍卧橋上，奮迅而怒，賊乃遁去。」仇注：「青龍，用費長房竹杖事，切竹橋也。《楚辭》：『麾蛟龍以津梁。』知橋可稱龍。」費長房事，見卷四《桃竹杖引》(0202)注。

〔四〕題柱：見卷九《投贈哥舒開府翰二十韻》(0412)注。

〔五〕合歡二句：《藝文類聚》卷六引《三齊略記》：「始皇作石塘，欲過海看日出處，時有神人，能驅石下海，石去不速，神輒鞭之，皆流血，至今悉赤。」

把燭成橋夜①，回舟坐客時②。天高雲去盡，江迴月來遲。衰謝多扶病，招邀

屢有期。異方乘此興，樂罷不無悲。（0910）

【校】

①成橋，宋本、錢箋校：「一作橋成。」

②坐客，宋本、錢箋校：「一作客坐。」《草堂》作「客坐」。

李司馬橋了承高使君自成都回〔一〕

向來江上手紛紛，三日成功事出羣。已傳童子騎青竹①，總擬橋東待使君〔二〕。（0911）

【校】

①竹，錢箋校：「一作馬。」《草堂》作「馬」。

【注】

黄鶴注：同上篇爲上元二年（七六一）作。

〔一〕高使君：高適。見卷一一《奉簡高三十五使君》(0701)注。

〔二〕已傳二句：《後漢書·郭伋傳》：「乃調伋爲并州牧。……始至行部，到西河美稷，有童兒數百，各騎竹馬，道次迎拜。伋問：『兒曹何自遠來？』對曰：『聞使君到，喜，故來遠迎。』」

江上值水如海勢聊短述①

爲人性僻耽佳句，語不驚人死不休〔一〕。老去詩篇渾漫興，春來花鳥莫深愁〔二〕。新添水檻供垂釣，故著浮槎替入舟。焉得思如陶謝手，令渠述作與同游〔三〕。(0912)

【校】

①值，宋本、錢箋校：「一作置。」

【注】

黃鶴注：當爲寶應元年(七六二)春作。仇注編入上元二年(七六一)。

〔一〕爲人二句：黃徹《䂬溪詩話》卷二：「吴邁遠好自高，而嗤鄙他人，每作詩得稱意語，輒以擲地下大呼曰：『曹子建何足數哉！』袁嘏謂人曰：『我詩有生氣，亦以用心深苦。俄而有得，宜不勝其喜也。』子美云『語不驚人死不休』，貫休謂『得句先呈佛』，皆爲此也。」

〔二〕老去二句：《百家注》趙注：「耽佳句而語驚人，言其平昔如此。今老矣，所爲詩則漫與而已，無復有意於驚人也。故寄語花鳥，無用深愁耳。」薛雪《一瓢詩話》：「一友與余論詩，引朱竹垞、王阮亭兩先生云：杜詩中『老去詩篇渾漫興』，是『漫與』，錢虞山改爲『漫興』。余曰：先曾祖注杜詩一首，今坊間流傳《杜詩七律薛注》者是也，係天啓初刻本，其中亦是『漫興』，可見虞山箋本以前已皆如是。若果所改，必非無據。朱、王兩公，南北名家，騷壇宗匠，亦非無見者。改『漫與』而對『深愁』，恐無其說。姑互存之。」仇注：「諸家因前題《漫興》九首，遂並此亦作『漫興』。按上聯有『句』字，次聯又用『興』字，不宜疊見去聲。」

〔三〕焉得二句：鍾嶸《詩品》卷下：「王微風月，謝客山泉……陶公《詠貧》之製，惠連《擣衣》之作，斯皆五言之警策者也。」李白《早夏於將軍叔宅與諸昆季送傅八之江南序》：「陶公愧田園之能，謝客慚山水之美。」獨孤及《唐故揚州慶雲寺律師一公塔銘》：「騷雅之遺韻，陶謝之缺文，公能綴之。」仇注：「陶謝，謂淵明、惠連。」

田雯《古歡堂雜著》卷三：「少陵《江上值水如海勢》詩……申鳧盟《説杜》甚譊讓之，謂與題無涉，此老無故作矜詩語，抑又陋矣。余初學時亦以爲然。後官楚，入黄州，泊舟港口，約葉井叔登赤鼻絶頂，縱目千里，命酒豪飲，俄而潮平月上，風露蒼涼，的白鸛數百隻鳴於樹間。……因悟少陵此詩蓋目觸江上光景，思成佳句，以吟詠其奔濤駭浪之勢而不可得，廢然長歎，曰『性癖』，曰『驚人』，言平生所篤嗜在詩也。曰老去漫興，與『晚節漸於詩律細』似不相屬，謙辭也。曰花鳥莫深愁，言詩人刻毒，遇一花一鳥摹寫無餘，能令花鳥愁也，今老無佳句，不必深愁矣。花鳥尚然，況值此江勢之大，閉口束手，能復有驚人篇章耶？故只可添水檻以垂釣，著浮槎以閑游而已。若述作之手，非陶、謝不可，吾則何敢。悠悠千載，猶思慕陶、謝不置焉。少陵殆抑然自下者，全無矜詩語氣。言在題外，神合題中，而江如海勢之奇觀，隱躍紙上矣。何謂無涉？固哉臲盟之説杜也。」

寄杜位〔一〕位京中宅近西曲江。詩尾有述。

近聞寬法離新州①〔二〕，想見懷歸尚百憂。逐客雖皆萬里去，悲君已是十年流。干戈況復塵隨眼②，鬢髮還應雪滿頭③。玉壘題書心緒亂，何時更得曲江游〔三〕？（0913）

【校】

① 離，宋本、錢箋校：「一云別。」

②塵，錢箋、《草堂》校：「一云行。」

③雪，宋本、錢箋、《草堂》校：「一云白。」

【注】

黄鶴注：當是上元二年（七六一）自成都赴青城時作。自天寶十一載至今爲十年。

〔一〕杜位：見卷九《杜位宅守歲》(0465)注。《舊唐書·李林甫傳》：「國忠素憾林甫，既得志，誣奏林甫蕃將阿布思同構逆謀，誘林甫親族間素不悦者爲之證。詔奪林甫官爵，廢爲庶人，岫、崿諸子並謫於嶺表。」朱鶴齡注：「位因李林甫婿貶官，林甫十一載十一月卒，則位之貶必在十二載。自十二載癸巳至上元二年辛丑爲九年，詩舉成數，故云『十年流』也。」

〔二〕近聞句：《舊唐書·地理志》嶺南道：「新州，隋信安郡之新興縣。……東至廣州義寧縣四十一里，北至端州一百四十里……至京師五千五十二里，至東都五千里。」

〔三〕玉壘二句：玉壘，見卷一一《登樓》(0655)注。曲江，見卷一《九日寄岑參》(0025)注。

題桃樹

小徑升堂舊不斜，五株桃樹亦從遮〔一〕。高秋總餧貧人實①，來歲還舒滿眼

花。簾户每宜通乳燕，兒童莫信打慈鴉〔二〕。寡妻羣盗非今日，天下車書正一家②〔三〕。（0914）

【校】

① 餧，錢箋校：「一作餽。」《草堂》作「餽」，校：「一作餧。」

② 正，錢箋校：「一作已。」《草堂》作「已」。

【注】

黄鶴注：當是廣德二年（七六四）自閬州歸成都時作。《趙次公先後解》編入大曆元年（七六六）雲安詩。

〔一〕小徑二句：鮑照《擬行路難》：「中庭五株桃，一株先作花。」

〔二〕簾户二句：鮑照《采桑》：「乳燕逐草蟲，巢蜂拾花蕚。」莫信，莫許。《趙次公先後解》：「不許其如此，謂之莫信任其如此。」慈鴉，慈烏。蕭衍《孝思賦》：「靈蛇銜珠以酬志，慈烏反哺以報親。」

〔三〕寡妻二句：寡妻羣盗，《趙次公先後解》謂用《後漢書・劉盆子傳》吕母事，吕母子爲縣吏，犯小罪，宰論殺之，吕母怨宰，入海中招合亡命。羣盗因之而起。仇注：「丁壯喪亡，寡妻因羣盗所致。」《梁書・武帝紀》：「疆埸多阻，車書未一。」朱鶴齡注：「疑所題者，乃故園之桃也。時方全盛，未逢亂離，故桃亦可懷如此，以歎今之不然。」仇注謂朱注失考：「是時北寇平，蜀亂息，而吐蕃退矣。」

舍弟占歸草堂檢校聊示此詩〔一〕

久客應吾道，相隨獨爾來。孰知江路近〔二〕，頻爲草堂回。鵝鴨宜長數，柴荊莫浪開。東林竹影薄，臘月更須栽。（0915）

【注】

黄鶴注：當是廣德元年（七六三）避亂在梓閬時作。

〔一〕弟占：隨杜甫入蜀。參卷三《乾元中寓居同谷縣作歌七首》（0154）注。

〔二〕孰知句：《説文》：「孰，食飪也。」段注：「孰與誰雙聲，故一曰誰也。後人乃分別熟爲生熟，孰爲誰孰矣。曹憲曰：顧野王《玉篇》始有熟字。」

暮登四安寺鍾樓寄裴十①迪〔一〕

暮倚高樓對雪峰②，僧來不語自鳴鍾〔二〕。孤城返照紅將斂，近市浮烟翠且

重。多病獨愁常闃寂，故人相見未從容。知君苦思緣詩瘦，大向交游萬事慵③〔三〕。（0916）

【校】

① 四，宋本、錢箋校：「一作西。」

② 高，《草堂》作「鐘」。

③ 大，宋本、錢箋校：「一云太。」《草堂》作「太」。

【注】

黄鶴注：當是永泰元年（七六五）在溪上作。仇注：當是上元二年（七六一）往蜀州時作。

〔一〕裴十迪：見卷一一《和裴迪登新津寺寄王侍郎》（0644）注。《蜀中廣記》卷七新津縣：「《志》又云南二里四安寺，亦神秀創。」引此詩。又卷一〇一詩話記：「杜少陵《暮登四安寺鍾樓寄裴十》，即裴秀才迪也。寺在新津昭覺山，樓與雪峰相對。」《宋高僧傳》卷六《唐彭州丹景山知玄傳》：「乃隨師詣唐興邑四安寺。」

〔二〕暮倚二句：《蜀中廣記》卷七新津縣：「《志》云南一里修覺山，神秀禪師結廬於此，唐明皇駐蹕，爲題『修覺山』三字。……其上爲寶華山，橫跨江表，俯瞰平川，取物華天寶之義也。峰頂多雪，又曰雪峰。」

〔三〕大：見卷一《寄高三十五書記》（0002）注。

觀李固請司馬弟山水圖三首〔一〕

簡易高人意①，匡床竹火爐〔二〕。寒天留遠客，碧海挂新圖。雖對連山好，貪看絶島孤。羣仙不愁思，冉冉下蓬壺〔三〕。（0917）

【校】

①意，宋本、錢箋校：「一作體。」

【注】

黄鶴注：意廣德二年（七六四）冬作。

〔一〕李固：仇注：「李固當是蜀人，其弟曾爲司馬，能寫山水圖。公至固家，固挂其圖於壁，而請公題之也。」

〔二〕匡床句：《淮南子·主術訓》：「匡床蒻席，非不安也。」高誘注：「匡，安也。」張衡《同聲歌》：「思爲莞蒻席，在下蔽匡床。」

〔三〕蓬壺：見卷四《戲題畫山水圖歌》(0178)注。

方丈渾連水，天台總映雲〔一〕。人間長見畫，老去恨空聞①。范蠡舟偏小②，王喬鶴不羣〔二〕。此生隨萬物，何路出塵氛？(0918)

【校】

① 老去，宋本、錢箋校：「一作身老。」

② 舟偏，《草堂》作「偏舟」。

【注】

〔一〕方丈二句：方丈，見卷四《戲題畫山水圖歌》(0178)注。天台，見卷二《有懷台州鄭十八司户》(0107)注。孫綽《游天台山賦》序：「涉海則有方丈蓬萊，登陸則有四明天台。」

〔二〕范蠡二句：范蠡，見卷四《將適吴楚留別章使君留後兼幕府諸公得柳字》(0199)注。王喬，見卷一《橋陵詩三十韻因呈縣内諸官》(0037)注。

高浪垂翻屋，崩崖欲壓床。野橋分子細①，沙岸繞微茫。紅浸珊瑚短，青懸薜

荔長。浮查並坐得②，仙老暫相將〔一〕。（0919）

【校】

①橋，宋本、錢箋校：「一作樓。」

②並坐得，錢箋、《草堂》校：「一云相並坐。」

【注】

〔一〕浮查二句：《拾遺記》卷一：「堯登位三十年，有巨查浮於西海，查上有光，夜明晝滅，海人望其光，乍大乍小，若星月之出入矣。查常浮繞四海，十二年一周天，周而復始，名曰貫月查，亦名挂星查。羽人栖息其上，羣仙含露，以漱日月之光，則如暝矣。」吴曾《能改齋漫録》卷六釋此詩引之。

散愁二首

久客宜旋旆，興王未息戈。蜀星陰見少，江雨夜聞多。百萬傳深入，寰區望匪它①。司徒下燕趙②，收取舊山河〔一〕。（0920）

【校】

①它，《草堂》作「他」。

②司徒，錢箋夾注：「光弼。」

【注】

黄鶴注：當是乾元二年（七五九）初入蜀時作。仇注：當在上元元年（七六〇）光弼破安太清、史思明之後。若上元二年，王思禮已死，不得致望於尚書矣。

〔一〕司徒二句：李光弼至德二載檢校司徒，乾元元年授司空，上元元年正月進位太尉。此沿舊稱。《舊唐書·肅宗紀》：「（乾元二年九月）庚寅，逆胡史思明陷洛陽，副元帥李光弼守河陽，汝、鄭、滑等州陷賊。」「乙巳，李光弼奏破賊於城下。」「（上元元年）四月甲午，李光弼奏破賊於懷州、河陽。」「十一月乙巳，李光弼奏收懷州。」上元二年二月，李光弼與史思明戰於北邙，官軍敗績。三月，李光弼以失律讓太尉、中書令。五月，來朝，進位太尉，兼侍中，充河南副元帥。

聞道并州鎮，尚書王思禮訓士齊〔一〕。幾時通薊北，當日報關西〔二〕。戀闕丹心破，霑衣皓首啼。老魂招不得〔三〕，歸路恐長迷。（0921）

【注】

〔一〕聞道二句：《舊唐書・肅宗紀》：「(乾元二年七月)丁亥，以兵部尚書、潞州大都督府長史、潞沁節度、霍國公王思禮兼太原尹，充北京留守、河東節度副大使。」「(上元元年閏四月)丁卯，太原尹王思禮進位司空。」「(上元二年五月)河東節度副大使、霍國公王思禮卒。」《元和郡縣圖志》卷一三河東道：「太原府，并州。……武德九年罷郡爲并州總管。……(開元十一年)改并州爲太原府。」

〔二〕幾時二句：朱鶴齡注：「鄴城之潰，惟思禮與光弼軍獨完，尋破思明别將於潞城東，乃當時名將也。故以收薊北、報關西望之。」

〔三〕老魂句：招魂，見卷二《彭衙行》(0070)注。

至後

冬至至後日初長，遠在劍南思洛陽〔一〕。青袍白馬有何意，金谷銅駝非故鄉〔二〕。梅花欲開不自覺，棣萼一别永相望〔三〕。愁極本憑詩遣興，詩成吟詠轉淒涼。(0922)

【注】

黄鶴注：當是廣德二年（七六四）冬在嚴武幕中作。

〔一〕日初長：見卷一〇《至日遣興奉寄北省舊閣老兩院故人二首》（0545）注。

〔二〕青袍二句：青袍白馬，見卷二《洗兵馬》（090）注。朱鶴齡注：「或曰青袍即『青袍也自公』，白馬即『歸來散馬蹄』也。皆在幕府如此，故云有何意。」石崇《金谷詩序》：「有別廬在河南縣界金谷澗中，去城十里，或高或下，有清泉茂林衆果竹柏藥草之屬。」《太平寰宇記》卷三河南府河南縣：「郭緣生《述征記》云：金谷，谷也。地有金水，自太白原南流經此谷，晉衛尉石崇因即川阜而造爲園館。」《水經注》穀水：「渠水又支分，夾路南出，逕太尉、司徒兩坊間，謂之銅駝街。舊魏明帝置銅駝諸獸于閶闔南街。陸機云：駝高九尺，脊出太尉坊者也。」《太平寰宇記》卷三河南府：「銅駝街，陸機《洛陽記》云：漢鑄銅駝二枚，在宫南四會道頭，夾路相對。俗語曰：『金馬門外聚羣賢，銅駝陌上集少年。』言人物之盛也。」朱鶴齡注：「非故鄉，言此豈非吾之故鄉耶。」

〔三〕棣萼句：《詩·小雅·常棣》：「常棣之華，鄂不韡韡。凡今之人，莫如兄弟。」鄂通萼。棣萼喻兄弟。

撥悶①

聞道雲安麴米春，纔傾一盞即醺人〔一〕。乘舟取醉非難事，下峽銷愁定幾巡。

長年三老遥憐汝，棙柂開頭捷有神②〔二〕。已辦青錢防雇直，當令美味入吾脣〔三〕。

（0923）

【校】

① 撥悶，宋本、錢箋、《九家》、《草堂》校：題「一云贈嚴二别駕。」

② 開頭，宋本、錢箋校：「一作鳴鐃。」

【注】

黄鶴注：當是永泰元年（七六五）在忠、渝作。

〔一〕聞道二句：雲安，見卷六《引水》（0260）注。《東坡志林》卷五：「退之詩曰：『百年未滿不得死，且可勤買抛青春。』《國史補》云：『酒有郢之富春，烏程之若下春，滎陽之土窟春，富平之石凍春，劍南之燒春。』杜子美亦云：『聞道雲安麴米春，纔傾一盞便醺人。』裴鉶作《傳奇》，記裴航事，亦有酒名松醪春。乃知唐人名酒多以春，則抛青春亦是酒名也。」

〔二〕長年二句：長年三老，見卷七《最能行》（0322）注。棙柂，見卷八《清明》（0405）注。朱鶴齡注引李實曰：「川中人以掌前梢爲開頭，今名看頭。」王嗣奭《杜臆》：「汝，指麴米春而言，同欲相求，宜其捷也。」

〔三〕已辦二句：《後漢書・桓帝紀》：「其百姓吏民者，以見錢雇直。」王嗣奭《杜臆》：「因語舟子云：「已辨青錢備雇汝之直，當令美味入吾脣矣。」「題云『撥悶』，蓋因心有所悶，爲此謔浪以自寬，勿認作真話。」

登高

風急天高猿嘯哀，渚清沙白鳥飛回①。無邊落木蕭蕭下，不盡長江滚滚來②〔一〕。萬里悲秋常作客③，百年多病獨登臺。艱難苦恨繁霜鬢，潦倒新停濁酒杯〔二〕。（0924）

【校】

①清，《九家》作「濤」。

②滚滚，錢箋、《九家》作「衮衮」。

③秋常，《草堂》作「歌長」。

【注】

黄鶴注：當是廣德元年（七六三）九月在梓州作。朱鶴齡注：詩有「猿嘯哀」之句，定爲夔州作。

〔一〕無邊二句：《楚辭・九歌・湘夫人》：「裊裊兮秋風，洞庭波兮木葉下。」

〔二〕潦倒句：嵇康《與山巨源絶交論》：「足下舊知吾潦倒粗疏，不切事情。」朱鶴齡注：「時公以肺病斷飲。」

胡應麟《詩藪》内編卷五：「杜『風急天高』一章五十六字，如海底珊瑚，瘦勁難名，沈深莫測，而精光萬丈，力量萬鈞。通章法、句法、字法，前無昔人，後無來學。微有説者，是杜詩，非唐詩耳。然此詩自當爲古今七言律第一，不必爲唐人七言律第一也。」「若『風急天高』，則一篇之中句句皆律，一句之中字字皆律，而實一意貫串，一氣呵成。驟讀之，首尾若未嘗有對者，胸腹若無意於對者。細繹之，則錙銖鈞兩，毫髮不差，而建瓴走坂之勢，如百川東注於尾閭之窟。至用句用字，又皆古今人必不敢道、決不能道者，真曠代之作也。然非初學士所當究心，亦匪淺識士所能共賞。此篇結句似微弱者，第前六句既極飛揚震動，復作峭快，恐未合張弛之宜，或轉入别調，反更爲全首之累。只如此軟冷收之，而無限悲涼之意，溢於言外，似未爲不稱也。『昆明池水』雖極精工，然前六句力量皆微減，一結奇甚，竟似有意湊砌而成。益見此超絶也。」

賀裳《載酒園詩話》卷一：「文章聲價自定，嗜好終是難齊。如老杜『風急天高』、『玉露凋傷』、『老去悲秋』、『昆明池水』四篇，寧非佳詩，必欲取爲全唐壓卷，固宜來黠者之揶揄也。鍾生曰：『老杜至處不在此。』自是公論。然選《詩歸》，終不能全删，仍取『老去悲秋』、『昆明池水』。此所謂定價也。弇州尤愛『風急天高』一章，固是意之所觸，情文相會。猶宋孝宗獨稱『勳業頻看鏡，行藏獨倚樓』耳。然即此一詩，弇州嫌其結弱，劉須溪則云結復鄭重。平心觀之，弱耶重耶？恐兩公未免皆膜外之觀也。此詩作於大曆二年夔州時，『艱難苦恨繁霜鬢，潦倒新停濁酒杯』，自是情與境會之言，不經播遷之恨者，固宜以常法律之。鍾曰：『二句雖一氣，然上語悲，下語謔，微吟自知，不得隨口念過。』愚意此即弇州所云情生於文，正未易論。蓋有出之者偶然，而覽之者實際也。然弇州評此詩曰：『首尾匀稱而斤兩不足。』亦只是較量體格，未及細探情之言。」

九日

去年登高郪縣北，今日重在涪江濱〔一〕。苦遭白髮不相放，羞見黄花無數新。世亂鬱鬱久爲客，路難悠悠常傍人。酒闌却憶十年事，腸斷驪山清路塵〔二〕。

（0925）

【注】

黄鶴注：當是廣德元年（七六三）作。

〔一〕去年二句：郪縣、涪江，見卷一二《涪江泛舟送韋班歸京》（0781）注。

〔二〕酒闌二句：王嗣奭《杜臆》：「天寶十四年冬，公自京師歸奉先，路經驪山，玄宗時幸華清宮，禄山反，然後還京……至今廣德元年，則十年矣，公所以憶之而腸斷也。」仇注：「清路塵，輦出而清道也。」

秋盡

秋盡東行且未回，茅齋寄在少城隈〔一〕。籬邊老却陶潛菊，江上徒逢袁紹杯〔二〕。雪嶺獨看西日落①，劍門猶阻北人來②〔三〕。不辭萬里長爲客，懷抱何時得好開③？（0926）

【校】

①落，錢箋校：「一作暮。」

②阻，《草堂》校：「一作斷。」

③得好開，宋本、錢箋校：「一云好一開。」

【注】

黃鶴注：詩云「秋盡東行且未回」，謂寶應元年（七六二）秋自梓歸迎家再往梓，當是其年作。

〔一〕秋盡二句：王嗣奭《杜臆》：「東行未回，謂到梓未還成都。」少城，見本卷《贈王二十四侍御契四十韻》（0869）注。

〔二〕籬邊二句：陶淵明《飲酒》：「采菊東籬下，悠然見南山。」《分門》洙曰：「《典略》曰：劉松、袁紹於河朔三伏之際，晝夜飲酒，至於無知，以避一時之暑。故河朔間有避暑之飲。」《後漢書・鄭玄傳》：「時袁紹總兵冀州，遣使要玄，大會賓客，玄最後至，乃延升上坐，身長八尺，飲酒一斛……紹客多豪俊，並有才説，玄依方辨對，咸出問表，皆得所未聞，莫不嗟服。」楊慎《升庵詩話》卷八引此，謂：「公以玄自比，爲儒而逢世亂也。……王洙注引河朔飲事，尤無干涉。」按，河朔飲詩人常用，亦不限避暑。庾信《聘齊秋晚館中飲酒》：「欣兹河朔飲，對此洛陽才。殘秋欲屏扇，餘菊尚浮杯。」楊慎所引亦聊備一説。

〔三〕劍門句：《分門》洙曰：「言京信尚阻。」朱鶴齡注：「時徐知道爲其下所殺，其兵尚據劍閣。」純爲臆説。參卷一二《九日奉寄嚴大夫》（0775）注。

野望

金華山北涪水西①〔一〕，仲冬風日始淒淒。山連越巂蟠三蜀②，水散巴渝下五溪〔二〕。獨鶴不知何事舞，飢烏似欲向人啼。射洪春酒寒仍緑，目極傷神誰爲攜③？（0927）

【校】

①北，宋本、錢箋校：「一云南。」

②越，《草堂》作「粵」，校：「與越同。」

③爲，宋本校：「一云欲。」

【注】

黄鶴注：當是寶應元年（七六二）十一月往射洪作。

〔一〕金華山：見卷五《冬至金華山觀因得故拾遺陳公學堂遺跡》（0207）注。

〔二〕山連二句：《元和郡縣圖志》卷三二西川：「巂州，越巂。下府。……本漢西南外夷獠，秦漢爲邛都國，秦嘗攻之，通五尺道，改置吏焉。至漢武帝始誅且蘭邛君，並殺筰侯，而冉駹等皆震恐，乃以邛都之地爲越巂郡，屬益州。按郡有越水巂水，出生羌界，言越巂者，以彰威德遠也。……至德二年没吐蕃，貞元十三年節度使韋皋收復。」三蜀，見本卷《春日江村五首》（0895）注。五溪，見卷七《敬寄族弟唐十八使君》（0353）注。

杜工部集卷第十四①

近體詩一百首 行過戎渝州居雲安夔州作

哭嚴僕射歸櫬〔一〕

素幔隨流水，歸舟返舊京②〔二〕。老親如宿昔③，部曲異平生〔三〕。風送蛟龍雨④，天長驃騎營〔四〕。一哀三峽暮，遺後見君情〔五〕。（0928）

【校】

①宋本此卷底本爲吴若本。

②舊，《文苑英華》作「故」。

③如，《草堂》校：「一作知。」《文苑英華》作「知」。

④送，宋本、錢箋校：「一作逆。」　雨，宋本校：「晉作匣。」錢箋校：「一作匣。」

【注】

黃鶴注：當是永泰元年（七六五）在渝、忠作。

〔一〕嚴僕射：嚴武。《舊唐書·嚴武傳》：「永泰元年四月，以疾終，時年四十。」《新唐書·嚴武傳》：「贈尚書左僕射。」

〔二〕素幔二句：朱鶴齡注：「舊京，西京也。武本華陰人，故櫬歸京師。」

〔三〕老親二句：《趙次公先後解》：「言嚴公有母在，弃之而去，其母之健尚如宿昔耳。」《唐國史補》卷上：「嚴武少以强俊知名。蜀中坐衙，杜甫袒跣登其几案，武愛其才，終不害。然與章彝素善，再入蜀，談笑殺之。乃卒，母喜曰：『而今而後，吾知免官婢矣。』」《歷代法寶記》：「先嚴尚書表弟子蕭律師等囑太夫人，奪金和上禪院爲律院。」太夫人亦謂嚴母。

〔四〕風送二句：《趙次公先後解》：「蛟龍以譬嚴公。周瑜言劉先主曰：蛟龍得雲雨，終非池中物。」錢箋：「《西京雜記》：漢帝送死，皆珠襦玉匣。武帝匣上，皆鏤爲蛟龍鸞鳳龜麟之象，世謂爲蛟龍玉匣。按《霍光傳》：賜璧珠璣玉及梓宮。則人臣亦可稱蛟龍匣也。」朱鶴齡注：「任昉《求立太宰碑表》云：珠襦玉匣，遽飾幽泉。公《哀李光弼》詩亦云『零落蛟龍匣』。『雨』字斷爲『匣』字之訛。」《趙次公先後解》引《晉書》齊王攸遷驃騎將軍，時驃騎當罷營兵，兵士數千人戀攸恩德，不肯去，謂此言送嚴之歸者皆戀恩德之兵。朱鶴齡注：「《漢書》：元狩六年，霍去病以驃騎將軍薨。其年略與武同，故以比之。舊注引《晉書》齊王攸，非是。」

〔五〕一哀二句：《禮記·檀弓上》：「予鄉者入而哭之，遇於一哀而出涕。」

宴戎州楊使君東樓〔一〕

勝絶驚身老，情忘發興奇。座從歌妓密，樂任主人爲〔二〕。重碧酤春酒①，輕紅擘荔枝〔三〕。樓高欲愁思，横笛未休吹。（0929）

【校】

①酤，宋本校：「一作拈。一作擎。一作拓。」錢箋作「拈」，校：「一作酤。一作擎。一作拓。」《草堂》校：「一作拈。一作擎。」春，錢箋校：「一作筩。」

【注】

黄鶴注：公以永泰元年（七六五）五月去成都，之嘉、戎，當是其年六月作。

〔一〕楊使君：名不詳。《元和郡縣圖志》卷三一劍南道：「戎州，南溪。中。……東北至上都，取嘉、眉州水陸相兼二千七百里。東北至東都三千五百六十里。」

〔二〕座從二句：傅毅《舞賦》：「鄭衛之樂，所以娛密坐、接歡欣也。」

〔三〕重碧二句：《趙次公先後解》：「食茘枝而飲春酒，蓋煮酒也。謂之重碧，以酒之色重碧也。或謂酒以色輕爲上，杜公言重碧，所以譏戎州酒之惡，大非是。……春酒之色重碧，以見其濃美也。」仇注：「《杜臆》引《藝海洞酌》云：叙州官醖名重碧。戎州，即叙州。」《趙次公先後解》謂「酤」字非是：「用鄭玄酤買也言之，二千石設筵必有公帑，豈亦沽酒乎？」「拈酒乃唐人之語也。」引白居易《歲假内命酒贈周判官蕭協律》：「歲酒先拈辭不得，被君推作少年人。」《太平寰宇記》卷七九戎州僰道縣：「茘枝園，《郡國志》云：僰在施夷中最賢者，古所謂僰僮之富，多以茘枝爲業。園植萬株，樹收一百五十斛。」黄鶴注：「黄山谷在戎州有《食茘枝》詩云『六月連山柘枝紅』，可知茘枝熟於六月也。」《趙次公先後解》：「輕紅，謂茘枝膜粉紅。蓋茘枝種色雖多……而膜皆帶粉紅。」

渝州候嚴六侍御不到先下峽〔一〕

聞道乘驄發〔二〕，沙邊待至今。不知雲雨散〔三〕，虚費短長吟。山帶烏蠻闊，江連白帝深〔四〕。船經一柱觀〔五〕，留眼共登臨①。（0930）

【校】

①眼，宋本、錢箋校：「一作滯。」

【注】

黃鶴注：永泰元年（七六五）公去成都經嘉、戎至此作。

〔一〕嚴六侍御：名不詳。《元和郡縣圖志》卷三三劍南道：「渝州，南平。下。……其地東至魚復，西抵僰道，北接漢中，南極牂牁，是其界也。……東北至涪州水路三百四十里。」《趙次公先後解》：「所謂峽者，明月峽也。……在江州巴郡東四百里。則渝州言『先下峽』者，豈非明月峽乎？」明月峽，見卷五《奉贈射洪李四丈》（0210）注。

〔二〕乘驄：見卷二《送長孫九侍御赴武威判官》（0085）注。

〔三〕不知句：江總《別袁昌州》：「不言雲雨散，更似東西流。」浦起龍云：「詩本用朝雲暮雨意」，「愚意嚴必留連聲妓，故戲之云爾。」巫山雲雨，參卷六《雨》（0297）注。

〔四〕山帶二句：烏蠻，見卷八《醉歌行》（0375）注。白帝，見卷六《引水》（0260）注。

〔五〕一柱觀：見卷七《送高司直尋封閬州》（0359）注。

聞高常侍亡忠州作〔一〕。

歸朝不相見，蜀使忽傳亡。虛歷金華省，何殊地下郎〔二〕。致君丹檻折，哭友白雲長〔三〕。獨步詩名在，祇令故舊傷。（0931）

【注】

黄鶴注：當是永泰元年（七六五）在成都作。原注謂忠州所作，非。不應正月已卒，六月始聞也。按，原注無可疑，鶴注鑿。

〔一〕高常侍：高適。永泰元年正月卒。見卷一三《奉寄高常侍》（0833）注。

〔二〕虛歷二句：金華省，見卷七《八哀詩・張公九齡》（0337）注。《太平御覽》卷八八三引王隱《晋書》：蘇韶仕至中牟令卒，乃晝日見其伯父第九子節，「節問所疑，韶言：『天上及地下事，亦不能悉知。顔淵、卜商今見在修文郎，凡有八人。鬼之聖者梁成，賢者吴季子。』」

〔三〕致君二句：折檻，見卷八《折檻行》（0372）注。《趙次公先後解》：「以言高之諫諍。觀唐新史載適遷侍御史，擢諫議大夫，負氣敢言，權近側目可見矣。」仇注：「白雲，用陶潛《停雲》思友意。」

宴忠州使君姪宅〔一〕

出守吾家姪，殊方此日歡。自須游阮舍①，不是怕湖灘②〔二〕。樂助長歌送③，林饒旅思寬④。昔曾如意舞，牽率强爲看〔三〕。（0932）

【校】

①舍，宋本、《草堂》校：「陳作巷。」錢箋作「巷」，校：「一作舍。」

②湖，錢箋校：「一作溪。」《草堂》作「胡」，校：「王荆公作湖。」

③送，宋本、《草堂》校：「陳作逸。」錢箋作「逸」，校：「一作送。」

④林，錢箋作「杯」，校：「一作林。」《草堂》校：「一作杯。」

【注】

黄鶴注：永泰元年（七六五）作。

〔一〕忠州使君姪：名不詳。《舊唐書・地理志》山南東道：「忠州，隋巴東郡之臨江縣。」

〔二〕自須二句：阮舍，見卷七《八哀詩・鄭公虔》（0336）注。《太平寰宇記》卷八八瀘州合江縣：

「《峽城記》云：瀘、合、遂、蜀四郡，皆峽之郡。自蠻江、桔柏、池、導等江，至此二百八十江會於峽前，次荆門，都四百十五灘。即有清水、重峰、湖灘、漢灘、忽雷、閃電、叱灘、瀨灘、狼尾。」《明一統志》卷七〇夔州府：「湖灘，在萬縣西六十里。其水甚險，春夏水泛，江面如湖。」

〔三〕昔曾二句：庾信《對酒歌》：「山簡接羅倒，王戎如意舞。」《酉陽雜俎》卷八：「靨鈿之名，蓋自吳孫和鄧夫人也。和寵夫人，嘗醉舞如意，誤傷鄧頰，血流。」按，庾信詩或誤用王敦以如意擊唾壺事，參卷五《屏跡》(0257)注。牽率，爲人勉强。《後漢書·孔融傳》：「取媚奸臣，爲所牽率。」

禹廟

禹廟空山裏〔一〕，秋風落日斜。荒庭垂橘柚，古屋畫龍蛇〔二〕。雲氣生虛壁①，江聲走白沙。早知乘四載，疏鑿控三巴②〔三〕。(0933)

【校】

① 生虛壁，宋本、錢箋校：「一云噓清壁。」《草堂》作「噓清壁」，校：「一作生虛壁。」

② 疏鑿，宋本、錢箋、《草堂》校：「一云流落。」

【注】

黄鶴注：當是永泰元年（七六五）秋在渝、忠間作。

〔一〕禹廟句：《方輿勝覽》卷六一咸淳府：「禹祠，在臨江縣南，過岷江二里。」引此詩。《明一統志》卷六九敘州：「禹廟，在忠州治南，過江二里許，祀夏禹王。」

〔二〕荒庭二句：《書·禹貢》：「厥包橘柚，錫貢。」《孟子·滕文公下》：「當堯之時，水逆行，泛濫於中國，蛇龍居之，民無所定。……使禹治之。禹掘地而注之海，驅蛇龍而放之菹。」晁説之《晁氏客語》引孫莘老云：「甫因見此而有感也。蓋橘柚錫貢、放龍蛟，皆禹之事也。」《趙次公先後解》：「橘柚在秋八月間雖青而盡結實矣，所以皆謂之垂也。」《楚辭·招魂》：「仰觀刻桷，畫龍蛇些。」

〔三〕早知二句：《書·益稷》：「禹曰：洪水滔天，浩浩懷山襄陵，下民昏墊。予乘四載，隨山刊木。」傳：「所載者四，謂水乘舟，陸乘車，泥乘輴，山乘樏。」疏鑿，見卷六《柴門》（0274）注。三巴，見卷七《秋風二首》（0316）注。

題忠州龍興寺所居院壁〔一〕

忠州三峽内，井邑聚雲根〔二〕。小市常争米①，孤城早閉門。空看過客淚②，莫

覓主人恩。淹泊仍愁虎③〔三〕，深居賴獨園。（0934）

【校】

①米，《文苑英華》作「道」，校：「集作米。」

②空，錢箋、《草堂》校：「一作豈。」

③泊，《草堂》校：「一作薄。」

【注】

黄鶴注：公以永泰元年（七六五）秋至忠州，寓居於寺，故有此作。

〔一〕龍興寺：《方輿勝覽》卷六一咸淳府：「龍興寺，陸務觀有《龍興寺弔少陵先生寓居》詩。……寺門聽江聲甚壯。」《蜀地廣記》卷一九忠州：「杜甫嘗居龍興寺……在州北八十里。又二十里有拔山寺，與龍興寺俱漢永平間建。……已上三寺，《志》云在州北九十里。」

〔二〕忠州二句：《趙次公先後解》：「杜公言三峽者，以明月峽爲首，巴峽、巫峽之類爲中，東突峽爲盡矣。……今此忠州詩而句云『忠州三峽內』，則忠州在渝州之下、夔州之上，斯乃杜公所謂『三峽內』也。……世有吾西蜀之子，自據耳目之私，直云下水出峽則是峽外，上水出峽則峽內，故忠州言三峽內。然試問之：上水出峽謂之峽內，不知以何處爲止乎？若渝州而上，瀘州、戎州亦可謂之峽內乎？」張協《雜詩》：「雲根臨八極，雨足洒四溟。」周嬰《巵林》卷五：「天水趙子櫟《杜詩注》曰：『雲根，石也。蓋取五岳之雲，觸石而出，則石者雲之根也。』用修采其説耳。嬰按，張協詩曰：『雲根臨八極，雨足洒四溟。』又《玄武館賦》：『仰視雲根，俯臨天末。』曹毗《請雨文》：『雲根山積而中披，雨足垂零而復散。』沈君攸《桂檝泛河中詩》曰：『眇眇雲根侵遠樹。』夫曰布，曰披，曰臨，曰侵，皆是浮輕去來之意，不容以爲石也。且浪仙之詩，移石動石，豈成文理。天降時雨，山川出雲，何必皆觸石而出乎？尋宋武帝《登作樂山詩》云『屯烟擾風穴，積水溺雲根』，宋之問《江亭晚望詩》『浩渺侵雲根』，依稀可傅會耳。」按，雲根即雲，「根」字義如佛教所言塵根，參卷二《送樊二十三侍御赴漢中判官》（0086）「蒼烟根」注。

〔三〕淹泊句：峽中多虎，見卷六《客居》（0268）注。

旅夜書懷

細草微風岸，危檣獨夜舟。星垂平野闊，月涌大江流。名豈文章著，官應老病休〔一〕。飄零何所似①，天地一沙鷗②〔二〕。（0935）

【校】

① 零，錢箋作「飄」，校：「一作零。」

②地，錢箋、《草堂》校：「一作外。」

【注】

黃鶴注：當是永泰元年（七六五）去成都舟下渝州時作。《趙次公先後解》編入大曆五年（七七〇）自衡州暫往潭州詩。

〔一〕名豈二句：仇注引顧注：「名實因文章而著，官不爲老病而休。故用『豈』、『應』二字，反言以見意，所云書懷也。」

〔二〕天地句：李嶠《和杜學士旅次淮口阻風》：「水雁銜蘆葉，沙鷗隱荻苗。」

胡應麟《詩藪》内編卷四：「『山隨平野闊，江入大荒流』，太白壯語也；杜『星垂平野闊，月涌大江流』，骨力過之。『九衢寒霧斂，萬井曙鐘多』，右丞壯語也；杜『星臨萬户動，月傍九霄多』，精彩過之。『氣蒸雲夢澤，波撼岳陽城』，浩然壯語也；杜『吴楚東南坼，乾坤日夜浮』，氣象過之。『弓抱關西月，旗翻渭北風』，嘉州壯語也；杜『北風隨爽氣，南斗避文星』，風神過之。讀唐諸家至杜，輒令人自失矣。」

翁方綱《石洲詩話》卷一：「太白云：『山隨平野盡，江入大荒流。』少陵云：『星垂平野闊，月涌大江流。』此等句皆適與手會，無意相合，固不必謂相爲倚傍，亦不容區分優劣也。」

別常徵君①

兒扶猶杖策，卧病一秋强〔一〕。白髮少新洗，寒衣寬總長。故人憂見及，此別淚相忘〔二〕。各逐萍流轉，來書細作行〔三〕。（0936）

【校】

①常徵君，宋本作「徵常君」，誤。據錢箋等改。

【注】

黄鶴注：當是永泰元年（七六五）冬在雲安作。

〔一〕卧病句：仇注：「强，多也。」

〔二〕故人二句：朱鶴齡注：「憂見及，言徵君憂己之病而見訪。」仇注引黄注：「見及，恐大命之見及也。」説甚鑿。

〔三〕各逐二句：曹植《雜詩》：「寄松爲女蘿，依水如浮萍。」《趙次公先後解》：「書細作行，囑其委曲也。字則亦《漢書》言詔書成文，細札十行中字矣。」《後漢書·循吏傳》：「其以手跡賜方國者，皆一札十行，細書成文。」

十二月一日三首

今朝臘月春意動，雲安縣前江可憐。一聲何處送書雁，百丈誰家上水船①〔一〕？未將梅蘂驚愁眼，要取楸花媚遠天②〔二〕。明光起草人所羨，肺病幾時朝日邊〔三〕？（0937）

【校】

①水，錢箋校：「一作瀨。」

②要，錢箋校：「一作更。」　楸，錢箋校：「一作椒。」

【注】

黄鶴注：當是永泰元年（七六五）在雲安作。

〔一〕百丈：見卷七《秋風二首》（0316）注。

〔二〕未將二句：《趙次公先後解》：「蓋梅未開而楸有花也。」朱鶴齡注：「十二月一日去元日已近，故用椒花獻頌事。媚，即《古樂府》『入門各自媚』之『媚』耳。此正應起語『春意動』三字。楊用修謂椒花色緑，與葉無辨，不可言媚，當作楸花。吾不謂然。」楊慎説見《升庵詩話》卷一三。椒花，見卷九《杜位宅守歲》(0465)注。按，朱説鑿，椒花謂椒酒，非能與梅蘂爲對。

〔三〕明光二句：明光起草，見卷二《送李校書二十六韻》(0089)注。《晋書・明帝紀》：「年數歲，嘗坐置膝前，屬長安使來，因問帝曰：『汝謂日與長安孰遠？』對曰：『長安近。不聞人從日邊來，居然可知也。』」《趙次公先後解》：「其後人遂以日邊爲帝都。」

寒輕市上山烟碧，日滿樓前江霧黄。負鹽出井此谿女，打鼓發船何郡郎〔一〕？新亭舉目風景切，茂陵著書消渴長〔二〕。春花不愁不爛漫，楚客唯聽棹相將〔三〕。

(0938)

【注】

〔一〕負鹽二句：《舊唐書・地理志》山南東道夔州：「雲安，漢朐腮縣，屬巴郡。故城曰萬户城。縣西三十里，有鹽官。」浦起龍引王周《峽船具詩序》：「牽百丈者擊鼓以號令之，人聲灘亂，無以相接，所以節動止進退。」袁枚《隨園詩話》卷二：「古人官貴行船多伐鼓，少陵詩曰『打鼓發船誰氏郎』，白香山詩曰『兩岸紅燈數聲鼓，使君樓艓下巴東』，皆伐鼓之證也。今人開船鳴鉦，未知起於何時。」按，白居易詩亦言峽内，杜詩則顯非言官貴，此爲當地風景。

〔二〕新亭二句：《世説新語・言語》：「過江諸人，每至美日，輒相邀過新亭，藉卉飲宴。周侯中坐而歎曰：『風景不殊，正自有山河之異。』皆相視流淚。唯王丞相愀然變色，曰：『當共戮力王室，克復神州，何至作楚囚相對？』」《趙次公先後解》：「以避亂流落，所寓如新亭之景物。」茂陵著書，見卷三《鹿頭山》(0169)注。消渴，見卷六《同元使君春陵行》(0276)。

〔三〕楚客：《趙次公先後解》：「楚客，則公自指其爲楚地之客。」

《苕溪漁隱叢話》前集卷四七：「《禁臠》云：魯直換字對句法，如『只今滿坐且尊酒，後夜此堂空月明』……其法於當下平字處以仄字易之，欲其氣挺然不群，前此未有人作此體，獨魯直變之。苕溪漁隱曰：此體本出於老杜，如『寵光蕙葉與多碧，點注桃花舒小紅』、『一雙白魚不受釣，三寸黄柑猶自青』、『外江三峽且相接，斗酒新詩終日疏』、『負鹽出井此溪女，打鼓發船何處郎』、『沙上草閣柳新暗，城邊野池蓮欲紅』，似此體甚多，聊舉此數聯，非獨魯直變之也。……今俗所謂拗句者是也。」

《瀛奎律髓》卷二五：「拗字詩在老杜集七言律詩中謂之吴體。老杜七言律一百五十九首，而此體凡十九出，不止句中拗一字，往往神出鬼没。雖拗字甚多，而骨格愈峻峭。今江湖學詩者，喜許渾詩『水聲東去市朝變，山勢北來宫殿高』、『湘潭雲盡暮山出，巴蜀雪消春水來』，以爲丁卯句法。殊不知始於老杜，如『負鹽出井此溪女，打鼓發船何郡郎』、『寵光蕙葉與多碧，點注桃花舒小紅』之類是也。如趙嘏『殘星幾點雁横塞，長笛一聲人倚樓』亦是也。唐詩多此類，獨老杜吴體之所謂拗，而才小者不能爲之矣。五言律亦有拗者，止爲語句要渾成，氣勢要頓挫，則换易一兩字平仄無害也，但不如七言吴體全拗爾。」

即看燕子入山扉，豈有黄鸝歷翠微〔一〕。短短桃花臨水岸，輕輕柳絮點人衣。春來準擬開懷久〔二〕，老去親知見面稀。他日一杯難强進，重嗟筋力故山違。(0939)

【注】

〔一〕即看二句：陳後主《晚宴文思殿》：「荷影侵池浪，雲色入山扉。」翠微，見卷九《重題鄭氏東亭》(0421)注。

〔二〕準擬：蔣禮鴻《敦煌變文字義通釋》：「准擬，有兩類意義，一類是打算、希望、料想，一類是準備、安排。」《敦煌變文集・三身押座文》：「若不是□死王押頭著，准擬千年餘萬年。」《太平廣記》卷三四八《韋齊休》(出《河東記》)：「其夕，張清似夢中忽見齊休曰：『我昨日已死，先令買塋三畝地，可速支關。』……張清准擬皆畢。」此爲希望義。

又雪

南雪不到地，青崖霑未消〔一〕。微微向日薄，脈脈去人遥。冬熱鴛鴦病，峽深豺虎驕。愁邊有江水，焉得北之朝？（0940）

【注】

黄鶴注：當是永泰元年（七六五）冬作。

〔一〕南雪二句：《趙次公先後解》引卷七《前苦寒行二首》（0342）：「去年白帝雪在山，今年白帝雪在地。」謂：「此大曆元年冬詩也。其云去年，則指今歲永泰元年矣。」

奉漢中王手札〔一〕

國有乾坤大，王今叔父尊〔二〕。剖符來蜀道，歸蓋取荆門〔三〕。峽險通舟過①，江長注海奔。主人留上客，避暑得名園〔四〕。前後緘書報，分明饌玉恩。天雲浮絶壁，風竹在華軒。已覺良宵永②，何看駭浪翻。入期朱邸雪，朝傍紫微垣〔五〕。枚乘文章老，河間禮樂存〔六〕。悲秋宋玉宅，失路武陵源〔七〕。淹薄俱崖口，東西異石根。夷音迷咫尺，鬼物傍黄昏③。犬馬誠爲戀，狐狸不足論〔八〕。從容草奏罷，宿昔奉清罇。（0941）

【校】

①過，宋本、錢箋校：「陳作峻。」《草堂》校：「或作浚。」

②永，宋本、錢箋校：「陳作逸。」

③傍，宋本、錢箋、《草堂》校：「一作倚。」

【注】

黄鶴注：當是王貶蓬州刺史，以路梗不得歸京，今將出峽，作書報公，而公復以此詩。王在歸州爲太守留度夏，而公在雲安也。當是永泰元年（七六五）作。《趙次公先後解》編入大曆二年（七六七）七月夔州作。仇注編入大曆元年。

〔一〕漢中王：名瑀。見卷一二《玩月呈漢中王》（0763）、《戲題上漢中王三首》（0806）注。按，前詩寶應元年（七六二）在梓州作，時王貶蓬州，而至梓州，有「歸舟應獨行」句，蓋自梓州溯涪江至綿州歸朝。而此詩云「剖符來蜀道，歸蓋取荆門」，舊注皆謂王自蓬州取道荆門歸朝。然自寶應元年至此又遷延數年，王自乾元二年被貶至此則已七八年，據事理實不應遭此重譴，在任亦不應如此之久。且自蓬州歸朝，而出峽赴荆門，實無如此迂遠取道之理。疑王前已歸朝，再受命剖符來蜀，而史闕載。

〔二〕國有二句：瑀爲玄宗兄讓皇帝憲子，爲代宗叔父。

〔三〕荆門：見卷三《桔柏渡》(0167)注。

〔四〕主人二句：《趙次公先後解》：「主人指其爲郡之人，應是歸州。蓋由歸州一百九十里至峽州，由峽州出陸，乃取荆門道也。……何以知其爲歸州？蓋上言舟已過峽，而下言淹泊於崖口石根也。」

〔五〕紫微垣：指帝居，見卷八《詠懷二首》(0387)注。

〔六〕枚乘二句：枚乘，見卷一二《戲題上漢中王三首》(0808)注。《漢書·枚乘傳》：「復游梁，梁客皆善屬辭賦，乘尤高。孝王薨，乘歸淮陰。武帝自爲太子聞乘名，及即位，乘年老，乃以安車蒲輪徵乘，道死。」河間禮樂，見卷七《別李義》(0358)注。

〔七〕悲秋二句：陸游《入蜀記》卷四：「宋玉宅，在秭歸縣之東，今爲酒家。舊有石刻『宋玉宅』三字，近以郡人避太守家諱去之。或遂由此失傳，可惜也。」《明一統志》卷六二荆州府：「宋玉宅，在歸州治東五里。」《清一統志》卷二七三宜昌府：「宋玉宅，在歸州東二里相公嶺上。」武陵源，見卷二《北征》(0052)「桃源」注。

〔八〕犬馬二句：曹植《上責躬應詔詩表》：「不勝犬馬戀主之情。」《漢書·孫寶傳》：「豺狼横道，不宜復問狐狸。」

贈崔十三評事公輔〔一〕

飄飄西極馬①，來自渥洼池〔二〕。颯飁定山桂②〔三〕，低徊風雨枝。我聞龍正直，道屈爾何爲〔四〕？且有元戎命〔五〕，悲歌識者知③。官聯辭冗長，行路洗欹危〔六〕。脱劍主人贈〔七〕，去帆春色隨。陰沈鐵鳳闕，教練羽林兒〔八〕。天子朝侵早，雲臺仗數移〔九〕。分軍應供給，百姓日支離〔一〇〕。黠吏因封己，公才或守雌〔一一〕。燕王買駿骨④，渭老得熊羆〔一二〕。活國名公在⑤，拜壇羣寇疑〔一三〕。冰壺動瑶碧，野水失蛟螭〔一四〕。入幕諸彦集⑥，渴賢高選宜〔一五〕。騫騰坐可致，九萬起於斯〔一六〕。復進出矛戟，昭然開鼎彝〔一七〕。會看之子貴，歎及老夫衰。豈但江曾決，還思霧一披〔一八〕。暗塵生古鏡，拂匣照西施〔一九〕。舅氏多人物，無慚困翮垂〔二〇〕。（0942）

【校】

① 飊，錢箋作「飄」，校：「吴作飊。」

② 定，宋本校：「一作寒。」錢箋校：「一作寒。一作鄧。」《草堂》作「寒」，校：「一作定。或謂『定』字當作『鄧』。」

③ 知，錢箋作「誰」，校：「吴作知。」

④ 買，宋本、錢箋校：「一作賈。」

⑤ 活，宋本作「沽」，據錢箋等改。

⑥ 集，《草堂》作「聚」，校：「或作集。」

【注】

黄鶴注：梁權道編在永泰元年（七六五）雲安詩内，然詩云去帆隨，則非雲安作。《趙次公先後解》編入大曆元年（七六六）夔州詩。

〔一〕崔十三評事公輔：卷一六有《戲寄崔評事表侄蘇五表弟韋大少府諸姪》（1253）。此爲杜甫表侄，與崔十六評事弟非一人。《新唐書・宰相世系表二下》崔氏清河大房：洛陽丞豐孫，「公輔，雅州刺史」。未知是否同人。

〔二〕渥注：見卷一《沙苑行》（0038）注。

〔三〕颯飄句：《趙次公先後解》：「『寒山桂』一作『定山桂』，以『寒山桂』爲是。或云周王褒有《詠定林寺桂樹》詩，然不應以定林爲定山也。」「飂音習。《唐韻》云：颯飂，大風也。」《廣韻》：「颯飂，大風。」按，沈約《早發定山》：「野棠開未落，山櫻發欲然。忘歸屬蘭杜，懷禄寄芳荃。」定山在錢塘。詩云「定山桂」，或蘭、桂混淆。

〔四〕我聞二句：《趙次公先後解》：「比崔以龍，蓋若顔延年《詠嵇康》云『龍性誰能馴』也。」仇注：「龍屈當伸，而元戎見知。」《易·繫辭下》：「尺蠖之屈，以求信也；龍蛇之蟄，以存身也。」《説苑·至公》：「是以德積而不肆，大道屈而不伸。」

〔五〕且有句：《趙次公先後解》：「其元戎指節度使也。」朱鶴齡注：「元戎命，言應羽林軍帥之命。」趙注是。大曆初，荆南節度使爲衛伯玉，見卷七《荆南兵馬使太常卿趙公大食刀歌》(0310)注。

〔六〕官聯二句：《趙次公先後解》：「蓋崔評事於元戎之僚屬，亦止閑散官，今以行役而往，則官聯可辭冗長矣。」「行路洗欹危，則以舟行，故免欹危之苦。」庾信《周太子太保步陸逞神道碑》：「官聯會計，務殷平準。」官聯即職掌義。

〔七〕脱劍句：《趙次公先後解》：「主人以指元戎者，以劍贈人，亦理之常。如伍子胥解劍以贈漁父，楊修嘗以劍與魏文帝。舊注引季札以劍帶徐君墓上，却是贈死人矣，豈可用證此乎？」

〔八〕陰沈二句：張衡《西京賦》：「鳳騫翥於甍標，咸溯風而欲翔。」《文選》薛綜注：「謂作鐵鳳凰，令張兩翼，舉頭敷尾，以函屋上，當棟中央，下有轉樞，常向風如將飛者焉。」羽林，見卷一《自京赴奉先縣詠懷五百字》(0041)注。朱鶴齡注：「評事掌出使推按，不爲冗官。此云『官聯辭冗長』，又云『教練羽林兒』，蓋崔自外僚徵入朝，爲羽林幕職，評事恐是兼官，或先曾以評事貶斥。」仇注：「崔蓋先爲評事，繼膺幕僚，後以元戎之薦，補羽林軍職也。」按，據後《戲寄崔評表侄蘇五表弟韋大少府諸姪》及《季秋蘇五弟纓江樓夜宴崔十三評事韋少府侄三首》(1222)等詩，則大曆二、三年崔仍在夔州，無所謂還朝之事。其人必爲荆南節度使或夔州都督府僚屬，評事爲其兼銜。此二句言宮闕，引出下二句。謂羽林兒守衛宮闕，與崔評事實無關。朱、仇皆誤會。

〔九〕天子二句：侵早，清晨。王建《宮詞》：「爲報諸王侵早入，隔門催進打毬名。」雲臺仗，見卷七《八哀詩·嚴公武》(0332)注。《趙次公先後解》：「蓋天子當多難之時，其朝侵早以訓兵練卒，故所禦非一處，而移雲臺之仗也。」

〔一〇〕分軍二句：《趙次公先後解》：「分軍則當應其供給，此可以見崔評事爲帶軍糧及絹帛之類爲行役也。」按，時荆南節度使領澧、朗、硤、夔、忠、歸、萬等八州及黔中之涪，所在皆有軍鎮，置兵鎮守，崔評事蓋奉元戎命上峽，或有軍糧供給之事，而路經夔州，故詩云「去帆」。

〔一一〕黠吏二句：《國語·晋語八》：「引黨以封己，利己而忘君。」《趙次公先後解》：「封己者，取利以入己，封己以養高，勢動人主。」《晋書·虞騤傳》：「孔愉有公才而無公望，丁潭有公望而無公才。」《趙次公先後解》：「公才者，公輔之才也。……似指言崔評事之主人。」《老子》二十八章：「知其雄，守其雌。」仇注：「守雌，無益於民者。」按，此謂工師謙退。二句對言。

〔一二〕燕王二句：買駿骨，見卷六《昔游》(0288)注。得熊羆，見卷九《投贈哥舒開府翰二十韻》(0412)「非熊」注。

〔一三〕活國二句：拜壇，見卷一〇《秦州雜詩二十首》(0567)注。《趙次公先後解》：「正指言上句公才之人。……既言活國在於名公，則可以拜爲大將矣。拜爲大將，必有蕩寇之功，故爲羣寇所疑。」按，此當指衛伯玉。

〔一四〕冰壺二句：《趙次公先後解》：「冰壺動瑶碧，又言元戎之胸中如冰壺之清。」仇注：「言將令肅清。」《趙次公先後解》：「野水失蛟螭，以言元戎之離去山徼之水，如蛟螭脱於野水之中。」朱鶴齡注：「玉壺消冰，蛟螭失水，言群盜將蕩滅也。」仇注：「野水句，言餘孽消除。」按，蛟螭當喻崔評事入幕，脱去野水。

〔一五〕入幕二句：《後漢書・周舉傳》：「求賢若渴。」《趙次公先後解》：「六句一段，却以美崔評事必再入幕而展其材也。」按，此言崔已在幕下。

〔一六〕騫騰二句：騫騰，見卷一〇《寄岳州賈司馬六丈巴州嚴八使君兩閣老五十韻》(0611)注。九萬句，見卷一〇《送楊六判官使西蕃》(0510)注。

〔一七〕復進二句：《世説新語・賞譽》：「見鍾士季如觀武庫，但睹矛戟。」《禮記・祭統》：「對揚以辟之，勤大命施於烝彜鼎。此衛孔悝之鼎銘也。」注：「言我將行君之命，又刻著於烝祭之彜鼎。彜，尊也。」

〔一八〕豈但二句：《孟子・盡心上》：「及其聞一善言，見一善行，若決江河，沛然莫之能禦也。」霧一披，見卷九《贈特進汝陽王二十韻》(0417)注。

〔一九〕暗塵句：徐幹《情詩》：「爐薰闔不用，鏡匣上塵生。」鮑照《擬古詩》：「明鏡塵匣中，寶瑟生網羅。」

〔二〇〕無慚句：盧諶《答魏子悌》：「顧此腹背羽，愧彼排虛翮。」朱鶴齡注：「困翮，公自謂也。」

長江二首

衆水會涪萬，瞿唐争一門〔一〕。朝宗人共挹，盜賊爾誰尊〔二〕？孤石隱如馬，高蘿垂飲猿〔三〕。歸心異波浪，何事即飛翻〔四〕？（0943）

【注】

黄鶴注：永泰元年（七六五）作，時公在雲安。

〔一〕衆水二句：《元和郡縣圖志》卷三〇：「涪州，涪陵。下。……武德元年，立爲涪州，在蜀江之南，涪江之西，故爲名。上元二年，因黄萼硤有獠賊强聚，江陵節度吕諲請隸於江陵，置兵鎮守。……東至東都三千六百里，水路至萬州六十里。」《舊唐書·地理志》山南東道：「萬州，隋巴東郡之南浦縣。……天寶元年，改爲南浦郡。乾元元年，復爲萬州。」《水經注》江水：「又東北至巴郡江州縣東，强水、涪水、漢水、白水、宕渠水五水合，南流注之。」瞿塘，見卷六《柴門》（0274）注。

〔二〕朝宗二句：《書·禹貢》：「江漢朝宗於海。」黄鶴注：「盜賊指崔旰。」見卷六《客居》(0268)注。

〔三〕孤石二句：《唐國史補》卷下：「蜀之三峽，河之三門，南越之惡溪，南康之贛石，皆險絶之所，自有本處人爲篙工。大抵峽路峻急，故曰『朝發白帝，暮徹江陵』。四月五月爲尤險時，故曰『灧澦大如馬，瞿塘不可下。灧澦大如牛，瞿塘不可留。灧澦大如襆，瞿塘不可觸』。」蕭督《游七山寺賦》：「猿連臂而下飲，鳥比翼而群飛。」

〔四〕飛翻：見卷七《别李義》(0358)注。

浩浩終不息，乃知東極臨①〔一〕。衆流歸海意，萬國奉君心。色借瀟湘闊〔二〕，聲驅灧澦深②。未辭添霧雨，接上遇衣襟③〔三〕。（0944）

【校】

①臨，宋本、錢箋、《草堂》校：「一作深。」

②深，宋本校：「一作沈。」錢箋校：「荆作沈。」《草堂》校：「王荆公作沈。」

③遇，宋本、錢箋校：「一作過。」《草堂》作「過」，校：「一作遇。」

【注】

〔一〕東極：《史記·秦始皇本紀》：「登茲泰山，周覽東極。」浦起龍云：「東極，東海也。不言海而言極，喻朝廷也。」

〔二〕色借句：《趙次公先後解》：「三峽之水下入洞庭，與瀟湘相連，故云色借其闊。」

〔三〕未辭二句：《趙次公先後解》：「爲此長江者，未便辭讓霧雨添之，而舟中之人接於其上，則先經過於衣襟間也。」朱鶴齡注引《杜詩博議》：「江流之大，不辭霧雨，雨接江流而上，過人衣襟之間，所謂波浪兼天者如此。」仇注：「『接上』二字恐當作『接壤』，言水浸岸上也。」

承聞故房相公靈櫬自閬州啓殯歸葬東都有作二首〔一〕

遠聞房太守①，歸葬陸渾山〔二〕。一德興王後，孤魂久客間〔三〕。孔明多故事，安石竟崇班〔四〕。他日嘉陵涕，仍霑楚水還〔五〕。（0945）

【校】

①守，宋本、錢箋、《草堂》校：「一作尉。」

【注】

黃鶴注：作於永泰元年（七六五），是時公在雲安。

〔一〕房相公：房琯。見卷一三《别房太尉墓》（0864）注。

〔二〕遠聞二句：《趙次公先後解》：「師民瞻本作房太尉，極是。蓋琯既出爲晋、漢二刺史，寶應元年召拜刑部尚書，道病卒，贈太尉，不應呼之爲太守也。」陸渾山，見卷一〇《憶弟二首》（0511）注。《舊唐書·房琯傳》：「房琯，河南人。……少好學，風儀沈整。以門蔭補弘文生，性好隱遁，與東平吕向於陸渾伊陽山中讀書爲事，凡十餘歲。」

〔三〕一德二句：《書·咸有一德》：「伊尹作咸有一德。……惟尹躬暨湯，咸有一德。」錢箋：「琯建分鎮討賊之議，首定興復之功，故以『一德興王』許之。琯爲肅宗所惡，幾有伊生嬰戮之禍，故以伊尹比之。亦寓意於玄、肅父子之間也。」亦施其故伎，有意生發。

〔四〕孔明二句：《三國志·蜀書·諸葛亮傳》：「臣壽等言：臣前在著作郎，侍中領中書監濟北侯臣荀勖、中書令關内侯臣和嶠奏，使臣定故蜀丞相諸葛亮故事……凡爲二十四篇。」《晋書·王獻之傳》：「及安薨，贈禮有同異之議，惟獻之、徐邈共明安之忠勳……孝武帝遂加安殊禮。」

〔五〕他日二句：嘉陵江，又名閬中水，見卷五《閬水歌》（0277）注。錢箋：「楚水，夔以下之江也。」朱鶴齡注：「公在閬州曾哭琯墓，故言此淚仍隨江水而來也。」

丹旐飛飛日〔一〕，初傳發閬州。風塵終不解，江漢忽同流〔二〕。劍動新身匣①〔三〕，書歸故國樓。盡哀知有處，爲客恐長休。（0946）

【校】

① 新，錢箋校：「趙云善本作親。」《草堂》作「親」，校：「一作新。」

【注】

〔一〕丹旐：何遜《王尚書瞻祖日》：「昱昱丹旐振，亭亭素蓋立。」見卷七《八哀詩·嚴公武》（0332）注。

〔二〕江漢句：《趙次公先後解》：「江漢忽同流，則靈櫬所經者江與漢矣。」

〔三〕劍動句：朱鶴齡注：「《左傳》：不識屬辟。疏云：屬，次大棺。辟，親身棺也。匣即蛟龍玉匣。」參本卷《哭嚴僕射歸櫬》（0928）注。仇注引吴注：「按劍動匣中，直指劍匣，非謂棺也。謝惠連詩：『裁爲親身服，著以俱寢興。』『親身』二字亦可相證，何必引《左傳》疏文乎？」按，劍匣之説甚多。《太平廣記》卷三四四引《拾遺記》：「顓頊高陽氏有畫影劍、騰空劍，若四方有兵，此劍則飛赴指其方則克。未用時，在匣中常如龍虎吟。」然此「匣」字似雙關葬衣，故謂之「新身匣」亦不誤，不必改爲親身。

雲安九日鄭十八攜酒陪諸公宴〔一〕

塞花開已盡，菊蘂獨盈枝。舊摘人頻異，輕香酒暫隨。地偏初衣裌①，山擁更

登危。萬國皆戎馬〔二〕，酣歌淚欲垂。（0947）

【校】

① 裌，《草堂》作「袷」。

【注】

黄鶴注：公永泰元年（七六五）初秋至雲安，當是其年作。

〔一〕鄭十八：見卷六《贈鄭十八賁》（0303）注。黄鶴注：「鄭十七、鄭十八兄弟也，意鄭是雲安人。」

〔二〕萬國句：黄鶴注：「永泰元年八月，僕固懷恩及吐蕃、回紇等入寇，故詩云『萬國皆戎馬』。」

答鄭十七郎一絶

雨後過畦潤，花殘步屐連。把文驚小陸，好客見當時〔一〕。（0948）

【注】

黄鶴注：當是大曆元年（七六六）春作，公是年春晚方還夔。

〔一〕把文二句：《趙次公先後解》：「小陸，陸士龍也。當時，鄭當時也。皆以言鄭十八。蓋在鄭十七郎言之，故指鄭十八爲小陸。」《晋書·陸機傳》：「至太康末，與弟雲俱入洛，造太常張華。華素重其名，如舊相識，曰：『伐吴之役，利獲二俊。』」鄭當時，見卷一三《贈王二十四侍御契四十韻》(0869)「鄭驛」注。

將曉二首

石城除擊柝，鐵鎖欲開關〔一〕。鼓角悲荒塞，星河落曙山①。巴人常小梗，蜀使動無還〔二〕。垂老孤帆色，飄飄犯百蠻②〔三〕。（0949）

【校】

①曙，《草堂》作「曉」。

②百，錢箋校：「一作白。」《九家》、《草堂》作「白」，《草堂》校：「或作百。非是。」

【注】

黄鶴注：當是永泰元年（七六五）冬作。

〔一〕石城二句：《華陽國志》卷一：「朐忍縣，郡西二百九十里。水道有東陽、下瞿數灘，山有大小石城勢。」《水經注》江水：「江水又東逕臨江縣南，王莽之臨江縣也。《華陽記》曰：縣要枳東四百里，東接朐忍縣，有鹽官。……江水又東得黄華水口，江浦也，左逕石城南。庾仲雍曰：臨江至石城黄華口一百里。」《太平寰宇記》卷一四九忠州臨江縣：「故石城在縣東一百里，當岷江之北岸。李雄之亂，巴西郡寄治此城。其城四面懸絶焉。」然此石城，疑是泛言。《趙次公先後解》：「其所言石城，乃白帝城也。」又：「擊柝所以言警夜。曉則除罷之矣。」《易・繫辭下》：「重門擊柝，以待暴客。」《水經注》江水：「江水又東逕魚復縣故城南……《地理志》江關都尉治。」《太平寰宇記》卷一四八夔州：「三鈎鎮在州東三里，舊時鐵鎖斷江、浮梁禦敵處也。鎮居數溪之會，故曰三鈎。唐武德二年廢。」

〔二〕巴人二句：《趙次公先後解》：「『巴人常小梗』自是一句，應道當時實事。謂之『小梗』，亦不甚傾駭。史傳不載。……舊注便作段子璋反，子璋反在上元二年，去此隔六年事。」「『蜀使動無還』又是一句，言吐蕃未息，所以蜀使輒無還者。」黄鶴注謂指上元元年段子璋反，伏誅；乾元元年徐知道反，伏誅；永泰元年崔旰反，殺郭英乂，乂曰動無還。趙注謂張獻誠與崔旰戰於梓州，不可謂之巴人。浦起龍謂時巴渝間必有脅諸蠻爲亂者，段子璋、徐知道、崔旰等皆在西蜀，不得云巴人；「蜀使動無還」，如《三絶句》所云渝州、開州殺刺史之類。

〔三〕白蠻：《趙次公先後解》：「末句白蠻，則亦以荊地靠溪洞一帶爲蠻矣。」謂作百蠻非。參卷六《秋風二首》(0316)注。

軍吏回官燭，舟人自楚歌。寒沙蒙薄霧，落月去清波。壯惜身名晚，衰慚應接多。歸朝日簪笏，筋力定如何〔一〕？（0950）

【注】

〔一〕歸朝二句：仇注：「前章歎留滯南方，此章欲還歸北闕也。」

懷錦水居止二首

軍旅西征僻，風塵戰伐多〔一〕。猶聞蜀父老①，不忘舜謳歌〔二〕。天險終難立，柴門豈重過〔三〕。朝朝巫峽水，遠遠錦江波②。（0951）

【校】

①猶，宋本、錢箋、《草堂》校：「一作獨。」

②遠遠，錢箋、《草堂》作「遠逗」。

【注】

黃鶴注：當是大曆元年（七六六）在雲安作。《趙次公先後解》編入永泰元年（七六五）。

〔一〕軍旅二句：《趙次公先後解》謂指永泰元年八月僕固懷恩及吐蕃、回紇掠涇、邠，京師大震，「此詩作於初聞寇難，而周、郭未勝之前。」黃鶴注謂指吐蕃之亂及張獻誠、柏茂林、楊子琳共起兵討崔旰。

〔二〕不忘句：《孟子·萬章上》：「舜相堯二十有八載，非人之所能爲也，天也。堯崩……謳歌者，不謳歌堯之子而謳歌舜，故曰天也。夫然後之中國，踐天子位焉。」《趙次公先後解》：「今意在歌頌天子而已。」

〔三〕天險二句：《趙次公先後解》：「則憂吐蕃能犯蜀之險矣。」仇注：「兵亂如是，故天險難以立身，而草堂不復經過矣。」

萬里橋南宅①，百花潭北莊〔一〕。層軒皆面水，老樹飽經霜。雪嶺界天白，錦城曛日黃。惜哉形勝地，回首一茫茫。（0952）

【校】

①南，錢箋校：「當作西。」《草堂》作「西」，校：「或作南，誤。」

【注】

〔一〕萬里二句：見卷一一《卜居》(0615)、《狂夫》(0620)注。朱鶴齡注：「公前詩云『萬里橋西一草堂』，此詩又云『萬里橋南宅』，堂蓋居於橋之西南也。」

子規

峽裏雲安縣，江樓翼瓦齊〔一〕。兩邊山木合，終日子規啼〔二〕。眇眇春風見，蕭蕭夜色淒。客愁那聽此，故作傍人低①。(0953)

【校】

① 故作傍人低，宋本、錢箋、《草堂》校：「一作故傍旅人低。」

【注】

黄鶴注：當是大曆元年(七六六)作。

〔一〕江樓句：翼謂屋翼。《儀禮·鄉飲酒禮》注：「榮，屋翼。」疏：「榮在屋棟兩頭，與屋爲翼，若鳥之有翼。」劉攽《西都大内作》：「琉璃映瓦翼，瑲琅耀金鋪。」

〔二〕子規：見卷三《法鏡寺》(0145)、卷四《杜鵑行》(0173)注。

立春

春日春盤細生菜〔一〕，忽憶兩京梅發時。盤出高門行白玉，菜傳纖手送青絲〔二〕。巫峽寒江那對眼，杜陵遠客不勝悲。此身未知歸定處，呼兒覓紙一題詩。(0954)

【注】

黄鶴注：當是大曆元年(七六六)在雲安作。《趙次公先後解》編入大曆二年(七六七)。

〔一〕春日句：《太平御覽》卷二〇引《齊人月令》：「凡立春日食生菜，不可過多，取迎新之意而已。及進漿粥，以導和氣。」《説郛》卷六九《四時寶鏡》：「東晋李鄂，立春日命以蘆菔、芹菜爲菜盤，相餽貺。」「立春日，春餅生菜號春盤。」

〔二〕盤出二句：《水經注》渭水：「北出西頭……第二門，本名厨門，又曰朝門，王莽更名建子門廣世亭，一曰高門。蘇林曰：高門，長安城北門也。其内有長安厨官在東，故名曰厨門也。」朱鶴齡注引此，謂：「或曰高門，概言高大之門。」仇注：「此指貴戚之家。」《趙次公先後解》：「行白玉，行白玉盤也。」卷七《種萵苣》（0315）：「登于白玉盤，藉以如霞綺。」仇注：「黄生注：生菜，韭也。……詩言青絲指韭，良是。」

漫成一絶①

江月去人只數尺，風燈照夜欲三更。沙頭宿鷺聯拳静②，船尾跳魚撥剌鳴③〔一〕。

（0955）

【校】

① 一絶，《九家》、《草堂》無。

② 静，宋本、錢箋、《草堂》校：「一作起。」

③ 撥，宋本、錢箋校：「一作跋。」

【注】

黄鶴注：當是大曆元年（七六六）自雲安發船下夔州時作。

〔一〕沙頭二句：本書卷一九《鵰賦》（1463）：「聯拳拾穗，長大如人。」《趙次公先後解》：「聯拳者，相並相續之貌。」按，《莊子・在宥》：「乃始臠卷傖囊而亂天下也。」釋文：「司馬云：臠卷，不申舒之狀也。崔同。一云相牽引也。」揚雄《羽獵賦》：「騰空虛，距連卷。」《漢書》注：「師古曰：卷音拳。」《文選》吕向注：「連卷夭蹻，樹木盤曲貌。」《南都賦》李善注：「連卷，曲貌。」聯拳、臠卷、連卷，蓋同一詞。撥刺，擺動而發出聲響，用以形容琴絃、弓弦及魚。《淮南子・修務訓》：「琴或撥刺枉橈，闊解漏越。」張衡《思玄賦》：「彎威弧之撥刺兮，射嶓冢之封狼。」

老病

老病巫山裏，稽留楚客中。藥殘他日裏，花發去年叢〔一〕。夜足霑沙雨，春多逆水風。合分雙賜筆，猶作一飄蓬〔二〕。（0956）

【注】

黄鶴注：當是大曆元年（七六六）夔州作。

〔一〕藥殘句：藥裏，見卷七《寄從孫崇簡》（0349）注。

〔二〕合分二句：《藝文類聚》卷五八引《漢官儀》：「尚書令僕丞郎，月給赤管大筆一雙。」《趙次公先後解》：「公爲尚書工部郎，故感而有句。」

南楚

南楚青春異〔一〕，暄寒早早分。無名江上草，隨意嶺頭雲。正月蜂相見，非時鳥共聞。杖藜妨躍馬，不是故離羣〔二〕。（0957）

【注】

黄鶴注：當是大曆元年（七六六）在雲安作。

〔一〕南楚：《趙次公先後解》：「夔在戰國爲楚地。」《通典》卷一七五《州郡》：「夔州，春秋時爲魚國，後屬楚。……大唐武德二年，避皇外祖諱，改信州爲夔州。其後或爲雲安郡。領縣四：……巫山，楚置巫山郡。」

〔二〕杖藜二句：《趙次公先後解》：「官身而在諸人之間，則必騎馬。今也杖藜而獨往，乃放曠所然，不是故爲離羣也。」

移居夔州郭

伏枕雲安縣，遷居白帝城〔一〕。春知催柳别〔二〕，江與放船清①。農事聞人説，山光見鳥情。禹功饒斷石，且就土微平〔三〕。（0958）

【校】

①與，宋本、錢箋、《草堂》校：「一作已。」

【注】

黄鶴注：公以大曆元年（七六六）春晚移居夔州城，此當是其時作。

〔一〕白帝城：見卷六《引水》（0260）注。

〔二〕春知句：虞世南《奉和獻歲宴宫臣》：「春光催柳色，日彩泛槐烟。」宋之問《奉和晦日幸昆明池應制》：「節晦蓂全落，春遲柳暗催。」

〔三〕禹功二句：禹功，見卷六《柴門》（0274）注。《分門》洙曰：「沿峽皆開鑿而成，故少平土。惟夔州稍平爾。」

船下夔州郭宿雨濕不得上岸别王十二判官〔一〕

依沙宿舸船，石瀨月娟娟。風起春燈亂，江鳴夜雨懸。晨鐘雲外濕①，勝地石堂烟〔二〕。柔櫓輕鷗外，含悽覺汝賢〔三〕。（0959）

【校】

① 外，宋本、錢箋校：「晋作岸。」

【注】

黄鶴注：大曆元年（七六六）春晚自雲安遷居夔州時作。

〔一〕王十二判官：名不詳。

〔二〕石堂：《趙次公先後解》：「石堂應是夔州佳處。」

〔三〕柔櫓二句：謝靈運《廬陵王墓下作》：「含淒泛廣川，灑淚眺連岡。」《趙次公先後解》：「汝，以指言鷗。」仇注：「或以汝賢指鷗鳥，於别王之意不合。」

入宅三首①

奔峭背赤甲，斷崖當白鹽〔一〕。客居愧遷次〔二〕，春酒漸多添。花亞欲移竹〔三〕，鳥窺新捲簾。衰年不敢恨，勝概欲相兼〔四〕。（0960）

【校】

① 入宅三首，錢箋題下注：「赤甲白鹽二山。」

【注】

黄鶴注：公大曆二年（七六六）移居赤甲，此詩作於大曆二年春。按，夔州治所爲奉節縣，即赤甲城。舊注謂甫至夔州後居西閣，二年春自西閣移居赤甲，三月又遷居瀼西。然西閣所在不明，亦不知赤甲城即夔州治所。據舊編，則移居夔州與卜宅赤甲實爲一時之事。

〔一〕奔峭二句：赤甲山，見卷六《引水》（0260）「魚復」注。白鹽山，隔東瀼溪與赤甲山相望。見卷七《寄裴施州》（0323）注。《太平寰宇記》卷一四八夔州：「奉節縣，去州四里……本漢魚復縣也。今縣北三十里有赤甲城，是舊魚復縣基。」此黄鶴注等所以謂赤甲山在奉節縣北三十里。

然據《方輿勝覽》卷五七夔州：「赤甲山，《元和志》在城北三里，上有孤城。」知作三十里者誤。

〔二〕遷次：見卷一一《王十五司馬弟出郭相訪兼遺營茅屋貲》（0622）注。謝靈運《七里瀨》：「孤客傷逝湍，徒旅苦奔峭。」

〔三〕亞：見卷四《戲題畫山水圖歌》（0178）注。

〔四〕勝概：李邕《崧臺石室記》：「皆神仙之窟宅，爲區宇之勝概。」岑參《因假歸白閣西草堂》：「勝概紛滿目，衡門趣彌濃。」

亂後居難定，春歸客未還。水生魚復浦①，雲暖麝香山〔一〕。半頂梳頭白②，過眉拄杖班。相看多使者，一一問函關〔二〕。（0961）

【校】

① 復，錢箋夾注：「音腹。」

② 半，宋本校：「樊作𥹋。」錢箋校作「𥹋」。疑當作「粭」。

【注】

〔一〕水生二句：魚復，見卷六《引水》（0260）注。夔州本漢魚復縣。《初學記》卷二四引《荊州圖記》：「魚復縣西北赤甲城，東南連白帝城，西臨大江。」《通典》卷一七五《州郡·雲安郡》：「奉節，漢魚復縣地。又有魚復故城在北，赤甲城是也，即漢之江關。有白帝城及諸葛亮八陣圖，聚石爲。」《明一統志》卷七〇夔州府奉節縣：「魚復浦，在府治東南，漢魚復縣以此得名。」前代無此説。此或據杜詩敷衍。《太平寰宇記》卷一四八秭歸縣：「麝香山在縣南一百一十里，多麝。」《方輿勝覽》卷五七夔州：「麝香山，在城東百三十里。」

〔二〕相看二句：函關，函谷關。《水經注》河水：「河水自潼關東北流，水側有長坂，謂之黄巷坂，坂傍絶澗，陟此坂以升潼關，所謂泝黄巷以濟潼矣。歷北出東崤，通謂之函谷關也。邃岸天高，空谷幽深，澗道之狹，車不方軌，號曰天險。」《舊唐書·代宗紀》：「（大曆元年十二月）癸卯，同華節度使周智光專殺陝州監軍張志斌、前虢州刺史龐充，據華州謀叛。」朱鶴齡注謂言此。

宋玉歸州宅，雲通白帝城〔一〕。吾人淹老病，旅食豈才名。峽口風常急，江流氣不平。只應與兒子，飄轉任浮生。（0962）

【注】

〔一〕宋玉句：宋玉宅，見本卷《奉漢中王手札》（0941）注。

赤甲

卜居赤甲遷居新，兩見巫山楚水春。炙背可以獻天子，美芹由來知野人〔一〕。荆州鄭薛寄書近，蜀客郗岑非我鄰〔二〕。笑接郎中評事飲〔三〕，病從深酌道吾真①。

（0963）

【校】

①真，宋本作「貞」缺筆，據錢箋等改。

【注】

黄鶴注：與《入宅》詩同時作。

〔一〕炙背二句：《列子·楊朱》：「昔者宋國有田夫，常衣緼黂，僅以過冬。暨春東作，自曝於日，不知天下有廣廈隩室、綿纊狐狢，顧謂其妻曰：『負日之暄，人莫知之。以獻吾君，將有重賞。』」嵇康《與山巨源絶交書》：「野人有快炙背而美芹子者，欲獻之至尊。雖有區區之意，亦已疏矣。」

〔二〕荆州二句：《草堂》夢弼注：「鄭審、薛據、郄昂、岑參，皆甫之故舊也。」符載《犀浦縣令楊府君(鷗)墓志銘》：「相國杜公鴻漸景行操履，奏授犀浦縣令。……時視僚友杜員外甫、岑郎中參、郄舍人昂，聞公風聲，望公飛翔。」李白有《送郄昂謫巴中》。《蜀中廣記》卷二五巴州引《碑目》：「郄昂《陪嚴使君暮春五言二首》，在南龕。詩甚典麗。」朱鶴齡注引此，謂郄爲郄昂無疑。羊士諤《乾元初嚴黄門自京兆少尹貶牧巴郡……士諤謬因出守得繼兹賞》注：「時郄詹事昂自拾遺貶清化尉，黄門年三十餘，且爲府主，與郄意氣友善，賦詩高會，文字猶存。」是郄乾元初貶巴州清化尉，此前在朝任拾遺。

〔三〕笑接句：《趙次公先後解》：「評事，則崔評事矣。郎中，未有所考。」

上白帝城二首

江城含變態，一上一回新。天欲今朝雨，山歸萬古春。英雄餘事業〔一〕，衰邁久風塵。取醉他鄉客，相逢故國人。兵戈猶擁蜀，賦斂强輸秦①〔二〕。不是煩形勝，深慚畏損神②〔三〕。（0964）

【校】

① 强，錢箋校：「一作尚。」

②慚，宋本、錢箋、《草堂》校：「一作愁。」

【注】

黃鶴注：當是大曆元年（七六六）公初至夔州時作。

〔一〕英雄：《趙次公先後解》：「英雄，指言白帝也。公孫述自號白帝，築爲此城。」

〔二〕兵戈二句：《趙次公先後解》：「兵戈猶擁蜀，豈又言崔旰之亂？」「觀旰歸朝，帝爲改名寧，則輸貢賦無疑矣。」

〔三〕不是二句：《趙次公先後解》：「蓋與《鹿頭關》詩大意相似……皆言以地之險，遂致有恃險之心，故以形勝爲煩，以疊嶂可削也。」仇注：「忽見輸餉赴京者，不覺觸目生愁。」

白帝空祠廟〔一〕，孤雲自往來。江山城宛轉，棟宇客徘徊。勇略今何在，當年亦壯哉。後人將酒肉，虛殿日塵埃。谷鳥鳴還過，林花落又開。多慚病無力，騎馬入青苔。（0965）

【注】

〔一〕白帝句：李貽孫《夔州都督府記》：「州初在瀼西之平上，宇文氏建德中，王述徙白帝城，今衙是也。東南斗上二百七十步，得白帝廟。白帝，公遜述自名也。後人因其廟時享焉。」《方輿勝覽》卷五七夔州府：「白帝廟，在奉節縣東八里，舊州城内。有三石笋猶存。」陸游《入蜀記》卷四：「肩輿入關，謁白帝廟，氣象甚古，松柏皆數百年物。有數碑，皆孟蜀時所立。」

愁 强戲爲吴體〔一〕。

江草日日喚愁生，巫峽泠泠非世情①〔二〕。盤渦鷺浴底心性〔三〕，獨樹花發自分明。十年戎馬暗萬國，異域賓客老孤城。渭水秦山得見否，人今罷病虎縱横〔四〕。

(0966)

【校】

① 巫，宋本、錢箋校：「一作春。」

【注】

黄鶴注：當是大曆元年（七六六）夔州作。《趙次公先後解》編入大曆二年（七六七）。

〔一〕吴體：陸龜蒙有《獨夜有懷因作吴體寄襲美》。皮日休作《奉和魯望獨夜有懷吴體見寄》。或謂吴體即拗體。《苕溪漁隱叢話》前集卷四七苕溪漁隱曰：「詩破弃聲律，老杜自有此體，如……《愁》『强戲爲吴體』。」方回《瀛奎律髓》卷二五：「拗字詩在老杜集七言律詩中謂之吴體，老杜七言律一百五十九首，而此體凡十九出。不止句中拗一字，往往神出鬼没。雖拗字甚多，而骨格愈峻峭。」或謂吴中俚俗爲此體。黄生《杜詩説》：「皮、陸集中亦有吴體詩，大抵即拗律詩耳。乃知當時吴中俚俗爲此體，詩流不屑效之，獨杜公篇什既衆，時出變調，凡集中拗律皆屬此體。偶發例於此曰『戲』者，明其非正聲也。」許印芳《詩譜詳説》：「當時吴中歌謡有此格調。」或謂雜以方言諧語。梁運昌《杜園説杜》：「凡篇中雜以方言諧語者，皆是吴體。」或謂其全篇不入律。梁章鉅《退庵隨筆》學詩二：「七律有全首不入律者，謂之吴體，與拗體詩不同。方虚谷《瀛奎律髓》合之拗字類中，非也。如杜少陵之《題省中院壁》、《愁》、《晝夢》、《夢歸》諸詩皆是。其訣在每對句第五字以平聲救轉，故雖拗而音節仍諧。宋人黄山谷以下，多效爲之。」或謂爲吴均體。桂馥《札樸》卷六：「案《梁書·吴均傳》：均文體清拔有古氣，好事者或學之，謂爲吴均體。杜所謂吴體，蓋謂均也。清拔言不拘聲病。」或謂上四字謎，下三字破謎。葉矯然《龍性堂詩話》續集：「老杜『盤渦鷺浴』、『獨樹花發』二句，公自注曰：『戲爲吴體。』徐文長解謂即『牆頭栽菜姊無園』，上四字謎，而下三字破謎語也。杜言巫峽非人所居，而己居之，自知之而已矣。與盤渦不宜鷺浴而浴之者，鷺亦自知之也。此所謂『獨樹花發自分明』也。予竊有説焉。以下句釋上句意，如《古詞》云『圍棋燒敗襖，著子故衣然』、陸龜蒙云『旦日思雙履，明時願早諧』、皮日休云『莫言春繭薄，猶有萬重思』，是也。今細味杜此句，與東坡詩云『蓮子劈開須見薏，秋枰著盡更無棋。破衫却有重縫處，一飯何曾忘却匙』，是文與釋並見一句中，又與古體小異矣。」亦有謂其自立名目。方世舉《蘭叢詩話》：「老杜晚年七律，有自注時體、吴體、俳諧體。俳諧易知；時體、吴體不解。案之不過稍稍野樸，以『老樹著花無醜枝』博趣，而辭氣無所分别。當時皆未有此，何自而立名目？」以上除「吴均體」之説無據，他説皆可參取。

〔二〕巫峽句：《趙次公先後解》：「巫峽泠泠非世情，言水自泠泠，不徇世情，有人愁寂而感其泠泠之聲也。」

〔三〕盤渦句：盤渦，見卷一《白水縣崔少府十九翁高齋三十韻》(0042)注。仇注：「盤渦鷺浴，本自得也，疑其有何心性。」

〔四〕人今句：《趙次公先後解》：「虎縱横，言盜賊也。吐蕃亦乃盜賊耳。」朱鶴齡注引張璁曰：「虎縱横，謂暴斂也。時京兆用第五琦什畝稅一法，民多流亡。」

江雨有懷鄭典設〔一〕

春雨闇闇塞峽中①，早晚來自楚王宫〔二〕。亂波分披已打岸，弱雲狼藉不禁風。寵光蕙葉與多碧，點注桃花舒小紅〔三〕。谷口子真正憶汝，岸高瀼滑限西

東②〔四〕。（0967）

【校】

① 塞，宋本、《草堂》校：「晋作發。」錢箋校：「一作發。」

② 真，宋本作「貞」，據錢箋等改。　滑，宋本、錢箋、《草堂》校：「一作闊。」

【注】

黄鶴注：當是大曆二年（七六七）春作，是年公自赤甲遷瀼西。

〔一〕鄭典設：名不詳。《唐六典》卷二六太子典設局：「典設郎四人，從六品下。」

〔二〕春雨二句：《趙次公先後解》：「楚王宫，指言高唐也。」朱鶴齡注：「暗用朝雲暮雨事。」見卷六《雨》（0297）注。

〔三〕寵光二句：《詩·小雅·蓼蕭》：「既見君子，爲龍爲光。」傳：「龍，寵也。」《楚辭·招魂》：「光風轉蕙，泛崇蘭些。」鍾會《孔雀賦》：「五色點注，華羽參差。」《趙次公先後解》：「其於桃花才小開苞，有點注之狀。」

〔四〕谷口二句：谷口子真，見卷九《鄭駙馬宅宴洞中》（0419）注。《趙次公先後解》：「公在瀼西，而鄭必在瀼東矣。」

雨不絶

鳴雨既過漸細微①，映空摇颺如絲飛。堦前短草泥不亂，院裏長條風乍稀。舞石旋應將乳子，行雲莫自濕仙衣〔一〕。眼邊江舸何忽促，未待安流逆浪歸②。（0968）

【校】

① 漸細，宋本、錢箋校：「晋作細雨。」《文苑英華》作「細雨」，校：「集作漸細。」

② 待，宋本、錢箋校：「晋作得。」《草堂》作「得」，校：「一作待。」　未待，《文苑英華》作「不得」，校：「集作未得。」

【注】

黄鶴注：當是廣德二年（七六四）在嚴公幕中作。《趙次公先後解》編入大曆二年（七六七）。仇注編入大曆元年（七六六）。

〔一〕舞石二句：《趙次公先後解》：「舞石者，指燕。」《水經注》湘水：「東南流逕石燕山東，其山有石，紺而狀燕，因以名山。其石或大或小，若母子焉。及其雷風相薄，則石燕群飛，頡頏如真燕矣。」《初學記》卷一庾仲雍《湘州記》：「零陵山有石燕，遇雨則飛，雨止還化爲石也。」庾信《喜晴》：「已歡無石燕，彌欲弃泥龍。」行雲，用巫山神女事。宋玉《高唐賦》「旦爲朝雲，暮爲行雨」，《水經注》江水引作「旦爲行雲，暮爲行雨」。

崔評事弟許相迎不到應慮老夫見泥雨怯出必愆佳期走筆戲簡〔一〕

江閣要賓許馬迎，午時起坐自天明〔二〕。浮雲不負青春色，細雨何孤白帝城。身過花間霑濕好，醉於馬上往來輕。虛疑皓首衝泥怯，實少銀鞍傍險行。（0969）

【注】

黃鶴注：當是大曆二年（七六七）作。《趙次公先後解》編入大曆元年（七六六）。

〔一〕崔評事弟：卷六《毒熱寄簡崔評事十六弟》（0294），與此當爲同一人。

〔二〕江閣二句：仇注：「本是邀賓江閣許馬迎，天明起坐至午時。兩句皆用倒裝法。」引邵注：「江閣，公所寓。白帝城，崔所居。」

晝夢

二月饒睡昏昏然，不獨夜短晝分眠〔一〕。桃花氣暖眼自醉，春渚日落夢相牽。故鄉門巷荆棘底，中原君臣豺虎邊。安得務農息戰鬭，普天無吏横索錢〔二〕。

（0970）

【注】

黄鶴注：當是大曆二年（七六七）二月作。

〔一〕不獨句：《趙次公先後解》：「短睡不足，而乃分晝之半以眠耳。」仇注引邵注：「二月，晝夜平分之時。」按，晝分即晝，夜分即夜。曹植《上責躬應詔詩表》：「晝分而食，夜分而寢。」張九齡《感遇》：「夜分起躑躅，時逝曷淹留。」玄宗《卹緣邊兵士詔》：「是以晝分不食，夜不安寢。」

〔二〕横：《趙次公先後解》：「横音去聲。」《敦煌變文集·伍子胥變文》：「適來專輒横相許，自側於身實造次。」《太平廣記》卷一〇九《趙泰》（出《幽冥録》）：「使開縢檢年紀之籍，云：有算三十年，横爲惡鬼所取，今遣還家。」

熟食日示宗文宗武〔一〕

消渴游江漢〔二〕，羈栖尚甲兵。幾年逢熟食，萬里逼清明。松柏邛山路①，風花白帝城②〔三〕。汝曹催我老〔四〕，回首淚縱横。（0971）

【校】

① 邛，錢箋校：「一作邙。」《草堂》作「邙」，校：「一作邛。」

② 花，《草堂》作「光」。

【注】

黄鶴注：當是大曆二年（七六七）在夔州作，蓋元年春晚方遷夔，三年正月已下峽。

〔一〕熟食日：《分門》洙曰：「熟食日即寒節也。秦人呼寒食爲熟食日，言其不動烟火，預辦熟食物過節也。齊人呼爲冷節，又云禁烟。」宗文、宗武：見卷六《催宗文樹雞柵》（0284）注。

〔二〕消渴句：消渴，見卷六《同元使君春陵行》（0276）注。《趙次公先後解》：「夔實楚地，南接荆南，故云游江漢。」

〔三〕松柏二句：《九家》杜《補遺》：「《十道志》曰：邙山在洛陽縣北十里。楊佺期《洛城記》曰：邙山，古今東洛九原之地也。俗以寒食省墳，子美先塋在邙，而其身流寓白帝，於寒食不能展省也，故有此句。」錢箋别引《元和郡國志》「邛州南接邛來山，因以爲名」。

〔四〕汝曹句：白居易《同夢得和思黯見贈》：「催老莫嫌孫稚長，加年須喜鬢毛秋。」王建《短歌行》：「人家見生男女好，不知男女催人老。」

又示兩兒

令節成吾老，他時見汝心〔一〕。浮生看物變，爲恨與年深。長葛書難得，江州涕不禁〔二〕。團圓思弟妹，行坐白頭吟〔三〕。（0972）

【注】

黄鶴注：與上篇同時作。

〔一〕令節二句：《趙次公先後解》：「他時見汝心，意言汝輩今日方年少，未知老者之情，候它日汝輩老年，方見其心如我之今日耳。」仇注：「言老不歸鄉，他時奉先省墓，見汝曹之用心耳。」浦起龍云：「汝曹今日蚩蚩，毫無掛念，直待他年無人管顧，汝心方見出來也。」按，仇説近是。此預想身後寒食掃墓之事。

〔二〕長葛二句：《元和郡縣圖志》卷八河南道許州：「長葛縣，緊。南至州六十里。」卷二八江南道：「江州，潯陽。上。」《趙次公先後解》：「是其弟其妹所在。」仇注謂長葛與齊州爲近，前有《送弟往齊州》詩；江州與鍾離相近，《同谷七歌》云「有妹在鍾離」。

〔三〕行坐句：《趙次公先後解》：「白頭吟，止取老而爲詩耳。其本出則司馬相如將聘茂陵女爲妾，而文君作《白頭吟》以諷之。」按，《白頭吟》古辭：「今日斗酒會，明旦溝水頭。躞蹀御溝上，溝水東西流。」此亦取其詠別離意。

陪諸公上白帝城頭宴越公堂之作①〔一〕

此堂存古製，城上俯江郊。落構垂雲雨，荒堦蔓草茅。柱穿蜂溜蜜〔二〕，棧缺燕添巢。坐接春杯氣，心傷艷蘂梢。英靈如過隙，宴衎願投膠〔三〕。古樂府云：以膠投漆中，誰能別離此②。莫問東流水③，生涯未即拋。（0973）

【校】

① 頭，錢箋、《草堂》無「頭」字，錢箋校：「吳有頭字。」

②錢箋以此注爲吴若本注。

③東流水，錢箋校：「一作水清淺。」

【注】

黄鶴注：當是大曆元年（七六六）春晚作。《趙次公先後解》編入大曆二年（七六七）。

〔一〕越公堂：李貽孫《夔州都督府記》：「東斗上二百七十步，得白帝廟。……又有越公堂，在廟南而少西，隋越公素所爲也。奇構隆敞，内無欂柱，夐視中脊，邈不可度。五逾甲子，無土木之隙。」《方輿勝覽》卷五七夔州：「越公堂，在瞿唐關城内。隋楊公素所爲也。」陸游《入蜀記》卷四：「入關謁白帝廟。……又有越公堂，隋楊素所創，少陵爲賦詩者。已毁，今堂近歲所築，亦甚宏壯。自關而東，即東屯，少陵故居也。」

〔二〕溜：《廣韻》去聲四十九宥：「溜，力救切。水溜。」此作動詞。吴均《采蓮曲》：「葉卷珠難溜，花舒紅易傾。」

〔三〕英靈二句：《莊子·盜蹠》：「操有時之具而託於無窮之間，忽然無異騏驥之馳過隙也。」《史記·留侯世家》：「人生一世間，如白駒過隙。」《詩·小雅·南有嘉魚》：「君子有酒，嘉賓式燕以衎。」傳：「衎，樂也。」《古詩十九首》：「以膠投漆中，誰能别離此。」

傷春五首①

天下兵雖滿，春光日自濃②〔一〕。西京疲百戰，北闕任羣兇〔二〕。關塞三千里，烟花一萬重。蒙塵清露急，御宿且誰供③〔三〕？殷復前王道，周遷舊國容〔四〕。蓬萊足雲氣，應合總從龍〔五〕。（0974）

【校】

①《千家注》：「公自注：巴閬僻遠，傷春罷始知春前已收宫闕。」仇注等引之。宋本等皆未見。據詩意，非是。

②春光，宋本、錢箋、《草堂》校：「一作青春。」

③且，宋本、錢箋、《草堂》校：「一作有。」

【注】

黄鶴注：當是廣德二年（七六四）在閬州作。

〔一〕天下二句：《九家》趙注：「上句謂廣德元年吐蕃陷京師，車駕幸陝。」見卷一二《送李卿曄》

(0772)等注。

〔二〕西京二句：《九家》趙注：「下句謂程元振、魚朝恩之徒。按史載柳伉疏：吐蕃犯順，罪由元振，請斬之以謝天下。以元振等弄權，故呼爲羣凶。」朱鶴齡注：「涇州刺史高暉、射生將王獻忠等迎吐蕃入長安，立邠王守禮孫承宏爲帝，故曰『疲百戰』、『任群凶』也。」

〔三〕蒙塵二句：清露，仇注改「清路」：「清路急，不暇除道也。」揚雄《羽獵賦》：「武帝廣開上林，東南至宜春、鼎湖，御宿、昆吾。」《文選》李善注：「《三秦記》曰：樊川，一名御宿。」《九家》趙注：「乃帝御所宿也，漢以爲地名。」《舊唐書·代宗紀》：「（廣德元年十月）丙子，駕幸陝州……丁丑，次華州。官吏藏竄，無復儲擬。會魚朝恩領神策軍自陝來迎駕，乃幸朝恩軍。」

〔四〕殷復二句：《史記·殷本紀》：「武丁修政行德，天下咸驩，殷道復興。」《周本紀》：「平王立，東遷於雒邑，辟戎寇。」

〔五〕蓬萊二句：《九家》趙注：「蓬萊殿也。公正憂羣臣有徇身而辭難者。」《百家注》趙注：「蓋言羣臣當盡隨駕。」蓬萊殿，見卷四《病橘》(0189)注。《易·乾·文言》：「雲從龍，風從虎。」按，此當指京師收復。蓋前已言「殷復前王道」。

鶯入新年語，花開滿故枝。天青風捲幔①，草碧水通池②。牢落官軍速③〔一〕，蕭條萬事危。鬢毛元自白，淚點向來垂。不是無兄弟，其如有別離。巴山春色

静，北望轉逶迤。（0975）

【校】

①青，《草堂》校：「一作清。」

②通，《草堂》作「連。」

③速，《草堂》作「遠」，校：「一作速。」

【注】

〔一〕牢落：见卷二《送樊二十三侍御赴漢中判官》（0086）注。

日月還相鬬，星辰屢合圍①〔一〕。不成誅執法〔二〕，焉得變危機？大角纏兵氣，鈎陳出帝畿〔三〕。烟塵昏御道，耆舊把天衣②〔四〕。行在諸軍闕，來朝大將稀。賢多隱屠釣，王肯載同歸〔五〕？（0976）

【校】

①屢合，宋本、錢箋校：「一作亦屢。」

②烟塵昏御道耆舊把天衣，錢箋、《草堂》校：「一云固無牽白馬，幾至著青衣。」

【注】

〔一〕日月二句：《晉書·天文志》：「數日俱出，若鬭，天下兵起，大戰。日鬭，下有拔城。」又：「凡五星，木與土合，爲內亂，饑。與水合，爲變謀而更事。與火合，爲饑，爲旱。與金合，爲白衣之會。合鬭，國有內亂，野有破軍，爲水。」

〔二〕不成句：《分門》洙曰引《天文志》「南宮南四星，名執法中端門」。劉峻《辨命論》：「宋公一言，法星三徙。」《文選》李善注：「《廣雅》曰：熒惑謂之罰星，或謂之執法。」《九家》趙注引此，謂：「今此指熒惑而言也，蓋公之意，以譏程元振之徒熒惑人主。」朱鶴齡注引《杜詩博議》：「《漢志》：哀帝元壽元年十一月，歲星入太微，逆行，干右執法。占曰：大臣有憂，執法者誅，若有罪。二年十月，高安侯董賢免歸，自殺。此詩『執法』二句暗引是事，以董賢況程元振也。」浦起龍引《石氏星經》（見《説郛》卷一〇八《星經》）：「執法四星，在太陽首（守）西北，主刑餘之人，又爲刑政之官，主宣王命，內常侍官也。」以爲即《晉書·天文志》「太陽守西北四星曰勢，勢，腐刑人也」，正以比宦官程元振；而端門執法二星爲太微之藩，熒惑爲火星之號，皆不可以擬閹人。徐文靖《管城碩記》卷二七引《石氏星經》即作「勢四星，助宣王命，內常侍官也」。按，廣德元年十一月，程元振放歸田里，此所以詩人顯斥言也。

〔三〕大角二句：《史記·天官書》：「大角者，天王帝廷。其兩旁各有三星，鼎足句之，曰攝提。」《晉書·天文志》：「七月癸亥，大角星散摇五色。占曰：王者流散。」左思《魏都賦》：「奸回內鼂，兵纏紫微。」鈎陳，見卷八《魏將軍歌》（0366）注。《九家》趙注：「今隨車駕出狩，故曰『出帝畿』。」

〔四〕耆舊句：《南齊書·輿服志》：「衮衣，漢世出陳留襄邑所織。宋末用繡及織成。建武中，明帝以織成重，乃采畫爲之，加飾金銀薄，世亦謂之天衣。」顧炎武《日知録》卷二七引此。朱鶴齡注轉引。

〔五〕賢多二句：《韓詩外傳》卷八：「太公望少爲人婿，老而見去，屠牛朝歌，賃於棘津，釣於磻溪。文王舉而用之。」

再有朝廷亂〔一〕，難知消息真。近傳王在洛，復道使歸秦①〔二〕。奪馬悲公主，登車泣貴嬪②〔三〕。蕭關迷北上，滄海欲東巡〔四〕。敢料安危體，猶多老大臣。豈無嵇紹血③，霑洒屬車塵〔五〕。（0977）

【校】

①歸，宋本、錢箋校：「一作通。」《草堂》校：「一作回。」

②泣，《草堂》校：「一作哭。」

③豈，宋本、錢箋、《草堂》校：「一作得。」

【注】

〔一〕再有句：仇注：「再亂，謂禄山之後，復有吐蕃。」

〔二〕近傳二句：《九家》趙注：「詳此篇尤見車駕出幸東都，傳之未審也。」仇注：「在洛，用獻帝還洛事。歸秦，用張儀歸秦事。」

〔三〕奪馬二句：仇注：「奪馬，用高歡事。泣嬪，用晉哀事。」《北齊書·神武帝紀》：「神武乃自晉陽出滏口，路逢爾朱榮妻北鄉郡長公主自洛陽來，馬三百匹，盡奪易之。」《晉書·成帝紀》：「峻逼遷天子于石頭，帝哀泣升車，宮中慟哭。」

〔四〕蕭關二句：《漢書·武帝紀》：「行幸雍，祠五畤，通回中道，遂北出蕭關。」蕭關，見卷七《八哀詩·嚴公武》(0332)注。《史記·秦始皇本紀》：「於是乃並勃海以東，過黄腄，窮成山，登之罘，立石頌秦德焉而去。」《九家》趙注：「上兩句亦所傳聞，以爲車駕或議北上蕭關，或欲東巡滄海，兩皆迷惑而不定也。」按，廣德元年十一月，收京城。十二月，代宗還京。蜀中當亦聞知。此皆追述前事。仇注等據《千家注》所謂公自注爲説，不確。

〔五〕豈無二句：《晉書·嵇紹傳》：「紹以天子蒙塵，承詔馳詣行在所。值王師敗績於蕩陰，百官及侍衛莫不散潰。唯紹儼然端冕，以身捍衛，兵交御輦，飛箭雨集。紹遂被害於帝側，血濺御服，天子深哀歎之。及事定，左右欲浣衣，帝曰：『此嵇侍中血，勿去。』」司馬相如《上書諫獵》：「犯屬車之清塵。」

聞説初東幸①，孤兒却走多〔一〕。難分太倉粟，競弃魯陽戈〔二〕。胡虜登前殿，王公出御河。得無中夜舞②，誰憶大風歌③〔三〕？春色生烽燧，幽人泣薜蘿〔四〕。君臣重修德，猶足見時和。（0978）

【校】

① 説，《草堂》校：「一作道。」

② 得無，宋本、錢箋、《草堂》校：「一作忍爲。」

③ 誰，宋本、錢箋校：「一作宜。」

【注】

〔一〕聞説二句：《漢書·百官公卿表》：「羽林掌送從，次期門。武帝太初元年初置，名曰建章營騎，後更名羽林騎。又取從軍死事之子孫養羽林，官教以五兵，號曰羽林孤兒。」

〔二〕競弃句：《淮南子·覽冥訓》：「魯陽公與韓構難，戰酣，日暮，援戈而撝之，日爲之反三舍。」

〔三〕得無二句：《晉書·祖逖傳》：「與司空劉琨俱爲司州主簿，情好綢繆，共被同寢。中夜聞荒雞鳴，蹴琨覺，曰：『此非惡聲也。』因起舞。」《史記·高祖本紀》：「高祖還歸，過沛，留。置酒沛宮，悉召故人父老子弟縱酒……自爲歌詩曰：『大風起兮雲飛揚，威加海内兮歸故鄉，安得猛士兮守四方。』」朱鶴齡注：「代宗致亂，皆因信任非人，老臣不見用。故一曰『賢多隱屠釣』，一曰『猶多老大臣』，一曰『誰憶大風歌』，篇中每三致意焉。」

〔四〕幽人句：《楚辭・九歌・山鬼》：「若有人兮山之阿，被薜荔兮帶女蘿。」《九家》趙注：「幽人，公自謂也。」

暮春題瀼西新賃草屋五首〔一〕

久嗟三峽客，再與暮春期。百舌欲無語〔二〕，繁花能幾時？谷虛雲氣薄，波亂日華遲。戰伐何由定，哀傷不在茲〔三〕。（0979）

【注】

黃鶴注：大曆二年（七六七）在瀼西作，是年公自赤甲遷瀼西。

〔一〕瀼西：見卷六《柴門》（0276）注。

〔二〕百舌句：百舌，見卷七《寄柏學士林居》（0348）注。《趙次公先後解》：「反舌無聲，在芒種後十日，今謂之欲無語，則暮春之時也。」

〔三〕戰伐二句：《趙次公先後解》：「末句蓋言戰伐不定，乃所哀傷者。……茲者，指言草屋也。」仇注：「不在茲，言豈不在此戰伐。」

此邦千樹橘，不見比封君〔一〕。養拙干戈際，全生麋鹿羣〔二〕。畏人江北草，旅食瀼西雲。萬里巴渝曲，三年實飽聞〔三〕。（0980）

【注】

〔一〕此邦二句：《史記·貨殖列傳》：「燕秦千樹栗，蜀漢、江陵千樹橘……此其人皆與千户侯等。」

〔二〕養拙二句：養拙，見卷五《營屋》（0255）注。麋鹿羣，見卷九《題張氏隱居二首》（0422）注。

〔三〕萬里二句：《晋書·樂志》：「漢高祖自蜀漢將定三秦，閬中范因率賨人以從帝，爲前鋒。……其俗喜舞，高祖樂其猛鋭，數觀其舞，後使樂人習之。閬中有渝水，因其所居，故名曰《巴渝舞》。舞曲有《矛渝本歌曲》、《安弩渝本歌曲》、《安臺本歌曲》、《行辭本歌曲》，總四篇。」《趙次公先後解》謂此句實道其事，而尤有依據。

綵雲陰復白，錦樹曉來青①。身世雙蓬鬢，乾坤一草亭〔一〕。哀歌時自短②，醉舞爲誰醒③？細雨荷鋤立，江猿吟翠屏。（0981）

【校】

① 曉，宋本、錢箋校：「晋作晚。」

② 短，錢箋作「惜」。

③ 醉舞，《草堂》校：「一作薄酒。」

【注】

〔一〕身世二句：《趙次公先後解》：「上句言身之已老，雙鬢如蓬矣。」

壯年學書劍①，他日委泥沙〔一〕。事主非無祿，浮生即有涯〔二〕。高齋依藥餌，絶域改春華。喪亂丹心破，王臣未一家〔三〕。（0982）

【校】

① 年，宋本、錢箋、《草堂》校：「晋作志。」

【注】

〔一〕壯年二句：《史記·項羽本紀》：「項籍少時，學書不成，去學劍。」沈約《傷韋景猷》：「稅驂止營校，淪跡委泥沙。」浦起龍云：「他日，渾指罷職之時。」

〔二〕浮生句：《莊子·養生主》：「吾生也有涯，而知也無涯。以有涯隨無涯，殆已。」

〔三〕高齋四句：《詩·小雅·北山》：「溥天之下，莫非王土。率土之濱，莫非王臣。」浦起龍云：

「高齋當指嚴武之幕」，「草屋不得云高齋。蓋此句跟上四一片下，正隱括入蜀依嚴事也。」

欲陳濟世策，已老尚書郎〔一〕。未息豺虎鬬，空慚鴛鷺行〔二〕。時危人事急①，風逆羽毛傷②。落日悲江漢，中宵淚滿床。（0983）

【校】

① 急，宋本、錢箋、《草堂》校：「晋作惡。」

② 逆，宋本、錢箋、《草堂》校：「晋作急。」

【注】

〔一〕欲陳二句：《文選》張衡《思玄賦》李善注引《漢武故事》：「顔駟，不知何許人。漢文帝時爲郎。至武帝，嘗輦過郎署，見駟尨眉皓髮，上問曰：『叟何時爲郎？何其老也！』答曰：『臣文帝時爲郎。文帝好文而臣好武，至景帝好美而臣貌醜，陛下即位，好少而臣已老。是以三世不遇，故老於郎署。』」

〔二〕空慚句：鴛鷺行，見卷一〇《至日遣興奉寄北省舊閣老兩院故人二首》（0545）注。

承聞河北諸道節度入朝歡喜口號絶句十二首〔一〕

禄山作逆降天誅，更有思明亦已無〔二〕。洶洶人寰猶不定，時時戰鬭欲何須①〔三〕？（0984）

【校】

①戰鬭，錢箋作「鬭戰」。

【注】

黄鶴注：當是大曆二年（七六七）作。

〔一〕河北諸道節度入朝：《舊唐書·代宗紀》：「（大曆二年三月）汴宋節度使田神功來朝。……八月庚辰，鳳翔節度使李抱玉來朝。……（九月）命左丞李涵宣慰河北。……十二月甲申，鳳翔李抱玉來朝。丁酉，太原節度使辛雲京來朝。」朱鶴齡注：「河北入朝事，史無明文。疑公在夔州，特傳聞之，而未然耳。」按，《舊唐書·李懷仙傳》：「朝義以餘孽數千奔范陽，懷仙誘而擒之，斬首來獻。屬懷恩私欲樹黨以固兵權，乃保薦懷仙可用。代宗復授幽州大都督府長史、檢校侍中、幽州盧龍等軍節度使，與賊將薛嵩、田承嗣、張忠志等分河朔而帥之。既而懷恩叛逆，西蕃入寇，朝廷多故，懷仙等四將各招合遺孽，治兵繕邑。部下各數萬勁兵，文武將吏，擅自署置，貢賦不入於朝廷，雖稱藩臣，實非王臣也。朝廷初集，姑務懷安，以是不能制。懷仙大曆三年爲其麾下兵馬使朱希彩所殺。」此大曆三年前河北諸道形勢。

〔二〕禄山二句：見卷一二《聞官軍收河南河北》(0780)注。

〔三〕洶洶二句：《趙次公先後解》謂指廣德元年吐蕃入寇。仇注：「今元惡並除，小醜復何覬乎？末句乃誡詞。」

社稷蒼生計必安，蠻夷雜種錯相干〔一〕。周宣漢武今王是〔二〕，孝子忠臣後代看。(0985)

【注】

〔一〕雜種：見卷二《留花門》(0068)注。黃永年謂此句統指當時四裔民族。

〔二〕周宣句：周宣、漢武，見卷二《北征》(0052)注。

喧喧道路多歌謠①〔一〕，河北將軍盡入朝。始是乾坤王室正②，却交江漢客魂

銷③〔二〕。（0986）

【校】

① 多歌，錢箋校：「一作好童。」

② 始，宋本、錢箋校：「晋作作。」

③ 交，宋本、錢箋校：「一作教。」《草堂》作「教」。

【注】

〔一〕喧喧句：《舊唐書·桓彦範傳》：「臣聞京師喧喧，道路籍籍。」

〔二〕始是二句：《趙次公先後解》：「公因喜諸節度入朝，而傷其流落。」

不道諸公無表來①，茫然庶事遣人猜②〔一〕。擁兵相學干戈鋭，使者徒勞百萬回③〔二〕。（0987）

【校】

① 不，錢箋校：「一作北。」

② 茫然，錢箋校：「一作茫茫。」《草堂》校：「魯作茫茫。」　遣，錢箋、《草堂》校：「一作使。」

③百萬，《草堂》作「萬里」。

【注】

〔一〕不道二句：《趙次公先後解》：「諸節度雖亦通表於朝，然不肯入覲，此爲可猜也。」朱鶴齡注：「言河北諸道前時不朝，爲可疑。」仇注：「曰『不道』、曰『遣人猜』，據跡而疑其心也。至是，則諸鎮之心跡可白矣。」

〔二〕擁兵二句：《册府元龜》卷一三六《帝王部·慰勞》：「代宗寶應元年冬，以初平河朔，拜宗正少卿李涵左庶子、兼御史中丞，河北宣慰使。廣德二年正月，以尚書右丞顔真卿爲刑部尚書、兼御史大夫，充朔方宣慰使。永泰元年七月，遣尚書左丞李涵以本官兼御史大夫，於河北道宣慰。」又大曆二年九月，李涵充河北宣慰使。此數遣使者。

(0988)

鳴玉鏘金盡正臣，修文偃武不無人〔一〕。興王會静妖氛氣，聖壽宜過一萬春。

【注】

〔一〕鳴玉二句：成公綏《正旦大會行禮歌》：「濟濟鏘鏘，金振玉聲。」駱賓王《帝京篇》：「繡柱璇題粉壁映，鏘金鳴玉王侯盛。」《書·武成》：「乃偃武修文。」

英雄見事若通神，聖哲爲心小一身①〔一〕。燕趙休矜出佳麗，宫闈不擬選才人〔二〕。（0989）

【校】

①小一，《草堂》作「一小」。

【注】

〔一〕英雄二句：心小，見卷二《洗兵馬》（0090）注。仇注：「小一身，言不侈天下以自奉。」似未盡意。

〔二〕燕趙二句：《古詩十九首》：「燕趙多佳人，美者顔如玉。」《趙次公先後解》：「既喜其入朝，却防其媚悦而獻佳麗，故預以爲戒。」仇注引常衮請却諸道獻金帛事，謂「英雄見事」當指常衮。説似狹。才人，見卷一《哀江頭》（0046）注。

抱病江天白首郎〔一〕，空山樓閣暮春光。衣冠是日朝天子，草奏何時入帝鄉〔二〕？（0990）

【注】

〔一〕抱病句：白首郎，參前《暮春題瀼西新賃草屋五首》(0983)「已老尚書郎」注。舊注謂用馮唐事。《史記·張釋之馮唐列傳》：「武帝立，求賢良，舉馮唐。唐時年九十餘，不能復爲官。」王楙《野客叢書》卷五：「《漢武故事》載顔駟一事，甚與馮唐同。……人往往誤以此事爲馮唐用。如《白氏六帖》曰：『漢文帝時，馮唐白首爲郎，帝問之，曰：臣三朝不遇。』樂天詩亦曰：『重文疏卜式，尚少弃馮唐。』……如此甚多。諸詩誤引承襲而然。《六帖》云云，尤爲可笑。」

〔二〕帝鄉：《莊子·天地》：「乘彼白雲，至於帝鄉。」成玄英疏：「天地之鄉。」後亦指帝都。

澶漫山東一百州，削成如桉抱青丘〔一〕。苞茅重入歸關内，王祭還供盡海頭〔二〕。(0991)

【注】

〔一〕澶漫二句：張衡《西京賦》：「澶漫靡迤，作鎮於近。」卷一《兵車行》(0011)「漢家山東二百州」，謂關以東。《趙次公先後解》：「詩云山東一百州，則言河北明矣。」謂太行山以東。削成，見卷三《萬丈潭》(0138)注。青丘，見卷六《壯游》(0295)注。

〔二〕苞茅二句：《左傳》僖公四年：「爾貢包茅不入，王祭不共，無以縮酒，寡人是征。」

東逾遼水北滹沲，星象風雲喜共和①〔一〕。紫氣關臨天地闊，黃金臺貯俊賢多〔二〕。(0992)

【校】

①喜，錢箋校：「一作氣。」

【注】

〔一〕東逾二句：《水經注》大遼水：「遼水亦言出砥石山，自塞外東流，直遼東之望平縣西，王莽之長說也。屈而西南流，逕襄平縣故城西。」《周禮·夏官·職方氏》：「正北曰并州，其山鎮曰恒山，其澤藪曰昭餘祁，其川虖沲、嘔夷。」注：「虖沲出鹵城。」《史記·蘇秦列傳》正義：「呼沱出代州繁畤縣，東南流經五臺山北，東南流過定州，流入海。」《史記·周本紀》：「召公、周公二相行政，號曰共和。」正義：「韋昭云：彘之亂，公卿相與和而修政事，號曰共和也。」陸機《五等論》：「是以宣王興於共和，襄惠振於晉鄭。」

〔二〕紫氣二句：《史記·老子韓非列傳》索隱：「《列仙傳》：老子西游，關令尹喜望見有紫氣浮關，而老子果乘青牛而過也。」指函谷關。黃金臺，見卷七《晚晴》(0345)注。

漁陽突騎邯鄲兒，酒酣並轡金鞭垂〔一〕。意氣即歸雙闕舞，雄豪復遣五陵

知〔二〕。（0993）

【注】

〔一〕漁陽二句：漁陽突騎，見卷六《漁陽》（0263）注。《漢書·地理志》：「自趙夙後九世稱侯，四世敬侯徙都邯鄲。……邯鄲北通燕、涿，南有鄭、衛，漳、河之間一都會也。其土廣俗雜，大率精急，高氣勢，輕爲奸。」

〔二〕意氣二句：雙闕，帝闕，見卷三《鹿頭山》（0169）注。五陵，見卷一《哀王孫》（0047）注。

李相將軍擁薊門，白頭雖老赤心存①〔一〕。竟能盡説諸侯入②，知有從來天子尊。（0994）

【校】

① 雖老，錢箋校：「一作惟有。」

② 盡説，《草堂》作「説盡」。

【注】

〔一〕李相二句：李相，《趙次公先後解》改「岑相」，謂即節度使之稱相公者。《草堂》夢弼注謂指李光弼。朱鶴齡注：「按史，李懷仙先以范陽歸順，是時爲檢校侍中、幽州盧龍等軍節度使，但未有説諸侯入朝事。夢弼謂是李光弼，近之。光弼在玄、肅朝嘗加范陽節度使，又嘗兼幽州大都督府長史，雖止遥領其地，亦可謂之『擁薊門』也。廣德二年光弼已没，此所云『白頭』、『赤心』，蓋追美之。」按，李相即指李懷仙，光弼卒已三年，且與河北諸將事無關，豈可牽强言之？此言其盡説諸侯入朝，正與詩題吻合。

十二年來多戰場，天威已息陣堂堂〔一〕。神靈漢代中興主，功業汾陽異姓王〔二〕。（0995）

【注】

〔一〕十二年句：自天寶十四載至大曆二年爲十二年。《孫子·軍爭》：「勿擊堂堂之陣。」

〔二〕汾陽：郭子儀。《舊唐書·郭子儀傳》：「上元二年……進封汾陽郡王。」

得舍弟觀書自中都已達江陵今兹暮春月末行李合到夔州悲喜相兼團圓可待賦詩即事情見乎詞〔一〕

爾到江陵府①，何時到峽州〔二〕？亂離生有别，聚集病應瘳。颯颯開啼眼，朝

朝上水樓。老身須付託，白骨更何憂。（0996）

【校】

①到，宋本、錢箋、《草堂》校：「晋作過。」

【注】

黄鶴注：當是大曆二年（七六七）春作。

〔一〕舍弟觀：見卷三《乾元中寓居同谷縣作歌七首》（0154）注。《舊唐書·肅宗紀》：「（至德二載十二月）西京改爲中京。」

〔二〕峽州：《舊唐書·地理志》江陵府：「硤州，下，隋夷陵郡。……（貞觀）九年，自下牢鎮移治陸抗故壘。天寶元年，改爲夷陵郡。乾元元年，復爲硤州。」

喜觀即到復題短篇二首

巫峽千山暗，終南萬里春〔一〕。病中吾見弟，書到汝爲人〔二〕。意答兒童問①，來經戰伐新〔三〕。泊船悲喜後，款款話歸秦②。（0997）

【校】

①意，錢箋校：「一作竟。」《草堂》作「竟」。

②話，宋本、錢箋、《草堂》校：「一作議。」　宋本兩首連刻，「秦」下空白，脱「待爾嗔烏」四字。

【注】

黄鶴注：當是大曆二年（七六七）作。

〔一〕終南句：《趙次公先後解》：「觀自長安來，故云『終南萬里春』。」

〔二〕病中二句：《趙次公先後解》：「得家書方知弟生存也。」

〔三〕意答二句：《趙次公先後解》：「自戰伐中來，兒童見之，必有所問，己意其一一答之也。」黄生云：「開書時其子在傍，詢叔動定，且讀且答，讀至末，則知當來此相聚。」

待爾嗔烏鵲，抛書示鶺鴒〔一〕。枝間喜不去，原上急曾經〔二〕。江閣嫌津柳，風帆數驛亭〔三〕。應論十年事，愁絶始星星①〔四〕。（0998）

【校】

①愁，錢箋校：「一作撚。」《草堂》作「撚」，校：「一作愁。」

【注】

〔一〕待爾二句：烏鵲，見卷一二《西山三首》(0827)注。鶺鴒，見卷一〇《得弟消息二首》(0548)注。仇注：「待弟不至，遂嗔烏鵲難憑矣。將拋書以示鶺鴒，欲問來時消息耳。」

〔二〕枝間二句：仇注：「鵲在枝間，若報喜而不去，復望之也。鶺鴒原上，乃急難曾經者，何又寂無一言乎。四句總是自揣自語，展轉盼望之情。」

〔三〕江閣句：朱鶴齡注：「嫌津柳，嫌其遮望眼也。」

〔四〕星星：左思《白髮賦》：「星星白髮，生於鬢垂。」

喜聞盜賊蕃寇總退口號五首

蕭關隴水入官軍[一]，青海黄河卷塞雲。北極轉愁龍虎氣①，西戎休縱犬羊羣[二]。(0999)

【校】

① 極，錢箋、《草堂》校：「晋作闕。」　愁，錢箋、《草堂》校：「一作深。」

【注】

黄鶴注：大曆三年（七六八）作。朱鶴齡注、仇注同。《趙次公先後解》編入大曆二年（七六七）。

〔一〕蕭關句：蕭關，見卷七《八哀詩·嚴公武》（0332）注。《舊唐書·代宗紀》：「（大曆二年九月）甲寅，吐蕃寇靈州，進寇邠州。詔子儀率師三萬，自河中鎮涇陽，京師戒嚴。……十月戊寅，靈州奏破吐蕃二萬，京師解嚴。」《吐蕃傳》：「大曆二年十月，靈州破吐蕃二萬餘衆，生擒五百人，獲馬一千五百匹。十一月，和蕃使、檢校户部尚書、兼御史大夫薛景仙自吐蕃使還，首領論泣陵隨景仙來朝。景仙奏云：贊普請以鳳林關爲界。俄又遣使路悉等十五人來朝。」黄鶴注：「蕭關與靈州相近，正是指吐蕃寇靈州而路嗣恭破之。」朱鶴齡注同。

〔二〕北極二句：《分門》師曰：「言中國氣盛，胡人愁恐也。」《趙次公先後解》：「北極指言帝座，轉愁龍虎氣，則吐蕃望之轉加憂愁矣。」仇注：「時宦官典兵，内憂方切，故云『北極轉愁』。」引遠注，謂龍虎軍蓋禁旅，此時魚朝恩典掌禁兵，公故深愁之。浦起龍云：「詩正以殲賊而喜，鯁入此意，則文氣不屬。」當以師、趙説爲是。《史記·項羽本紀》：「吾令人望其氣，皆爲龍虎，成五采，此天子氣也。」《後漢書·應劭傳》：「鮮卑隔在漠北，犬羊爲群。」

贊普多教使入秦〔一〕，數通和好止烟塵①。朝廷忽用哥舒將，殺伐虛悲公主親〔二〕。（1000）

【校】

① 止，錢箋、《草堂》校：「晋作尚。」

【注】

〔一〕贊普：見卷六《近聞》(0262)注。

〔二〕朝廷二句：《趙次公先後解》謂四句言開元二十八年金城公主薨，明年吐蕃使者朝，請和，明皇不許。後用哥舒翰節度隴右，拔石堡城，收九曲故地，結吐蕃之怨亦深，是則國家虚悲公主之死而已。仇注：「此追咎邊將之起釁者。……前《贈哥舒翰開府》詩又盛誇其武功，能免諛詞乎？」

崆峒西極過崑崙①，駝馬由來擁國門〔一〕。逆氣數年吹路斷，蕃人聞道漸星奔〔二〕。(1001)

【校】

① 極，錢箋、《草堂》校：「晋作北。」

【注】

〔一〕崆峒二句：崆峒，見卷一《送高三十五書記》(0002)注。《趙次公先後解》：「崑崙又在崆峒西極之西……詩人廣大言其從化之地遠也。」駝馬，見卷一〇《寓目》(0573)注。

〔二〕逆氣二句：劉琨《答盧諶詩并書》：「裹糧携弱，匍匐星奔。」《文選》李善注：「星奔，言疾也。」仇注：「此記吐蕃叛服之不常也。」

勃律天西采玉河，堅昆碧盌最來多〔一〕。舊隨漢使千堆寶，少答胡王萬匹羅①〔二〕。(1002)

【校】

①胡，宋本、錢箋、《草堂》校：「晋作朝。」

【注】

〔一〕勃律二句：《新唐書·西戎傳》：「大勃律，或曰布露。直吐蕃西，與小勃律接，西鄰北天竺、烏萇。地宜鬱金，役屬吐蕃。……小勃律去京師九千里而羸，東少南三千里距吐蕃贊普牙，東八百里屬烏萇，東南三百里大勃律，南五百里個失蜜，北五百里當護密之娑勒城。……天寶六載，詔副都護高仙芝伐之。……仙芝約王降，遂平其國。」《回鶻傳》：「黠戛斯，古堅昆國也。

地當伊吾之西，焉耆北，白山之旁。或曰居勿，曰結骨。其種雜丁零，乃匈奴西鄙也。……乾元中，爲回紇所破，自是不能通中國。後狄語訛爲黠戛斯，蓋回鶻謂之，若曰黄赤面云，又訛爲戛戛斯。然常與大食、吐蕃、葛禄相依杖，吐蕃之往來者畏回鶻剽鈔，必住葛禄，以待黠戛斯護送。」《新五代史・四夷傳》載高居誨至于闐，記往復所見山川諸國：「（于闐）其南千三百里曰玉州，云漢張騫所窮河源出于闐，而山多玉者此山也。其河源所出，至于闐分爲三。東曰白玉河，西曰緑玉河，又西曰烏玉河。三河皆有玉而色異，每歲秋水涸，國王撈玉於河，然後國人得撈玉。」《酉陽雜俎》卷一四《諾皋記》：「天寶初，安思順進五色玉帶，又於左藏庫中得五色玉杯。上怪近日西賫無五色玉，令責安西諸蕃。蕃言：『比常進皆小勃律所劫，不達。』上怒，欲征之。群臣多諫，獨李右座贊成上意，且言武成王天運謀勇可將。乃命王天運將四萬人，兼統諸蕃兵伐之。及逼勃律城下，勃律君長恐懼請罪，悉出寶玉，願歲貢獻。天運不許，即屠城，虜三千人及其珠璣而還。」朱鶴齡注：「碧盌，即琉璃盌。」

〔二〕舊隨二句：錢箋引奘師《西域記》贍部洲地有四主焉，南象主、西寶主、北馬主、東人主。象主印度國也，人主中夏國也，馬主突厥國也，寶主胡國也。謂此詩與西方寶主之記最爲符合。又謂：「少陵之詩，於羌胡雜種長驅犯順，深憂痛疾，情見乎詞。此詩則曰『舊隨漢使』、『少答胡王』，庶幾許其内屬，優以即序，不忍以禽獸絶之，亦《春秋》之法也。」

今春喜氣滿乾坤，南北東西拱至尊。大曆二年調玉燭，玄元皇帝聖雲孫〔一〕。

（1003）

【注】

〔一〕大曆二句：黄鶴注改「二年」爲「三年」，謂吐蕃之退在大曆二年冬，詩作於三年之春。調玉燭，見卷一〇《秦州見勅目薛三璩授司議郎畢四曜除監察與二子有故遠喜遷官兼述索居凡三十韻》（0609）注。《爾雅·釋親》：「孫之子爲曾孫，曾孫之子爲玄孫，玄孫之子爲來孫，來孫之子爲晜孫，晜孫之子爲仍孫，仍孫之子爲雲孫。」

即事

暮春三月巫峽長，皛皛行雲浮日光①〔一〕。雷聲忽送千峰雨，花氣渾如百和香〔二〕。黄鶯過水翻回去，燕子銜泥濕不妨。飛閣捲簾圖畫裏，虚無只少對瀟湘〔三〕。（1004）

【校】

①浮，宋本、錢箋、《草堂》校：「一作無。」

【注】

黃鶴注：當是大曆二年（七六七）暮春作。

〔一〕暮春二句：《太平御覽》卷五三引盛弘之《荆州記》：「巴東三峽巫峽長，猿鳴三聲淚沾衣。」陶淵明《辛丑歲七月赴假還江陵夜行途中》：「昭昭天宇闊，皛皛川上平。」《文選》李善注：「《説文》曰：通白曰皛。皛，明也。」

〔二〕百和香：《藝文類聚》卷八五引《神仙傳》：「淮南王爲八公張錦綺之帳，燔百和之香。」吴均《行路難》：「博山爐中百和香，鬱金蘇合及都梁。」

〔三〕飛閣二句：仇注：「知是在西閣時作。」

見螢火

巫山秋夜螢火飛，簾疏巧入坐人衣。忽驚屋裏琴書冷，復亂簷邊星宿稀〔一〕。
却繞井欄添箇箇〔二〕，偶經花蘂弄輝輝。滄江白髮愁看汝，來歲如今歸未歸。

（1005）

【注】

黃鶴注：當是大曆二年（七六七）作。

〔一〕復亂句：蕭綱《詠螢》：「騰空類星隕，拂樹若花生。井疑神火照，簾似夜珠明。」

〔二〕箇箇：見卷七《夜歸》（0347）注。

送十五弟侍御使蜀〔一〕

喜弟文章進〔二〕，添余別興牽。數杯巫峽酒，百丈內江船〔三〕。未息豺虎鬭，空催犬馬年〔四〕。歸朝多便道，搏擊望秋天〔五〕。（1006）

【注】

黃鶴注：當是大曆元年（七六六）作。《趙次公先後解》編入大曆二年（七六七）。

〔一〕十五弟：名不詳。

〔二〕喜弟句：范曄《獄中與諸甥侄書》：「文章轉進，但才少思難。」《南齊書·丘靈鞠傳》：「在沈淵座見王儉詩，淵曰：『王令文章大進。』靈鞠曰：『何如我未進時？』」

〔三〕百丈：見卷七《秋風二首》(0316)注。内江：《分門》洙曰：「水自渝上合者，謂之内江。自渝由戎瀘上蜀者，謂之外江。」楊慎《丹鉛餘録》總録卷二：「史炤《通鑑釋文》曰：巴郡正對二水口，右則涪内水，左則蜀外水，自渝上合州至綿州曰内水，自渝上戎瀘至蜀謂之外水。慎按，外水即岷江，自重慶上叙州、嘉定是也。内水即涪江，自重慶上合州、遂寧、潼綿是也。」《水經注疏》江水趙一清引《山堂雜論》：「外江、内江之名，前後凡三見。大江爲外水，涪江爲内水，此不易者也。湔水入洛爲外江，流江入江爲内江，此自成都府言之也。郫江對大江而言，則大江爲南江，郫爲北江；對流江而言，則流江爲外江，郫江爲内江，此自成都一城言之也。流江實兼内外之稱，各因所指立名，似相雜而實不相溷也。」此指涪江。

〔四〕未息二句：黄鶴注：「未息豺虎鬭，蓋指崔旰輩相攻。」《漢書·趙充國傳》：「犬馬之齒七十六。」

〔五〕搏擊句：《分門》師曰：「御史之擊搏姦回，如鷹逢秋擊搏鳥獸故云。」《魏書·昭成子孫傳》：「御史之職，鷹鸇是任，必逞爪牙，有所噬搏。」《舊唐書·陽嶠傳》：「争薦嶠，請引爲御史。内史楊再思素與嶠善，知嶠不樂搏擊之任。」

暮春

卧病擁塞在峽中，瀟湘洞庭虚映空〔一〕。楚天不斷四時雨，巫峽常吹千里風。

沙上草閣柳新闇，城邊野池蓮欲紅。暮春鴛鷺立洲渚，挾子翻飛還一叢〔二〕。(1007)

【注】

黄鶴注：當是大曆元年（七六六）初遷夔州時作。《趙次公先後解》編入大曆二年（七六七）。仇注同。

〔一〕卧病二句：《趙次公先後解》：「言二地之景虚在彼處映空，而我卧病於此不得見之也。」

〔二〕暮春二句：《趙次公先後解》：「《韻書》云：叢，聚也。一叢，則鴛鷺與子爲一聚耳。」朱鶴齡注：「言鴛鷺與子叢聚而飛也。」

晴二首

久雨巫山暗，新晴錦繡文〔一〕。碧知湖外草①，紅見海東雲。竟日鶯相和，摩霄鶴數羣〔二〕。野花乾更落，風處急紛紛。(1008)

【校】

① 外，宋本、錢箋、《草堂》校：「晋作上。」

【注】

黄鶴注：當是大曆元年（七六六）初到夔州時作。《趙次公先後解》編入大曆二年（七六七）。

〔一〕錦繡文：《西京雜記》卷二：「合綦組以成文，列錦繡而爲質。」

〔二〕摩霄：《淮南子·人間訓》：「背負青天，膺摩赤霄。」

啼烏争引子〔一〕，鳴鶴不歸林。下食遭泥去①，高飛恨久陰。雨聲衝塞盡，日氣射江深。回首周南客，驅馳魏闕心〔二〕。（1009）

【校】

① 遭泥去，《文苑英華》作「遭多泥」，校：「集作遭泥去。」

【注】

〔一〕啼烏句：殷遥《春晚山行》：「野花成子落，江燕引雛飛。」

〔二〕回首二句：周南客，見卷六《寄韓諫議》（0278）注。《趙次公先後解》：「公適有所感，思其人。」

「以其身客於外，如太史公之在周南，而自況焉，於義亦通。」魏闕，見卷一一《建都十二韻》（0647）注。

雨

始賀天休雨，還嗟地出雷〔一〕。驟看浮峽過①，密作渡江來②。牛馬行無色〔二〕，蛟龍鬭不開。干戈盛陰氣，未必自陽臺〔三〕。（1010）

【校】

① 浮，宋本、錢箋校：「一作巫。」

② 密作，宋本、錢箋校：「舊作塞密。」

【注】

黄鶴注：大曆元年（七六六）作。《趙次公先後解》編入大曆二年（七六七）。

〔一〕地出雷：《易·豫·象》：「雷出地奮，豫。」

〔二〕牛馬句：《莊子·秋水》：「秋水時至，百川灌河，涇流之大，兩涘渚崖之間，不辨牛馬。」

〔三〕干戈二句：《淮南子・天文訓》：「地之含氣，和者爲雨，陰陽相薄，感而爲雷，激而爲霆，亂而爲霧。陽氣勝則散而爲雨露，陰氣盛則凝而爲霜雪。」《吕氏春秋・孟秋紀》：「孟秋行冬令，則陰氣大勝，介蟲敗穀，戎兵乃來。」杜詩所言有變通。陽臺，見卷六《雨》(0297)注。《趙次公先後解》：「惟是峽中詩，故用陽臺爲當體。」又趙注謂二句指大曆二年九月吐蕃寇靈州，進寇邠州。黄鶴注：「當是指崔旰、柏茂林、楊子琳輩相攻。」

月三首

斷續巫山雨，天河此夜新〔一〕。若無青嶂月，愁殺白頭人。魍魎移深樹①，蝦蟆動半輪〔二〕。故園當北斗〔三〕，直指照西秦②。(1011)

【校】

① 移，《草堂》校：「一作多。」

② 指，宋本、錢箋校：「一作想。」

【注】

黄鶴注：當是大曆二年(七六七)作，然三首非一時而成。《趙次公先後解》定首篇爲七月作，次篇爲明年二月望夜詩，末篇爲明年正月初七、初八夜作。

〔一〕天河句：《趙次公先後解》：「七月河已見矣。謂之天河新，所以知其爲秋七月也。」説似鑿。此夜新，謂雨後初見。

〔二〕魍魎二句：魍魎，見卷一《白水縣崔少府十九翁高齋三十韻》（0042）注。《趙次公先後解》：「移深樹，則以月明而藏避也。」《淮南子·精神訓》：「月中有蟾蜍。」高誘注：「蟾蜍，蝦蟆。」《趙次公先後解》：「古人言月之狀云隻輪，言月之端曰重輪，今謂之半輪，所以知其爲十一夜、十二夜也。」仇注：「上弦月也。」

〔三〕故園句：《趙次公先後解》：「一説長安城有南斗、北斗之像，一説長安上直北斗。蓋《廣雅》云：北斗樞爲雍州。公用北斗，止從上直北斗之説。」

併點巫山出①，新窺楚水清。羈栖愁見裏②，二十四回明〔一〕。必驗升沉體，如知進退情。不違銀漢落，亦伴玉繩橫〔二〕。（1012）

【校】

①點，錢箋、《草堂》作「照」，校：「一作點。」

②愁見裏，宋本、錢箋、《草堂》校：「一作愁裏見。」

【注】

〔一〕羈栖二句：《趙次公先後解》謂自大曆元年四月至三年二月爲二十四回明（大曆二年有閏六月）。黄鶴注謂自永泰元年秋至雲安，及今二年秋，爲二十四回明。朱鶴齡注謂言客夔二年。二十四回明大抵當二年，不必深校。

〔二〕玉繩：謝朓《暫使下都夜發新林至京邑贈西府同僚》：「金波麗鳷鵲，玉繩低建章。」《文選》李善注：「《春秋元命苞》曰：玉衡北兩星爲玉繩星。」

萬里瞿塘峽①，春來六上弦〔一〕。時時開暗室，故故滿青天〔二〕。爽合風襟静，高當淚臉懸。南飛有烏鵲〔三〕，夜久落江邊。（1013）

【校】

① 峽，宋本、錢箋、《草堂》校：「一作月。」

【注】

〔一〕萬里二句：《趙次公先後解》謂合大曆二年春三月及三年春三月爲六上弦。黄鶴注：「第三首則是三月詩，故云非一時而成。」合雲安與夔州言之。仇注謂是二年之六月。鶴注較妥。

〔二〕時時二句：《游仙窟》：「故故將纖手，時時弄小絃。」《王梵志詩校注》〇四〇首：「廣貪世間樂，故故招枷棒。」項楚釋爲故意、特地、明知而不避。按，故故猶言每每，與時時互言。

〔三〕南飛句：曹操《短歌行》：「月明星稀，烏鵲南飛。」

園

仲夏流多水，清晨向小園。碧溪摇艇闊，朱果爛枝繁。始爲江山静，終防市井喧。畦蔬繞茅屋，自足媚盤飡〔一〕。（1014）

【注】

黄鶴注：大曆二年（七六七）居瀼西時作。

〔一〕媚盤飡：《趙次公先後解》：「媚者，宜也。」引《詩·大雅·卷阿》：「媚於天子。」「媚於庶人。」按，《詩·秦風·駟驖》疏：「媚訓愛也。」《大雅·思齊》傳：「媚，愛也。」盤飡，見卷一《示從孫濟》(0024)注。

歸

束帶還騎馬，東西却渡船〔一〕。林中才有地，峽外絶無天。虛白高人静，喧卑俗累牽〔二〕。他鄉悦遲暮①，不敢廢詩篇。（1015）

【校】

① 悦，《草堂》作「閲」。

【注】

黄鶴注：大曆二年（七六七）作。

〔一〕東西：黄鶴注：「當是指瀼東西而言。」

〔二〕虛白二句：《莊子·人間世》：「瞻彼闋者，虛室生白，吉祥止止。」司馬彪注：「室比喻心，心能空虛，則純白獨生也。」江總《借劉太常説文》：「山宇生虛白，留連嗣芳杜。」鮑照《舞鶴賦》：「去帝鄉之岑寂，歸人寰之喧卑。」

諸葛廟

久游巴子國，屢入武侯祠〔一〕。竹日斜虚寢，溪風滿薄帷。君臣當共濟，賢聖亦同時。翊戴歸先主，并吞更出師〔二〕。蟲蛇穿畫壁，巫覡醉蛛絲〔三〕。欻憶吟梁父①〔四〕，躬耕也未遲②。(1016)

【校】

①父，《草堂》作「甫」。

②也，宋本、錢箋校：「一作起。」《草堂》作「起」，校：「一作也。」

【注】

黄鶴注：當是大曆二年(七六七)作。

〔一〕久游二句：《華陽國志》卷一《巴志》：「武王既克殷，以其宗姬封于巴，爵之以子。古者遠國雖大，爵不過子，故吴、楚及巴皆曰子」；「巴子時雖都江州，或治墊江，或治平都，後治閬中。」《元和郡縣圖志》卷三四合州石鏡縣：「巴子城在縣南五里。」《方輿勝覽》卷六一咸淳府：「古巴子國，在恭、涪、夔、萬之間。」卷五七夔州：「諸葛武侯廟，在州城中八陣臺也。後封威烈武靈仁濟王。」

〔二〕翊戴二句：《文選》諸葛亮《出師表》李善注：「《蜀志》曰：建興五年，亮率軍北駐漢中，臨發上疏。」

〔三〕蟲蛇二句：張衡《東京賦》：「方相秉鉞，巫覡操茢。」《文選》李善注：「《國語》曰：在男謂之覡，在女謂之巫也。」仇注：「但見畫壁空穿，蛛絲綴人耳。」

〔四〕梁父吟：見卷一《同李太守登歷下古城員外新亭》(0007)注。

豎子至

樝梨且綴碧①，梅杏半傳黄〔一〕。小子幽園至，輕籠熟㮈香②〔二〕。山風猶滿把，野露及新嘗。欲寄江湖客，提携日月長。(1017)

【校】

①且，宋本、錢箋校：「一作䰟。」《草堂》作「䰟」，校：「一作且。」

②㮈，錢箋作「柰」。

【注】

黃鶴注：當是大曆二年（七六七）作。豎子即阿段。

〔一〕樝梨二句：《爾雅·釋木》注：「樝似梨而酢澀。」《漢書·司馬相如傳》：「樝梨梬栗。」注：「張揖曰：樝似梨而甘。師古曰：樝即今所謂樝子也。」《趙次公先後解》：「此四月初時，其所摘者，下句之柰也。」

〔二〕梂：見卷一三《寄李十四員外布十二韻》（0872）注。

舍弟觀歸藍田迎新婦送示兩篇①〔一〕

汝去迎妻子，高秋念却回。即今螢已亂〔二〕，好與雁同來。東望西江水②，南游北户開〔三〕。卜居期静處，會有故人杯。（1018）

【校】

①兩篇，《草堂》作「二首」。

②水，錢箋校：「一作永。」《草堂》作「永」。

【注】

黄鶴注：當是大曆二年（七六七）夏作。

〔一〕藍田：《元和郡縣圖志》卷一京兆府：「藍田縣，畿。東北至府八十里。」

〔二〕即今句：《趙次公先後解》：「即今螢已亂，則觀之往也，應是三月末、四月初。」按，夏季多螢，當在四、五月間。蕭綱《秋閨夜思》：「初霜霣細葉，秋風驅亂螢。」

〔三〕東望二句：《趙次公先後解》：「西江者，楚人指蜀江之名。」按，西江即長江。唐人用例極多。張説《岳州西城》：「西江三紀合，南浦二湖連。」蓋自荆湖以上，皆可謂西江。《爾雅・釋地》：「觚竹、北户、西王母、日下，謂之四荒。」郭璞注：「北户在南。」左思《吴都賦》：「開北户以向日，齊南冥於幽都。」黄庭堅《杜詩箋》：「林邑日南諸國，皆開北户向日。」朱鶴齡注：「時觀歸藍田，必東出瞿唐峽，又將卜居江陵。江陵在藍田之南，故言我送汝東下，但見西江之永待汝南來，當爲北户之開，望之之切也。」

楚塞難爲路①，藍田莫滯留。衣裳判白露，鞍馬信清秋〔一〕。滿峽重江水〔二〕，開帆八月舟。此時同一醉，應在仲宣樓〔三〕。（1019）

【校】

① 路，宋本、錢箋、《草堂》校：「一作別。」

【注】

〔一〕衣裳二句：仇注：「判是拚着之意。」參卷九《重過何氏五首》(0463)注。信，任也。參卷九《城西陂泛舟》(0445)注。

〔二〕重江：朱鶴齡注：「蜀江非一，故曰重江。」鮑照《蕪城賦》：「重江複關之隩，四會五達之莊。」《文選》李善注：「南臨二江曰重。」

〔三〕仲宣樓：見卷五《短歌行》(0249)注。

季夏送鄉弟韶陪黄門從叔朝謁〔一〕

令弟尚爲蒼水使，名家莫出杜陵人〔二〕。比來相國兼安蜀，歸赴朝廷已入秦。捨舟策馬論兵地，拖玉腰金報主身〔三〕。莫度清秋吟蟋蟀，早聞黄閣畫騏驎①〔四〕。

(1020)

【校】

①閣，《草堂》作「閤」，校：「一作閣。」錢箋引張璁曰：「自注：韶比兼開江使，通成都外江下峽舟船。」《趙次公先後解》謂一本自注云。宋本等未見。

【注】

黄鶴注：杜鴻漸大曆元年爲劍南節度，二年歸朝。韶陪從其歸。

〔一〕鄉弟韶：仇注引張遠注：「鄉弟，故鄉同姓之弟。」按，王闢之《澠水燕談録》卷二：「一日於行香所，宰相張齊賢呼參知政事温仲舒爲鄉弟，及它語尤鄙。」則鄉弟非同姓，同姓不應另稱鄉弟。疑此人姓韋，與杜同爲京兆杜陵人。《新唐書·宰相世系表四》韋氏隕公房：郇王府司馬才絢子，「韶，明州刺史」。或爲此人。黄門從叔：杜鴻漸。見卷六《送殿中楊監赴蜀見相公》(0306)注。

〔二〕令弟二句：錢大昕《恒言録》卷三：「令兄令弟之稱，蓋本於《詩·角弓》『此令兄弟』語。……謝靈運《酬從弟惠連》詩：『末路值令弟。』杜子美詩亦稱其弟曰令弟，如『令弟草中來』，送從弟亞也。『令弟尚爲蒼水使』，送鄉弟韶也。『令弟雄軍佐』，過行軍六弟宅也。今惟稱人之弟則曰令弟。」按，唐人亦稱人之弟爲令弟。李頎《送裴騰》：「令弟爲縣尹，高城汾水隅。」《吴越春秋》卷六：「禹乃登山仰天而嘯，忽然而卧，因夢見赤繡衣男子，自稱玄夷蒼水使者。」《趙次公先後解》：「禹知水脈，故公取之以言掌水之官。」莫出，猶言莫如。杜陵，見卷一《醉時歌》(0019)注。《元和姓纂》卷二韋氏京兆杜陵：「孟元孫賢，漢丞相、扶陽侯，徙京兆杜陵，生元成。」

〔三〕比來四句：朱鶴齡注：「韶出峽後，當從陸道歸京師，故曰『捨舟策馬』。」仇注：「韶出峽後，從荆州陸道歸。」按，《舊唐書・代宗紀》：「（大曆二年）六月戊戌，山南、劍南副元帥杜鴻漸自蜀入朝。」當是其入朝日。鴻漸入蜀自駱谷道，見《崔寧傳》。其返朝亦不應迂遠出峽至荆州，且六月動身，戊戌日亦不能至長安。詩言「歸赴朝廷已入秦」，疑鄉弟韶非與杜鴻漸同路，蓋以公事出峽，轉道赴長安。

〔四〕莫度二句：王褒《聖主得賢臣頌》：「蟋蟀俟秋吟，蜉蝣出以陰。」黄閣，見卷一〇《奉贈嚴八閣老》（0500）注。畫騏驎，見卷七《荆南兵馬使太常卿趙公大食刀歌》（0310）注。

返照

楚王宫北正黄昏〔一〕，白帝城西過雨痕。返照入江翻石壁〔二〕，歸雲擁樹失山村。衰年肺病唯高枕，絶塞愁時早閉門。不可久留豺虎亂，南方實有未招魂〔三〕。（1021）

【注】

黄鶴注：當是大曆二年（七六七）作。

〔一〕楚王宫：《太平寰宇記》卷一四八夔州巫山縣：「楚宫，在縣西北二百步，在陽臺古城内，即襄王所游之地。」參本卷《江雨有懷鄭典設》（0967）注。

〔二〕返照句：庾信《北園新齋成應趙王教》：「月懸唯返照，蓮開長倒垂。」

〔三〕不可二句：黄鶴注：「豺虎謂楊子琳之徒攻擊未已也。」《趙次公先後解》：「南方實有未招魂，則公自言也。」《楚辭·招魂》：「魂兮歸來，南方不可以止些。」王逸注：「《招魂》者，宋玉之所作也。……宋玉憐哀屈原，忠而斥棄，愁懣山澤，魂魄放佚，厥命將落，故作《招魂》。」

熱三首

雷霆空霹靂，雲雨竟虛無。炎赫衣流汗〔一〕，低垂氣不蘇。乞爲寒水玉，願作冷秋菰〔二〕。何似兒童歲①，風涼出舞雩〔三〕。（1022）

【校】

①何，宋本、錢箋校：「晋作那。」《草堂》校：「一作那。」

【注】

黄鶴注：當是大曆元年（七六六）在夔州作。《趙次公先後解》編入大曆二年（七六七）。

〔一〕炎赫：劉楨《大暑賦》：「赫赫炎炎，烈烈暉暉。」

〔二〕乞爲二句：王嗣奭《杜臆》：「寒水玉，注云水精，恐是臆解。公《園人送瓜》詩：『浮沉亂水玉』，謂瓜也。以對秋菰，豈不穩稱？」

〔三〕風涼句：《論語·先進》：「莫春者，春服既成，冠者五六人，童子六七人，浴乎沂，風乎舞雩，詠而歸。」

瘴雲終不滅，瀘水復西來〔一〕。閉户人高卧，歸林鳥却回。峽中都似火，江上只空雷①。想見陰宫雪，風門颯踏開〔二〕。（1023）

【校】

①空，錢箋校：「晋作聞。」《草堂》校：「一作聞。」

【注】

〔一〕瀘水：《水經注》若水：「《益州記》曰：瀘水源出曲羅嶲下三百里，曰瀘水。兩峰有殺氣，暑月舊不行，故武侯以夏渡爲艱。瀘水又下合諸水而總其目焉，故有瀘江之名矣。」《後漢書·西南夷傳》注：「瀘水一名若水，出旄牛徼外，經朱提至僰道入江，在今嶲州南。」

〔二〕想見二句：繁欽《暑賦》：「雖託陰宫，罔所避旃。」颯踏，同颯沓，見卷七《種萵苣》(0315)注。

朱李沈不冷，彫胡炊屢新①〔一〕。將衰骨盡痛，被褐味空頻②〔二〕。欻翕炎蒸景〔三〕，飄飄征戍人。十年可解甲，爲爾一霑巾。（1024）

【校】

① 胡，宋本、錢箋校：「晋作菰。」《草堂》作「菰」。

② 褐，錢箋校：「一作暍。」宋本誤作「喝」。《草堂》校：「或作暍。」

【注】

〔一〕朱李二句：曹丕《與吴質書》：「浮甘瓜於清泉，沈朱李於寒水。」彫胡，見卷一《白水縣崔少府十九翁高齋三十韻》(0042)注。朱鶴齡注：「炊屢新，以熱甚，不能餐。」

〔二〕被褐句：《趙次公先後解》謂當作被暍，傷暑也，「今方被暍而有沈水之朱李，新炊之彫胡，其味空頻，不及喫也」。

〔三〕欻翕句：《趙次公先後解》謂欻翕即欻吸。江淹《雜體詩・王徵君微養疾》：「寂歷百草晦，欻吸鶤雞悲。」《文選》李善注：「欻吸，疾貌。」此言熱甚。

示獠奴阿段〔一〕

山木蒼蒼落日曛，竹竿裊裊細泉分。郡人入夜争餘瀝，豎子尋源獨不聞①。病渴三更回白首〔二〕，傳聲一注濕青雲。曾驚陶侃胡奴異〔三〕，怪爾常穿虎豹羣。

（1025）

【校】

① 豎，錢箋校：「一作稚」。

【注】

黄鶴注：大曆元年（七六六）作。《趙次公先後解》編入大曆二年（七六七）。

〔一〕獠奴：《魏書·蠻獠傳》：「獠者，蓋南蠻之别種，自漢中達於邛笮川洞之間，所在皆有。種類甚多，散居山谷，略無氏族之别。又無名字，所生男女，唯以長幼次第呼之。其丈夫稱阿謨、阿段，婦人阿夷、阿等之類，皆語之次第稱謂也。」《唐會要》卷八六《奴婢》天寶八載六月十八日敕：「京畿及諸郡百姓，有先是給使在私家驅使者，限勒到五日内，一切送付内侍省。其中有是南口及契券分明者，各作限約，定數驅使。雖王公之家，不得過二十人。……其南口請禁蜀蠻及五溪、嶺南夷獠之類。」《太平廣記》卷二七五《上清》（出《常侍旨言》）：「德宗至是大悟，因怒陸贄曰：『者獠奴。』」是當時蓄獠奴爲常。阿段：已見卷七《秋行官張望督促東渚耗稻向畢清晨遣女奴阿稽豎子阿段往問》（0307）。

〔二〕病渴：見卷六《同元使君春陵行》（0276）注。

〔三〕曾驚句：今本《異苑》載：「陶侃家童千餘人，嘗得胡奴，不喜言，嘗默坐。侃一日出郊，奴執鞭以隨，胡僧見而驚禮云：此海山使者也。」錢箋謂其仍是僞蘇注，《異苑》是流俗刻本，或繕寫人勦入耳。《九家》薛夢符云引《世説》「王修齡若飢，自當就謝仁祖索食，不須陶胡奴米」，劉孝標注：「胡奴，陶範小字也。《陶侃別傳》曰：範字道則，侃第十子也。」《趙次公先後解》引薛之説：「則『陶侃胡奴』四字，言陶之胡奴也，而於阿段似無相干。」顧炎武《日知録》卷二七：「『曾驚陶侃胡奴異』，蓋謂士行有胡奴，可比阿段。胡奴，侃子範小字，非奴也。」謂其一時用事之誤。朱鶴齡注：「或曰當作陶峴胡奴，事見《甘澤謡》。」《甘澤謡》陶峴：「海舶崑崙奴名摩訶，善泅水而勇捷。」峴，開元間人。似亦非杜詩所詠。

簡吴郎司法〔一〕

有客乘舸自忠州，遣騎安置瀼西頭。古堂本買藉疏豁，借汝遷居停宴游。雲石

熒熒高葉曙①，風江颯颯亂帆秋。却爲姻婭過逢地〔二〕，許坐曾軒數散愁。（1026）

【校】

① 曙，錢箋校：「一作曉。」《草堂》作「曉」，校：「一作曙。」

【注】

黃鶴注：蓋公大曆二年（七六七）自瀼西遷東屯，故以草堂借吴郎。當是大曆二年作。

〔一〕吴郎：仇注引顧注：「吴必公之姻婭，故稱爲郎，親之也。」施鴻保云：「吴郎若公子妻父，或公壻父，似不當稱郎。若公妻姊妹壻，則亦不當稱郎，且年又不相合。吴郎疑即公之壻也。……詩云姻婭，或謂吴郎父母，或就兩壻相會言。……公藉以瀼西舊居，當亦以壻故也。」《唐六典》卷三〇上州：「司法參軍事二人，從七品下。」中州一人，正八品下。下州從八品下。

〔二〕姻婭：《爾雅·釋親》：「女子子之夫爲壻，壻之父爲姻，婦之父爲婚。」「婦之父母、壻之父母相謂爲婚姻。兩壻相謂爲亞。婦之黨爲婚兄弟，壻之黨爲姻兄弟。」

又呈吴郎

堂前撲棗任西鄰，無食無兒一婦人〔一〕。不爲困窮寧有此，祇緣恐懼轉須

親〔二〕。即防遠客雖多事①，使插疏籬却甚真②〔三〕。已訴徵求貧到骨，正思戎馬淚盈巾③〔四〕。（1027）

【校】

① 防，宋本、錢箋、《草堂》校：「一作知。」

② 使，宋本、錢箋、《草堂》校：「一作便。」

③ 盈，《草堂》校：「一作霑。」

【注】

黄鶴注：同前篇一時作。

〔一〕堂前二句：《趙次公先後解》謂暗用《漢書·王吉傳》東家棗樹垂吉庭，其妻取棗啖吉事。

〔二〕不爲二句：《趙次公先後解》：「探斯婦之情，蓋困窮所致，又告吴郎當念其恐懼，宜更親之。」仇注：「三言宜見諒其心，四言當曲全其體。」

〔三〕即防二句：《趙次公先後解》：「雖任鄰婦取棗，然吴郎以在遠客而來，亦須謹藩籬以防他寇。」仇注：「婦防客，時懷恐懼。吴插籬，不憐困窮矣。」浦起龍云：「公向居此堂，熟知鄰婦之苦，聽其竊棗以活。吴郎新到，不知其由，將插籬護圃，公於東屯聞之，喫緊以止之，非既插而責之也。」「婦防遠客，幾以吴爲刻薄人，固屬多心也。婦見插籬，將疑吴特爲我設，其跡似真也。」

〔四〕已訴二句：《趙次公先後解》：「取棗之鄰婦已告訴爲徵求所困而貧到骨。」浦起龍云：「末又借婦平日之訴，發爲遠慨。」